杨庆祥 主编
新坐标
张维阳 编

岛屿的肖像

林森 著

江苏凤凰文艺出版社

图书在版编目（CIP）数据

岛屿的肖像 / 林森著；张维阳编. -- 南京：江苏凤凰文艺出版社, 2025.4. -- ISBN 978-7-5594-9190-9
Ⅰ.I217.2
中国国家版本馆CIP数据核字第2024EH8007号

岛屿的肖像

林森 著

出 版 人　张在健
责任编辑　胡　泊
特约编辑　王　璠
责任印制　杨　丹
出版发行　江苏凤凰文艺出版社
　　　　　南京市中央路165号,邮编:210009
网　　址　http://www.jswenyi.com
印　　刷　苏州市越洋印刷有限公司
开　　本　880毫米×1230毫米　1/32
印　　张　11.25
字　　数　256千字
版　　次　2025年4月第1版
印　　次　2025年4月第1次印刷
书　　号　ISBN 978-7-5594-9190-9
定　　价　59.00元

江苏凤凰文艺版图书凡印刷、装订错误,可向出版社调换,联系电话:025-83280257

新时代，新文学，新坐标

杨庆祥

编一套青年世代作家的书系，是这几年我的一个愿望。这里的青年世代，一方面是受到了阿甘本著名的"同时代性"概念的影响，但在另外一方面，却又是非常现实而具体的所指。总体来说，这套"新坐标"书系里的"青年世代"指的是那些在我们的时代创造出了独有的美学景观和艺术形式，并呈现出当下时代精神症候的作家。新坐标者，即新时代、新文学、新经典之涵义也。

这些作家以出生于 1970 年代、1980 年代为主。在最初的遴选中，几位出生于 1960 年代中后期的作家也曾被列入，后来为了保持整套书系的"一致性"，只好忍痛割爱。至于出生于 1990 年代的作家，虽然有个别的出色者，但我个人认为整体上的风貌还需要等待一段时间，那就只有等后来的有心人再续学缘。

这些入选的作家都是我们这个时代的新青年。鲁迅在 1935 年曾编定《中国新文学大系小说二集》，并写有长篇序言，其目的是彰显"白话小说"的实力，以抵抗流行的通俗文学和守旧的文言文学。我主编这套"新坐标书系"当然不敢媲美前贤，却又有相似的发愿。出生于 1970 年代以后的这些作家，年龄长者，已经五十多岁，而创作时间较长者，亦有近 30 年。他们不仅创作了大量风格各异、艺术水平极高的作品，同时，他们的写作行为和写作姿态，也曾成为种种文化现象，在精神美学和社会实践的层面均提供着足够重要的范本。遗憾的是，因为某种阅读和研究的惯性，以及话语模式的滞后，对这些作家的相关研究一直处于一种"初级阶段"。具体来说表现在以下几个方面。第一，单个作家作品的研究比较多，整体性的研究相对少见；第二，具体作品的印象式批评较多，深入的学理研究较少；第三，套用相关的理论模式比较多，具有原创性的理论模式较少；第四，作家作品与社会历史的机械性比对较多，历史的审美的有机性研究较少；第五，为了展开上述有效深入研究的相关史料的搜集、整理和归纳阙失。这最后一点，是最基础的工作，而"新坐标书系"的编纂，正是从这最基础的部分做起，唯有如此一点一点地建设，才能逐渐呈现这"同代人"的面貌。

埃斯卡皮在《文学社会学》里特别强调研究和教学对于文学"经典化"的重要推动。在他看来，如果一部作品在出版20年后依然被阅读、研究和传播，这部作品就可以称得上是经典化了——这当然是现代语境中"短时段经典"的标准。但是毫无疑问，大学的教学、相关的硕博论文选题、学科化的知识处理，即使是在全（自）媒体时代依然发挥着不可替代的历史化功能。编纂这部书系的一个初衷，就是希望能够为大学和相关研究机构的从业者提供一个相对全面的选本，使得他们研究的注意力稍微下移，关注更年轻世代的写作并对之进行综合性的处理。当然，更迫切的需要，还是原创性理论的创造。"五四一代"借助启蒙和国民性理论，"十七年"文学借助"社会主义新人"理论，"新时期文学"借助"现代化"理论，比较自洽地完成了自我的经典化和历史化。那么，这一代人的写作需要放在何种理论框架里来解释和丰富呢？这是这套书系的一个提问，它召唤着回答——也许这是一个"世纪的问答"。

书系单人单卷，我担任总主编，各卷另设编者。需要特别说明的是，所有的编者都是出生于1980年代以后的青年评论家、文学博士。这是我有意为之,从文化的认领来说,我是一个"五四之子",我更热爱和信任青年——即使终有一天他们会将我排斥在外。

　　书系的体例稍作说明。每卷由五部分组成:第一,代表作品选。所选作品由编者和作者商定,大概来说是展示该作者的写作史,故亦不回避少作。长篇作品一般节选或者存目。第二,评论选。优选同代评论家的评论,也不回避其他代际评论家的优秀之作。但由于篇幅所限,这一部分只能是挂一漏万。第三,创作谈和自述。作家自述创作,以生动形象取胜。第四,访谈。以每一卷的编者与作者的对话为主体,有其他特别好的访谈对话亦收入。第五,创作年表。以翔实为要旨。

　　编纂这样一套大型书系殊非易事。整个编纂过程得到了各位编者、作者和江苏凤凰文艺出版社的大力支持,尤其是张在健社长和编辑李黎老师的大力支持!在此向付出辛苦劳动的各位同代人深表谢意。其中的错讹难免,也恳请读者和相关研究者批评指正。记得当初定下选题后,在人民大学人文楼的二楼会议室召开了第一次编务会,参会的诸君皆英姿勃发,意气飞扬。时维夜深,尽欢而散。那一刻,似乎历史就在脚下。接下来繁杂的编务、琐屑的日常、无法捕捉的千头万绪……当虚无的深渊向我们凝视,诸位,"为什么由手写出的这些字/ 竟比这只手更长久,健壮?"生命的造物最后战胜了生命,这真是人类巨大的悖论(irony)呀。

　　不管如何,工作一直在进行。1949 年,作家路翎在日记中写道:"新的时代要浴着鲜血才能诞生,时间,在艰难地前进着。"而沈从文则自述心迹:"我不向南行,留下在这里,为孩子在新环境中成长。"在这套"新坐标书系"即将付梓之际,我又想起苏联作家帕斯捷尔纳克的一首诗《哈姆雷特》:

　　　　喧嚷嘈杂之声已然沉寂,
　　　　　此时此刻踏上生之舞台。

倚门倾听远方袅袅余音，
从中捕捉这一代的安排。

敢问，什么是我们这一代的安排？

是为序。

2019.2.16 于北京
2020.3.27 再改
2023.7.11 改定

目录

Part 1　作品选　　001

小说　　003
　　海里岸上　　003
　　乌云之光　　052
　　抬木人　　116
　　虚构之敌　　137
　　书空录　　165

随笔　　182
　　乡野之神　　182
　　半睡半醒——失眠者妄语　　197

Part 2　评论　　211

海岛书写的当代性——林森的小说及其他（杨庆祥）　　213

茅屋为秋风所破歌——读林森《关关雎鸠》（项　静）　　221

小镇之心与大海之身，相互对称（徐晨亮） 234

地方・海岸・群岛

——"新南方文学"视野下的林森海洋题材小说（王丽妍 黄 平） 241

蛮荒及其消逝：林森小说中的海与人，兼及"新南方写作"（李 壮） 258

"批判现实主义"的当代可能

——从林森长篇小说《岛》说起（陈培浩） 268

什么是海南：海洋、岛屿和风习与地方及其他

——林森近作阅读札记（谢尚发） 283

Part 3　创作谈 307

今天，我们还期待什么样的写作？

——在2016年12月7日"林森小说创作研讨会"上的发言 309

蓬勃的陌生——我所理解的"新南方写作" 315

失眠者的安魂药——第30届青春诗会作品创作谈 320

文学期刊的个性与生命——《天涯》编辑手记 322

Part 4　访谈 327

负重前行者，自有海风助力 329

Part 5　林森创作年表 346

Part 1

作品选

小　说

海里岸上

岸　上

　　午后三点半，老苏搬着条凳到家门口不远处的木麻黄林中，开始他一天中最惬意的时刻。木麻黄林里吹过来的海风，裹着浓重的腥臭味。这种味道好像能腐蚀一切，海边人家的门窗，若非擦拭上厚厚油漆，就会在其摧枯拉朽之下，锈迹斑斑。有的人锁上房门离开半年，回家时，阳台、窗口的防盗网就会在手掌的揉捏下，碎成满地锈渣。唯一能抵御海风侵蚀的，只剩下海边生长的植物，尤其是木麻黄。木麻黄在海风的梳理之下，针叶根根分明，好像是浮动在空中的有形光线。老苏的工具不复杂，不过是木工用的小斧头、凿子等，加工对象是一块木麻黄树的老根。两年前的那场超大台风，让靠海的地方满眼狼藉，风过后他走在残枝断干的木麻黄林里，内心滴血。一棵被风连根拔起的木麻黄树绊倒了他，爬起后，他望着那团盘根与错节，心有所动。几天后，他借来锯子、斧头，把老树根截断，找来两个后生，抬到院子里放着。老树根在院子里放了快两年，他还没动手，在此期间，他买了木工工具，在很多小玩意儿上练手。真正对老树根动刀，是在大半个月前——他觉得，可以开始了。

他把交错的根须全都除去，剩下光滑的木块。他学会了用铅笔、量角器、尺子等，还开始画图——那是一艘船的造型。他想把那艘记忆中的船，以缩小的方式，用一整块树根雕刻出来。他并不急于完成，每天在这片树林里的时光，是独属于自己的。阳光仍然猛烈，海面吹过来的风是有重量的，但从此时到傍晚，风会越来越凉快。他刻几刀，就停下来，抽一根烟。收拾回家之时，地上丢了半包烟的烟头。他其实很少坐到暮色起，而是总在接近五点的时候收拾整齐，到镇上的茶馆里喝杯下午茶。镇子和渔村挨着，是海南岛上最著名的一个渔港，多少年来，一代代"做海"的人，从这里扬帆航向广袤的南中国海。穿过村头往北就是港口，但他步子很急，不敢多看那个他离开、回来无数遍的海港。他已经很久没有机会到海上去了。

茶馆里人声鼎沸。说话的人为了压住杂音，只能把声音喊得更高——人人都在嘶喊，却连对面的话都听不清。老苏还是听到了一些，大概是关于这座小镇的。小镇近些年已经完全变样了，早先那个落魄、凋敝甚至可以说被某种悲伤笼罩的港口，显示出某种迸发、昂扬的新面貌，高楼快速建起，还修建了海洋工艺品一条街，引来不少游客。街角那家店，据说生意最好，老板早已是千万身家了。但有人觉得发展的速度还不够快，还得提提速——提速最好的办法，是得到上级部门的重视。

其实，镇里在出方案时，是问过老苏意见的。他在会场听着，只是听，一言不发，被问急了，就说："我不出海多年了，脑子又坏，这些东西，哪懂？"后来证明，他的沉默让他保留了一些脸面——和他年纪差不多的老渔民阿黄，中气十足地提了几十条建议，条条言出有据，没一条被采纳。最终的方案，是北京一个文化公司的三个九零后设计师拍着脑袋做出来的，眼尖的人，可以看出《海贼王》和《加勒比海盗》的气息。但不管怎样，这镇子算是焕然一新了。各级领导在镇上的行程，通过电视、报纸、网络等媒体的报道，把镇子推到了全国人民面前，给小镇带来了很多陌生的面孔。

领导考察之后，镇里尊重阿黄，给他写了一封信，感谢他为小镇的发展建言献策。阿黄把那封信甩在老苏面前，脸变成了彩光灯，各种颜色交替闪耀。老苏说："阿黄，消消气，你也活这么久了，气还这么大？该提的建议你也提了，人家感谢信也给你写了，你还气什么？吃茶，吃茶……"

"我们这些人，就该死在咸水里，不该留下来见这个！"阿黄再拍桌子。

"吃茶，吃茶！"

阿黄不作声了。

老苏年轻时出海，和阿黄从未同船过，但他听过阿黄的勇猛之事。阿黄的水性好到在海里就正常、上岸就发晕，他曾说过，把他四肢捆绑丢到海里，他仅靠耳朵根、舌尖划水，也能安然无恙回到渔村。但阿黄却是同一辈人里最先走下渔船的，五十五岁一过，就浑身不适，海风一吹便骨头痛——据说是他泡在水中的时间过长，寒气侵入了骨头深处。这事也让阿黄在同辈人面前抬不起头，凭什么那些家伙比我在船上多待十几年？他还变得神经敏感，一看到别人低头说话，就觉得是在暗中嘲笑他，脾性愈加暴躁。一暴躁，身上一些关节就发痛，又得压抑着，压出一肚子闷气。他是一名自恨没有死在海中的好水手。

阿黄去木麻黄林里看过老苏的雕刻。他前前后后细细看了十多分钟，越看眼睛越发红："你在刻那艘船啊？你在刻那艘船啊……"老苏取出一根烟点着："你能看出是哪条船？渔船不都长一样嘛！"阿黄摆摆手："哪里一样，不一样，我知道的，你刻的，就是那条船。当年要不是我运气好，生了一场病，没赶上出海，我也随着这船，死在南海了……我该死在海里的……我觉得我是偷生的人，这些年都是偷偷活下来的。晚上睡着，骨头缝里，海风直接穿过去，把人都打散了……"

老苏拍拍阿黄的肩膀："这真不是给你刻的，我哪知道你心里想着啥，我给自己刻的。闲得慌，手不动一动，人就傻了。"

阿黄也拍拍老苏的肩膀："你还会刻这好东西，我也有一件宝贝，藏着没给任何人看，来来来，你跟着我，带你去看看！"

"不去，不去。你能有什么好东西。"

海　里

"出海的人，永远不能喝酒，否则你总会在醉后淹死在水里。"——数十年前，老苏的父亲在老苏上船之前，已经无数次这警告过他。老苏当然是懂得水性的,他三岁的时候,已经能独自在海面划游,在大人们的笑声中玩潜入水中又浮起的游戏。这不算啥,哪个渔家孩子不这样呢?但近海划游与登上渔船出征远海,是两回事。出海,是男人的事,岸上是属于女人的。风浪和噩运,被男人的身躯挡住,女人们则要面对难熬的等待和寂寞的无眠。

出远海之前,老苏所有关于海的记忆,都跟黄昏和月夜有关。

黄昏是酸楚的。通讯不发达的很多年里,等待是唯一的联系方式。女人们每到黄昏,就会在岸边的木麻黄树和椰子树下遥望大海,希望铺满黄金的水面上,出现一个黑点。黑点逐渐变大,变成她们的男人以及船舱里的鱼虾。这样的等待,有等到的欢喜,也有颗粒无收的失望——有时是绝望,出海的男人和那艘船,永远留在某一次风浪里了。月夜则是欢腾的。当月夜下有人,说明渔船已安然回来,女人们悬着的一颗心,暂时回归原位。渔获从船上被卸下,在月光下,鱼虾蟹闪耀着奇特的光泽。有些竟然是透明的,月光穿过鱼虾的身体,散发着晶莹的光。这是小孩子的节日。

老苏十三岁第一次上船。父亲是在出海的那天早上,才告诉他这个消息的——若提前告诉,怕他过于兴奋,睡不好,影响在船上的状态。船离开岸边的时候,老苏陷在兴奋里,不去看岸上老人和女人的挥手。船驶向碧蓝深处,兴奋很快化为乌有。四望全是一样的,只有水天,只有单调到花眼的碧蓝色,航向掌握在父亲手里、心中。船行半天之后,老苏已经把该吐的都吐出来了。船员上前帮他捏肩捏背,被父亲喝止了:"才刚开始,后面两个月都要在水上,怎么受得了?让他吐!"

父亲不理在船上打滚的他，只顾观看太阳，对照着手中的罗盘，有时会从怀里掏出一个被布裹得严严实实的小包，打开那本纸张灰黄的小册子。那么多年了，识字不多的父亲，已经能把册子上的文字背下来了，可海上航行，马虎不得，还是得拿出来印证一下记忆。小册子上，写着这片海域所有的秘密。翻滚到肚子疼，翻滚到口腔泛酸、泛苦，翻滚到无力呻吟。父亲还是不理他，也不让船员过去。

傍晚时，海面平静，有人给父亲换手，父亲把罗盘交到那人手中。父亲下到船舱里，用毛巾沾染了一点淡水，递给他。他接过毛巾时，手是发抖的，可他眼中的恨意并不消减。父亲淡淡地说："要出海，这一关得熬过去，谁也帮不了你。海风吹了一天了，你用毛巾擦擦脸、擦擦裤裆。风咸，不擦要烂掉。"握着父亲递过来的湿毛巾，他发抖的手抬都抬不起来了。父亲伸手扶住他的后背，用力在他肩膀一捏，又抢过毛巾，盖在他脸上。毛巾掀开，好像揭开了一层厚厚的海盐面具，脸上一阵凉意。父亲把毛巾塞进他裤裆，他挣扎而起，呕吐到一动就肚皮刺痛，也不管了，推开父亲的手，自己擦着裆部——淡水少，不能洗澡，这是唯一要优待的部位。

这一趟出海，父亲没给他安排捕捞的活计，只任他在船上不停地呕吐，让他学会在海上的第一件事——习惯晕船。

岸　上

老苏生了两男一女，女儿是老二，嫁到别的县去了。老三读完大学，没有回海南岛，留在上学的那个城市，成了市民，虽然时不时会在电话里说想念家里的海鲜什么的,但他每年回来的次数是越来越少,他的小孩已在那个城市读幼儿园了,老苏也只见过一回,语言也不通——终究和自己、和这片海没什么关系了。距离最近的是大儿子,就在镇上经营着一间铺面,卖的是砗磲贝加工成的工艺品,还和海水相关,但他已经不出海了,只是从人家手中进货、卖出而已。海上的生活太辛苦,老苏自然不愿儿孙们再继续走自己的路,可……想到祖先多少代人以海为田,儿子这辈却远离了,老苏还是涌起一阵阵怅然。父亲从祖父那里接过《更路经》和罗盘,后来传给自己,自己要递出时,眼前空荡,没人接手。

大儿子在镇上建了四层楼,叫他来一起住,热闹些,他说:"住不惯。"倒也不是住不惯,只是老家若是没人看着,几个月后回来,家里的一切估计全都锈为粉末了——只有人的目光,能保护家中一切物品抵御海风的侵蚀。

这一天,大儿子到木麻黄林里找他,在旁边静静地看着,等着他把一天的雕刻任务完成。望着那一地烟头和被挖下来的碎屑,大儿子默默地帮着父亲搬椅子、锯子、斧子。

老苏问:"有事?"

"不就是想回来跟你喝两杯嘛!爸,你不愿到镇上跟我们住,我不放心你。"大儿子笑了。

"别绕弯弯。"

大儿子不再嬉笑:"爸,你也知道的。还是那事,正式通知已经下达了,砗磲不让卖了,我的钱全压在里面,若是这些货出不了手,我下半辈子全丢进去,也还不了人家的钱……"

"当初我就跟你说过,这东西不能卖,你偏不听,怪谁……"

"谁料到会这样?当时镇上的店铺都卖,也不是我一家。何况当时镇上也是鼓励卖的,一艘艘船远赴南沙、西沙,把砗磲捞回来,有厂子加工,我们不卖,别人也要卖啊,发财的人多了去了。前两年上头领导来,镇上不也还卖着?若不是你当年挡着,我早点进去,早赚到大钱了。我进去太晚,你看,才搞了一年多,又说不让捞、不让卖了,这不搞死人嘛。"

"砗磲是海底的灵物,你们捞上来卖,这是什么?出海的人,不干这种事的,你们……我早讲了,这事不能持久的。"

"爸,这时再说这个,没用了嘛,我就是想把损失减到最小。"

砗磲加工产业在镇上发展了四五年,大批人以此为生,镇里也曾出了相关规定鼓励砗磲加工产业的发展,可最近,省内出台了《珊瑚礁和砗磲保护规定》,要求两个月后,禁止对南海砗磲开采、加工,这使得兴盛了四五年的小镇,陷入一片哀号。禁卖时间快要到了,那些囤货多的,忙着要把货出手,买家手头捏着钱,就是不愿说个爽快话,砗磲价格一路下跌。老苏的大儿子看着堆在库房里的货,倒数着禁卖的时间,急出了通红的双眼和满口腔的溃疡。

"你想怎么办?我又不认识什么老板,哪有本事帮你把东西卖出去。"

"爸,其他的事,你别管。有个记者朋友,姓宋,他听说你是老船长,通过朋友找到我,想来采访采访你。我知道,妈过世后,你现在越来越不愿见人——连我们这些子孙都不想见了——你也不愿谈那些船上的事,但我不是没办法嘛。宋记者说了,他认识一些想收砗磲的老板,你就配合他做一下采访,他认识的人多,后面他给我介绍点生意……"

"就是说说话?"

"就是说说话!"

宋记者在三天后来到渔村。大儿子安排他跟老苏相见后,就急匆匆返回镇上去了,有人打电话给他,说要去看货。宋记者三十多岁,矮墩墩的,几个相机挂在脖子上,简直要把他压趴下。腰间的包里装满各种镜头,显得更矮了。他说:"您忙自己的,我先拍拍照。"老苏只好在木麻黄林里,雕刻着自己的那艘船。在老苏的雕刻下,船的造型已经显现,他正在专注的,是那些细节,他要刻出船身上的纹理和气息,他还想刻出海水在渔船上留下的斑驳感。宋记者把相机镜头靠近木船,拍下了木屑飘落的画面,也拍下老苏对着木船的凝视。宋记者对构图有着极端的敏感,他甚至觉得,是老苏的目光而不是刻刀把这艘小船雕刻成型。宋记者拍摄新闻图片,也拍摄一些永远上不了报纸的图片,他觉得,老苏是一个让他不断摁下快门的拍摄对象。

老苏一根烟接着一根烟,脸藏在烟雾后面,宋记者拍了不少他嘴角叼着烟头的照片。忙了有半个小时,宋记者说:"老苏,可以拍拍你的罗盘和那本书吗?"老苏把烟头丢到脚下,鞋底一划:"你是我儿子带来的,我就直说了,罗盘你随便拍,那本书不行。你们采访有纪律,我们渔民也有纪律。不是我们小气,确实是上面来过一些领导,告诉我们,没有采访介绍信的,不能给看。我们的渔民在南海活动千百年了，这些书是我们在海上活动的证据，不能乱传。"宋记者说："我理解的，这是我的记者证，你看看，这次下来得急了一些，也没想到会需要介绍信……"老苏说："那，不好意思了！"宋记者着急了："你看……老苏，我答应了，给苏伯介绍些生意的，我这次来，并非我个人的事，是省里的日报，要做一期关于南海主权的专题报道。你也知道，有的国家近来跟我们在南海闹得厉害，我们拍你这本书，是要在报纸上登出，是宣示主权的正能量行为，不会拿来乱搞的。"

老苏就沉默了好一阵说："我信你。但得答应我，不能全拍。封面封底你可以拍，其他的，就不行了。"宋记者慌忙点头说："好。"老苏站起身，朝院子里面走，宋记者跟在后面。院子很大，侧边小点的房子是祖屋，里面供奉着牌位。老苏时间多，又是闲不住的人，这间祖屋被他打扫得一尘不染。祖屋高处是神龛和牌位，下面是八仙桌。老苏并没有直接去取他的罗盘和经书，而是取了几根线香，燃点起来，插在八仙桌上的香炉里。老苏拜了几拜，念念有词，这才走到八仙桌前，从腰间取下钥匙，插进八仙桌侧面的一个柜锁里。拉开柜子，抱出一个木盒子，老苏说："出去看。"

木盒子摆放在院子里的条凳上，呈黑褐色，已经看不出原先是什么木头了，外面刷了一层光亮亮的天那水，用来防潮。木盒并没有锁，把盖子揭开，里头还垫着一层布。布掀开，就看到了一本纸张脆黄的册子、一个古旧的罗盘。老苏正要把册子和罗盘取出，宋记者说："等等，我这样拍一张。"罗盘有一个盖子，打开后，一个圆盘被"甲寅艮丑癸子壬亥乾戌辛酉庚申坤未丁午丙巳巽辰乙卯"

瓜分为二十四块,黑褐色的罗盘上,字刷着白色的油漆,指针随着罗盘在老苏手心的抖动,不断变化着方向。册子则是以毛笔字抄就、手工订成的一本书,这本书装订得不平整,书脊以一根早看不出原来颜色的线穿透、捆紧。纸张脆黄,甚至有点黑褐色——任何老旧的东西,好像都不得不被黑褐色掩盖。书的页边也有些翘起,封面上三个字歪歪扭扭——更路经。

宋记者拿着相机的手有些抖:"这东西,怎么用?"老苏指着罗盘:"罗盘上这二十四个字,代表各个方位,每个字之间的经纬度是十五度,转一圈是三百六十度,是整个地球,行船都要靠这个指引航向……哎,不说这个,现在没人用了,现在都用卫星导航了。这本《更路经》,得结合罗盘来用,上面记载着南海上的各个礁盘、暗沙和岛屿,记载着它们之间的距离和方向。我们以前出海,都要依照上面的记载,算好船的速度和方向,海上茫茫,得绕开礁盘和暗流;风浪来了,得依照这本经书上的记载,找到最近的小岛来躲避……总之,若没有这两样东西,出了远海,即使全程风平浪静,也会迷失方向,没法返航……唉……不说了,不说了,你拍,你拍。"老苏随手一翻,展开《更路经》的一页内文。他话一多,就忘了刚刚跟宋记者强调过的只能拍封面封底的话,宋记者赶紧摁下快门。

老苏展开的这一页,用毛笔写着:

  自大潭过东海,用乾巽驶到十二更时,驶半转回乾巽已亥,约有十五更

  ············

自三峙下石塘，用艮坤寅申，三更半收

自三峙下二圈，用癸丁丑未，平二更半

自三峙下三圈，用壬丙巳亥，平四更收

自猫注去干豆……

　　这一行行犹如天书般难解的文字，让宋记者头昏脑胀，他收起相机，掏出纸笔，说："老苏，你讲些在海上的遭遇吧。听说你经历过各种惊险，跟我随便讲点什么，我写下来，一定很吸引人。"

　　"讲什么？"

　　"什么都行。"

　　"渔民嘛……就那样，有什么好说呢？"

　　老苏把《更路经》和罗盘重新放归盒子，抱进祖屋锁住。八仙桌的抽屉关住的瞬间，老苏脑子里电光石火，闪过一些片段。1950年之后，老苏刚刚上船不久，那时基本不去南沙，而随着船在西沙和中沙捕捞作业。二十多年以后，响应国家战略的需要，他踏上了前往南沙的征途。南沙的气候比西沙、中沙更加变幻莫测，需要船长有真正过硬的技术。老苏带着船员，凭着一本《更路经》和老罗盘，躲过一次次生命中的劫难。当时的老苏和船员，每发现一个小岛礁，就做一件事：捡起岛礁上的石块，垒成一座小小的"兄弟庙"，烧香祈盼顺风顺水，行船平安。祭拜兄弟庙之风，始于明代，其时有渔村一百零八人出海遇难，渔村之人便在海边建庙祭奠，既为招魂，也是祈愿。这一百零八位"兄弟"的亡魂，在渔民们的纪念之中，逐渐变成了渔民们的保护神。岛礁小而荒凉，不像在渔村里，可以把庙修得高大气派，甚至在庙门上写下"孤魂作颂烟波静，兄弟联吟镜海清"的对联。几块礁石垒成的小洞，便足以安放渔民们的恐惧与不安。若是登上的是被别国侵占了的岛礁，老苏还会取出早就准备好的木牌插下，上有大红油漆文字："中国领土不可侵犯。"来年再登岛，木牌往往不见了，只好把字刻在礁石上。下回再来，刻了字的石头，同样不见了，不知道是被海风、海水磨光还是被别国的人丢了。那些年里，捕捞不仅仅是捕捞，也是凭着一股中国人的热血，在自己的海域巡游。数十年的海上生涯，他被抓去越南蹲过监狱；也曾登陆某个小岛后，被岛上的外国驻军拿枪顶着肚子；他甚至在海上遭遇过某国士兵的持枪扫射，当时他冷静地指挥船员以装着大米的袋子堆在船舵边挡子弹，让船员躲进船舱，他依靠对罗盘、《更路经》和风向水流的谙熟于心，掌舵闪躲，没有让船员成了新的"兄弟亡魂"。他和穷凶极恶的海盗有过生死搏斗，当然也曾遭遇淡水箱破漏，喝自己的尿解渴救命……这些记忆重叠、堆积、纠缠，在八仙桌抽屉合上的这一瞬，搅成一团糨糊。

老苏走到院子里，宋记者递过去一支烟："讲讲出海的事嘛！"

"出海？"

"是咯，现在跟以前条件不一样，以前出海，很辛苦啊。"

"世上哪有不辛苦的事？对了，你知道不？以前我们出海，遭遇了不测，要怎么办？"

"遭遇不测？指什么？"

"唉，到底是年轻。渔家每一次出海，都走在生死边缘。风浪大了，连人带船，都找不到痕迹了，硬生生，全部吞没了，丝毫不剩啊。"

宋记者脸色严峻,取出录音笔,调到录音状态。老苏继续讲:"死在风浪里,倒还省事。有人死了,其他人找到他的尸体,水路那么远,把尸体运回来,那才叫辛苦。船在海上航行多天,尸体就摆在船上,又热又潮,腐烂得很快,你说,要怎么运回来?"

宋记者嘴角泛酸,胃里在翻滚。

"得用盐腌。像咸鱼一样,把海盐覆盖在尸体上面,吸收水汽。从不晕船的船员,也会被臭味熏得胆汁都吐出来……"

宋记者手一抖,录音笔掉落地上,他没去捡,用双手捂住嘴巴,也没能捂住胃里翻涌上来的腥臭,录音笔被秽物覆盖了。宋记者不知道录音笔坏了没有,但他知道,不用录音笔,他也会清楚地记得老苏讲出来的每个字。

海 里

从初登船到真正自己掌舵,老苏用了接近二十年。如果不是一场意外让父亲瘸了右腿,这个时间还得往后延迟。经过最初的不适期,适应船上生活之后,老苏去了别的船当船员。这是渔村的规矩,父子兄弟不能同一艘船出海,以免遭遇不测的时候,全家灭绝。在别人船上的那些年里,每次在岸上,父亲紧紧叮嘱,让他背熟那本《更路经》、学会看罗盘。对他来讲,学这两样东西比在海上晕船呕吐还难受。但又不得不学,这也不是谁想学就能学的,《更路经》版本不一,却都是各个船长的珍贵私藏。父亲手头这本,传了几代了,已难以说清。在渔村的很多传说里,最初的《更路经》还与明朝的郑和船队有关，他们相信，下西洋的郑和，曾因为一场风暴，停靠在渔村，尝到了渔村最鲜美的鱼虾，并留下了一部最初的《更路经》。之后，一代代的渔村先民，用一次次惨痛的代价，完善、增补着这部小册子——这是一部附着无数海上亡灵的册子。

一位船长，不仅需要掌舵，也是一个记录者，随时记下海上发生的一切。航行路线附近的水况、最新发现的鱼群位置、岛礁的位置……甚至云层也是观测的对象。云天的变化，很少记录在《更路经》上，那是出海人一种口口相传的骨血经验。白天，可以通过瞭望水面的颜色来判断海水的深浅，判断附近是否有礁盘——有礁盘的水要浅一些，日光下，是一种翡翠蓝；没有月亮的夜里，那些经历了生死的老船长，通过云层的反光来分辨岛屿、珊瑚礁以及水下的鱼群。对于老船长来讲，每一次出航，也是验证和矫正《更路经》的过程。

父亲出海多年，在一次大风暴中，他完整地把所有船员带回来了，甚至连捕捞到的海产，也没有多少减少，但是，他付出了一条腿的代价。他严阵以待，顶住了无数次海浪的迎头碰撞，但一次不留意，他的腿瘸了。伤好之后，父亲萌生退意，老苏很不理解，因为父亲只是有些微瘸，在风平浪静的时候，影响并不大。父亲很坚决，他说："你不是我，你不知道情况，但我知道。这一次放过了我，我再下海，就回不来了。"父亲立即下船，不再掌舵，家里的船交给了老苏。

老苏用了三年的时间，才摆平了自己、船员和那片海域。他指挥着航线，不仅关系到能不能满载而归，还关系到一船人的性命。

在之后的好多年里,他的船大多数是满载而归的,但总免不了有失落的时候,白忙一个月,船舱空荡荡。最大的损失,当然是有人把命丢在了海里。比如说,那一次疏忽,老苏船上最好的水手曾椰子,就把命丢在海里了。看到曾椰子的身体浮出水面,船长老苏才想起父亲无数次的告诫:"出海的人,永远不能喝酒,否则你总会在醉后淹死在水里。"一直到多年以后,老苏还为此惭愧和自责。

当了船长的老苏,一直严禁船员带酒上船,但还是会有些船员悄悄塞着一点,当夜色笼盖,舌尖舔两舔,躺在船板上,遥想茫茫大海尽头处渔村里的家人。若没一点酒,很多人会在咸腥的海风中,洒下饱含盐分的泪滴。

那日,天已亮,曾椰子跟老苏招呼过后,就带着氧气瓶潜到水中去了。在下水之前,老苏闻到了一丝米酒的味道,还没来得及说话,一阵水花溅起,曾椰子已在水中了。这一带是海参出没之地,而海参是此趟出海最重要的目的。老苏不停盯着手表,希望曾椰子在氧气用尽之前浮上来。老苏等到的,是曾椰子抽搐、扭动的身体,在海面上翻滚。老苏和其他船员把他捞上船来没多久,曾椰子就断气了,眼耳鼻甚至肌肤,都渗出鲜红的血。这般死法,突兀而让人惊骇。老苏没来得及细究他遇到了什么事情,就得在船员六神无主的哭声中,想好怎么把曾椰子的尸体运回渔村。

船员的作业都停歇了,他们只要看一眼曾椰子的惨状,就忍不住剧烈地呕吐。老苏让人把捆在曾椰子身上的氧气瓶脱下,解开他的衣服。又让船员到舱里取来淡水,他一点一点擦拭着曾椰子渐渐变得僵硬的尸体,一边洗,一边扇自己巴掌——他想起了曾椰子下水前的那丝酒气,想到了父亲持续多年的告诫。父亲那么多年的苦口婆心,也没能阻止惨剧的发生。洗净身体的曾椰子,比下水前瘦了一圈——老苏已经知道他是怎么死的了。

干净衣服换上,曾椰子总算有了点人样。天气炎热,在往渔村赶的过程中,要怎么保存这具尸身,成了最大的问题。船上有装淡水的桶,可太矮,没法把那么高的曾椰子装进去。最后,老苏让船员把一艘挂在渔船上的小船抬上甲板,把曾椰子放了进去。再把海盐取出,覆盖在曾椰子身上。海上作业,时间久,有些鱼没法活着运回到岸上,每艘船都备了大量的海盐,用以腌鱼。曾椰子就像咸鱼一样,被盐覆盖在小船上。老苏让船员用铺在船上睡觉的木板,把小船盖住,曾椰子就像一具木乃伊,被封住了。再取来绳子,把木板盖住的小船死死捆住,防止一丝丝的泄漏。本来应该烧在某个海礁上祭拜一百零八兄弟公的线香,插在小船上,被海风吹拂,烧得很快。

船全速返航。

封不住的尸臭开始渗出,起先还很微弱,后来则是汹涌而来。所有人都吐了,连喝水也变成巨大的折磨。五天四夜的漫长航行,船才回到渔村,当眼前的碧蓝中冒出椰子树和木麻黄的一线绿色的时候,老苏松开船舵,轰然倒在船头——他这几天几乎没有闭眼过。

上岸后,尸臭味几乎在他鼻孔里萦绕了一个多月。而后来很多年里,每逢压力大,老苏就做着变成曾椰子的梦……在那个梦里,氧气瓶压在老苏的身上,潜入到十几米深的地方,所有的肌肤、血肉都挤压着骨头,或许,是早上的那点酒,让他失去了往日的警惕,只专注着眼前的海参。他忘了，氧气瓶已经快要用完。当呼吸开始急促，他慌乱了，忘了要缓慢升起以卸掉沉重的水压，而是一转身，匆匆往水面上射去。这一浮太快了，肌肤上的水压顿时消失，造成体内压力比体外大得多，血管爆裂，鲜血渗出……

曾椰子只死了一回，而老苏则在梦中，一次次这么死去，又活过来。

岸　上

一个十字路口就把这个小镇的格局划定了，所有的铺面都沿着十字生长。在统一的风格之下，每家店铺都花尽心思摆放各种器物以吸引游客的目光，有的摆放着一只巨大的船锚，有的则摆放着一堆珊瑚礁，有的甚至把一艘木板深黑的小船斜放在门口……在砗磲生意无比热闹的时候，总有游客摆着各种姿势，在店铺门口立起剪刀手拍下照片，传到朋友圈。而此时，店铺依旧，却由于少了游客的光顾，平添了萧条慌乱之感。老苏大儿子的店铺在东街的中间，他找来一块石头，在上面刻出一个罗盘的模样——照着老苏的罗盘来刻的——取了一个颇为霸气的名字"望海楼"，立即有了一股在海上指挥若定的气势。

儿子的店铺半掩着门，老苏没有在儿子的店面前停留，而是直接到了阿黄家。阿黄因为下船早，也是渔村里较早搬到镇上的人，由于先发优势，他家占据了一个很好的位置，处于镇上唯一的十字路口处。阿黄当年买下的地还不小，他的房子除了铺面之外，还留有很大的一个院子。阿黄的房间在后院，即使闷热，窗子也紧闭着——阿黄已吹不得海边过来的风。他瘫坐在房里的沙发上，还裹着一条薄薄的被单，面前摆放着工夫茶的茶具，已经泡好了颜色金黄的茶水。

"会享受啊你！"老苏说。

"我倒是想到茶店里喝，跟人聊聊天，但哪出得了门？风一吹，鼻涕跟水龙头似的。我这病，那么久了，吊针打了好几回，也不见好……"阿黄的鼻音很重，声音沙哑。

"你这样了，还能喝茶不？"

"我不喝，泡给你喝的。我喝水。"

"我自己来，不然你传染我。"

"也不是你想传染就能传的。"

老苏拿起一小杯，一饮而尽，茶水已经没有那么烫了。阿黄等了多久呢？茶水是不是一遍遍凉透，又一遍遍再添？阿黄又裹紧了身上的被单，身子缩到软沙发里面去："过来的时候，看到镇上那些铺面了？"

"看到了，好多都清空了。"

"谁说不是呢？那些砗磲生意，我总觉得做不长久。千年万年的砗磲贝才能玉化，就这么拿来加工卖了，也是罪过啊……"

"生意人只认钱，哪懂得什么是海？我那儿子，我为这事，才不想搬去跟他住。看着那些砗磲被加工成那样卖掉，心疼啊。"

"……唉，老苏，我找你，是想跟你商量个事。这事我也犹豫了好久，我自己做不来，得你一起才行。我知道你这些年不愿意跟人打交道，不喜欢抛头露面，但这不仅仅是我们自己的事，有时也是不好推掉……"

"镇里找到你的？"

"不仅仅是镇里，还有市里，据说省里领导也很重视。刚才也说到的，镇上这些店铺不让卖砗磲，这不也是好事吗？你也不想看着南海被这么挖吧？可是，不让卖了，镇上这些人，包括你儿子，他们干吗去呢？大家总要吃饭啊，那么多人，总不能说把店铺关了就完事。有些人得分流回渔船上，也有些人得引导去做别的事，上面想在镇上发展旅游，今年渔季开始之时，想举办一个开渔节。上头问来问去，也找不到人来主持开渔节的祭祀仪式，我倒是很有心参与，但很多东西，我也不懂，我没当过船长，手头也没有一本经书和罗盘，这活儿，我是做不了的了，得你来啊……"

"阿黄，你有热心我知道，但那种场面，我哪里把握得了？还是庆海爹才行，我哪懂这些……"

"庆海爹不都走了三年了嘛，去挖他尸骨来主持吗？"

老苏也哑口了。庆海爹还在时，每到开渔之前，渔村的人都会提前商量好祭拜的程序。海风灌涌的港口上，聚满渔村老少。锣鼓敲响，祷词念出，人人都点香烧烛，祭拜大海，也祭拜那些丧生在大海中的人。很多年里，庆海爹都是那个事无巨细、把握着一切流程的人，他比老苏大十几岁，是南海上最好的船长。他被当作最好的船长，并非他的船渔获最丰，而是数十年中，他的船员从未有一人把命丢在大海之中。甚至有人传说，那都是因为庆海爹熟悉祭海之俗，能够和那些海上亡灵交流，每当风暴与危险将至，他都能提前获得信息。依靠手中的《更路经》、罗盘和船舵，他把船驶出一条曲折隐秘的线路，避开了风浪，毫发无伤地回返岸上。庆海爹宣布不再继续担任船长的时候，还曾在渔村引起一阵动荡，少了这么一位定海神针式的人物，村人就慌乱了。还好，每年的祭海仪式，庆海爹还出席。庆海爹过世前五年已经行动不便，换他的儿子来主持，村民的向心力便弱了很多。庆海爹一死，仪式等于取消了，各家只在出海之前，各自烧香点烛、轰炸一下鞭炮，算是走了一下过场。

"庆海爹儿子不还在嘛，那套流程，他懂……"老苏说。

阿黄哼哼冷笑："提那败家子？他倒是懂得照着念，但他眼中只有钱，每件事得多少钱，那是丝毫少不得的，哪请得动他？……何况，那年他为了钱，硬要把罗盘和经书卖掉的事，你又不是不知道。这样的人，哪还能找？"

"这事，应不下来，我这人，话都不会说。我还是刻刻我的木头吧……"

阿黄把裹在身上的被子一抖，被子滑落地上，他站起来："老苏，我这身体若还可以，我还想撑着试试，硬着头皮上。实在是没办法了，开渔的时候，我还能不能站直都不好说了。我们这些老的，走得都差不多了，你不应承，还有谁啊？"

"真不行……我再想想……"

老苏告别阿黄后，还没回到渔村，就在街角处被大儿子接到了家里。当时他脑子一片混乱，差点被一辆摩托车撞倒，儿子从店铺里冲出来，把他往自己店铺里面拽。店铺的货架已经接近清空，地板上一片混乱。不同的袋子里,有的装着砗磲手链,有些则是打磨光滑的整块砗磲贝,还有一些是完全没有加工过的大贝壳——有些人爱在家里摆这原生态的贝壳,说那是自然的味道。几个小工忙得一团乱,绑好的袋子,分别移到店铺里的不同角落。灰尘沾满了整个店铺,老苏简直无处下脚。往店铺后面走,也是一片慌乱。这些海里的宝贝,曾让这个小镇无比热闹,此时却让整个小镇陷入慌乱。

大儿子很高兴:"爸,宋记者跟我说了,说你那天很配合。他的文章写得很好,你看,报纸也登出来了。你还没看到吧?"他从柜台抽出一张报纸,递给老苏。柜台上堆着五六寸厚的一沓报纸,都是同一期的。这是省报的一期特刊,介绍渔民与南海的故事,展开的第三版上,老苏看到了自己的照片,他捧着经书、罗盘的画面,被毫不吝啬地排了三分之一的版面那么大。还有一篇文字,是关于老苏的采访,介绍着他的一些经历。老苏脑子一蒙,平日里,在报纸上出现的都是大领导、大老板,自己一个渔民,被排了这么一张大照片,到茶馆里遇到熟人,还不得被天天挂在嘴边议论?老苏立即把报纸合上了,实在不敢看报纸上的那张老脸,更不敢看记者的文字。

到了楼上坐下,儿子笑呵呵说:"爸,那宋记者是很有本事啊。他回去之后,打了个电话来,说他问到省里砗磲研究会的一位副会长,是一位书法家,也是个大老板,他胃口大,说我这里那些品相好的货,他都能拿下。你也看到,店里乱成那样,就是要把货分好,他中午要来看货。"

老苏松了一口气:"挺好嘛,麻烦解决了。"

"是很好,是很好。其实,钱也是压在那些品相好的货里,那些差的,不值几个钱,只要这批货一出,就算是缓过来了。爸,你也在店里待着,别着急回去了,晚上咱们父子好好喝几杯……"

"我哪喝酒的?"

"那就待着,吃点马鲛鱼。爸,你就在这吃完饭,我开车送你回去。"

马鲛鱼……老苏吞咽了一下。海里的东西他吃了多少年,马鲛鱼是永远吃不腻的,那种鲜味,能掩盖所有的烦恼,从舌尖逸散到全身,瞬间把人包裹在风平浪静的海水里。老苏有时候也会想,出海那么危险,一代代人把命丢在水里,却还要去,其实和这水中之物的味道关系极大。当舌尖触到一块煎得略微焦黄的马鲛鱼,所有海上的历险,都那么值得。

马鲛鱼……平静的海水……人泡在水中,轻轻摇晃……

老苏只能答应下来。

二楼的阳台,可以看到街面,东边不远,就是港口,渔船正在那里停靠。目前是休渔期,但离开渔已经不远,很多人已经在做着各种准备。儿子把二楼阳台改成了一个喝茶的地方,吹过来的风,让老苏有些打哈欠。他翻开报纸,从大标题里可以看出,这期特刊全是和南海有关的。近些日子那个与中国相邻的国家,在南海上折腾不已,在国际上发起了什么南海仲裁案,省内报纸搞了这么一期特刊,也是在宣示南海的主权。特刊从专家、官员、收藏者到渔民,都进行了采访,讲述了南海的不同侧面。由于自己被刊登在第三版,老苏没太有心情去细看报纸,他叠了叠,塞进口袋,心想,他娘的,还用得着证明吗？不说别的，我们一个小渔村，这些年就有多少人葬身在这片海里？我们从这片海里找吃食，也把那么多人还给了这片海，那么多祖宗的魂儿，都游荡在水里，这片海不是我们的，是谁的？

书法家穿着一身中式衣服，脸很圆，手腕肥嘟嘟，左手戴一条粗大的砗磲手串，颜色乳白而通透；右手则是黄花梨手串，深褐色的斑纹鬼脸，好像还会眨眼。这些珠子都很大，可在他肥硕的手腕映衬下，又显得很细小。书法家低着头，每个袋子前都蹲下来，细细看着里面的货。作为收藏者，他知道物以稀为贵的道理，现在这些店家慌乱出手，正是低价进货的好时候——禁止交易的规定很快生效，但那是对公开买卖的店铺的要求，真正好藏品的交易，都是私下里进行的。他藏品量惊人，但他从不嫌多，当然，他只收真正的好货。他不时从每个袋子里挑拣出一些次品。书法家挑好后，立即叫来他的司机，跟老苏的儿子一起清点货物，列出清单。书法家拍拍手上的尘土："宋记者的采访，我看了，写得好，故事感人。我想见见你爸，不知道方便不方便？"

老苏的儿子笑了起来："刚好我爸就在楼上，平时他在渔村里，今天刚好在。我叫他下来。"书法家微微点头，不一会儿，书法家就看到满脸铜锈色的老苏。老苏的褐色上衣塞进黑色的裤子里，腰带有一些脱色。老苏的头发很稀疏，额头光亮，从额头左侧到下巴处，则布满星星点点的黑色斑痕，他的手背犹如长满毛刺的老树根。书法家伸出右手，老苏犹豫了一下，把他斑驳的手握上了书法家肥滑软嫩的手掌。感觉到书法家的手抖了抖,老苏赶紧把手松开、缩回。

书法家笑着说:"我看到你的采访了,很佩服,想认识认识你。"

"呵……"

"那报纸,我买了很多份送人了,这期报纸做得好啊。"

"呵……"

"我今天来跟你儿子要货……"他指着那些被他挑选过的袋子,"那些,我都要,这货,值不少钱啊。我跟你们镇上不少店家都是老朋友了,他们都急着出手,都在找我。宋记者极力推荐了你儿子,我确实是佩服老苏你,在我们的海上出生入死,维护了我们的主权……我是专门到你儿子这里来要货啊……"

"呵……"

"感谢……感谢!"老苏的儿子在一旁说。

书法家收起笑脸:"老苏,我是直白人,不绕弯子,这次,除了跟你儿子进货,我就是专门来找你的。"

"找我?"

"是。我这人,爱收老东西,连当年古代沉船的海捞瓷都收了不少,我这次来,就是想找老苏你,能不能把你手头的东西转让给我?"

"我这人,哪有什么东西能让你瞧得上的?"老苏挠挠头,左脸那些斑痕一跳一跳。

"我想要你手上的《更路经》跟罗盘!"

老苏愣住了,回头看看他儿子。儿子表情紧张,眼睛充满祈求,手捏成拳。老苏尴尬地说:"这东西,不算有多贵重,眼下出海,是用不上了，可这是从我爸、我爷爷、我爷爷的爸……一路传下来的，这东西现在到我手上，哪能卖了？"

"老苏，我知道！你看，我这不是跟你儿子做了很大一笔生意嘛。他目前遇到困难，需要出手这些货，我帮他收了那么多，你看……"书法家指着那一个个袋子。

"爸……爸……"儿子喊了两声，把老苏拉到一边，指手画脚，低声说着什么。老苏只是摇头，他儿子头上的汗不断涌出。

"这样吧！我干脆点，老苏，你只要愿意出手，价钱好说，你自己开。另外，我也不挑了，你儿子剩下的这些货，我也给他全拿了。这样，你儿子立即资金回笼，想做点什么，也就宽裕了……"书法家的这句话，把老苏的儿子也惊得愣住了，他唯有看着父亲，不停使眼色，就差跪下去了。

老苏长叹一口气，说："你跟我儿子做生意，我感谢你。要是别的什么，卖了也就卖了，但这两样东西，也不是自我手上才有的……"

"你看，你看，老苏，你也是不好讲话，你留下这东西，以后不也是要传给你儿子吗？"书法家指了指老苏的儿子，"你以后也是要传给他，他也是能做主的，现在出手，能把他的资金全都救回，他也能赶紧做别的事情去，这不是挺好的事嘛。你这……"

"爸……"儿子抹脸，汗水淋漓。

老苏的语气愈加生冷："以后我死了，他要卖，是他的事。实在不行，我死前烧了。"老苏脸色黑沉，知道今晚的煎马鲛鱼是没得吃了，迈步跨出店铺。

"老苏……老苏……"书法家喊着,老苏并不应承,他只能转头对着老苏的儿子,"你爸这么不好说话。我想,你还是去做做他的工作,这些货,等你谈定了,一起算吧。我先去老曾那店里看看,他也给我留了些货……"

海 里

天色还没暗透,海面上出现了海螺大小的漩涡,白天波澜不惊的海面,此时变得怪异。老苏的心中紧张起来。这是大风雨即将来临的征兆——可这是十二月底啊,春节已经不远,这一趟之后,很快就要返航过年了,这个月份,按常理讲,是不应该有台风的。渔船的位置,在永兴岛、西岛、浪花礁之间,老苏心里很快做出决断,准备前往面积最大的永兴岛避风。船员中有反对的,说老苏太过胆小,这个月份哪会有台风?这一片海域,并非只有老苏的一艘船,从海南岛来的不少船只,最近都聚集在这里。前些时候有一艘外国的大轮船经过,触礁沉没了,满满一船的货物,全洒在海里,附近知情的渔民们很快围聚过来打捞,反而没再去留意鱼虾。白天,各艘船散开打捞货物,夜里,亮着灯,各艘船一起停靠在附近一个小小的岛礁。

一看到水面起了漩涡,老苏喊起来:"大家也看看,是不是要起风?"

各家船长都走出船舱,细细观看水面,脸色凝重。

老苏说:"我看风是要起,这里太小,风要来了,怕是没处躲,还是得提早去永兴岛。"

老苏让船员起锚,掉转船头,朝永兴岛的方向而去。二十世纪七十年代以前,大多是木帆船,而此时是一九七三年了,大多是机船,发动机带动船桨,哗啦啦打着水花。七八艘渔船,也跟随着老苏的船,一起前往永兴岛。渐渐黑起来的海面上,一串亮灯的船队,像一条在海面上流动的龙。

"老苏!老苏!"声音来自一艘逐渐靠近岛礁的船。

老苏缓慢把船停下,那艘船也慢慢地移靠过来。那是一艘新造的大吨位渔船,船长是位中年人,前些时候,那艘船才从渔港下水。那船长老苏也是认识的,两艘船基本上同时出发,沿着相同的航线,但大船速度快,比老苏要早抵达这片海域。

"老苏,去哪儿啊?"对面船高,中年船长的声音压下来。

老苏指着海面:"水面奇怪,怕是要来风浪,去永兴岛躲躲!"

"哈哈哈,老苏,出海多年了,哪听说过十二月有台风的?也太胆小了。"

"满船的人呢,哪能开玩笑?海上找吃的,不靠赌气,不靠胆子肥,得小心啊。"

"老苏,这气我就赌一把!"那艘大吨位船立即加速,把老苏的呼喊抛弃在海面上。

对渔民来讲,永兴岛是茫茫南海中最安全的地方。它的面积足够大,有渔民在岛上盖了临时的房子,也有部队官兵驻扎在这里。从永兴岛上岸之后,船员都分散住到那些临时搭建的房子里,老苏听到了船员们的埋怨。船员在牢骚中睡着之后，老苏还在翻来覆去。他踱步到小岛的岸边，观察着水面的变化，他更把目光放长，希望能从海面上看到有一点渔火出现。那渔火一直没有出现。

风终于起来了，在接近凌晨四点的时候，原本轻拂的风，显示出了猛烈的气势，海浪开始翻滚，不断击打着岸边，抛锚定好的渔船也被浪拍打得噼啪作响。雨的到来要缓慢得多。先是洒下一些小点，大半个小时后，倾盆大雨才追赶过来。老苏不能再在岸边待着了，他回到屋子里，浑身已经全是水了。因岛上缺少水泥和砖石，这些房子都用木头搭建，覆盖着铁皮、油毛毡，在风雨中有随时被刮走的感觉。撑了没多久，这些房子全被掀垮了，渔民们匆忙到岛上的水产公司的加工房躲避。因为返航回海南岛比较遥远，这家国营的水产公司把加工部门设到永兴岛上，方便捕捞之后，就近加工，再运输回海南岛。这些加工房把钢管打进土里，要牢靠得多，可仍然在狂风暴雨中摇摇晃晃。

渔民们聚到一块，也没说话，安静地听着外头的风雨交加。

"唉，还好我们躲上岛来了，还好……"终于有人从哪个角落说了一句。

"那艘大船，回来了吗？"

又都沉默了。

暗黑之中，有人压抑不住，抽泣起来。

几乎所有人都没怎么睡好，天色发白之后，呼噜声才相继四起。

这场罕见的冬季台风，竟然刮了整整三天。其间最大的风浪有十多米，巨浪吞没着一切，连这永兴岛好像也不安全了。在这三天里，每逢风小一些，老苏就要冒雨去岸边查看渔船，他担心锚和绳子也没法拉住他的船。

台风过后，天空如洗，一切恢复平静，岛上一片狼藉。老苏决定休整两天再出海。有些渔民已经跃跃欲试，准备出海收拾还在风浪里惊慌失措的鱼虾。水产公司的渔民出去后，第一天就有了收获，竟然捕获了好几条大鲨鱼。老苏出海，从未动过捕捞鲨鱼的念头，听说那些海中霸王被拉回永兴岛的时候，老苏也跟着躲风的渔民去围观，还吸引来了一些岛上驻扎的士兵。捕获的鲨鱼有六头，有大有小，显然，这些鲨鱼在被射伤之后，再被粗大的网捆住，拉到永兴岛，已经全都死去了。但它们巨大的身躯，还是把老苏给震撼了，浑圆的肚子像打满了气。

老苏穿着拖鞋，走到沙滩边上，伸腿踢踢那些鲨鱼的肚子，鲨鱼弹性很足，把老苏的脚打滑到一边去。人都围拢过来。加工人员脸上笑开了花："先挑一头最大的看看，吃了什么东西，肚子这么圆！"锋利的大刀划过，把鲨鱼肚子剖开。猛烈的腥味有着巨大的推力，把围聚的人给推开了。刀继续划，划开鲨鱼的胃，有圆滚滚的东西掉出来，也有条形的东西掉出来，腥臭味更加强烈了，围观的人又退缩了几步，有人受不了这强烈腥臭味的刺激，就蹲下来呕吐。加工人员皱起脸来，他用长刀推了推那圆滚滚的东西。东西滚动了几下。

尖叫声响起来："人头！"

是人头，正面朝上，脸上黏着鲨鱼胃里的黏液，可没被胃酸化完的样子，还能看出那是一张人脸。那人眼睛暴凸，瞪着所有围观的人。

尖叫声此起彼伏，老苏也再次往后退。那加工人员也吓得手中的刀掉落了下来。大家这才注意到，刚才掉落的那些条形的东西，是人的手脚。

——这些鲨鱼，是被人喂饱的。

在大家的惊慌失措中，围观的士兵们主动上前，接过刀，把剩下的几条鲨鱼也都剖腹了。无一例外，鲨鱼肚子里，全都是人头与残肢。

士兵清洗那些残骸后，老苏和船员从还没被腐蚀殆尽的四个残破的人头中，隐约辨认和猜测，应该是那艘大吨位渔船上的渔民。那艘船上可是有着三十多人啊，马上又要过春节了……所有的渔民都号哭出来。

哭声是永兴岛的另一场台风。

岸　上

那一天风小，阿黄想下楼走走，刚上街，就摇摇晃晃，昏倒在地。家人叫来了救护车，先送到了市里，还没办下住院手续，市医院就联系了省医院，直接送到了省城。省医院正好有京城专家前来坐诊，给阿黄浑身检查之后，给他家人做出了"不建议手术"的诊断。阿黄把家中儿女叫来，儿女都唯唯诺诺，阿黄绷着脸："是不是癌？"沉默，等于说出了答案。阿黄说："待在医院有用吗？"又是沉默。阿黄说:"回去吧,医院里味道重,我待不惯。"是肺部的问题。得知阿黄是老渔民之后,医生貌似很确定地说,可能是当年海上捕捞,长期在水中憋气,对肺部造成了很大的损伤,应该是老毛病了,不过是到了现在,才集中爆发了。

阿黄有个女儿嫁到广东,夫家很有钱,她从广东飞回之后,强烈要求把阿黄送去广东就诊,说岛内医疗技术不行,得到广东的大医院。她在医院里把所有的兄弟姐妹都数落了一番,说他们纯粹是舍不得钱,又说既然这样,医疗费由她出。她的话惹得一家人在病房里争吵不休。阿黄冷冷地喊了一声:"不去广东了,我要回家。不是钱的事,我不想被割成碎肉。硬要叫我去,我就从这病房窗子跳下去。"阿黄轻描淡写中藏着斩钉截铁。医院开了止痛药之后,阿黄回到镇上来了。阿黄家离镇卫生院不远,阿黄就待在家里,由卫生院的护士上门给他换药水。

老苏来看阿黄的时候,他正斜靠在一个厚厚的枕头上,手臂上扎着吊瓶——自医院回来之后,这药水每天都要输送到他的体内。他曾抗议说不打了不打了,可汹涌而来的剧痛,要把他撕成碎片,他不得不让针头扎进体内。剧痛的袭来,会让阿黄有一种在海水中挣扎的窒息感。很多年里,他在海水中作业,穿梭如游鱼,那种摆动身姿的自由,让他觉得自己应该属于大海而不是陆地。他当然也遇到过在水中快要溺亡的时候,还不止一次,浑身扭动、挣扎,却毫无用处,逐渐陷入更深黑的海底。阿黄曾想,千万种死法里面,溺亡在海中,一定是最惨烈、痛苦的那种。因病而带来的剧痛,若不靠止痛药压制,阿黄就得一次次经历溺入海水的绝望——他得依靠止痛针，一次次从水底返回岸上。

老苏捏了捏阿黄的右手，没有任何反馈的力道，只有穿透掌心的凉意。

"我就该死在水里。"阿黄嘴唇动了动，老苏得静静地听，才能听到那浑浊、带着粗气的话。

阿黄惧怕着海水，又渴望着死在水中。

老苏摇头苦笑。

阿黄忽然想起什么："老苏，那事，你答应下来了吗？"

"什么事？"

"开渔节的祭海啊……这些年……呵呵呵……"

"这事，我答应不下来啊！"

阿黄猛地坐直，就要从床上翻身下来。老苏按住阿黄："你坐下，你坐下，起来干吗呢？"阿黄不理他，伸手去抓挂在床头一个铁架子上的药水瓶。阿黄的手一伸出，浑身就抖动如电击。老苏只好一只手扶住阿黄，一只手取下药水瓶。阿黄摆摆手，往阳台边去。阳台外，日光猛烈，海风也很大。阿黄拉开门，有风灌进，他的抖动更加剧烈，老苏害怕他会摔倒。阿黄靠着阳台的栏杆，老苏只能扶着他。

小镇的街巷上烟尘滚滚，人人貌似很慵懒，但很多人都因为禁卖砗磲的最后期限即将到来而手忙脚乱。不仅仅是店家，镇上的有关部门也很茫然，禁令来得很突然，与这个产业有关的数千人要分流到其他地方去，并非一件容易的事。大儿子到渔村里找过老苏几回，没怎么说话，就静悄悄地站在他身边，看着他刻那树根。老苏不说话，他也就不说，站到暮色将起的时候，他转身离开。老苏知道大儿子的心意，知道大儿子内心的焦躁和无奈，知道大儿子没能开口提出的那个要求……可他能怎么做呢？真的要把《更路经》和罗盘卖给那个书法家？若不卖，那堆货砸在儿子手中，儿子一朝欠人家一屁股债，今后怕是父子也没得做了。

阿黄的脸色愈加蜡黄，他的气息是不规律的："大家靠海吃海，但现在没人祭海了，大家都信仪器，不信仪式。一门心思只想着钱，渔村没有了……没有了……"老苏不知道该怎么回话，只好不说，他拍拍阿黄的肩膀。刮过来的海风越来越大，怕阿黄身子承受不住，老苏把他强拉回房间里。

老伴的坟墓离渔村不远，却是一块背着海风的地方，老苏心烦意乱时，会到那里坐坐，想一些事情。慢慢算下来，出船那些年，老苏一年中没多少时间见到老伴的。女人不能上船，是渔村多年的习俗了，因为女人上了渔船，导致渔船如何出事的传说，从未绝过。年轻时，出船一两个月，颠簸劳顿倒不是最苦的，最苦的是对女人身体的渴望。白天还好，在水中、烈日下搏斗；夜里，躺在船板上，星光满天，船随风轻晃，体内的欲望都被摇出来了。每次船回渔村，老苏和其他男人一样，在船头看到岸上的女人之后，内心的焦灼和渴盼都达到了顶点。但，还得先把所有的渔获卸下船，再洗一顿痛快的淡水澡以后，才开始在女人身上驰骋。女人也憋久了，好奇地问起老苏海上的遭遇，老苏顾不上回答，只是横冲直撞，女人淹没在老苏的狂风暴雨之中。年纪渐大以后，需求少了，老苏会花很多时间,说起海上的遭遇,激起自己女人的阵阵惊叹与尖叫。每次到了最后,女人总会在一阵哭泣中睡去。睡去之前,女人会讲到她在岸上的担惊受怕,讲到她如何照看家里到处野的孩子。老苏知道,在岸上的女人,并不比出船更轻松。

有一回,掌舵期间,老苏的手抖了抖,一股莫名的感觉从水中渗入他的体内。他没跟任何一个船员讲这话,他还需要把他们安全地带回岸上。返回之后,他内心和当年瘸了腿的父亲一样坚决,第一句话就是告诉老伴:"以后,不出海了。"老伴说:"手抖了?"老苏点点头。多年前父亲就说过"大海养人也埋人"的话,手发抖,就是海上的亡灵给他提了醒。回到岸上,他和老伴之间的话多了起来,他一次次说起数十年间在海上的各种细节。在这样的讲述中,他不断重返大海之上。这样的重返,随着老伴的过世而结束了。床头空出,老苏每夜睡觉都少了说话的人。

从船上退下来之后,老苏的渔船在渔港边搁置了许久。儿孙都不再出海,不再经营船上的捕捞,老苏想把船售出去。渔村里,船并不好出手,最后,是另外一个县的一位海鲜店老板买去了。买来并不是为了捕捞,而是变成了移动餐厅。海鲜店开在海边,有一些包厢在岸上,也有一些包厢在一些渔船改成的船上,客人点餐之后,渔船离岸,在水上摇摆着,客人一边大快朵颐一边吹着海风,有种天上人间的错觉。

船卖出去后,老苏有一次思念那艘船,悄悄跑了几个县,找到那家海鲜店,寻找自己的船。海鲜店有三艘船可以开出去包厢,外面都涂上统一的靓丽油彩,挂着一盏盏灯笼,老苏辨认了好久,才找到那艘曾很熟悉的船。看到渔船变成了这模样，老苏内心悲凉，想转身离开，却被那老板拉住了，非要让他上自己那艘船看看。老板给这间包厢取了一个名字——老船长号。老板让人把船开动，带着老苏转了一圈，老苏越来越难受，竟然有些晕船，让赶紧靠岸，低着头就走了。

他没再去看过那艘船。

他后来一直后悔把船卖给了海鲜店老板，他宁愿把它放在岸边，让它在海风中坏掉。

海　里

从船上退下来之后，老苏也上过几次船的，都不是远海，只是那些在近海的小船，早上出去，傍晚便会回来，他就是到船上过过瘾。船家撒下渔网之时，他便在一旁看，要前去帮忙，船家也不愿意，怕他手慢，耽误了。船家倒是会问他意见，哪片海域鱼虾多一些，他观察了一下方位和波纹，指着一个地方，船家便在那里下网，果然拉网的手觉得沉甸甸的。

船员忙着网鱼之时，老苏有时也会取下一个救生圈，绳子绑在胸口，跳进水中游泳。船员也不理他。渔村的人都水性好，谁有时兴致来了，都会到水里游一阵。老苏双腿划动，仰着头，看着日头强烈地射在水面上，光线刺眼。他总是用仰泳，双手双脚缓慢地踩水，便会浮在水面上。这是最放松的时候，手脚酸了，还可以抓住救生圈，连踩水都省了。游累之后，朝船上招呼一下，便有人丢下一个软梯，他顺着梯子爬到船上。上船之后，他打两瓢淡水冲冲身子，把身上的盐分勉强冲掉。

但那一回之后，再也没有船家愿意让老苏上船了。那次，他踩着水，浑身越来越舒坦，就抱住了救生圈。还是觉得很舒坦，他竟然有了昏昏欲睡之感，他想着睁开眼睛，可更大的困倦压合他的眼皮，他双手竟然松开了救生圈，人就朝水里潜去。耳鼻一淹入水中，他就有些惊醒过来了，可他并没有立即浮出水面。日光照射进海里，离水面四五米处都可以看到，可更深处的碧蓝，一无所知。幽深的水底在那一瞬间，强烈地吸引了他。他主动往深处潜去。胸口绑救生圈的绳子阻碍了他，他竟然拉松了绳结，继续往深处去。身上的水压越来越沉，呼吸也越发急促了，老苏很清楚，继续往下，就会永远留在海里了。他明明知道后果会怎样，可海水更深处，还是对他有着强烈的吸引力。他眼前不再是碧蓝的水，而是闪亮的光，是金碧辉煌的海底宫殿。

无数已经消失在海上的面孔，就在那宫殿里欢迎他。站在前面的那个年轻人，没看错，是曾椰子。那个当年浑身毛孔冒血，被海盐腌回渔村的水手。老苏想，曾椰子当时是不是也看到了眼前的景象，才越潜越深呢？曾椰子身边那一群人，应该是那次冬天风暴里葬身鲨鱼肚子的那些，站在前面的，就是那个中年船长。他还是一脸傲气，那年的台风和鲨鱼，并没有把他的傲气吞下去。老苏的父亲，也在。父亲本来是死在岸上的，怎么会也在呢？但那不是他，又是谁呢？父亲紧盯着他，不知道是欢喜还是悲戚。他想起父亲过世之前，曾留下遗言，让把他的尸体烧成灰后撒进海里，老苏并没有遵照父亲的话来做。把父亲埋进墓地之后,老苏倒是把父亲的衣裤等烧了,撒进海里。此时父亲为什么是那样的神情呢?他是在怪罪自己吗?

更多的面孔,是他见所未见的,甚至有很多位穿着古代衣服的,那是传说中的一百零八兄弟公吗?海底的宫殿有光,光是黄色的,还会变化,变成橙色,接着变红变紫。那些光不能看,一旦直视,便目眩神迷。晕眩让他更想睡了,可他奋力看着眼前这些人。这么多人拥堵在宫殿的门口,是在欢迎他吗?身上的水压、鼻腔里水的堵塞、体内的缺氧,并没有让他觉得难以忍受,他感到了前所未有的安详。他继续朝宫殿潜去,快速扑向那变化中的光。

可他没法潜了,他的两只手臂被抓住了,他本能地扭动起来。一扭动,辉煌的宫殿消失了,宫殿里的人也消失了。安详也消失了,只有缺氧的痛苦,他浑身扭动,直至昏厥过去。

醒来后,已在船上。

是船上的两个年轻人救了他。船上有人看到老苏脱开胸口的绳子,立即报告了船长,船上水性最好的两个人,立即绑着绳子跳到水中救人。船上的人看着两个年轻人钻进水中,每一秒都那么漫长。当三人浮出水面,船上人赶紧拉收绳子。老苏被压出满口满口的海水,才醒过来。船长一直在船板上跳:"老苏,你这是要害死我,你这是要害死我……老苏,你说,你跟着我的船出来,却把绳子解开,是想干吗?你不想活了,还要把我一船人也都拉下水吗?老苏,你……"老苏又能说什么呢?他一言不发,他也不明白刚才怎么就鬼使神差地要往深处去。刚才眼前所见,又是怎么一回事呢?老苏坐起来，海风吹着，他觉得冷了，日头猛烈，但寒冷刺入骨髓一般。船长用力跺脚，高喊："回去。"

那一回之后，老苏再未有机会出海——所有的渔船，都拒绝他的靠近。一个惯于水上生活的人，只能远远看着渔船，再也难以登上。

他只好用一块树根，刻一艘独属于自己的小船。

岸　上

大儿子躺在床上，右腿绑着绷带，呻吟不断。儿媳妇跟大孙子，都在旁边看着。绷带里是跌打损伤的药，散发着刺鼻的气味。绷带上，有一团一团的污迹，那是血凝结后颜色可疑的污块。老苏来到儿子家，看到这景象，问道："怎么回事？"大儿子闷着头，不作声。儿媳妇推了推大儿子的手，他还是摇摇头，不说话。儿媳妇憋不住了："还不是欠人家的钱欠的，再过几天，估计这腿都要给卸下来了。"大儿子的头更低了。接到孙子电话的时候，老苏已经大概问出了什么事。那些积压在手中的砗磲，让儿子最近资金周转出了问题，追债的人多了，就有人在夜里堵着他，来了一顿拳打脚踢的警告。最近镇上这类事情越来越多，尤其是之前陷入资金困境而去借了民间高利贷的。

大儿子猛抬头，喊："你跟爸乱讲什么讲？出去！"

儿媳声音更大了："我说什么了？我说什么了？这不是事实吗？"

孙子也说："妈，你少说两句。爷爷都清楚。我跟爷爷讲过了。"

她仍旧没有放低声音:"反倒是我的不是了?当时人家那老板要把这些货全部收走,要不是爸不肯把那个……出手,事情早解决了。我们何至于把这堆废物压在手上?"

大儿子抬头猛瞪着他老婆,想说什么,却又把头低下了。

老苏坐到儿子床边,摸了摸儿子腿上的绷带,儿子发出些微呻吟,老苏问:"医生怎么说?"

"也没什么,皮外伤,擦擦药膏,休息几天就好了。"

老苏点点头:"那些货还是没人收?"

"有收的,价格很低。"

"我倒打听到,有些人开始按住,不出手了。他们说,现在砗磲不让捞,以后肯定价钱还会更贵,面上说不让卖,只要是好货,私下里卖给藏家,估计没法查,价格也有保证。"

"爸,话是这样说,但我耗不起啊。还有,万一有人举报呢?主要是,我现在手头空了,外面债务追得紧,要是手松,我也就任那些东西丢那就是……"

老苏沉思良久,伸手拍拍儿子受伤的腿,站起来,盯着上了高中的孙子:"你跟我回家一趟,我把东西给你,你带来给你爸。"

"爸,那是……"大儿子有些哽咽。

"人最重要。要是人都没了,留着那东西也没用。卖给懂行的人,可能保存得比留在我们手中还好。《更路经》比人活得长,我早想清楚这事了。"

老苏昂着头走出去了,他孙子盯着父母的脸,犹豫着要不要跟上去。儿媳妇一直眨眼,床上的伤号点点头,孙子才跑出去。儿媳跑到二楼的阳台外,探头看着她儿子和老苏走远,兴奋地跑回丈夫身边:"这下成了。"

他把脸藏回床角。

她埋怨道:"要早听我的,也不至于那么麻烦,不至于拖到现在。你一会儿就给那个书法家打电话,东西早点给人家送去。早点把钱抓自己手里才是正事……"

他的脸仍旧藏在阴影里,看不出是什么表情。

她伸手摇晃着他的肩膀:"这事……总算……"

"少废话!"

"什么?"

"滚!"声音撕心裂肺,带着哭腔。

一直劝老苏去主持祭海仪式的阿黄,并没有见到祭海仪式。老苏把《更路经》和罗盘交给孙子一周后,阿黄就忽然从家里消失了。家人在早上去看阿黄,发现他床上空空的,还剩一半的盐水瓶放在枕头上,针头滑落到地上,人已经不知去向。全家人四处找寻,并没发现任何踪迹。去派出所报了警,镇上不少人也都出动找人,还是没找到。派出所人员问阿黄家里人,他行动不便,又是半夜出门,你们竟没人能发现?家里人哑口无言。

老苏听到消息时,并没有多大的震惊。他悄悄到了海边,对着起伏的潮汐,燃点香烛,对着大海拜了拜。永远有波浪不断涌上,又立即退去,所有的痕迹,在水的面前都是暂时的。阳光泛着金黄色,把海水映照出不同的蓝,靠近沙滩处的水是泛绿的,越往深处,越变得深蓝。沙滩边，长着一排排野菠萝，接着是一排排椰子树，再远一些，是木麻黄林。很多年里，这里都是很热闹的。翻晒、缝补渔网的人，在夕阳下留下剪影，再被夜色覆盖。

天色亮得炫眼，老苏眼前却仿佛一片漆黑。就像当年瞬间就感知到曾椰子是怎么死的那样，老苏也理解了阿黄独自离去的心情。自己不是也要扎身潜水，去往那个海上亡灵的宫殿吗？老苏好像清晰地看到，昨晚后半夜，阿黄在思前想后的内心搏斗之后，终于义无反顾拔掉针头。下定决心的他，有着回光返照的镇定，有着最佳水手的充沛精力，他躲开家人的一切眼目，悄悄走出房门，穿过小镇的街巷。他悄悄解下一艘无人注意的小木船，用尽所有的力气，往大海更远处划去。月虽不圆，但月光铺满海面，小船沿着水面上的月光之路划远。最后，阿黄这位当年最优秀的水手，翻了一个身，投入了海水之中。一直念叨着应该死在水中的阿黄，不愿在一场绝症中变得人模鬼样，就钻进大海，寻找那些把身体和魂魄都留在海水中的伙伴去了。

老苏又想起当初阿黄说有好东西给他看，他没去，那是什么呢？是那艘他给自己准备好，要划出去的小船吗？老苏让阿黄的家人在附近的海域搜寻一下。阿黄的家人半信半疑，却也没了法子，到处打听有没有哪家人丢失了小木船，却只得到一阵阵的摇头。不少年轻人驾着船在渔港附近的海域搜寻了两天，也没有任何结果。倒是有人发现了半艘破旧的船板，离海边也不远，集中人力搜寻了半天，水性好的人还带着氧气瓶扎入水底，毫无痕迹。所有的搜寻都徒劳无功。虽然还没放弃希望，但阿黄家的人，已经准备好依照渔村的习俗，像安葬那些葬身大海的人一样安葬阿黄。

祭海仪式在小镇的渔港边举行。

砗磲的禁售令已经生效，镇上的店面清空了。有的改成了卖烟酒的杂货铺，有的改成了小饭馆，也有的准备改装成民宿，更多的店铺则还空着，店家尚没想好要经营什么。开渔季来临，市里准备把开渔节打造成一个旅游节，邀请了不少游客、媒体和上级的领导。小镇上人山人海，老苏从未见过镇上这么热闹过。一想到还要表演，穿着长袍的他浑身的汗就淋漓而下。附近的渔船全部聚集在渔港这里，排好了队，只等着开渔节仪式之后，千帆竞发，往南海而去。老苏也没见过这么大的出海阵仗。当年开渔也是多艘船一起出航，可哪有眼前这种政府部门组织的这么声势浩大啊？

渔港边搭了一个主席台，彩旗飘荡，围聚的人带动了无数小生意的到来。主席台前拥挤不堪。十点半，仪式开始了。先是领导讲话，大概讲了今后将如何以旅游带动小镇的渔业发展，如何让渔业成为小镇旅游的新特色，还计划推出近海捕捞的旅游项目，由旅游公司出面打造，游客可以随渔船出海，体验真实的海上生活。当然也讲到了，要如何引导小镇转型……后面很多话，老苏没听进去，也听不懂。按照安排，领导讲话之后，就轮到他了，他在后台，坐着也不是，站着也不是，脚都是发抖的，在海上突然遭遇台风，他也没这么紧张过。他朝旁边的工作人员一招手："给我拿点白酒。"工作人员有些纳闷，以为仪式需要用到，赶紧跑步去买。老苏接过白酒之后，拔开瓶盖，狠狠地灌了一口，酒气上涌。从不饮酒的老苏,为了制服心中的惊涛骇浪,咬着牙把怪味吞了下去。

领导讲话完了,主持人喊了一声:"开始!"

老苏拍了自己两巴掌,拍出两口酒气,终于安定心神。他缓缓走到主席台前的红布旁。此时,所有的目光都注视着他。所有的紧张已经没有了,老苏手中捧着两张纸。在此时,老苏觉得自己已经不是老苏,而是过世的庆海爹——他走路的样子,都有点像庆海爹了。老苏点点头,有人给他递上一个话筒。老苏高声喊道:"祭海仪式开始。"声音在人群中回荡,那么多人,都屏住了呼吸,只有海风摇晃着渔港上的船帆和主席台周围的彩旗。老苏道:"各家船长,上前领香。"各家船长走到老苏边上的祭坛边,各自领取了一支线香,按照此前排好的位置,前后站定。

老苏喊道:"念《祭海文》。"

船长们低头作揖。老苏念道:

海南省某某市某某镇,叩请恩光香河主众宗亲、五姓孤魂、一百零八兄弟。

山川银露,男女神畅,保佑祖国领土、海洋完整。

渔民远到三沙生产,求财财到,求利利来,好人相逢,恶人走背。

东方财源到,西方财源也不停,南方财源广进,北方财源接接来。

利禄宏开,生产安全,蚌盒变珠宝,渔乡笑呵呵。

兄弟公保佑渔民精神饱满,满载而归。

子孙给尔祭海仪式。

出海生产！叩首，再叩首，三叩首！

老苏带领所有船长，向着大海的方向跪拜。场边有些渔家的人，也跪了下来。这篇祭文，并非传自庆海爹，而是老苏根据庆海爹当年祭海的零星记忆，加上自己想的几句话，再找来村子里稍懂文字的人，写了下来，也不管是否通顺，先念了再说。

《祭海文》念毕，老苏喊道："念《除妖文》。"

所有船长仍旧列队恭听。

> 天最神，地最神，人离难，难离身。
> 南无法、南无佛、南无观世音菩萨、
> 阿弥陀佛、蓬莱仙、象天地、仙真人、
> 三官五雷神、兵统领神、兵竟西方万名古佛明圣经，
> 亨前汉末清，归于无大道；乾元亨利贞，乾元亨利贞。
> 吾捧太上老君火，急急如律令。
> 伏发伏发！

念完之后，仍是向着大海的方向跪拜。

第三个项目，是敬拜《更路经》、罗盘。祖传的《更路经》和罗盘已卖给了书法家——这本是他自己多年来断断续续手抄的备份，罗盘则是一个新的，已经用玻璃罩扣住，摆放在祭坛之上。因为这两件都不是老旧的东西，老苏有些心神不定，害怕有人指出，害怕露馅，也害怕若是哪天出海的渔船出了啥事，会有人怪罪是因为这两件新东西镇不住。他还想到阿黄最介怀的，就是庆海爹的儿子，把庆海爹的经书和罗盘卖了，可自己不也是卖了吗？老苏强压住混

乱的心绪，凝神静气，把还萦绕在喉舌之间的白酒的味道，当作自己的镇静剂。老苏也刹那间闪过一个念头：要是用来祭海的，是自家的那两件老东西，该多好啊——即使要卖，祭拜了再卖，也行啊……但……唉……这事，没得假设了。老苏涌上对父亲、祖父以及更久远的先祖的愧疚，手不禁有些发抖，他越是用力镇定，手越是抖动得厉害。旁边的船长，并没有觉得有啥不妥，他们甚至因此觉得是老苏全身心投入。随着老苏的指挥，所有船长在祭坛面前，向《更路经》和罗盘敬拜，祈祷海上顺风顺水、平平安安。之后，燃放鞭炮、燃烧纸钱，各种气味向老苏口鼻涌来，呛得他几乎要流泪。后面所有的喧闹，就跟老苏无关了。他脑子一片空白，所有人潮的涌动，他都闭眼不看。一阵阵喧闹以后，好几位领导在主席台上，用剪刀剪断一条彩带，之前讲话的领导高喊一声："开渔！出发！"

渔船开始鸣笛，离岸出港。

老苏坚持要抱着自己刻好的那艘船出海去，让它随自己去吹一趟海风。

那艘船上漆之后，油光闪亮，渔船上该有的部分，一概不少，抱在手上，沉甸甸的。祭海仪式之后，老苏随着市内、镇上的相关领导一起上了一艘大船。组织者是旅行社的负责人，也邀请了周边的一些老渔民。他们是要给新规划的旅游线路踩线，说是开拓什么海上新线路、拓展未来海洋旅游新方向、给热爱出行的人带来更极致的新鲜体验……都是一些老苏听不大懂的话。停靠岸边的时候，船有点随波轻荡,抱着自己雕刻的木船踩上甲板,老苏竟然有了一点晕船。老苏赶紧把小木船摆放在甲板之上,自己伸手扶住船身。

船离开岸,往大海深处而去,船上、岸上尽是欢呼的声音。那些老渔民也是欢呼的,尽管出海几十年,但这一次他们是前所未有地放松,可以谈笑风生,可以指指点点,可以不理船怎么开、会不会遭遇风浪,这是他们第一次卸下担子出海。带着咸味的海风迎面而来,老苏晕船的感觉更重了,他忍不住嘲笑自己,还算是一个出海几十年的老渔民吗?他的脸色迅速苍白起来,喘气都有些急促,甚至喉咙泛酸,有呕吐将至的感觉。看到他神情不对,两个年轻人赶紧过来,把他扶进舱内,安排了个位置让他坐好。坐着,也并不能减轻一丁点儿晕船之感,若不是船已经开出老远,或许他会要求上岸。当然,上岸的念头只是在心底一闪而过,他为自己冒出这个念头脸红。他只能强忍着,尽量让自己去看船舱外的波光闪闪的海面和飞溅而起的浪花。恍惚之间,老苏回到了当年第一次随父亲出海的时候,回到了曾椰子的尸体被腌在船上臭味难忍的时候,回到想潜入深海留在那个海底宫殿的时候。亲手雕刻好的木船,就放在脚下,好像那并不是一座雕塑,而是自己当年驰骋海面时的那艘渔船。这艘小木船,跟真正的船一样,也有一个船舱,揭开一块板,里头空空的,这是老苏留给自己的位置。他想着,哪天要过世了,会叮嘱儿孙们,把他烧成灰,装进这艘船里,放到海上,让它随着海浪漂荡,沉在哪片海域都好……这个念头他不敢深想,他知道,即使交代了儿孙们,他们也未必会按照自己的想法去做——他当初不也没听父亲的交代,没把他撒进大海里吗?这个家族,总是出一些不听父亲话的逆子。但即使完不成这心愿，老苏也愿意随时摸着这艘小船，像当年从海上归来的夜，抚摸着自己女人的胸脯。

晕船感在开出大半个小时之后才减轻。旅行社的一位导游，前来扶着老苏到船长的驾驶室内。老苏交代道："把我的船看好！"那导游笑了："老苏，没人动你东西。"老苏回头看了几次，才跟着进到驾驶室内。船长立即站起来，是一位四十几岁的中年人，他伸手跟老苏握了握："苏爹，您好！这一次，还得麻烦您帮我们费心看看。到时要是有游客来，当然得让那些客人玩开心了，水下得能钓到鱼才是；还得麻烦您一起帮着我们找一找，哪片海域比较适合海钓，哪一片适合深海潜水。"

老苏说："多年没出海了，陌生了，陌生了。"

"别这么说，海上的路线图，都刻在您脑子里呢。现在仪器很先进，我们就缺少经验，以后还少不得请你们老渔民帮帮忙呢！"他的手一划，"看看，这就是我们现在的驾驶室，跟你们以前的掌舵行船，差别可大了。"老苏看着眼前的一片仪器，各种仪表闪着光，还有面积不小的显示屏，显示着卫星定位导航，显示着离岸边多远，显示着船航行过的路线。老苏赞叹道："这些东西，得学多久才会使啊？"船长笑了："比您学那经书容易多了，您到前面来看看，观察一下这片海，看看怎么样？"

老苏走近玻璃窗，外头的海面清清楚楚，但不会再有海风直扑而来，不会有海风给他浑身涂抹上一层厚厚的海盐。当船头的海水像要迎面扑来的时候，他的晕船感消失了。他挺直了腰板，直愣愣地看着外头的水纹变化。他知道，当年所有沉睡的记忆已经在此刻复活，天空、水面出现任何一丁点颜色、形状的变化，他都能立即知道，那貌似如常的海面之下，隐藏着什么样的鱼虾、奇景或危险。腰板是怎么挺都挺不直了，但老苏知道，只要站在船身的最前面，毫无疑问，他就还是那个指挥若定的船长——这艘船上，唯一的船长。《更路经》里记载的千百条线路图，在他的眼前交错，缓缓铺展开。海面上纵横交错交通繁忙，海面上绝非一无所有。老苏忽然指着一片海面，中年人赶紧过来，想听听他说什么。老苏没有说，他本来想说的话，被硬生生吞了回去，葬于肚腹中的汪洋，那句话他不会给任何人说。那句话，他早已用自己歪歪扭扭的毛笔字，记在手抄的那本《更路经》最后一页："自大潭往正东，直行一更半，我的坟墓。"

乌云之光

高速路两侧的荧光标志牌，被车灯扫到，瞬间亮起，犹如通电。车身向前奔驰，荧光牌又暗淡下去。标志牌明明灭灭犹如记忆，某个点刚被燃亮，正要细细辨究，迷雾扑来，立即又身陷于四顾茫然。我把身子陷入后排皮椅的柔软之中，困倦不断袭来。我不会开车，在同龄人中已经是一个笑话，并非买不起，而是真没兴趣去学。我几乎失去了同龄人该有的所有爱好——他们爱聚会，而我不断缩小活动的范围；他们爱在灌酒之后，换个地方喝茶，讨论红茶绿茶白茶黑茶的口感与功能；他们压低声音，说起某一回艳遇，说跟一个上午才见第一次面的异性晚上就躺到了一起；他们说起黄花梨的木纹鬼脸与沉香手串的摄魂之气；他们说起某位中医的回春妙手，两针下去，剧痛的颈椎顿时舒缓……我总是逃避这样的聚会，并不是因为我有什么优越感，恰恰源自我的自卑——别人口若悬河，我一言不发浑身瘙痒，只剩没完没了的尴尬。

"陈慕，你怎么不学车？开车后，活动范围会大好多……"驾车的程培冒出这话，又是这个无数次回答过的腻歪话题——我倦意更盛了。程培在深夜驱车带着我离开省城，是要回到我们成长的瑞溪镇，在那里吃一份据说味道数十年不变的炒粉。我已经不碰任何消夜了，可被他胁迫怕了，只能跟来。作为初中同学，我和他已经好些年没联系，去年在一个同学群里加上之后，在几个没法推辞的局上见过几次，可也没什么深谈——时间挖开了足够深的鸿沟，拉出了足够远的距离。最近他打了七个电话约局，我都找各种借口推托，有时说我在外地，有时说等等我在开会，有时随便嗯嗯嗯几声即挂掉……他含含糊糊说拜托我件事，我根本没给他机会说出来——有人"拜托你"，跟挖坑给你跳没啥区别。程培也不再打太极，直接赶鸭子上架，夜里十一点开车来到我的小区门口，说我不下去，他不走。我让保安帮我盯着，半个小时后，保安给我发信息：他还在。我苦笑，只能下楼，上了他的车。

我的"冷漠"在同学群里"有口皆呸"，大部分的聚会我都不参加，即使去了，他们都能喊出我的名字，而我支支吾吾，直到散场也认不出三两人——"贵人多忘事啊""趾高气扬""哎哟，难怪混得这么好……"等帽子便扣在我的头上，我便更加不敢参加了。对我自己来讲，这并不是所谓随着年龄渐长的做减法、断舍离和缩回舒适区，而仅仅是记忆的遗忘，是和过往岁月的相望无言。省城离瑞溪镇也并不远，近三十公里的高速，下高速后七八公里，就回到那段近乎凝固的"旧时光"。高速口到小镇的路，并不平整，两侧种满庄稼，田地过去，是沃野间闪着零星灯光的村子。早在个人记忆里删除的一些零碎画面，在这曲曲折折颠簸不平的路面上浮现——多年前，我曾在路边的哪棵树下，看过月色从枝叶缝隙间漏入地面。

多年前,我是不是也曾背着一把竹剑,沿江岸一路朝东,想直达江水的尽头?这样的夜,容易让人心变得柔软,变得没那么容易拒绝人。我终于知道程培为什么驱车跑这么一段,他是不是要借助这环境,把我的防备卸下来?——看透了这一点,我暗暗发狠,把防护与戒备重新套上。

程培太熟这段路,估计闭着眼睛也能把车开回镇上。灯光逐渐亮起之后,我们抵达瑞溪镇,回到我们的少年。很多我们当地的视频博主最近流行鼓动大家半夜离开省城,到各个小镇上觅食,这其中,瑞溪镇是一个热门打卡点——而我在瑞溪镇上成长,熟悉那里的任何一道缝隙与皱褶,知道那里的哪棵树为什么会长歪,不愿别人以掠夺般的方式去讲述它。车靠着镇上街边的一个炒粉摊子停下,程培的目的地,果然跟那些小网红推荐的打卡点一样。而我,当然对这摊点是熟悉的,摊主跟我们年纪差不多,当年我们在镇上读初中,摊主还是他的父亲——而他的父亲,年纪不算大就死于一场怪病,发作起来神志不清,看到谁都喊妈妈,让人既尴尬又悲伤。父亲死后,起先只会骑着嘉陵摩托狂飙的他,接手了这个摊子,一个风驰电掣的骑士,浑身裹满了油烟。1990年代中期,我们在镇上读初中,最羡慕的人,就是这个消夜摊的摊主了,他们家的炒粉不知撒了什么料,吃过两回就有瘾,每回从摊子边路过,鼻子和胃部压不住地颤动,同频共振,远山回响。

这家炒粉摊数十年的柴火灶,顽固的旧味道,再加上小网红们的助推,不少陌生面孔不时出现,生意是挺火爆的,但估计是被最近不时反复的疫情冲刷,这里逐渐显得萧条。黄灯冷寂,我有瞬间回到二十多年前的错觉。摆上来的炒粉和只漂浮着两片叶子的酸菜汤还没尝,但味蕾的记忆,已从舌尖返场,鼻尖和胃部好像又动起来了。我吞咽口水,说:"开车这么远带我回来,不会只为了这一碗炒粉吧?"程培说:"专门来吃这碗粉的多了去了……不过,我当然有事求你帮忙。"我喝了一口酸菜汤:"就知道东西没这么容易吃。"程培说:"你自己也做短视频,你看过我们商会的那个视频号没有?上次我转给你,你看过没?"我说:"看了两条,大概知道是怎么一回事。"程培说:"我们县的老板们,在省城成立了一个商会,这是那商会在做的一件事,由我负责。当然,你也懂,我这人,露不了脸,适合做幕后。我们想采访从本县出去的一些有影响的人物,挖掘他们的故事,鼓励我们县那些做企业的后辈……"我说:"挺好的事!找我是……我不做生意,也没啥社会影响……"程培说:"想请你帮我们采访一个人……"我夹起一筷子粉:"你们不是有个女主持吗?"程培说:"不是谁当主持的事!我们问了好几回,人家不愿接受采访。我想,你去帮我们问问。如果有一个人能撬开他的嘴,那个人只能是你。"我感觉到了不妙,把炒粉塞到嘴里:"你们想采访谁?"程培手一抬,指向这条街黑黢黢的尽头,话像是飘出来的:"老沈!你肯定还记得,当年在街角处开租书店的老沈。"

——我当然记得,在镇上读初中那会儿,老沈那个摆满武侠小说的破烂租书店,是我向往的天堂;每一本残破不堪的书,都是一扇时空之门,翻开就可以进入另一个世界。看来,程培拉我回来镇上,真的是蓄谋已久、精准投喂——他是要让过去的时光,成为劝说我的催化剂。我不知道如果答应下来会遇到什么困难——更何况在这段特殊的时期——我没应下也没拒绝，只说："再说吧。"这些年里，老沈早已成为省内文化界的一个传奇人物，我跟他倒是在一些场合见到，但也保持着合适的距离，从不越过那条自我设置的分界线——老沈保持着自己的某种"神秘"，我也对别人的试图靠近特别警惕。我们有熟悉的部分、重叠的阴影，但都没到掏心掏肺的程度。

镇上小街拐角处老沈当年租书店的位置，已荒草蔓蔓。当年那场大火后，老沈没有在那块地上重建，也没有把其卖出去，任墙壁倒塌，荒草虫蚁入侵。随着周边房子越来越新越来越色彩斑斓，老沈的破败房子就越加碍眼，有人找到过老沈，想让他转让宅基地，他一口回绝。据说镇领导也找到他，说他那地块这么碍眼，像润白脸上的带毛黑痣，像羊脂般肌肤上的一个脓疮，像一锅热饭上的老鼠屎……破坏了小镇的整体形象，让他要么转让，要么回来盖间房——反正他也不缺这点钱。老沈对喷来的连环比喻无动于衷，只淡淡地说："我乐意，我就想这样放着。"镇领导无奈，每逢上级到镇上检查、调研、采风、与民同乐或者节假日，还得喷一大块彩绘，用崭新的照片、标语夹带刺鼻的油漆，挂在那破败房子前，略作遮挡。

我说："你不知道，他老婆身体不好，他平时极少见人，怕把病毒带回家，传给有基础病的老婆，你们一大帮拍摄队伍，他哪会答应？你们采访谁不好，偏偏盯上他？"程培苦笑："哪是我想做？我那老板，是他的小迷弟，听说过他的一些故事，不把他拍一拍不甘心。说真的，你若不帮我，我这活也没法干了……我们老同学了，也不瞒你……眼下这就业情况,你懂的……这事完不成,我就得滚蛋。"我喝了口酸菜汤:"所以就把这球踢给我?"程培说:"反正不管咋样,我是厚着脸皮把球传给你了,帮不帮这个忙,你自己定。"他低下头,和碟里的炒粉、碗里的酸菜汤较劲。我起身,沿着街巷往前走,程培也站起身,跟行两步,又退回,坐下。我走到街末,再往外,就是镇外的田地,植物的气息汹涌弥漫。

当年,老沈那间简陋的租书店,给我灌输了一个个光怪陆离的世界,也养肥了我的想象力——我不知道那是幸还是不幸。站了好一会儿,眼睛才适应夜里的黑,我拐到老沈当年那间租书店的废墟面前,焚烧倒塌多年后的铺面,在暗夜中散发出来的,不仅是荒凉,也有恐怖。夜风携带着一阵浓重的霉味扑来,也灌过来几个巨大的谜团:那场让小镇人心惶惶的大火,到底是谁点的?为什么老沈在大火之后,毫不犹豫就离开了小镇?为什么老沈飞黄腾达后,不愿意回到镇上,把这间房子盖起来?……

这些念头跟程培一样不怀好意,撩拨、煽动着我的好奇心。但我仍旧紧闭嘴巴——答应别人自己吃苦头的事,我已经历过不止一回……我绝不能自己给自己戴上枷锁,绝不能自己戴上枷锁后,还把钥匙交到别人的手中。程培驱车离开小镇返回省城的路上,我们不再讲话,那座好像永远不变、永远不会变的小镇,就是腐烂污浊的泥潭。泡进去,再拔出来,我们就都披着一身洗不净的淤泥。

高速路上的荧光标志牌又闪闪灭灭。

要想引起老沈的兴趣,你不能谈他满架子的海捞瓷,不能谈他手头各个历史时期的徽章,不能谈他时时点燃沉香供养的那颗舍利子……而要跟他谈音乐。其实,也不是谈,而是有求于他家的音响:"老沈,怀念你那音响了,想去听听。"在多年的古物收藏之后,老沈迷上了黑胶唱片,房里墙面顶天的大架子上,是他全球收罗的几万张黑胶唱片。他的播放机和音响都是豪奢之物,连接音箱的也是装修时留出的一条专用电线——那线自然也是价格不菲。据说有人问老沈到底值多少钱,他脸色不变,不哼声也不摇头,而消息灵通的则悄悄说:"那根线,够你们买房时还二十年贷。"谁看到老沈架子上密密麻麻的黑胶海洋都会犯迷糊,可你把网上抄来的曲子名报给他,他也不细看,手指在黑胶碟片盒的侧面一划,停下,一抽,大数据定位般精准。收藏是有瘾的,他当然只听过其中很小的一部分,很多连包装膜都没撕,可满世界飞的时候,他还是忍不住带回一些在其母国也极为小众冷门的唱片,这些唱片在网上输入演奏者和唱片名都搜不到什么消息。

一般来讲,在他那博物馆般的收藏室里只能待不到两个小时,他就从起初的松弛变得紧张兮兮,我瞧他眼神不对,准备辞行。他站起来,说:"今天就这样,改天再来,我得到楼下去。"为了放下他那海量的藏品,有一年,在卖出一批海捞瓷后,他一口气买下顶楼的两层,下面一层居家,上面那层摆放藏品。他面带愧色:"不好意思,我家那位,要吃药了,我得下去看看,改天再来,改天再来。"他老婆的身体这两年急剧垮塌,已经坐了轮椅,而在这新冠病毒不知藏匿在哪个角落的慌乱年月,老沈根本不敢把她推出门。老沈甚至把原来一个帮衬的阿姨给辞退了,他实在没法保证那阿姨在进入家门的时候,身上会潜伏着多少病毒。那阿姨觉得自己会因此生计困难,立即就哭了出来——老沈被坐在轮椅上的老婆训斥半天,他赶紧走进房间,包了个大红包给阿姨,才安抚了过去。老沈被网上的信息吓到,担心一旦被新冠病毒袭击,有基础病的老婆挺不过去,只能把心狠起来。阿姨一走,所有的事都得他自己来了,每天买菜做饭,定时提醒老婆吃药。他每次出门后,得先返回顶楼,对自己全身喷酒精,确认不会有任何病毒能存活之后,他才敢到下面一层去。我有时想,他老婆睡下之后,夜深人静之时,老沈会不会上楼来,以目光抚摸这满屋的收藏品?这么多的收藏品,被一代又一代的前人所观看,现今,它们被老沈的目光所摩挲,老沈眼睛发出的光,会不会透过这些旧物和前人的目光相碰,火花四溅,魂魄飘浮?

我有自己的工作,闲暇时经营一个自己的短视频号,我做的内容极为冷僻,和所有热点绕道而行。我想不到自己那个视频号有一天竟因为其中的一期节目而火爆了一阵。那是我去年春节在老家拍的,拍守着一家祠堂的孤独老者,他每天准点准时打开祠堂大门,收拾打扫,夜里也准点准时把门关上——由于他过于勤恳,那祠堂过于干净,他挥舞扫帚,并没扫向落叶和尘土,而是扫向虚无的空气;他开门,无人可迎,关门更无人需要防。他每天固定劳作,时钟般精准的仪式感,显示出了某种神圣。即使冬雨不停,祠堂院子的地面有水,他也仍然没有停下扫帚。这个视频莫名其妙被某个名人转发后,带来了不少粉丝,竟然也有广告跟了过来,还有人后台留言提供拍摄线索，还说真去拍了肯定能让我更火。工作、视频之外，我还悄悄写东西，我有一个和本名差别巨大的笔名，不会有人在文学杂志上看到那个名字所写的东西，将其跟我的视频联系起来；更不会有人把那些文字和标点组成的阵列跟我的工作联系在一起——当然，各个刊物在公号上宣传文章的时候，都会配发作者的照片，但我每次转这类文章的时候，都把朋友圈里分类清楚，不会让同事看到。

最近，我非但不更新视频，打开电脑也没法敲下任何一个字，对工作也变得沮丧与恍惚。我很想找到缘由所在，可怎么说呢……我就像那个准时准点挥舞扫帚的老者，每次只扫到空无。我想了好久才明白，所有的变化，来自口罩——疫情之后，我们把脸缩在一张张口罩的背后，人与人保持着距离，我意识到了人们情感的变化，可到底是怎么变的？这种变化如何让人们言语慌乱、动作无措？这些新的变化，要在镜头里、文字中怎么呈现，我还想不出更好的法子……面对新现实，如此无力的写作，有啥意思呢？眼下的事没法写，那往前吧……回溯到没有电力的古时，让夜色泅染每一个月光照顾不到的缝隙。写个武侠故事吧，一切自由，让自己的思绪飞扬……而我仍然没法构思一个完整的故事，没法说服自己去写一场仇杀、一段逃亡、一次悬崖下的奇遇，我闭上眼睛，眼前浮现的只有一个画面：荒郊野外，破败屋院，夜雨倾盆，火光微弱……这场景驱赶不去，有很多回，我几乎就去往了那个现场，夜风夹杂着水汽，凉意沁骨，我期待着某个人的出现、期待着某段故事的开启，可那人是谁、那故事如何，我不知道。我总觉得我曾写过这么一个故事，总觉得有些厮杀、逃亡和江湖路远，曾在我笔下铺展绵延，然后戛然而止。某一个夜里，我呆坐在电脑屏幕前，对着一堆凌乱的视频素材，不知道该往哪里剪，不知道哪段画面要配上什么背景音乐，才能把画面激活。键盘的左手边，堆着各类蓝色、粉色、黑色的口罩，有全新的，也有用了没丢的，好像不是用来阻隔那看不见摸不着的病毒的，而是遮脸的布纱。遮脸……夜行衣……一群戴面罩的人，在不明情况中互相厮杀——这画面犹如电光浮现，是的，这场面曾出现在我少年时的笔下，在那故事里，人人被困，渴望破城而出，但那故事并未完结，那故事与我的少年时代一同终止。那写了半截故事的硬皮本遗失在我中考之前，故事里的细节也从我的记忆里逃逸。

那是1990年代的中期，老沈的租书店是我的向往之地。出了小镇上最高学府——镇初中的校门，往南曲曲折折，在一个分岔口处，是一个文具店。说是文具店，也是杂货店，各种小零食、烟酒、鞭炮、香烛都能买到，老沈坐在货柜后面，双目空茫，不知道在看什么想什么。有人觉得他魂不守舍，神不知鬼不觉拿了点什么往自己怀里塞，却总会在即将得逞之前，被突然伸来的铁钳般的手掌钳住，老沈的身影猛然而至，那人还来不及反应，身子已经被拎起，往门外一丢。被丢那人哇哇哇爬起，顾不上身上的灰尘和疼痛，伸手在怀里一摸，空的，他准备偷走的货品已经被老沈不知何时取回，重新放回货架上。老沈哼哼冷笑，右手食指中指从伸缩的状态弹直，有什么已经直射而出，那人感觉耳垂一疼，赶紧伸手去摸，没有破皮流血，但耳垂疼得好像被切下了一块，而他的身后，掉落下一长方形的纸片——扑克牌。老沈又恢复了双目空茫的模样,他说:"走吧,下次再这样,信不信我给你丢一把刀子?"那小子捂着耳朵,脸色惨白,他完全没看清老沈是怎么把扑克牌掷出去的,吓得跑丢了一只鞋也没注意。老沈飞纸牌的绝技,是镇上年轻人的一个未解之谜,各种猜测层出不穷。有说他深夜研究香港赌片,从某个赌神还是赌王身上学会了飞牌;有说他不断研读租书店里的武侠小说,从某部小说里提到的秘籍中发现了玄机,修炼成功,他就把那本载有秘籍的书私藏,不再摆出来;也有说他翻看各种杂志,在小广告里,发现了有出售武林秘籍的,便以邮购的方式买回了一本……但他怎么练成的,已经不重要,重要的是他小试牛刀之后,镇上的少年们沸腾了。有的人怀揣好烟去他店里塞给他,让他再露两手,他头都不抬:"你小子,上学去,别来惹我。"小子们盘桓不去,他竖起右手掌,所有的目光都盯着他的食指中指,想看那里是不是夹着纸牌,然而啥都没有,他的手伸到耳后,挠了挠。很多人不甘心,暗中观察他是如何练成绝技的。有人说得像模像样,说他常常在江边摆一块木板架子,月色盈满之夜,他会对着那木板投掷筷子、牙签,练习准头。有人问他有没有这回事,他不说是,也不说不是,还是目光空茫地看着文具店门外,从鼻子里哼出:"要买东西就买,要租书就租,少废话!"

老沈租借的书,摆在后头,穿过所有的杂货架,跨过一个小门,光线暗了很多,只有屋顶瓦片的一块玻璃投下昏暗的光线,三个书架排成一个"凹"字形,上面摆满了被翻软翻烂的武侠小说——也是很多年后,我才知道,那些可能都是盗版书。但在尘土飞扬的

1990年代，那几乎是我眼中的天堂，那些武侠小说全是我渴求的宝藏。租书是以天数算的，一本书押金三块，第一天收费五毛，之后每延长一天多收三毛，但我们几乎不会为哪本书付出超过五毛——一是因为那时零花钱太少了；二是那些故事太吸引人，在如饥似渴的追读状态下，不会拖拉太久。为了省钱，我们想出了各种方法，比如说，和伙伴商量好，你租上册、我租下册，交换着看，花一册书的钱看两册书；比如说，在选好书之前，假装挑选许久，却是以极快的速度翻看，把一册追完，再租走下一册……从屋顶玻璃上投射下来的那点昏暗光线，是租书店唯一的光源，却让我灵魂出窍——是的，在快速翻看那些陈旧、疲软甚至有缺页破损的书的时候，我的身子还在那里，但我的魂魄已经进入书中江湖。也有绝望的时候，就是翻看到高潮之时，竟然被撕掉了好几页，不知道是哪个租借人被那故事迷得神魂颠倒，伸出了他罪恶的双手。我顿时返回现实，绝望无比，喊起来："沈哥，怎么这本也不完整了？"老沈的声音飘忽不定地传进来："每一次还书的时候，我都检查了啊……"是的，他已经足够目光如炬了，可总有漏网之鱼，总有一些故事的片段，从他锋利的眼角处逃遁。被截断的故事，能让我在好多天内提不起精神——当然，还有最后一个办法，我把缺损处给老沈看一看，由他口头把那缺漏的情节连上。我几乎没看到过他在店里翻看那些书，可他每次都能把撕得七零八落的故事连缀成一个圆满的整体。我有时很怀疑，那些情节他根本没看过，他纯粹是张口就来，以他的胡编乱造来平息我的不甘，可我又找不到他讲述里的任何破绽，只能信了。很多年后，互联网无比便捷，我购买其中一些旧书回来翻看之时，完全是看新书一般的感觉，到底是我已经遗忘太多，还是存留在我记忆中的，根本是另外一个版本的故事——一个老沈说完即飘散在风中的故事？

有时老沈口头连缀的情节太过离奇，我便质疑："这是你编的吧？"老沈嘴角一歪："这不重要。很多故事，都不是一个人讲出来的。你以后会懂……对了，你天天看这些书，不会自己也写吧？"我脸一烧，心虚地往后一退，假装没听到。老沈是怎么看出来我也准备写武侠故事的？我买了一个崭新的硬皮本，备了几支用得顺手的圆珠笔，当夜深人静，在出租屋里完成所有功课之后，我便会端坐在摇摇晃晃的书桌前，准备让心中的故事，从笔尖流出，凝固在那硬皮本中。这是我最私密的领地，从不敢对人言，老沈是怎么知道的？我躲回书架边，不时抬头观察货架后的老沈，他若无其事，好像没有问过那句话，也并不期待我的回答，只茫然看着店外——或许，刚刚只是他无心的随口一问？我忐忑许久，热气仍未从脸颊褪去。

或许是我的错觉，或许老沈把我当成他的缩小版，我总觉得老沈对我比对其他人好——有时我在书架边蹲守、翻看到屋顶那块玻璃光线昏暗，暮色犹如上涨的海水淹没了小镇，老沈也并不驱赶我，甚至走过来，伸手在某个角落摸索半天，一拉，一个五瓦灯泡发出黄色的光，书架边变得更有安全感了。我自己先不好意思了，赶紧拿起一本书，交押金，让老沈登记。老沈翻开一个硬皮本，写道："×月×日，下午×时×分，××，《乾坤残梦》（下）。"此时，小镇街巷的灯光渐次亮起，有人拎着一桶一桶的凉水到自家门口泼洒，想让白天晒得发热的地面降降温；卖椰子和清补凉的人，也开始把桌椅抱到路面上，电视机摆出来，录像机的连接线也插好，租来的录像带码放整齐，只等营业时间到，便开始播放那些香港武侠片。我觉得自己站在一场巨大无边的梦幻中，还未从小说中把头伸出来，又旋即被那些噼里啪啦的武打连续剧和荡气回肠的插曲勾走目光。我踩在水汽蒸腾的路面上，小镇的灯光之外，笼罩着一个巨大无边的世界。

最爱的是周末，尤其是午后，尤其是下雨的午后，那样我就有足够的借口窝在老沈文具店后面的租书架下，不管不顾地翻书。那时，店里往来的人也少，老沈仍是目光空茫，望向阴暗天色中的迷茫雨水。他也不跟我说话，那几排书架全是我的，雨水声隔绝了所有杂音。其实，不管任何时候，不管我在那几排书架前待多久，老沈从来没有开口驱赶、提醒过我，他有时把目光掉转方向，朝文具店后头扫一扫，但并不停留。夏日的倾盆之雨，大起来很大，要消失也很快。我拎着书离开时，老沈也顺势起身，在门口处朝街上看了看，又坐回原位置。他的坐姿太固定，以至于若有哪天他弓着身子在店里收拾，进入店里的人都感觉特别不习惯。除了租书店里来历不清的武侠小说，邮电局门口的报刊亭上摆放的《江门文艺》《佛山文艺》，也都连载着内地作家的武侠新作；再加上每一家消夜摊都把电视机摆到街边，每晚五集六集地播放武侠影视剧，少年们被撩拨得心神摇曳。有人削竹当剑；有人跑到学校不远处的山坡上勤练拳脚；也有人拉帮结派，"风虎门""群龙堂"等也在小镇上兴起——有一个帮派的头子还是一个女生，她有十几个膀大腰圆的手下。在小镇上,她有一股让人不敢直视之美,在某些瞬间昂得柔弱的她,是如何让那么一大群凶神恶煞的家伙服服帖帖的,一直是一个谜。我在脑海里把看过的武侠小说翻滚了一下,找到一个她的模板——《流星·蝴蝶·剑》中指挥着一群顶级杀手的"高大姐"高寄萍,莫非,她也读过古龙那本孤独入骨的《流星·蝴蝶·剑》?我也会和伙伴们聊武侠小说,但真正深入的交流几乎是没有的——可以说说那些火爆的情节,但能跟谁谈一谈书中那种铺天盖地的茫然情绪?我有一次猛地冒出一个念头,能跟"高大姐"说说古龙吗?这个念头一出现就再也没办法消失了,每次路上碰到她,我总是心跳加速,连瞥一眼的勇气都没有,赶紧低着头离开……或许,她会把这当作对她和她那群手下的胆怯吧?当她走远,我又远远望着她的背影,山高路远,怅然若失,我好像感受到了老沈望着门外的空茫。帮派一多,小镇上就变得很不安,少年们在某个山坡江岸约架的消息不时传来,有时我们正在上课,校领导来到教室,跟讲台上的老师低声几句,某个同学就被喊出去了。那老师继续若无其事地上课,上着上着,憋不住了,开始苦口婆心:"你们啊,好好读书,不然以后有什么希望?也要跟那×××一样,要天天在外面斗殴吗?是不是哪天也还要吸白粉?"×××就是刚刚被校领导喊走的那同学。那个时候,人人谈之色变的,则是在暗处流行的白粉,谁都不知道它到底是从哪个缝隙流到小镇上的,却有不少人,已经被它耍得家破人亡。

　　吸毒的人一多,镇上也不安起来,某些瘾君子专门拥堵在偏僻街巷,让路过的学生们把口袋翻开,有零星纸币的,尽皆拿走;有支支吾吾不配合的,一巴掌扇过去,要是敢哭敢叫,扇的力道就更重了。我也遇到过。那是一次晚自习,我回去得晚了些,走出校门没多久,路灯愈加黑暗。路灯好像不是来照亮街巷,而是作为背景,把那些灯光未照到的地方映衬得更加暗黑。就在我走过那盏明显更加破败的路灯的时候,有一个声音从黑压压里传出来:"同学,停一下。"那声音中气不足,每个字之间夹杂着浓重的喘息。我加快脚步,可黑暗中猛地伸出一只手,扯住我的书包:"叫你停一下。"好像用力压住,那喘息也就没那么重了,一股怪异的酸臭味从身后涌来——我从未闻过那样的味道,那是被白粉击垮身体的人,才会散发出的味道。我手上用力,书包往前拽,书包竟然把后面那人带倒了——据说,那些人在毒瘾发作时,会浑身无力——我趁机往前跑。摔倒之人喊了起来:"拦住那小子,竟敢反抗。"不知道什么时候,有几个黑影把我围住,多条手臂挥舞,我身上砰砰砰地不知道挨了多少拳。好几只手压住我的双臂,还有手伸到我的口袋里,翻起来,我浑身扭动,便有人不断以拳头招呼。我喊起来:"打人啦,抢钱啦。"从我口袋里没翻到什么,又有人把书包一倒,书本文具噼里啪啦掉落一地,有人推开手电翻找,边找还边骂:"操,这小子还真干净,一毛都没有。"压住我的那些手臂不断往我身上抡。我想招架都不知道朝哪伸手,只能狂叫,不知道挨了多少拳,感觉自己快要痛得晕眩过去的时候,那些围着我的影子全都倒在地上了,一个尖锐的声音喊起来:"又是你这租书佬,老是这样,改天,把你店给烧了……"这话一落,一巴掌招呼到他脸上,老沈那仍然懒洋洋的声音说:"快滚,再废话,小心我报警,把你们老窝给端了。"几条黑影知道惹不起老沈，借夜色掩住了狼狈，慌忙逃遁。我的脸肿成了猪头，随便摸到哪个位置，都疼得牙齿崩碎。老沈左手的打火机亮起来，他的身影蹲下，右手一本一本捡起我掉落地上的书本、一件一件捏起我散落四处的文具，全都塞回书包。老沈愣了一下，从一个角落拿起最后一本书，微弱的火光中，我看到那正是从他店里租来的一本《圆月弯刀》，他把书塞进书包里。

老沈说："走，我请你吃夜宵。"也不管我怎么说，他已经把那书包挂在他肩上，拉着我往前走。在炒粉摊坐下，老沈跟老板说："一份炒粉，加肉、加肠子。"那个五瓦的灯泡，能照亮的范围很小，小镇上也有一些零星的灯光，迅猛的黑色张开了它巨大的嘴，一点一点吞噬着它能咽下的一切。浑身的疼，也阻挡不住炒粉的奇香——我此前当然也吃过夜宵摊上的炒粉，也正因为吃过，对那几乎刻入骨子的美味才魂牵梦萦，那是什么味道啊，那是怎么炒出来的啊？可从村里到镇上上学的我，哪有资本吃这些，每天晚上从街边的摊子走过去，被扑来的香味突袭，内心挣扎，无比痛苦。而此时，一盘刚刚出炉的炒粉就摆在面前，而且，是加了肉加了肠子的，美味翻倍。身上的痛、眼前的粉以及那碗清淡的酸菜汤，让我百感交集。老沈自己不吃，只给我点了一份，他在旁边看着，好像在看着他的过去或未来。第一筷子的炒粉夹到嘴巴里，所有的味蕾被调动，在那一瞬，身上的疼痛消失了，不知不觉间，我的眼角决堤，泪水涌出。

老沈从我的书包里，翻出那本《圆月弯刀》，封面又卷又残破，内里也有缺页了，那故事我看得并不完整。老沈捏着书，挥向前、挥向后、挥向左、挥向右……他说:"你看看……这镇上……"我从吃了几口的那碟炒粉中抬起头,眼珠被泪水所模糊,不知道他想说什么,不知如何回话。他又以那本书指向炒粉摊不远处的一个清补凉摊,天热,那里坐了二三十人,人人都点了份清补凉或炒冰,盯着店家摆到街上的电视机看。今晚没有播放武打片,而是放着一部时装片,但香港电影嘛,还是那样,打打杀杀,不过,背景换成了摩天大厦……那里繁华无边。老沈的手停住,指着电视机,他说:"你啊,以后,还是要走出这个镇,千万不要留在这儿。你看看……人家生活的地方,那样……得出去看看。"沉默了一会儿,他继续说,"这些书,你还是少看,多看看课本,才有机会出去。电视上的那个世界,要是不看一看,这辈子就白过了。你别学打你的那些人,他们这辈子已经毁了,你千万别跟他们一样。"我记不得后来是怎么散的,我甚至觉得,那些话是他说给他自己听的,而我,不过是他说出那些话的引子。

老沈后来离开小镇,不知道是走投无路还是破釜沉舟。很多人认为,他的离开跟那场大火有关。那场火是在后半夜忽然烧起来的,周边邻居和后来从县城赶来的消防车,只"救"出满地狼藉和污黑遍地,店铺里的东西几乎全都焚毁。老沈租书店的宅基地是他父亲买下的,简单修建成瓦房,老沈自己用木工搞了几排货架,就成了后来的店铺模样,一场大火,让这租书店从小镇上彻底消失。那场火之后,我找过老沈几次,但他好像忽然消失了。听说他回到了村里,我在中考后的那个暑假,还去老沈的村子找过。我骑自行车穿过那被绿树围裹的小村,走到村人指认中他家显得破败的瓦房,并在他们祖屋门前暴长的茅草间站了好一会儿,没有打听到他的下落——他已经出走,他们家族没人知道他去了哪里。在村口一棵气根缠绕的老榕树下,有几个村里的老人,七嘴八舌地说:"哦……那小子啊……""他很聪明一个人,是村里不算最早考上大学的人,后来啊,不知道怎么回事,说是在学校折腾啥的,书也没读下去,回来了……""现在,镇上也待不住了,房子也烧没了,人也不见了……""老毛病了,狗改不了吃屎。"——我知道,换成我,也没法在这样的闲言碎语中活下去。

小镇上的人,对那场火的议论没几天,可那店面的废墟,一直存在了二十多年,人们的感受也从突兀变成习惯,接受了那地基上长出的茂密野草——那里,当然也成为野猫野狗的最爱。那间租书店着火的时候,我已经是初中三年级的最后时刻了,之后不久的盛夏,我考上高中,经过一个记忆里处处焚烧的酷暑,我离开了那个小镇。那几乎是彻底地离开,后来每年假期,我还会回去,但和小镇已经有了隔阂,物是人非无法融入。我甚至也不能再躺到楼顶上——夜风和夜露会让脑袋疼痛欲裂。

后来老沈如何在省城发家,一直是一个谜,我与他再次相见,已经是新冠疫情暴发前几天的一场展览上。那时他已经是省内收藏界的一位大佬,也在省内的美术界耕耘多年,其南方山水与现代观念的融合画法,一直饱受争议。但老沈也很少对那些关于他的事做任何回应,他好像成了一个隐士,你很难在公共场合碰到他,你甚至不知道他有什么深交之人,想要曲折地打听点有关他的事,问到谁都摇摇头："不太熟。"那是一个海南岛上老物件的展览，省内多位收藏家都把自己的展品拿了出来。展览前言上罗列了十二个名字，我看到了那个让很多往事翻涌的名字：沈郁澜。在以往，我见到过无数次这个签名——每一次，我把书还回租书店，老沈翻开登记本，用一根横线把登记栏的那本书划掉，写下返还的时间，最后他便郑重地签下这三个字。我当时并不明白，他生于1970年代初，也就比我们大个十余岁，可为什么几乎没人喊他的名字，而全都喊他"老沈"——是因为在那个小镇上，他的名字太过生僻、太过文艺了吗？难道说，他本来就不叫这个，这是他后来自己改的名？我还不得不多想一想，回到镇上开店铺之前，老沈在做什么？我在展品标签上细细查看，看到老沈展出的有三件：一件黎族人的龙被、一件做工精细的椰雕、一件品相绝佳的海捞瓷。我不太懂这些藏品的价值，纯粹是被老沈的名字吸引过来。彼时，我偶尔在视频上介绍一些文化活动，参加这次展览，是一次例行的"工作"而已。我有点失望，就算那三件藏品都很值钱，但总感觉有些"老气"，跟老沈的名字对不上。展厅里人声嘈杂，我准备离开，正在此时，有人从旁边伸手朝我打了个招呼。那人戴着一只口罩，我不知该怎么回应，他手往外一指，示意我们到展厅外。出了展厅，到走廊处，那人把口罩一拉，露出那张我熟悉又陌生的脸。是老沈，他两鬓有些发白，眼角有皱纹，神情疲惫，可只看他的眼睛，又觉得很年轻。那只浅蓝色口罩挂在他的下巴处，特别怪异。我说："你……大明星啊？怎么戴着口罩？"

老沈笑了笑："最近在外头跑得多，人多的时候，戴一戴，保护自己的安全。"我只是笑笑，不知如何作答。老沈把手机划开："我们先加微信，后面多联系……"我立即把他加上。有进出展厅的人，从我们身边走过，老沈很是警惕，口罩一提，盖住自己的下半边脸。我觉得他太过夸张，一下不知该说什么，老沈扬扬手机："有了联系方式，我们后面聊。"我只能点点头。老沈转身，把外套的帽子一提，罩住头部，离开展览馆，把自己丢入逐渐冷起来的冬日。

老沈在朋友圈里出现的时候不多，他并没有更新个人动态，只是偶尔转发一些关于书画展、艺术访谈的文章，我才逐渐知道，消失的这些年，他已经蜕变为省内收藏界的一位大咖，也是省内一位颇具影响的画家——被截断了那么多年时间，我无法把当年那个守着租书店的老沈，和戴着口罩再次登场又在朋友圈里保持着某种神秘的老沈，当成同一个人。当他再次出现后，我有意识地搜索他的过往，但能找到的资料并不多，他尤其不愿在省内的媒体上亮相，他甚至极少参加省内的活动，有些人把他这一行为视作高傲。而我，也是无意间在一本省内的画册上，看到了他的专访。那画册叫《海南水墨五家》，汇集了海南五位优秀国画家，老沈是其中之一。这本画册，汇编了五人各二十张代表性作品，每人的作品背后搭配一篇访谈。关于老沈的那篇访谈，题目叫《墨底乌云》。

沈郁澜是画家，也是收藏家——当然，他不愿这么自称，他只是把自己当作一个时光的收藏者。和大多从小学画、有着漫长专业背景的画家不一样，沈郁澜拿起画笔入行较晚，可短短几年内，他的独特风格已让人过目难忘；这种风格自然也引来了争议，被某些较为传统的画家视为叛逆——对传统的背叛。

他画水墨，可他的题材却极为当代，他在题材、技法方面都极为大胆。沈郁澜此前很少谈及自己的创作，若非因为本书的统一体例，沈郁澜也不太愿意接受编者的访谈。其实，沈郁澜曾多次拒绝他的作品被收入本书。后来，采访者也是通过沈郁澜的一位未算正式拜师却于他有恩的老师，才让他松口了。

问：沈老师，您好。来之前，我看了您不少作品，感觉很奇特，您画的是水墨，但您的题材却很有意思，并非传统的花鸟、山水等，您竟然画热带密林里疯长的植被、画海底巨鲸、画炫彩高楼……甚至也画了不少一看就是想象中的画面，水墨和这些题材的碰撞，产生了很奇特的效果。不知道您是有意还是无意，您为什么选择这样的题材？

沈：并非有意这么选，纯粹是我想画点不一样的东西吧。有些人一辈子画虎、画马、画牡丹——并常常自诩画虎第一人、画马圣手、牡丹之王之类，我不愿干这种事。如果连艺术都画地为牢，变得这么僵死，那也太没意思了。

问：您此前并非学画出身，对于海南的画坛来讲，您有点横空出世的感觉，很短时间内，一下子被很多人注意到。而且，我感觉到，您很多时候有点有意躲避着海南，您在外省搞过不少展览，但几乎从不在省内搞个展，和省内的画家也极少交往。可以问一问，您是怎么开始绘画的呢？

沈：我确实非专业出身，事实上，我大学没读完，毕业证没拿到，专业也不是这个，算起来只有个高中学历。从学校离开后，我啥都做过，什么人都见过，有些心灰意冷。后来，我回到镇上，我爸在镇上置了个小房子，也做不了什么，我就把那里改成个租书店。我在镇上混了几年时间，每天守着那店面，有大把时间可以挥霍，除了看各种杂书，我也乱画一点，当然，那些画都拿不出来见人。我后来离开那个镇子，到省城来，也做过不同的事。碰到我老师的时候，我在一个出租车公司当司机，那时老师从广东到海南来写生，海南这边的画院对接，刚好租了我们公司的车，我有十来天一直跟老先生在一起。途中，和老先生也相识起来。你可能想不到，我跟老先生变得熟络，竟然是因为武侠。

问：武侠小说？

沈：是的。我以前在镇上开过租书店，读了大量武侠小说。没想到老先生也感兴趣，还读过不少，一说起来眉毛都跳舞，还说起了武侠小说大宗师金庸先生。作为岭南画派的一员，他一直居住广州，往来香港极为方便，有几次在粤港文化交流会上，《明报月刊》的查先生也来了——查先生便是金庸，金庸先生本姓查——金庸先生有些板正，好玩的还得是倪匡、蔡澜等人，一开喝，喷胡话。金庸先生从不喝多。老先生手头有金庸先生送的签名本，他则还了一幅画，在那幅画里，金庸先生不再是板正的西装革履，而是长衫飘逸，宗师气度，老先生在画的右侧题字：浙江潮水入香江，身世飘零岂堪查。句内点了金庸先生的姓，也含了其出浙江、定香江的身世流离。金庸先生看了画中题字，为之黯然。我从没想到，眼前这老先生，竟和一些传说中的人物关联在一起，不免深感唏嘘。有些话我没跟老先生说起，就是我离开小镇后，也曾去过香港，到《明报月刊》的办公场所外看了看，时代不同，物是人非，和想象中差很远，从香港回来后，我才在海口扎根。出车之余，我也乱画一些画，我厚着脸皮拿一些画稿给老先生看，他大感惊奇，多次指点——当然，我知道自己基础差、学识也不够，从没让他收我为弟子。那之后，老先生多次再来海南，我们也都有联系，或许因为武侠，因为我从未谋面过的金庸先生，我们的距离近了许多。我能看出，老先生有好几次希望我能主动提，但我从来没提——一是源自我的骄傲，我不愿求任何人；二是我觉得，学习不拘泥于形式，真正变成师徒之后，很多时候反而绑手绑脚。在绘画和带入门上，先生帮过我很多，先生前几年过世时，我反问自己，若是真拜入门下，真正投入一些精力，我会不会画得更好？但这也只是一闪念，我也并不后悔自己那"沉默的拒绝"，其实，我内心是拒绝那样的关系的，作为一个当代人，我觉得自己处理不好"师徒"这样的关系，那就不为难自己了。先生开的一些书单，需要看的一些画册，需要学习的技法，能找到的，我都找来看了，能够练的技法我也都自己学，这样也好，适合我的心性。其实，我是很清楚先生为什么多次要开口收我为徒却又憋住不说，他知道我终究和他非一类人，他对我此前的画有一些欣赏，但我们并非同路人，作为一个欣赏者，他可以毫不掩饰他的欢喜，可若是有了关系的羁绊，他就得背负着我画风出格的压力。何苦呢，保持距离，也保持自由，多好。

问：对于很多人来讲，有这么一个机会可以跟老先生建立关系，肯定都极力争取，想不到您竟然以这样的方式，保持着距离。

沈：老先生在鼓动我参展，鼓动我创作方面，还是提供了很多便利的，若不是他的催促，很多时候我都几乎放弃绘画了，甚至说，我不会变成一个绘画者。

问：您是怎么会想到，要把水墨变得那么当代的？以油画般的热烈灿烂，去绘画此前几乎没有水墨画家表现过的热带雨林里的各种植物——传统的笔法里不会用这么多色彩；以一种摄像机仰拍的视角，画一头游过的巨鲸，人好像是躺在海底往上看的角度——这完全是当代艺术的做法，绝非古典水墨会关注到的。但又可以看出，您的那些笔法、那些水墨晕染的技法，仍有传统之源。您自己怎么看？

沈：事实并没那么复杂，并非我有志突破什么的。可能所有这一切，恰恰因为我并非专业出身，没有那么沉重的传统包袱，想怎么画就怎么画。此前，传统水墨里，画的多是北方的山——毕竟海南历史上几乎没有过像样的画家——海南当代的国画家在题材、技法上，是没有多少东西可以借鉴的。传统大家笔下的植物，跟海南的热带植物没什么关系，你见过哪位大家画过椰子树的？所以，一切都得自己摸索，既然都要自己来，那不如彻底一点，在色彩上也大胆一些，不自我设限。所以，我有一系列的画，注视着那些植物的根部，那些繁茂的、错综复杂、像藤一样缠绕的状态，反而很适合笔墨的线条，就像书法中的草书。在枝叶、花果的表现上，色彩也尽可能大胆一点，不知道你能不能明白，传统水墨，偏淡、偏冷，这种淡和冷，要表现热带的繁茂，好像有着天然的相悖，没有办法把我们海南强烈的阳光感体现出来。我觉得，要画好海南，色彩特别重要，色彩中阳光般的金黄色，特别重要。

问：那您怎么会想到画海底的题材呢？您也有二十多幅海底的题材了吧？尤其那头巨鲸，让人过目难忘，您肯定知道，不少人对您的绘画有看法，但我也私下打听过，即使那些对您特别有意见的，也不得不承认看到您用水墨画出一头潜游的巨鲸时候的那种冲击。您自己怎么看？

沈：那幅《乌云之光》？

问：是的。

沈：这事，说来还话长。

问：可以简要说一说？

沈：这跟前面谈的那老师也有关系。你也知道，他除了画画，也收藏，什么老东西都收。他后面来海南多次，我都陪着，陪着他找各种老物件。有时还随船出海，捞那些海底的老东西。那时，那些东西没什么人要，也没什么人懂。他不知道从哪打听到，有些渔民发现海底有些瓷器，他就找人去帮他打捞，有多少他都收。我有几次也跟他一起跟着船出去，才知道那是古时沉船掉落海底的瓷器，现在都叫"海捞瓷"。可那时没人懂，就是些破烂旧物件，没人要。那些瓷器本要从海上丝绸之路出去，远抵欧洲，摆在欧洲贵族甚至宫廷的宴会之上，可却因风浪等海难而被击沉，覆上沉厚泥沙，再被海水封印，不见天日。

海浪与时光冲刷，什么都会朽烂，唯有这些瓷器，被捞上来，仍旧光洁如初——海捞瓷是时间的死敌。我好几次学着下海、潜水、捞瓷，在海底，什么珊瑚、各类鱼虾都见过，巨鲸我没见过，但一群群密密麻麻的鱼从头顶过来，我见过；也见过很大的不知道是什么鱼从头顶漂过，不断压迫而来，那情景我过目不忘，后来画画，想不起那到底是什么鱼，又总要具象化，就把那大鱼画成鲸了。

问：您后来也收藏，是不是也跟这一段经历有关系。

沈：当然。

问：那，您怎么会把这么一幅画海底的画，叫作《乌云之光》呢？

沈：你们这些人，就是想得太多……你想想，水面上有日光照下，并不黑暗，那么一头鲸漂浮在你的头顶，有些背光，像不像一朵移动的乌云压迫而来，叫这么一个题目，不过是最简单明了的"看图说话"吧？

....

这篇访谈，共有一万多字，后面还有很多关于具体作品的讨论，我却想在这些作品之外，找到老沈变成今日之沈郁澜的蛛丝马迹。无论如何，一个人侦探一般想挖掘另一个人的过去，总显得居心不良。后果有好几回，老沈邀请朋友去他的工作室看他的藏品之时，也把我叫上了。每一回，他总是先挑选一张古典黑胶，让房间里萦绕着近乎完全陌生的曲调，藏品在此时亮相，好像被音乐加成，覆上一层神秘的光泽。有一次，我在他工作室的展品里乱看之时，在一个墙角处，发现一个架子上，摆放着一堆磁带，满满当当，估计有数百盒。随手翻看，全是香港歌手的老专辑，许冠杰、谭咏麟、张国荣、四大天王、梅艳芳等，都有，只要一看到歌名，你耳边就瞬间响起歌声甚至歌手换气时的气息颤抖。我有点呆滞，他收藏了满架子的黑胶，想不到还有一个角落，堆满这些曾到处传唱的流行歌，堆满这些少年时代的笑与泪。我有点迷糊，当年，老沈的租书店里，是不是也曾卖过音乐磁带？这些，是不是他当年店里的存货？可是，当年那家店，不是早被付之一炬了吗？我的记忆愈加混乱，当年，我在租书店的书架上翻着书的时候，一本又一本印刷糟糕残破不堪的武侠小说从我的指尖划过，老沈是不是在一个录音机上，播放着眼前这些磁带？老沈当年是不是在歌声中摇头晃脑黯然失神？

初中时，我写的那部没有完成、最终消失无影踪的武侠小说，叫《破城谱》。那时，那些打打杀杀的小说看得多了，在枯燥的功课之外，我也想写一本——当时我还不懂，在某种程度上，写作比阅读还让人沉迷。我不经世事全无积累，所谓的阅读也就老沈那些破破烂烂的书，所有的经验就是自己上学的记忆，能怎么写呢？我把小镇上见到的一些事，全都幻化，放到一个武侠世界里，比如说，那些耍勇斗狠的少年帮派，自然转化成了一个个江湖门派；那些入侵到小镇上的白粉，就成了江湖中迷人心智的奇毒；少年们的争斗，便是一场一场江湖厮杀；老沈守着租书店，那在小说里，就是一位神通广大的绝世高手，人人都没能注意到他，他仍然是一个开小店铺的人，可当所有人纠缠难解之时，他便出手轻易化解……而所有这些人，都因为一个谜团，被汇聚于一座边城里。人人都想着往外走，都想着从城中杀出一条血路，到更广阔的江湖里看看。要往外走，并不那么容易，每一步都头破血流，每一步都杀机四起。我先写了两万多字的开场，以不断收缩的方式，把从各处出场的人，逐渐汇聚一处，城中便热闹起来。每个人都感到了城里要出事，每个人都知道有一场大阴谋正快马奔腾而来，却没人能够提前制止，每个人都面对着莫测的命运，没有谁知道自己能在这里活多久。有几个胆小的，受不了那让人窒息的压迫力，想迅速逃离，却在出城后尽数被诛，尸体被马匹送回城里。当然，并非这座城已经封死，并非所有人都不能正常出入，那些非江湖客的普通人可以随意进出，并没有发生什么意外；那些一身武功心有所图的，则是寸步难行。每个人都能感觉到，仅仅是分辨出江湖中人和普通人这个工作，就需要耗费多少人力物力，所以背后到底是哪个人在指点江山，就成了最大的谜团……当我逐渐把故事铺展开的时候，我也还没想清楚，故事的全貌是什么样的。

这个故事只属于我自己，我不敢拿给任何人看，怕被笑话。而当遇到第一个坎跨越不过去，憋得太久了，我才发觉，写作没法进行的时候，作者会变得无比痛苦。就是在那一刻，我感觉到了某种孤独，我知道这孤独很奇怪也很矫情，但还是抑制不住。我犹豫许久，才拎着那个本子找到老沈——在这个镇上，我不知道要找谁，不知道还可以跟谁聊写作这种事。我几乎是颤颤巍巍把本子递给老沈，嘴巴更是被堵死了一般，微张好几次，也没能说出话来。犹如从高处往深渊跳，我加速说："我写的东西，你先帮我看看，明天我来拿。你可不能跟任何人说。"没等他说话,我就跑了。当天夜里,我没办法合眼,我很后悔把写的东西给他看了,那是脱光光站在街上任人注视指点的感觉——我甚至想,要不要连夜去找老沈把本子拿回来?第二天,我鼓着浮肿的金鱼眼,在街角的一个角落里盯着,老沈才刚拉开铁卷门,我便已经冲过去,支支吾吾,想问却又不知道问什么。老沈淡淡一笑:"我看完了……"他没有任何评价,我也愈加紧张起来,浑身颤抖。老沈在挂在肩上还没来得及放下的挎包里翻了一下,把本子递还给我。我很想立刻消失,又脚步凝固,期待老沈出声。老沈说:"你写得很好,我很羡慕。我也想写东西,但写不了,没那个本事,两句话都说不顺。假以时日,你肯定能成为一个作家……"他竟然用了"作家"这个词,多么遥远,多么神圣,多么辉煌,又多么虚空……我的脑袋如遭重击,甜蜜的重击——我知道他的话里多是鼓励和安慰,但我愿意饮下这有"毒"的甜酒。老沈说:"不过,武侠小说,不算很高级的东西,你多看其他的书,我住的地方有不少,什么时候你过来,那里我有不舍得拿来租的书,你看看,对你有帮助。你的文字很好,但武侠小说,毕竟是消遣的东西,还得看看其他的东西,眼界才会上来……"我不知道他所提到另外的书、另外的眼界是什么,但我感觉,有一个更加广阔的世界,正在向我打开——眼前乌云密布,可乌云背后,已经有光透射而来。老沈说,"不过,你马上中考了,不着急,一来,你这小说不着急写;二来,那些书你也不着急看。等中考完了,你到我租住的地方,好好看一个暑假、写一个暑假,你的小说,肯定会一鸣惊人。等你写完,给《江门文艺》《佛山文艺》投投稿,那些杂志发武侠小说,搞不好你投过去,就给发出来,你可就能赚到稿费了。"稿费……什么稿费?我沉浸在被认可的甜蜜之中,还没想到那么远……老沈继续说,"你的《破城谱》里,是不是每个人都想着到城外去?"我点点头。老沈说,"所以,你也一样,你也要到我们这个小镇之外去。《破城谱》里的每个人,都是你自己,那些人都想着往外走,你也一样,你也要往外走,要到更大的世界去,我们不能一直在这镇上当土鳖。你没见过外面的世界,我上过半截大学,是见过的——我好像通过一扇窗,看到外面世界的模样,可我还没下楼,窗户又给我关死了,但我已见过,我总要下楼,门不给出,就把窗给砸了,跳窗而下。最迟,过完这个暑假,我就出去,再赖在这个店里,一辈子就毁了。"我把硬皮本放回书包,感觉自己成了孙行者,双脚踩着云一般,飘着去到学校。

离中考还有两个月的时候,天气越来越热,雨水也越来越多,中考不像高考那样压力大,但能不能上一个好的高中,仍是改变命运的关键。在那时,有一些同学已经分流,有的去学美术、学音乐,准备考中师;有的准备考中专,想早日出社会赚钱;没有人跟我讨论过,但我铁定了心要读高中、考大学。临近中考,老师给的压力也很大,我当时写《破城谱》,也不过是想在那窒息般的密不透风里,可以喘一口气。老沈让我知道,写东西、读闲书都可以慢慢来,我得直面迫在眼前的一场大仗。当时,我的成绩在同年级里,是比较靠前的,从没跌出过前三。在离中考还剩两个月的时候,班主任跟我们宣布了一个消息,学校将会组织最近一次摸底考分数前十的学生,再进行一次小范围考试,选出三位同学。这三位同学可以参与省内一所重点高中的提前选拔——如果通过考试,可以在中考到来前,被那所重点中学录取。毫无疑问,能够在这样的考试中被选中的比例是极低的,我们这座小镇初中,以前还从没有人被提前录取过,但无论如何,这都是一次难得的机会,我当然得争取一下。当时传闻,说副校长的孙子、一位老师的女儿,也都在本校读初三,他们的成绩本就不差,再加上这层关系,三个名额,他们已经占了两个——我得和其他七人,一起争那最后一个提前选拔的名额。现如今,见到那几个有了竞争关系的同学,再打招呼,都会被投来凌厉的目光,我的身上快被扎满数不清的小洞。又是暴雨的一夜,我躺在那间只有我一个人居住的房间内,无比慌张,一种快要和熟悉的旧日子告别的慌张——当时,我爸妈尚在村里,在镇上又没什么亲戚,上初中之后,他们租了一个房间给我。起初,他们轮流跟我住,但田里的庄稼抛不下,他们在家里养的猪、养的牛更抛不下,逐渐逐渐地,那房间就单独属于我一个人。他们对我很放心,并不担心他们的儿子会被小镇上风起云涌的新事物侵蚀。事实上,即使他们偶尔来这出租屋居住,也不会跟我说什么话,他们只是沉闷着,和所有的父母差不多。当雨声在屋外哗啦啦地响着,我好像进入了《破城谱》里的慌乱江湖,对我而言,眼前的考试,就是一场厮杀,"十选三"变成了"八选一",我愿意不愿意,那都是一群对手。雨声让熟悉的小镇变得如此陌生,缓慢的时光加速起来——我在以前所未有的速度远离眼下的日子。

校内选拔考试前一周,我变得无比勤奋。虽然即使争取到去参加考试的名额,要真正考上还是难,但我不想放弃试一试的机会。

校内选拔考前两天,我晚自习到夜里十点半,回出租屋的路上,却感到隐隐的不妙。那是只有一层的平顶房,我走到门前,发现本应锁死的木门,却在深夜的风中晃荡不止——门竟然开着。我拉开电灯,发现门锁已经被撬开。我房内就一张床,衣服堆在床头;一张摇摇晃晃的简易桌子,一张塑料椅子,是我学习吃饭所用;桌子上堆着我的课本、文具。此时,我的衣服已被丢得到处都是,连床上的竹席也被掀开——很明显,遭贼了。家里给的生活费,我都随身带着,屋内并没有什么可丢的,可我还是内心慌张,不知道什么东西已经被拿走。我蹲下身,慢慢整理着房间,把所有的东西归还原位。边整理边细想,到底少了什么?到底有什么东西被偷走了?什么都没少,内心的不安却一直都在。我把门反锁,躺到床上,直到快要入睡时,我才想起到底丢了什么——那本没写完的《破城谱》。那是我从心底一个字一个字挤出来的,可对别人来讲,那纯粹是一叠废纸,有谁会要偷走它呢?我翻来覆去到第二天也没法睡。到学校之后,我仍旧提不起精神,程培凑过来:"怎么了?"我摇摇头,没说话。他说:"你精神很差。"我忍了一会儿,说:"我被偷了东西。"他说:"什么?"我压低声音:"我写小说的本子,被偷了。"程培说:"我还以为什么事呢。"我没法跟他解释那是我从骨血心梦里挤出来的文字,那对我有多重要。

又一天,上学时候,我在课桌底下,发现了一张纸条,上面的字歪歪扭扭,写着:拿走你本子的,是黄惠芬。——这所谓"黄惠芬",正是有十几个男生跟着、被我当作《流星·蝴蝶·剑》里的"高大姐"的那位。我脑子一轰,不知道谁给我写的这句话,那张纸条米黄色,皱皱巴巴,不知道是从哪个本子上撕下来的,是谁在给我指路?真是"高大姐"拿走了我的本子吗?好不容易熬到放学,我再也忍不住,朝老沈租书店对面的游戏机室走去——每天,她有很多时间耗在那里。游戏室是小镇少年的向往之地,一个一个游戏币塞进去,就可以从游戏机里不断复活,开始一段段冒险,很多人沉迷在那个游戏世界——也有些人爱赌,就玩跑马机。我没进去过,怕自己会被那些游戏机所迷惑,在门口那犹豫了好久,不断有人掀开门口悬挂着的那块布帘,我已经听到"高大姐"的欢呼声,还从别人掀开布帘时,看到她的身影混杂在一群男生之中,左手摇着游戏机的摇杆,右手狂拍着游戏机的按钮。我内心忐忑,不知道单凭一张纸条,该怎么进去质问她,我一直在门口那里等着,快二十分钟后,有人掀开布帘,我看到,她玩的那台游戏机周围,只有她一个人在摇头晃脑,嘴里骂着些什么。我立即走进去,站在她身边,她没有回头,我等了有半分钟,她手掌一拍游戏机的摇杆,粗话从嘴巴里喷射而出:"奶奶的,死了!"她扭头,眼睛一撇,扫了我一下:"你要玩?旁边等着去。"我没有说什么,把那张纸条递过去。我闻到某种若有若无的味道,不是臭,也不是香,一股不知道怎么形容的气息,我头有些晕、有些醉。游戏室里的所有喧闹瞬间消逝了,由于靠得比较近,她的脸冲到我的眼里——我是第一次这么近看她,那双眼特别圆,嘴角带着一丝不屑,什么都不在乎,而正是这种满不在乎,充满致命的诱惑。我本是带着些怒气来的,却在此刻心跳加速。她鼻子一哼:"呸,情书?也不看看你自己?"她还是接了过去,我的脸在烧,好像递过去的真是情书。她看了一下纸条,

"哦……原来是你啊!"我挤了半天,支支吾吾挤出:"……是……不是你……拿……的?"她说:"我叫人去撬你门的,还没看完。"我喊起来:"还给我!"她根本不理我,食指中指缝隙中不知什么时候已经夹着一枚游戏币,正要塞进游戏机的塞币口。我手一挥,打在她手上,那游戏币掉落,一滚,不知消失在哪台游戏机底下。她喊起来:"你小子,找打!"她的话音一落,有好几个人顿时从各个角落冒出来,很多双拳头不知道从哪里击打过来——都是她的手下吗?我没有选择,也顾不得了,用尽所有力气,还击着那些挥打过来的拳头。

我几乎是以找死的方式在和他们对打。那些人经常打架,也强壮得多,可我以豁出去的方式还击,完全不觉得疼,倒是他们,在不断呼喊不断后退。有人试图抓住我的手脚,可我找死般的力量竟出奇的大,没有人能抓住。敢上前和我对打的,越来越少了。游戏室里至少塞着三四十人,却没有人再盯着游戏机,而都盯着眼前这场打斗,也没人敢过来拦。我伸出双手,抓住一双打在我后背的手掌,奋力一扭,竟然听到咔嚓一声,一声巨大的喊叫夹带着哭声,我松开双手,那看不清脸的家伙,蜷缩着手指折断的手掌,往门帘外头奔去。我用尽力气喊道:"有种,你们全上来啊!""高大姐"和她手下,没有人再敢上前,他们都颤抖着发白的脸,不相信我一个书呆子,怎么敢跟他们玩命!有人悄悄扭头,往外头跑,有一个跑了之后,跟着"高大姐"的那些人,都纷纷跑了,游戏室里的人顿时少了三分之一。"高大姐"缓缓挪到边上,瞪着我看了好久,长舒了一口气,也撩开门帘出去了。他们散了之后,我浑身每一个位置,开始疼痛，类似针刺的、类似重物锤击的、类似割裂的……不一样的痛感，几乎把我撕碎，我后背靠着一台跑马机，浑身瘫软，滑在地上。游戏室的老板，那个一头卷发的中年胖子，走到我面前，右手食指一直指着我："……你……你……你……"他说不出别的话，只把我扶起来，我每跨一步，都特别沉重，伸手掀布帘的力气都没有了。老板撩开门帘，扶我走出去。老板松开手，退回室内，布帘落下，带起的风让我伤口的疼痛加剧。夕阳染红了小镇的街，街道像刚刚经历一场大战的荒野。

从对门走过来的老沈，铁青着一张脸，像有千言万语，终究一言不发——他是对我太失望了吗？老沈默默转身，走在前面，我跟在他身后。我们走进他的租书店，他拉过来一张椅子，说："你坐下，你那本子，我去帮你要回来。"我蹲守在租书店里，眼看着小镇的天色渐渐变暗，街巷亮起昏黄的灯，灯光照不到的地方，更加黑。过了多久呢？可能快两个小时了吧，老沈背着双手踱步而归，他还是毫无表情，瞪着我看了好久，缓缓地说："那本子已经没了，黄惠芬丢了，拿不回来了。你也别再去找他们了，我跟他们谈了，他们以后也不会再找你麻烦。你们就当没发生过这事……"我不知道他刚刚干吗去了，不知道他跟那些人谈了些什么，但如果连他都拿不回来，那就真的拿不回来了——我写下的几万字，已经灰飞烟灭，内心有多少不甘，都得吞下去。

我还没来得及为遗失的小说哀悼，又有让人伤心的事袭击而来。第二天，我脸上青一块红一块去到教室的时候，班上的同学都盯着我——小镇那么小，他们都听说了我的事了。我还没来得及坐下，教数学的班主任进来教室，拍拍我的肩膀，头往外一甩，他就出去了。我跟在他身后，走到教室外的那棵苦楝树下。班主任说："这本来是你的机会，我很看好你，很想你能多一次改变命运的机会，可你……在这个关键时刻出这种事。到处都在传你打架的事，你本是个好学生……可你……我跟校长争取了好久，放心，不会处理你，但那个选拔考，你不能参加了。可惜……"他有点哽咽，好像破碎的不是我的希望，而是他的。我能说什么呢？苦楝树上的苦楝子都还挂在枝叶上，却又像一颗一颗掉落在我的头上，甚至一颗一颗塞进我的嘴里……真给我考，我未必能……可是，我被取消选拔考的资格了。

几天后，校内选拔考试，公布选出的即将出征省重点高中的三个名额，果然有那副校长的孙子，也有那老师的女儿——传言都是真的。第三个名额，是别班的一个同学，在以往的排名里，他从没排在我前面过，而现在，他考进了前三。所有假设都没有意义，我自己毁掉了那转瞬即逝的好机会。我还没有开始悲伤，程培倒先哭出来了，因为没有在选拔考中考到前三——他也是参加选拔的十名同学之一。整整两天，他一直伏在课桌上，悲伤得扬不起头，我很想安慰他，但伸出的手，总拍不到他肩膀上。我唯一能安慰自己的是，就算那三人去那省重点高中参加最后一战，也未必能被录取——后来，他们确实没被录取，仍然需要参加残酷的中考——可有时我还是忍不住想，他们没考上，可要是我去了，会不会有机会呢？这个自我制造的"可能"，让内心更加刺痛。

老沈跟着那个岭南画派的老先生学画,也跟着收藏一些老物件,这改变了老沈后来的命运。在很多若有若无的传闻里,老沈被说成一个极有城府之人,比如说,他当年带着老先生去找海捞瓷,还专门学了潜水,并非要帮老先生打捞那些瓷器,而是在给自己铺路。他潜入水中,却没有把那些真正的好货捞上来,落入老先生手里的都是成色极差的。等到老先生欣喜若狂拿着残次品离开后,老沈择日重新返回打捞现场,把那些最好的瓷器,收入自己囊中。有人说,老先生后来听到这个传闻,跟老沈彻底决裂了,他没想到视为弟子的老沈,竟然就在他眼皮底下,借着海水的阻隔,让他成了大冤种。甚至有人目睹一般,说老先生临终前交代家人,不能让老沈前往拜祭。除了那篇收在《海南水墨五家》里的访谈,老沈很少在公众面前露脸发声,他越是悄无声息,在那些画家和收藏者的口中,关于他的各种传言就越多。我知道人心之深,也知道相隔多年,我不能再以当年那个蹲守在小镇上的租书店店主的目光来看他,更何况,即使当年,也有着太多我所不了解之处。比如说,他的飞牌绝技怎么学来的?他是怎么做到那些小镇上的烂仔都对他退避三舍的?他的租书店那场后来困扰了小镇上人好多年的大火,怎么引燃的?甚至,为什么他当年只读了半截大学,就没法继续,只能返回镇上?……

他总是心事重重,在疫情肆虐的眼下,他每天那么谨慎地出入,害怕把病毒带给患病的妻子。天气一切如常,可我跟很多人一样,陷入慌乱。那时,除了发烧、头痛、浑身无力等症状外,身边的人还出现了各种奇怪的症状,有人抑制不住一直眨眼,有人烧了一夜之后发现脸歪了……熟悉或不熟悉的老人永别的消息也不断传来。我则在中招之后，极为嗜睡，怎么样也醒不过来，那几乎是我好多年里最痛快淋漓的睡眠。从沉睡中惊醒的时候，房子空空荡荡，房子之外也空了，这个世界犹如只剩下了我一个人。那种空无感让我恐惧，我好像感觉到了从很多书上看到的"顿悟时刻"——很多武侠小说上所写的武功修炼到紧要关头，也是这样的吧？在这时，要么更上层楼、要么走入岔道。外头的世界被某种席卷一切的力量所裹挟，我是要因此飞升还是走火入魔呢？

刷手机变成唯一能做的事。有一天，我有气无力地面对着手机，看到老沈发了一条朋友圈："今天，送别了妻子。"配的是他自己的一幅画，密林寂寂，一种空荡荡的虚无感。我握着手机的手有点发抖，没法点赞，也没法说出"节哀"——那也是凌厉冰冷的匕首。他小心翼翼两年多，以各种方式隔绝病毒对他妻子的入侵，可终究没能阻挡。我没有给老沈打电话、发短信，任何形式的询问，都只能加深他的悲痛。我在大半个月后，才逐渐缓过来，又过了两周，病毒已经不再被人们提起，那些日子也遥远而恍惚。春节前的某一日，我接到了老沈的电话，不知道是深冬的寒气还是手机音质变异，他的声音听起来特别微弱："什么时候有空，见一下？"

我回了一个字："好。"

我又来到了他摆满各类藏品的家里，一切没变，可总觉得跟记忆中的画面不太相同，想了好久，才回过神来——此时播放着的，不再是那些不知道从哪个国家收来的陌生专辑，不再是那些貌似"高雅"而却没法在内心激起回响的名曲，而是香港的粤语老歌。

播放器也不再是黑胶唱机,而是老款录音机。听多了手机上被"净化"过的声音,盒装磁带的歌声自带复古感,加上谭咏麟款款深情的声音,很多记忆汹涌而来。是了,我记得,他当年依靠在那间租书店的玻璃柜台里,嘴巴里哼着的,好像永远是谭咏麟。谭咏麟的歌声,让他这个家庭展览馆变得有些陌生,我还闻到了一股油烟味。他看出来我的疑惑,说:"我现在就在这儿住着,吃饭也在这儿。"有收藏癖之人,把藏品视为比生命还珍贵,更要远离火光的,尤其是老沈,他本就居家在楼下那层,现在怎么会把放满藏品的地方用来居住,还在这里生火做饭呢?老沈指指地板,说:"我已经有一段时间没有到楼下那层了,不知道变成什么样了?"看出我在期待着他的答案,他说,"老婆不在了,每次我下去,总是没法睡。翻来覆去,老是觉得她的身影声音还在,太折磨人了。我只好到这楼上来。我有一段时间没下去了,也不知道里头是不是住满老鼠蟑螂。"

这个时候,谭咏麟不合时宜地唱道:"……如痴如醉,还盼你懂珍惜自己……"老沈指着那录音机:"我老婆熬不过去年底那一阵,送走她之后,我整理她留下的各类东西,也顺便把楼下和这楼上,都翻了一遍,把这录音机和那些磁带翻了出来。最近我也一直在恍惚,我手头收了这么多藏品,其实,哪里守得住?物比人长久,眼前这么多古物,它们被古人摸过,现在传到我手上,也不过是那么几个瞬间在我手掌停留,在很多年后,它们终究会被后来人所抚摸……想想这一点,挺让人虚无。我老婆走得那么突然,让我明白人生有很多偶然,我有时会想,若我哪一天也突然走了,这些东西,怎么处理呢？我已经在做出售或捐献的准备。我得换一种活法了，这些年，我画画、收藏，每天跟这些玩意儿待在一起，现在想想，真不是人过的生活……"我笑了笑："卖掉？捐出去？你舍得？"老沈看了看那些摆满藏品的架子，不知道在想什么。我知道，不管舍不舍得，只要老沈下定决心，他一定会想办法清空，重新换一种生活。或许，他最后连这两层房子都会卖掉——当年那场焚烧掉他的租书店的大火后，他离开小镇，不就是再也没有回去在原址上重修吗？

老沈说："对了，不聊这个，今天喊你来，不是要说这个的。是有个东西要还给你。"

"还给我？"我从未记得，我有什么东西在他手上。

他转身，从一个货架上取来一个大牛皮纸信封，递到我手上。信封没有封口，看起来也比较新，落款处还有老沈的一幅小画和他家的地址，显然，刚刚装进去不久。我能感觉到里面好像是一本什么东西，迟疑了一会儿，我右手探进信封，手指传来硬皮本的硬度与弹性，我一抽，眼前有些发黑。那硬皮本封面上印有布纹网格，已经特别陈旧，我的手有些抖，还没翻开，我就知道，那是我初中手写武侠小说的本子，那消失的《破城谱》。老沈说："我最近整理老婆的遗物，各种挑挑拣拣，不知道从哪个角落翻出来的。当年我帮你拿回来，这些年辗转在外，和你再没相见；你这两年和我重新交往，我本来想把它找出来，可一直没找到……有些东西就是这样，平常摆在架子上，可你就是看不着，某一天，却又突然地出现……"我摆摆手："等等，等等，我记得，当年，你帮我去取，告诉我说已经被'高大姐'丢了,没拿回来……"老沈长长叹息,沉吟许久:"你当年一个读书的好料,最后要面临中考了,我帮你拿回来了,怕你又再次沉迷进去,就骗了你,准备等到你中考完毕,再还给你。可是后来,发生了变故……你还记得吧,我那店烧了,我也离开镇上,我本以为这本子已经随着那店烧了,很久之后才在随身的物件里发现了它。这些年它不知道躲在哪个角落……若非这一次清理旧物,或许它就再也不会出现了。现在,是物归原主的时候。"他又望着那些展架,说,"清理这些藏品,我也不知道还会清理出什么来。"

我拿着硬皮本的手抖个不停:"当时,你从哪拿回来的这个?"老沈笑了:"不就是从黄惠芬的手上吗?我去找了她,让她取出来,她还不愿意。后来,我给她露了一手,她就乖乖地取出来了。"我说:"露了一手?"老沈点点头:"不过,不能告诉你露了啥,反正我有法子制住这小太妹。"我说:"后来你的店着火了,是不是他们这些人给半夜点的?"老沈愣了许久,摇摇头:"不是。"我随手翻开硬皮本,纸张泛黄,污迹混杂其间,看到了当年歪歪扭扭的字迹,那是蓝色圆珠笔写下的,它们已经在时光的打磨中变淡。

那是没前没后的中间一段:

……到城外去,最危险又最诱人。小马拎着三坛酒,找到春风巷口的小乞丐猴目,一直到三坛酒下肚,猴目还不甘心,不断闪着他的眼,伸出手掌。小马丢过去一块碎银子,猴目才笑嘻嘻地点头,两只手举起来,弹开七根手指。每座城池,都有一些人,平时看不到,可他们清楚每一个角落里发生的每件事——猴目就是其中之一。他既然竖起七根手指,那最近因为出城而暴毙的江湖中人,就不会是六个,也不会是八个。小马问:"依你看来,最近那么多人聚集到这城里来,到底什么缘由?"猴目没有哼声,一是小马这话太宽泛,二是没见到好处,他连鼻子哼一声都觉得亏了。小马盯着猴目:"最近来的人,是不是都接到了一封信?"猴目还是没任何反应,但小马还是从他的若无其事里,得到了想要的答案。小马说,"信封外头,是不是画有……"猴目脸色一变,低下头。小马也不再问什么。这时候,春风巷外,响起了嘈杂的喊叫,间有惊恐的尖叫。不用往人群聚集的地方去,小马已然知道,暴毙的第八个人出现了……

前头的故事,我已记不太清,后头故事朝什么地方发展,我也不再记得,这故事真的出自我的手笔吗?老沈笑着说:"那天翻到这本子,我又把这故事温习了一下。别说,还挺吸引人,你拿回去,接着写,我还挺想知道后面的故事的,你会把它写完吗?"我的脸又有些热,别人当面评价自己的文字,总是让我不好意思。老沈说:"当年,黄惠芬那小太妹,为什么要找人偷你这本子?"我摇摇头:"我想了很多年也想不清楚,按理说,她从来不看小说的,怎么会……"老沈说:"我当年,帮你问了原因。她也说了。"我没继续问,他既然已经开场,就会把话说完,他说:"有人告诉她,说你这小说,写的是她和她那些手下的事,说你这小说以她为原型,所以,她就想看看,你怎么歪曲了她。她看了后,还挺失望,里头根本没出现过一个女的。我问她,是谁告诉她的?她说她也不知道,有人给她课桌留了纸条,她也不清楚是谁……"

纸条……我心一抽紧,却又不知这感觉从何而来。老沈站起来,到展架上取来一个木盒,拿到我面前,展开,里头是一个茶杯,我不知其年代、不识其工艺。杯身上勾勒的线条,是青色,杯身之上,草长莺飞,牧童骑在黄牛身上放纸鸢,弥漫一股春日里万物复生的欢快。我不懂古物,也觉得这杯子非凡品。我好像看到,当年制瓷之人如何以手指的点石成金让泥坯成型,窑火的焚烧又如何让泥坯瓷变;我看到瓷器装船后,出港前的千帆竞发;我看到大海中央的风浪翻滚,驾船之人想靠近海南岛,却在离岛不远时被掀翻,沉入水底;我看到海浪日复一日的冲刷中,沉船和装载物被泥沙覆盖;我还看到,老沈身穿潜水服,把这一件瓷器捡起,护目镜后,他的目光变得幽深又呆滞,似被吸走了魂儿;我最后看到,老沈在无数的夜,从自家展架上取出这件瓷器,目光和指尖在瓷身上抚摸不止。在这一刻,我有点理解老沈的收藏癖,他并非迷恋器物本身,而是试图让隐藏在旧物背后的时光再次复活,他迷恋的是消失的记忆。老沈说:"这是我的海捞瓷中的一件。这些年,我把这些东西看得太珍贵,却忘了还有更多的事情需要去做。刚刚我也说了,这些东西,要么卖掉,要么捐出去,我送你一件当留念。"我说:"那么贵重的东西,我可不敢拿。"老沈说:"我那展架上,全都是,几百件,这东西,说值钱也值钱,说不值钱,也就是个喝水的杯子,一个念想之物,你就拿着吧……其实,我是有点愧疚,当年我自作主张,把你这本子留在手上,一留就二十多年,像是剪掉了你一段人生,真是太不好意思。你当我赔礼道歉就是,拿着!"在那一刻,我眼前的老沈，不再是丧妻的憔悴中年，而是当年小镇上的那个守着租书店的青年——他说出的话，总要兑现。我还是不愿接下那个盒子，他指着房间里的展架："你看看，那么多，全都是……全都是我自己捞上来的。我专门去学了潜水……好几年没潜了，这些年啊，都过得人不像人了。"我知道没法拒绝了，只好把盒子接下，盖了盖住，也把我的硬皮本压在盒子顶上，放在了茶几上。老沈苦笑："我花了那么多心思，收了这么多玩意，总是想抓住点什么，哪抓得住啊，到最后，都是空的……有时想想，当年小镇上的一把火，把什么都烧得干干净净，挺好！"

中考结束，夏天更热了。失去参加那所省重点高中选拔的机会，我没多少时间哀伤，立马投入中考的准备之中。随着中考临近，爸妈有时也会从村里上来，带来半只鸡、两条鱼什么的，让我考前吃些好的。他们本都是木讷的人，对着我，也说不出什么鼓励的话，我反而焦躁起来，干脆说："爸，妈，我在备考，你们最近就不要老是到镇上来了，我得复习了。"他们黝黑的脸，淹没在灯光的背后，不管有多少爱、不管内心汹涌多大的浪，他们总是木讷着，说不出几句话。母亲从贴身的口袋里，掏出一把被她的体温焐热的零钱，一张一张整整齐齐叠好，塞我口袋里："拿着，要考试了，需要什么自己买，不要那么节俭……"两人又趁着夜色，回村里去了。

真正的考试到来了，说是紧张，却也那样，很快就过去了，答题并不完美，但也基本上发挥出自己的水平，复盘试卷的时候，不狂喜也不沮丧。考完之后，我做的第一件事，就是没日没夜睡了两天,等我从饱足的睡眠中醒来时,是午后,外头热得地面都要沸腾。整个世界都空了,往日喧闹的街上,在那一刻没有任何声响,我觉得自己被整个世界抛弃了。我浑身汗湿漉漉地推开门,暴烈的太阳下,街上一个人都没有。我走完一条街,拐到靠近镇上菜市场的时候,才开始看到有人走动,但也像要在暴晒中蒸发掉一般。我来到老沈的租书店,他还是倚在门口处的玻璃柜上,姿势永远不变,他随口问:"考完了?"

"考完了。"

"怎么样?"

"就那样。"

"没问题了!"

他不再说话,而我,钻到他的后屋,在几个书架的破旧武侠小说面前坐下,随手抽出一本,翻开,打打杀杀开始了——世界恢复正常了。后屋这里成了我一个人的天地,考完的同学,撕掉、烧掉了他们的书本,相约到别处狂欢去了——我是最孤独的人。街上更加安静了,不知不觉,天色变暗,老沈也不到书堆里催我。下午的凉风,穿过门窗的缝隙吹到书架边的时候,街上猛然传来一阵嘈杂声,还带着撕心裂肺的哭声。一瞬间,便有很多人从各个家门里钻出来,朝那声音的生发处聚拢而去。我没有出去,过了几分钟后,老沈出去了。他在大概二十分钟后回来了,我从未见过他的脸色那么难看,极其哀伤,眼角竟然还有些泛红。他径直走到后屋来,说:"你知道刚刚发生什么了?"我摇摇头。他说:"有几个小年轻,争那黄惠芬,打起来了,有人受了重伤,浑身血,动了刀子。叫救护车往县医院送，半路上顶不住，咽气了……"

——咽气了……莫非，今天午后感觉到的那种空前的寂静，就是死亡不断逼近的感觉？

我和老沈都愣着。天色愈加黑了，我们都没想起去拉店内的灯。我们两人的脸，都隐入黑暗中，他幽幽地说："走吧，我们吃饭去。"我们来到三角楼下那间饭店，他随便点了些肉和菜，有白切猪头肉、卤猪脚、炒水芹等，他还叫了几瓶啤酒——那是我第一次喝啤酒，当那又苦又酸又说不出是什么味的酒水顺着喉咙灌下时，我的少年时代离我而去。这一日之内，我觉得周遭变得无比陌生，任何事都不太对，却又说不上那是什么——当时，我还不明白，那就是成长，成长不是一点一点让你接受，而是忽然袭来，逼迫你咽也要咽下去。

我们两个人几乎不怎么说话，只默默地倒酒、夹肉，也不碰杯，各喝各的。起初，那酒很难下咽，几杯之后，封闭的喉咙被打开了一般，我想起武侠小说里的那些江湖客，他们每个人都在一杯杯酒的浇灌里醉生梦死。小镇的街上亮起了灯，卖冷饮、炒冰的人开始了张罗，很快地，店外面就坐满了人，人们借着一杯茶或一碗清补凉，闲聊着各种酸甜苦辣——今天少年斗殴的事，肯定会被聊到最多。我两边脸颊都湿了，嘴巴里的酒更酸了。老沈也还是不说话，他朝饭店老板挥舞一下手掌，老板又从冰箱里拿来五瓶冰啤酒。一直到最后，我们都一言不发，只是饮酒。因为第一回饮酒，我很快就觉得身体、理智不属于自己了……饭店对面那家店的电视已经开始播放录像，不是武侠片，竟然放了一部言情片，周润发和钟楚红在谈可望而不可即的恋爱。我们都好想一脚跨进电视机，踏入那一栋栋高楼森林，踏入另一个世界里的新生活。

我不知道是怎么回去的。

闷热一直没散去，迷糊糊地冲凉之后，我拿着竹席、被子到楼顶上去，准备在楼顶上睡。那年代，空调是稀罕物，整个小镇也没哪家人在用。白日里被暴晒的屋子，到了夜里，热气升腾，更像蒸馒头一般，血气方刚的少年，不躺在楼顶上，简直没法度过一个个漫长夏夜。起初，楼顶的热气还未散尽，到了午夜，才逐渐凉快下来。我看着夜空浩渺，不知身在何处；有时又站在楼顶的边缘，细数小镇上微弱如萤的光点。正当我要在迷迷糊糊中睡过去的时候，猛地看到西南边有火光亮起。小镇上的房子都不高，有二层三层的，但更多的都是一层的平顶房，在黑暗里，很难判断着火的地方有多远；有时觉得可能几百米，有时觉得只有几十米，有时甚至觉得热气燎掉了我脸上细细的绒毛。我顿时从酒意中醒来，嘈杂声从各个屋顶响起，有人发出尖利的口哨，伴随着欢呼声——镇上的生活犹如死水，太多人渴盼着意外、渴盼着突如其来。在酒意的催发之下，我也兴奋起来，站着看了有大半个小时，随着火光变小，我才躺下。

第二天，我才知道，昨晚着火的，就是老沈的租书店。在人们的交头接耳中，我跑到店外，看到只剩一片废墟，烧焦的气味，到了第二天仍然汹涌。我手上还拿着他一本书的中册，永远都没法还回去了，那中册永远成为孤零零的存在，没法和上册、下册团圆了——那些书，也都在大火中烧完了吧……被消防车上的高压水枪冲出来的狼藉里，还有一些书的残迹。我扇了自己两巴掌，觉得自己太无耻了——昨晚看到火光时，我竟然会有些许兴奋。关于那场火,后来有各种传言,有说是店里电线老化导致失火;有说一根烟头是一切的根源;也有人说老沈多次惹了那些帮派的小子,那天少年们斗殴致死,有人迁怒于他,趁着后半夜,前来点火泄愤……起火的原因,镇上派出所也来查过,但也就是象征性的,他们猜了几个理由,和人们嚼舌头的说法没什么区别。时间连绵延续,没有清晰的界限,可这场火的点燃与熄灭,就是我少年时代终结的闭幕式。我中考发挥还算可以,可还是以两分之差,和省重点高中失之交臂,最后上了县中学的尖子班,之后高考、上大学、毕业、工作……我并不比别人更好,也不比别人更差,我逐渐接受自己成为一个庸常之人。

我并非有意遗忘,但若非程培来找我,很多少年之事确实已经不再被我想起。程培起初迫切地要让老沈坐到摄像机面前谈一谈,他把这个"重要"的任务给了我,可最后他反而从人间消失了一般,没有再提起这事。有一次,我忍不住给程培打了个电话:"你之前说要访问老沈,那事……"

"什么?"程培的声音满是疑惑。

我的话就接不下去了。过了好一会儿,程培"啊"了一声,说:"那事啊,缓缓再说吧。现在,那视频号也不更新,会长原来的想法,也变了……啊,麻烦你了,老沈答应了吗?"看不到对方的脸,可我还是能感觉到自己的尴尬。老沈经历了最为痛苦的时刻后,充满了倾诉的欲望,到了最适合采访的时候,可……现在倒变成我拿热脸去贴人家的冷屁股了。好一会儿后,程培说:"不好意思,商会会长前些时候生病了，很重，一直缓不过来。身体恢复了一些，可元气大伤，人瘦得不像样。他好转后，心性大变，对什么事情都觉得没劲，原来想的很多事，都不做了。对了，我跟你讲过的吧，他在国外买了一座岛，本来只是钱多，买下来放在那儿，还没想好怎么用，最近，他想去隐居，当岛主去了……"挂掉电话后，我的脑海里浮现出那会长躺在一座私人小岛上晒着太阳的情形，犹如传说一般的事，真的在身边发生了？程培提到的这个商会会长，年纪跟我差不多，他的发家史，被传得玄乎其玄，不外乎在房地产最疯狂的那些年，他下了最大的赌注——他赌赢了。他成了本县出来，在省城最为怪异的一个人，他一方面在商业上极为成功，一方面又很爱跟文化界人士交往，还时时说："我浅薄了，万般皆下品，唯有读书高……"之前，他对老沈充满兴趣，现在他万事倦怠，到底是遭遇了什么？老沈也一样，他要把藏品都清出去，是不是也要找个地方隐居起来，当一个无人能寻的隐士？

　　隐士……那本《破城谱》中，最后会有隐士吗？阅读少年时的文字，头皮发麻，可我还是忍不住把歪歪扭扭的两万多字重新读了一遍。我明知底色之幼稚，可还是有一些情绪，让眼下的我触动。在那两万多字里，人物不断汇集到城中，不断有试图出城之人被杀，谜案越滚越大，主人公小马抽丝剥茧，却在每一次试图接近真相时，选择退缩。因为好像所有的谜底，都指向他深信之人，他不愿那便是最终的真相，总觉得再看看，还会有一个终极之敌出现。当然，这个故事最终会朝着哪个方向而去，我不知道——我早已遗忘了二十多年前的构思。或者说，二十多年前，我也根本没想清楚整个故事，这本就是一份记忆的残卷、一件残破的海捞瓷。我也不免幻想，以眼下经历世事的我，要把这个故事完成，那得怎么写？至少，原先最大的设定会发生变化，那就是：所有人汇聚到城中，源自一个大阴谋。我会在续写中改变这个设定，起初确实是有人设了局，但仅仅是一个别有用心的谣言，后来所有的杀机、所有的死亡，并非有一个能力超群之人在幕后操纵，而是一个个有私心之人的小算盘造成的连环恶果，也就是说：不同的人，故意把自己的杀戮，隐藏在那个似有似无的谣言之下，不同人私心的合力，让谣言成真。也就是说，没有人要阻止所有江湖中人出城，是每一个人的私欲，阻止了自己出城，也导致一场场死亡陆续降临。主人公小马慢慢揭开这一切，他发现熟识的某个人，曾是杀死另一个人的凶手，而杀人者又死于另一个人的背后出刀……这血腥的循环没法终止，最终落到了小马身上。他将要面对的，是一个杀死他至爱的恶魔。但只要他出手，这场游戏便没法停止，便没人能破城。极致的痛苦中，他试图终结这一切。要讲完这么一段故事，绝非三言两语，我没有勇气开启一场至少二十万字的漫长旅程，仅仅是在心中把故事大体过一遍，便觉疲惫不堪，没法接着二十多年前故事暂停之处往下写。但我却压不住涌动的心潮，直赴终点，写下了故事的最后一段：

> 此时，百余位江湖中人，皆站在迎风楼前，听小马梳理了前因后果。并没有一个神秘帮派或朝廷的公公幕后策划，谣言犹如一块石子丢入水中。圈圈涟漪，是不同人各自的仇恨，是一个一个独立的仇杀，组成了这场大杀局。这些江湖客对小马有了愤恨，他们的希望落空，他们起初认为的大敌并不存在，

这让这场困城显得如此可笑荒谬。可他们又幸灾乐祸，因为，现在站在小马面前的，是他的多年好友长衫客，小马要怎么终结这一切？四天前，长衫客出手，小马深爱之人惨死。现在，所有人都很想知道，长衫客和小马，到底谁的剑更快？长衫客成名多年正值巅峰，而近三个月来城里发生的事，也让这些江湖中人知道，小马不但武功卓绝，也心智超群——这两个人的对决，将会惊天动地。不管谁胜谁败，这场困城之局仍将继续——即使小马已经揭开了这一切。长衫客胜，把小马视若亲儿子的迎风楼掌柜蓝玉必将约战长衫客；小马胜，长衫客的七星门将会倾巢而出，也是一场混战。

小马微微一笑："谁先来？"

长衫客道："我欠你的，你先。"

小马道："不客气了。"

场外所有人都屏住呼吸，他们将会见证一场顶尖对决。小马满脸笑意，神情轻松，把在场所有人都吓了一跳，他的笑意背后，必是足够的自信与实力。长剑不是握着，而是被小马拇指和食指捏着，剑尖下垂。长衫客纹丝不动，不敢有丝毫松懈。场外的人，好像被某种气息所逼迫，不自觉后退两步。小马的手动了，他并没有向前，而是反手一挥，剑光滑向自己的脖颈儿。剑锋刎颈之前，小马淡淡道："不打了，破城吧！"长衫客大吃一惊，纵身一跃，想夺去小马手中剑，可他身法再快，也快不过花开——盛开的血花，迷住他的眼，在他的长衫上灿烂。场外的江湖客也开始惊叫，他们设想了一万种场上的变化，却没人想到小马会挥剑向自己，让那一场又一场纠缠难解的仇杀，瞬间化解。一声悲戚的呐喊从迎风楼上响起，是掌柜蓝玉的声音，他撕心裂肺口音破损，场上很多人都没听清楚他在喊什么。好多人为蓝掌柜的那句话打赌，争得头破血流，他们不敢去问悲愤的蓝掌柜，只好到无所不通的猴目那里。花了重金，众人还得忍受猴目破烂衣衫上的恶臭。猴目冷冷地从嘴角挤出三个字：

"破城了。"

结尾一写完，我忍不住从微信中把文字发给了老沈。好一会儿之后，老沈回了几个字："原来，是这样的。"隔着屏幕，我看不出老沈的态度如何，但我觉得，我总算对那个在他手上存了二十多年的硬皮本，有了一个交代。又过了一会儿，老沈发来几个字："你什么时候有空，来我这坐坐。随时都可以。"是的，丧妻后，不知道是顿悟、绝望还是孤独，老沈对一切都不再在乎。老沈本来准备花三四个月去处理他的藏品，可当他分门别类罗列那些藏品的时候，望着那密密麻麻的本子，他有些头大。他把本子甩给我："你看看，我这些年给自己修建了一个什么样的牢笼？"这并非他的矫情，收藏本是他赖以生存的手段、是他的爱好，可当妻子去世、当痴迷的藏品变得索然无味，那一个个暗藏着无数光阴的藏品也就变成了镣铐、变成了一颗颗撒在跑道上的图钉，让他寸步难行。他花了很多时间，把家里的摆设完全变了个模样，一是清理出那些需要处理的藏品；二是要让家里为之一变，以免见到妻子留下的痕迹，伤怀难抑。一个多月后，他的家完全改变了模样。

他神神秘秘地邀请我再来，说让我看看他刚刚整理起来的几个展架。而那哪里是什么展架？不过是几个陈旧书架，海南岛上常见的菠萝格，并非什么好木头；架上摆着的，是一些陈旧不堪的书。等等……这些旧书，是一些在市面上已极其少见的武侠小说。我上前翻看，果然是，不但年头够久，也难以辨别是不是正版——那个年代的印刷品，即使是正版，排版、用纸、印刷也极不讲究。这些书已经太久没收拾，纸张吸收了空气中的水分，软得很奇怪；再加上灰尘落满，每拿起一本，都能摸到满掌灰，像在和旧时光握手。书架的摆设当然跟当年老沈的租书店不一样，书也并非完全一样，但当这些摆到一起，就碰撞出时光的缝隙，瞬间把人拉了回去。金庸、古龙、梁羽生、柳残阳、卧龙生、萧鼎……还有金庸巨、古龙新、金康、古尤……掌上的灰，重建着旧日。

老沈说："你看看，有没有当年租书店的感觉？我也是最近整理藏品，才把这些东西给翻了出来。当年租书店烧掉后，时常想起那些书，有些心疼。后来互联网起来了，买东西方便，我陆陆续续把能想起来的旧书，都拍回来了……起初随手塞在纸箱里，最近翻到，就找了几个老旧书架，摆了起来。"我望了望他屋子里仍旧海量的藏品："你真能把这些都处理掉？"他也望了望："尽量……我到了需要做减法的年龄。"安静了好一会儿，他说："我真是一个念旧的人，性格里就适合收藏旧物，很多没用的东西，也带身边很多很多年。记得的事太多，人就忘了怎么活。直到我妻子过世，我才猛然惊醒一般，我是不是耽误了很多时光？"他如此孤独，那么多的藏品，像是他恨不得早点丢弃的旧玩具。我鬼使神差地问："你们怎么也没要个小孩?"老沈愣了一下,苦笑:"倒也想要。老怀不上,后来也就不再想这事了。起初,我老婆很内疚,觉得是她的问题,看了不少医生,熬了不少药,调养,没怀上。我看她都要抑郁了,告诉她不要折腾了,是我的问题。其实,我身体是没问题的,却真的看开了,有时想想,真有个顽劣小儿,在这满是藏品的屋里奔跑攀爬,估计我得患心脏病……"我苦笑:"你能看开,也厉害了!我们海南人,逢年过节都要回宗祠、拜祖宗,没生个男娃,简直没脸见人,被族人喷死……"老沈也苦笑:"我爸走后,我跟老家也几乎断了根,好些年没回了!也好,不用面对族人的七嘴八舌。当然,我也没那么超脱,但面对我老婆,有些事,我做不来……"沉默一会儿后,他又说:"你好像从没见过她?"我点点头:"没见过。"老沈说:"我有时挺雷厉风行,有时也挺随波逐流。当年,我跟画家老先生出海打捞瓷器,老是租船,我老婆就是一个船老大的女儿。本来,按风俗,女子不让上船的,她却整天在船上,幸好老先生也不忌讳。我后来自己去潜水,去捞瓷器,也租她家的船,她父亲没空时,她就跟我一块驾船出海。一来二往的,后来她就成了我老婆。一下海,万事莫测,有一回,若非她反应迅速,我都死在海里了。有朋友劝我再找一个,我并非没想过,可一想起她从水下把我捞上来过,这事我做不来……"

我看他神情越来越悲伤,赶紧望着他那些已经清理但远远未完成的藏品,转移话题:"你怎么收了那么多东西?"

老沈苦笑:"我都搞不清……回想这么些年,我就一直出藏品、买藏品,啥事没做,人被物给奴役了。"

我说:"有件事,不知道该不该问?"

老沈说:"程培跟你提起过的?"

我没说,默认。

老沈说:"是不是说当年我老师带我入门,而我却骗了我老师,把藏品收入自己囊中的事?"

他怎么知道要问这个?不过,也不奇怪,类似的话,估计很多人跟他问过。

老沈说:"跟别人,我从不解释,并非心虚,而是怎么说也无效。既然你提起,我也就回答一下:从来没有过这种事。当年老师带我入门,我那时不熟潜水,也就是跟着别人潜一潜、学一学,根本不敢动海底的东西。你也知道,一旦有人盯上你,各种传言就来了,有人就是想让老师跟我决裂,才编造了很多话。那老师后来的疏远,我能感觉到。一旦间隙产生,怎么解释都是无效的。那些人还说,老师过世前都不见我,这是鬼话——老师在去世前两年,跟我有了联系,只是那时他已经腿脚不便,不再出门;后来,老师的遗像,就是他临终前嘱咐我画的。但闲话是永远没法跟别人解释的。事实上,就是那些人的编造,才让我赌气一般,后来把潜水技术学得很好,所有的海捞瓷,都是我自己去打捞上来的。那些人越是编造,我越是要让他们吃瘪。被海水所包裹,你不得不想,这艘船当年经历过什么事,才最终沉没于此?它是不是当年郑和船队的一艘,它是不是曾随着浩浩荡荡的队伍一同出发,却最终落单,在风浪中挣扎许久,可最终只能被海水所覆盖。经历过生死挣扎,自然是无比痛苦的,船上之人,只能接受这宿命。船沉之时,船上的一切都溺亡了，可拉长来看，那些没遇到意外的船上的人和物都已经从这世界上消失，反而是这沉没的船，还如此完整地保存着——你会感觉，是'意外'和'海水'哄骗了时间，保护了这些古物。你可以从某件瓷器上，听到郑和或者更早的古人存储其中的声音。你不知道，潜水捞这些古物，有时真的特别孤独。有很多次，在海泥覆盖的旧物边上，我想到时间流逝、万物虚无，不知道自己在做什么，就在水下抱膝发呆，待氧气耗尽，才不得不浮出水面。有一次，消耗时间过长，真的缺氧了，想上浮已来不及，脑子昏迷，手脚麻木，我就要在海底断气了——是当时还没成为我老婆的她背着氧气瓶下来，把呼吸器塞我嘴里，我才回过神来。我们不断交错着呼吸她背后的那小瓶氧气，慢慢浮出水面。她后来在船上骂我想害她，若我死在水中，她百口莫辩，一辈子也得毁了，幸好她算准我氧气消耗的时间，下水捞我。我没法跟她讲我独坐海底的场景，只能说，看到一些好瓷器，忍不住，忘了时间。她说，你也是我的瓷器，不能埋海里了……"

我没潜过水，没法理解整片碧海压在身上的恐怖、孤独和致命诱惑，只能想象老沈遇险时的惊心动魄。老沈说："好几次我有冲动，很想摘掉氧气瓶的呼吸器，把自己留在海底。真的，心再狠一点，这事也就成了，可终究一想她还在船上等我，实在不忍，也就把呼吸器咬上，浮上去了。"回忆里的海水好像让眼下的他有些缺氧，他不再说话，也不再看我。为了缓解这突然到来的静默与尴尬，我把注意力放到他的房间里。重新整理过的展架稀稀拉拉，显然还没想好如何收拾和摆放。朝东北角的一个房间，在以往是关着的，而此时，门打开了，灯光射出，眼光一扫，可以看到里头摆着一张大桌子，桌子上堆满了笔墨纸砚——那是他的画室吧。

我走进去。

各种颜色冲击而来，有不少装裱好了，却只是随意摆在某个角落。这是老沈的画吗？我并没留意落款，只从那画面流露出来的风格，也能看出这些画出自同一人手笔。挂在书桌正前方的一幅大画，占据着最显眼的位置。我没有办法不被这幅画所吸引——那是一头巨鲸。虽然只是以水墨绘就，但那头鲸气势逼人，由于画幅过大，猛一看，会以为那就是挂着的一头巨鲸标本。那是真正的一鲸落万物生的气吞万里——更何况，这鲸尚没有"落"的打算，它尚在浮游。画面里的那头鲸，犹如一团乌云笼罩头顶，每一个观看此画的人，都像站在海底仰头——这是让观画者后颈一紧的一幅画。你甚至会感觉，绘画者这么摆放这头鲸，是想掌控观画者的姿势，让他们集体仰望吧！这是他那幅代表作吗？可为什么，这画仅以一张宣纸的方式出现……没装裱、没落款，并不完整。

老沈不知何时也进入画室来，静静站在一边。

我说："《乌云之光》？"

他点头，又摇头。

"不是最初那幅，这是我最近重新画的。"

我更疑惑了。

"最初的那幅，没了。"他沉默一阵，"说了你也不会相信……那幅原作，我烧了。"我浑身一震，据我所知，艺术家对自己的代表作都极为珍爱，即使高价卖出都会心神交战不舍得，更何况亲手烧掉。

他淡淡道:"理由其实很简单,我妻子好像比较喜欢那幅画——严格来说,她一个渔家女,没读几年书,不懂画的,也从不理我画的啥,之所以说她好像喜欢这幅画,是因为她有一次问我:'你潜水捞瓷,往水面上看的时候,我在船上,那艘船是不是就像这大鲸鱼一样?'或许,这只是我自己多想了,但她能这么看这幅画,把这画烧去陪她,挺合适的。说实话,我对这画也有些偏爱,就想着再画出来,可……感觉全不对。外人看来,或许没啥区别,我自己知道,没一笔感觉是对的。这是赝品,一文不值。"

老沈站在我身后,自带秘密,我觉得他变得越来越遥远,脸色远山淡影无比陌生,我内心的好奇也顿时涌上。他当年在镇上开租书店,风平浪静,可镇上人七嘴八舌,到处都是他的传闻。有说他读了大学,却没毕业,不知道在学校闹了啥事,书没让读完,灰溜溜回到了家里。他父亲怒火冲天,本要拿刀劈了他,可听他说了几句什么话,也就认了这事,好酒的父亲即使喝多了,也从不跟人提起老沈大学时候的事。也有人说,当年镇上的很多文艺青年甚至中学里的美术老师英语老师体育老师们,常常私下去找老沈,不仅在他那里讨论武侠小说流行歌曲什么的,更是从他那里打听外面的世界,那些年轻人心比天高,却从不喧闹,总是悄悄讨论,有些词很大——世界、市场、娱乐至死、全球化……那不是小镇上的年轻人应该提及的问题。更有传言,镇中学里那个花边无数的女音乐老师,也跟老沈有些不清不楚的关系……但不管传言什么样,几乎没人对他回到镇上之前的那段时光有确证的了解——那是被粗暴剪掉的一段——转念一想,岂止他回到小镇上的那一段,他离开小镇后的经历，又何尝不是如此？我所知的那些浮光掠影，哪能拼凑出他的生命轨迹？

此前，程培带着那个老板的任务来找我，说想让老沈谈谈过往，其实，我又何尝不对老沈充满好奇，很想细心留意，可……他到底……经历过什么？我忍不住了，说："有些事，我想问问你……"他望着那幅重绘版《乌云之光》，神色悲伤："关于我的？"我点点头。他说："你也跟程培一样爱八卦？别问了……"是的……问什么呢，如果过去太悲惨，提起会被二次伤害；如果过去很美好，也会刺痛眼下的不堪……当老沈潜在水中，是不是也想跟那些被泥沙、海水掩盖的瓷器一样，只愿四周无人，海水寂静？老沈说："程培让你找我，我一直没答应，因为我觉得自己成了时代的逃兵，很多时候，我只能躲起来，逃避记忆的追杀。当然，程培比较令人讨厌，也是一个原因！我实在讨厌他……"

"讨厌？"

老沈说："你也能感觉到，我对程培总是有些冷淡？他闪闪躲躲，还得绕一圈，让你来找我。我不想在背后说别人，但对于老朋友，我还是想提醒你，你最好少跟他接触。"

"我跟他没什么交往。"

"有些旧事，不知道你有没有想过？"

"什么？"

"初中的时候，你在硬皮本上写武侠小说，没几个人知道。有人写纸条告诉黄惠芬，说你在小说里各种编排嘲笑她，她才叫人去把你的本子给拿走的——我们先不管你小说里有没有写到这些事——

那，是谁把你写小说的事告诉黄惠芬的呢？还有，你还记得吧，你说过，你的本子丢失后，有人在你课桌里留纸条，说黄惠芬找人拿走了你的本子，那个人又是谁？"老沈的话犹如闪电，一瞬亮起，照到了某些东西，我来不及看、来不及想，闪电又消失了。可是，很显然，我嗅到了闪电劈中某件事物的烧焦味道。我的心跳瞬间加速，这些年里，我并非没有想过这个问题，很多时候，我觉得自己快要摸到那个答案了，便立即停步不前。老沈在这一刻，摁了开关，我不得不直面他撕开的光，当然，我还有疑惑，我不得不问："可是……为什么？总得有个理由。"

老沈苦笑："你还是老实，把别人想得太好。你忘了，你们学校有三人可以去参加省重点中学的选拔考试。有两人基本内定，剩一个名额供八个人来争，你本来是最有竞争力的那个。有人担心考不过你，没招了，想击垮你、毁了你……一句话说，考场上考不过，就在考场外折腾一下，让你被学校取消考试资格，或者只是扰乱你的心神，他也就赢得了一个机会。当然，那人考得不行，后来也没争上。"当年程培因为没能把握住机会，在教室里哭了——那时我觉得他是为考试失败而哭，现在想想，他的哭声里，是不是也夹杂着一些内疚和负罪呢？

我说："这只是你的猜想。"

"当年你跟黄惠芬他们打架后，我去帮你取回那个本子的时候，绕了一圈，问过这事。我犹豫好久，也知道这是一面之词，打算把这事葬在肚子里。我担心你若是真听到这事，情绪崩溃，再闹一番，你中考废了，你一辈子就毁了。你以为程培为什么不敢直接找我，还得绕一大圈,让你来找我?我猜他知道我当年打听过这些事,怕自己来找我,我跟他提起跟他求证,他不得冷汗直流?"老沈走到他的书架旁,随手抽出一本陈旧的武侠小说,手指一扫,从书页上迅速滑过,"有时回想,过去的时光挺美好的,不过,也仅仅是距离的误会而已,当真的对视,真的拉近距离,很多事,我们是不忍心看的。"

"当年那场火之后,你就消失了。我后来外出读高中、读大学,每次假期返回镇上,都会找人问你的消息,而你人间蒸发了。当时,你去哪了?"

"要说我当时先去了香港,你相信吗?香港回归之后,我第一件事,就是要去那个在录像带上看过的香港看看。不去不行,那里装满我对全世界的想象。老实话,我去了几天,挺失望,我觉得自己被电影给骗了。香港的现代片,美化了香港,真正踩在那土地上,我有点梦碎。我后来回省城海口,一直待到今天。为什么即使我后来手头无比宽裕之后,仍旧不再回镇上,把当年烧掉的房子再建起来?我是担心,一旦建好了,对世界失望的我,又再次缩回镇上,继续当一个井底之蛙。"

我脑子宕机好久,不知要说啥,随口挤出一句:"那你最后清楚是谁烧掉你的租书店不?"

几乎是五分钟之后,他才缓缓道:"没人要烧我的租书店。"

我后脊梁一阵寒意滑过,我知道,他估计又要丢出一个惊雷。

老沈从书架边离开,走到一个长桌前,从一个盒子里取出一根沉香末压成的线香,插在底座上,用打火机点燃,香气缭绕开来。

他说:"那天,我和你喝完酒,你回去后,我一个人在租书店里待了好久。我一根接一根地抽烟,烟头随手丢到书堆里,我是眼睁睁看着火慢慢变大的。并没有人报复我,只有我自己知道,这是我自己下的手。我并非主动点的火,烟头把一本书引燃之后,我酒劲上头,眼睁睁看着火势烧大的。那时,我母亲已过世多年;这镇上的房子,是我父亲用多年积蓄买下来的,留给我的大礼——可你不懂,这礼物越是重,就越是生命的牵绊。你初三上学期的时候,我父亲骑摩托车,在上一个山坡时摔倒,荒郊野岭没人注意,暴晒了好久,后来被人发现,送到医院,撑了大半个月就过世了。我成了孤零零一个人,每次回到村里的老房子,空荡荡,我一个人都不敢住。我又哪里都去不了,有好几回,我跟家族里的老人提起想出去闯闯,都被他们一巴掌拍死:'你爸不在了,你不能瞎折腾……'父亲留下的那间租书店,是我最沉重的镣铐,只要它在,我就永远被锁在镇上。在此前,我幻想过很多次离开小镇,到更大的地方去,否则我一辈子都完了。我试过很多次,却总是在快离开的时候,放弃了。那晚,在烟头引燃书页的时候,酒劲塞满了我的心,我那时豪情万丈,失去了理智——你记得电影《新龙门客栈》的结尾吗?得一把火把客栈烧掉,才能解开所有人的心结与过去。我眼睁睁看着火势烧大,我在破釜沉舟自断后路,我要毫无顾忌地往前走,就得把捆绑着我的租书店烧毁于那根烟头。我知道,只要有一点犹豫,我会立即后悔,会立即伸脚踩灭那团火。我转身跑出租书店,在那条街的尽头,眼看着火光爬上屋顶。镇上的人到处喊我,我都听到了;他们拎水桶、接水管救火,其实,我就在一旁看着。后来,消防车来了,火熄灭了,我才走到店铺前,那里几乎成了废墟。好多人安慰我。我哭了,只有我自己知道,我那哭声有多复杂。一切都没了,我不往外走也不行了。我是置之死地而后生。后来,镇上派出所的民警来问我,有没有跟谁有什么矛盾。而我只能假装回忆好久,说没有跟别人有矛盾,估计是电线破皮之类导致的意外。他们见我都不以为意,也乐得清闲,不再追查。那么多年以来,从没人知道,这场火,源自我自己的烟头,源自我被烟头点燃的无边冲动。从我自己来讲,我感谢这场火,它不烧,我跟镇上的那个杀猪佬一样,还仍旧得在镇上待到今日。现在没人租书看了,我会在镇上干啥呢?"

不知过了多久,老沈开始笑。笑声在他这间有些空荡的房间里回响,听起来好像跟他没什么关系,而我却忽然想到,我很少听到他的笑声——甚至,我很少看到他有情绪波动。笑了一会儿,他说:"过了三年的非正常日子后,我老婆在最后关头没熬过去,现在整个世界又只剩下我一个人。我知道,得开始新生活了,这些藏品跟那间租书店一样,又成了我的镣铐。我得解开,我得清理掉它们,跟一把火烧掉租书店一样。"我很想问他今后的打算,可这些话哪能问得出口,他并没回头,却清楚我的疑惑,提前回答了:"我不知道。"他伸手去扇一扇那沉香散发出来的气味,迷醉其中,我注视着他张开的右掌,总感觉他的食指、中指一曲一弹,便会射出一张纸牌或一把飞刀。灯光下,沈郁澜的剪影深黑如墨,好像只要我眼神稍稍恍惚,他就将翻身上马,走入茫茫秋野,消隐于他某幅画上的一片荒凉密林。

抬木人

一

先要上一个坡。

两年前修了乡村公路,好走多了。回想起水泥路修好之前,爬上这坡路之时,前高后矮,重量全都压在后面那人肩上,两人就都争着走在前,还为此打过架。老二左肩的那块鹅卵石大的伤疤,就是某一次争执的遗物;老大下巴的一小块凸起,又是另一次打斗的战利品。若是碰到雨天,下脚就拔出一小腿黄泥,这木头就没法再抬了。好了,路修了,抬木头可就方便多了。路两旁的墓地却没一点改变,天才蒙蒙亮,无数座坟在暗黑中连绵,好像随时会突然立起甚至扑出。或许是葬埋的死人太多,阴气淤积,总会闻到种种奇味异臭。上了坡,顺着笔直的柏油路往东北拐,继续向前,路两边依然是若隐若现的坟墓,掩映在或稀疏或茂密的林木里。迎面有风吹来时,就要下一个坡啦,风从脚下升起,把人上托,几乎要腾空——有一回两人还曾因为某阵风而手中一颤,丢下手中的那根木头,其结果是两人互相怪罪对方,在路边的水沟处就扭打起来,一直滚到密林里,惹出满头满身的草灰草刺,才在一座坟墓前住手了。下了坡不远,平顶屋多了起来,瑞溪镇也就到了。很准时,当东边从乳白变成金黄,日头升起,一辆辆农用车聚集到镇子街巷两侧,两人就把木头抬到了镇上。进镇之前,两人先把木头放下,整理衣裤提提神,抹抹汗渍哈哈气。小镇街道拥挤,车人拥堵,稠得像蜂蜜。步子轻盈,两人在人车缝隙里穿插,肩膀上那根刚砍来的木头,从断口处冒散出酸酸的气息。

进入镇子,两人浑身已湿透,可他们很兴奋,木头压在肩上,却感觉在飞。

他们昂头。

飞。

把木头抬到新街的甘蔗市场放下,两人都深深吸了一口气。老大拂拂身上的草灰,就丢下老二,自管晃悠去了。小镇隔天一集,在集日这天卖木头能快些出手,此前都是老大在集日卖,老二在非集日卖,后来老大发现集日里热闹好玩,就调换了一下。起初老二不肯,但敌不过老大的拳头,也就换了。两兄弟家在林木茂密的坡下。村人都种田,有本事的,则往外头跑,做生意的做生意,吃公家饭的吃公家饭。两兄弟没本钱做生意更没本事吃公家饭,还不想种田,就每天偷砍坡上一根木头,抬到镇上卖,二十块三十块,到粉汤店吃一顿后,还略有剩余——那粉汤还是加蛋的,汤很浓,混着些许黑焦蒜末的油在汤面上闪光。

　　老二也不吆喝，就蹲在木头上等买家。来镇上赶集的人都熟知这两兄弟卖木头的地方，需要买的，直接到甘蔗市场找。有的人家急需木头，让他们多偷几根，不行，两人每天只偷一根，要想买十根，那好，分十天来甘蔗市场吧。老大回头瞧了瞧老二，有点不屑，那小子一边裤脚高一边裤脚低，像什么样？不觉丢脸？能有出息？摇摇头，老大也不想折回去指责了，以往说的次数也不少了——话一多，就会争执打架，老大多数会赢，但老二也没服服帖帖过。日头一出，热气就四处流窜，迅速把阴凉剿杀殆尽。镇上人的生意刚开张，精神还足，人人脸上还是带笑的；各村来镇上的人，也在吆喝着卖瓜菜，或者准备到哪家粉汤店吃粉到哪个茶馆喝茶，每人心中都痒痒麻麻。想到吃粉汤，老大嘴角泛酸，精神一振。两兄弟每天把木头卖了，第一件事就是到粉汤店吃粉。唉，怎么会有那么好吃的东西呢，天天吃也不厌，难道汤里放了白粉，吃了会有瘾？

　　有些时候，风大雨急，也不好去偷木头来卖——即使偷来了，抬到镇上，也没人会在那种天气来买。遭逢坏天气，连续几天没粉汤吃，两兄弟毒瘾发作般烦躁不已，翻箱倒柜，把父亲屋里每个角落都翻挖来看，把他的衣袋都掏空，裤袋翻检找夹层。若是找到钱，两人就狂奔向小镇；若没找到，父亲会倒大霉，被咒骂是少不了的，还得承受两兄弟的拳脚交加。多年前父亲手脚有力，有过反击，自从有一回被电击后，落下病根，手脚不便，便在和两个儿子的斗争中处于劣势。两兄弟和外人说话时，本是十分木讷的，在父亲面前，则完全占据上风，两人都变成口吐莲花的灵精。面临落败也不怕，还有甩出就能扭转战局的绝招：

"我妈呢？我妈死哪去了？要是妈在，我们会这么惨？要是妈在，我们会连老婆都没一个？"

——这杀伤力十足的话一出，气势汹涌的父亲就犹如被针刺的气球，立即漏气萎靡，彻底败退。

老大先钻进了菜市场，这里是最有热闹看的地方。没有热闹，看看杀猪佬案板上颜色鲜亮油光闪闪的肉也是高兴的。哪天木头卖出好价钱，两兄弟也会商量着到猪肉摊割几块钱的猪肝、粉肠之类，拎到粉汤店里，豪气地丢在店家砧板上："切上，加进汤里。"多年以前，粉汤是两块钱一碗，后来涨到三块，再后来，便是四块，只有手头宽裕的人，才去切了肉来，加进粉汤里过瘾。到菜市场里，站在某个杀猪佬的摊子前，看到有要买肉的，便跟着一块喊："来这买，来这买。"末了，杀猪佬会捡起小块零碎的肉，丢出去："拿去。"老大爱跟在西口那歪嘴的杀猪佬摊子前，歪嘴佬人阔气，舍得，丢出的零碎块头也粗壮。

老大叫一声："歪爹。"

歪嘴佬不理他，闷着头，用一把锋利小刀，切着一块肉。

"歪爹……"

歪嘴佬仍是不理。

老大招呼一个走过的圆屁股妇女："来这买！来歪嘴爹这买。这的肉好。"

歪嘴佬瞥了老大一眼，没哼声。圆屁股走过去了。歪嘴佬对老大说:"你说什么?"老大呵呵笑:"帮你拉客嘛!"歪嘴佬也笑了,嘴更歪了,笑一停,他脸上便堆满怒气,提起一把砍骨头的刀:"你笑我嘴歪是吧?我他妈砍死你……"话没落地,便扑过去。老大也是脚快,见那油光闪闪的砍刀过来,早闪到市场外拥挤的人群里去了。歪嘴提刀追赶,拥挤的人群阵阵尖叫。老大吓得狂奔。旁边另外几个杀猪佬笑得前仰后合,有人说,也是那卖木头的呆子碰衰,歪嘴佬儿子染毒,把家里闹得里外对翻,歪嘴都快要疯掉。别人来买肉,叫要猪心割猪头,让砍猪腿切排骨,呆子现在去惹歪嘴,不是踩在狗屎堆上?

讨肉不成,反被追杀,老大极其沮丧,转到十字路口那里。和往日一样,那里站着很多看墙上贴纸的人。那是镇上一个疯子所为,他满墙满墙地写四行诗,揭露镇上某某干部的贪污腐败。此疯子信息通畅,把罪恶揭露得有板有眼——说得多了,便没人信了,可大家都爱围着瞧热闹。老大哈着脸问面前一个人:"今天写了什么?"

那人笑了:"你眼不瞎吧?"

"他哪识字?他五个手指都不会数完。"旁边有人说。

"说什么呢?今天,说什么呢?"老大不甘心。

"说什么?上面写着,卖木头的,被卖猪肉的歪嘴拿刀砍……"

一阵大笑。

老大脸有些红:"骗我的!怎么会写这个?"

"你不信?不信,你问问别的人?是不是这么写的?"

明知不是,老大也不敢多问了,内心越来越忐忑,那一张张贴在墙上的红纸,强烈地刺激他的眼睛。众人的笑声里,他像是被扒光了,每一处都暴露在带刺的目光下。他唯有暗暗诅咒那个疯子,你揭发什么贪污呢？有本事你也贪去？多管闲事……老大暗暗立誓，若是哪天和那疯子在街上相迎，他肯定不会让路，不但不让，还要故意撞上去，把那疯子撞成内伤。对自己的一身力气，老大是很自信的，他整天和弟弟抬着木头走路，走出一身牛皮马筋，走出一身金钟罩铁布衫，不把那疯子撞撞，怎么解恨？撞得那疯子浑身散架了才好。那疯子，他见过几回，记得那家伙的嘴角挂着痰水，鼻孔随时吊着两只慢慢蠕动的黄虫，身上的衣服，那还叫衣服？分明是几条零碎的破布。老大想，不报这个仇，我还能在瑞溪的街道上走？

"疯子，走神仔，我和你，算是把怨埋下了，我会解这个恨的。"十字路口转一圈，他已和疯子结下了深仇大恨。

顺着十字路口往西，不远处便是农业银行。农行的院子里，有时会停着一两辆好看的小车。他很喜欢看小车，尤其是那映出他脸的闪亮玻璃，更是引得他心中痒痒。他以前坐过手扶拖拉机，后来那种手扶的车绝迹了，更新换代成了"四轮仔"，他也坐过。可他很瞧不起这些农用车，没钱鬼才会买这种车，有钱人，哇，得开小车。透过玻璃窗，看到小车里的皮椅，他多想坐一坐，但又怕会晕。看起来那么软，不会晕人吗？农业银行院子里的一辆车，他前几天去看过，白色的，真白啊，像什么？像茶店里冲泡上来的炼奶。这白色让人花眼，可他还没凑近，有一个年轻人从楼梯口走出来，阴沉着脸："你要干吗？"老大腿有些软，嘿嘿笑，转身跑了。想起那年轻人的脸，他就不敢再去了，那脸色，是带刀人的脸，能砍伤人，能把人的骨筋割掉、剁碎。

转得有些无聊，他只能顺着十字路口往南，那有一家网吧。他很喜欢去网吧，他不懂上网，但他喜欢去，在里面转一转，看到哪个小孩正在看那种一男一女赤身裸体的片子，他就站在边上看。他常常是看得口水直咽双眼发直，甚至觉得下体烧热，耳根处瘙痒极了。在这个时候，他觉得身子有了毛病，有些发抖——天又不冷，怎么会抖呢？男女之事，他听村里一个老是爱去逛发廊的红脸哥说过，也是懂得一些的。但他没娶过老婆，也没试过，只听说，真正的感受如何，他又完全不懂了。他很想找个大屁股女人试试，屁股一定要大，不大不行。每想到这事，他心里又燃起对父亲咬牙切齿的恨。别人的父母，都替小孩娶老婆，可，我都三十一了，还没摸过一个大屁股，连小屁股也没摸过。当然，弟弟也没娶，但是，老大都还没有呢，怎么会轮到那老二？他恨死父亲了。母亲是在他十几岁时从家里离开的，丢下他们父子三人，再无踪迹。他也恨母亲，但更恨父亲，要不是父亲留不住母亲，母亲怎么会走？要是母亲不走，他们两兄弟后来会过得这么惨？农活不会干，老婆没钱娶，都怪那呆父啊。母亲是越南女人——附近村人，有娶不到老婆的，就要花钱买一个越南女人。越南女人都厉害，嫁来没多久，就把村里的方言都学会了，安心过日子，把越南老家忘了。可也有人的越南老婆养不熟，养很多年也不熟，会跑。母亲跑丢那年，父亲找寻过，到处打听，没找到，没消息，后来就变得呆呆的，一旦发怒了，就把两兄弟绑在树上用长藤抽。也就抽两年，两兄弟的力气就超过了那呆父，反把长藤抽回去。一转眼，他们早已赢了父亲十几年了。旁人都笑话这一家三个呆子，可老大一直没觉得自己呆，呆的是呆父和呆弟，他可没呆。

"开那个片子来看咯！"转了网吧一圈，没人在看裸体片子，老大站在一个满头红毛直直竖立的小孩身边，讨好他。

红毛自管敲着键盘，半天才回一句："你没手？你不会自己去要台机来开？"

"我哪会？嘿嘿嘿……"

"想我开给你看？可以，给两块钱，我开十分钟给你看……"

"先开嘛……"

"先给钱！"

老大犹豫了，口袋里，只有一块一，身上唯一的钱了。他还是掏了："只有一块一，能看几分钟？"

红毛眼睛一斜，用鼻孔出气，大喊一声："网管！"

一个穿中裤的胖子走过来。

"他妨碍我上网，你也不管管？你不管，还叫什么网管？"红毛的手指在键盘上乱飞，头都不回。

中裤胖子脸一黑："妈的，你又来？你在这里转来转去白吹空调我都不想说了，你妨碍人家上网干吗？皮痒？我帮你挠挠？"

对比农行那白色小车的车主阴森森的脸，眼前的中裤胖子则是暴怒的样子，不但像带刀，还带着炸弹。老大嘿嘿笑两声，见胖子没有笑意，他只得掀开那遮挡在门口的沾满灰尘的破布，溜了出去。

"今天很不顺啊……"他极其沮丧。

瑞溪镇的街巷很小，此时农用车已经塞满了街道，人拥堵其间，车没法开，干脆熄了火。天真热，人车的缝隙间，烧着一团团火。老大随着人流，没一个方向。他算了算时间，估计弟弟已经把木头卖出去了，还是去粉汤店吃粉吧。唯有想到粉汤，他的精神才提振了一些。但天真是太热了,刚才网吧里呜呜呜地有空调喷凉气,走出来了,便显得街上更热。其实,也没几点钟啊,怎么日头一出来,就要把一切都晒化的样子?

心里纠结争斗许久,他只能把眼前不顺的原因,归结到呆父头上。"是要动手脚了,要把那呆父解决了,不能拖了……"他捏紧拳头壮胆,"再这样,什么时候才顺心啊……"

二

村子在坡脚下,雨一来,水哗哗汇聚,坑洼处已被填满。七八月的天气就这样,说变就变,当然,也早有预兆的了。前两天热成那样,下午从瑞溪镇走回村子,能感觉到镇子外边的柏油路都被晒化了,十分粘鞋,一路皆踩出鞋印来。村里也有农用车来镇上的,老大和老二因举止异常,被看成怪物,一坐到车上,便被村人嘲笑挖苦,两人忐忑难言,干脆走路回去。实在是太热,两兄弟眼冒金光晕眩不已,躲到路旁墓地的树荫下。老二喊:"哥,这好,这里凉。"老大过去,果真有一股凉气在一个矮墓边萦绕不散,犹如那是个空调喷气口。老大心有些虚,说:"你起来!"老二怏怏站起,不舍移步。老大一拽,见到老二蹲坐的地方有个小洞,阵阵凉风正是从洞内喷出。这草丛掩映的小洞,是不是和墓穴相通着?老大觉得有些怕,却实在是太热,也就蹲在凉风口。小洞喷出的凉风带着一股说不清的味道,两人更晕眩了,眼睛都快要闭上。日头收敛了些,往村里走,两人脚步轻浮,像醉酒,像走在云端,像在风浪大的水面上摇船。老大当时就觉得天要下雨。

一片云都还没来,他却觉得,雨要来了。

雨在深夜来的,风没多大,却也摇得村子周围的树枝断叶飘。天快亮时,老二怯怯地摇醒老大:"哥,雨太大,今天……可能砍不了了……"老大翻一个身,拳头在床板上捶落:"我管你这个?"老二叹息一声,披件破雨衣,拎着钩刀就出门了。木头得由两个人才能抬到镇上,可砍木头的事,却是轮流来的——今天轮到老二了,他不得不去。雨是大,可要是不砍……要是……不砍……?凶狠的老大固然放不过他,浑身皮肉被粉汤香气激起的共鸣更让他心痒难耐。粉汤在翻滚,老二内心发烫,毫不犹豫地扑进豪雨里。

可老二捂着右手臂回来了。

"哥……哥……啊!"

"砍好了?"

"没……我的手,被树枝砸到了。"

老大从床上坐起,看到老二左手指间流出血迹,他的钩刀就挂在腰间,全身都湿透了。老二说:"雨太大了,也有风,才砍两刀,就有树枝砸下来……"老大从老二腰间把钩刀摘下,狠狠地丢到墙角。屋里积了不少水渍,屋顶还在漏,雨水砸得屋顶的瓦片都要跳起。雨水确实太大了。屋外有些白,但距离天亮还要一段时间。小坡上的水朝坡脚奔,犹如瀑布,能听到屋外水声很大了。确实没法砍树了,砍了,冒雨抬到镇上,也没人买。老大从破旧的蚊帐边上扯下一条,把老二的伤处擦了擦,绑紧,一翻身,又睡了。

断断续续，雨下了两天，中间的间隔，更像是老天哭累了的歇气——停歇一会，再接再厉。到了第三天，两人已浑身瘙痒，再也憋不住了，乱窜如笼子里的老鼠。村人也没法干农活，只能在雨停歇时，拎着锄头到田里挖口放水，让庄稼浮出水面透口气。更多的人聚集在村西口的小卖部，打牌的打牌，吃花生下酒的也不少。两兄弟一进来，村人都哄笑了：

"呵呵。几天没吃粉汤了，浑身不舒服吧？"

"是呵，毒瘾发作了吧？也是呢，白粉是白的，粉条也是白的，吃了，都有瘾呢……"

"哎呀，你们俩，最爱吃什么样的粉汤哦？放猪肝不？我最爱加粉肠，加几块钱猪粉肠，再加一个鸡蛋，那汤……哇，好吃……啧啧啧……"

"哎呀，老二，你的右手好了没？还能抬木头？要是抬不了，就可惜了，还怎么来钱吃粉汤啊！"

"真可惜，这样的天，凉凉的，喝热粉汤，那是最好了。"

"……"

两人只能以"呵呵呵"应对，各自穿插在聚集的人群里，探头缩手："雨真大……什么都做不了，真大。要下到什么时候？"看到墙角一团紧缩的身影，两人都是脸色一变。那是他们的父亲，那个木头脑袋，从不开窍的"笃鹅"，他可也在吃着花生呢，面前撒了一堆花生壳了。两人走过去，都在笃鹅面前抓了一把，也吃起来。笃鹅目光呆滞："你们还没去砍树哦？树大了，赶紧砍。不砍就被别人砍了。"老大冷冷一笑，朝老二使个眼色，老二立即上去，掏翻父亲的裤袋，裤袋翻完，便扯他上衣口袋。除了抖出两块花生壳、几粒稻谷碎和一些凝结成块的黑土，再无别的。

"钱藏哪了？"老二把花生壳喷在父亲脸上。

"我哪有钱……"笃鹅唯唯诺诺，"我都七十的人了，活干不动，哪来的钱？没过两天，就得饿死了。我不像你们，年轻，有力，可以砍树去卖！"

"你以为我不清楚？县里已经第二个月给你发钱了，你以为我不知道？我问过了，全县七十岁以上的，都发钱，别以为我傻？我能傻过你？"老大捏碎一个花生壳。

"快饿死了！放心，我要死，自己找个地方死，不麻烦你们两个收尸。我挖个洞，钻进去，不要你们埋……"父亲剥花生壳的手在抖。

说什么挖洞呢？老大的手也跟着抖，没来由想起那天天热时，吹出带着怪味的凉风的小洞穴。要是当时伸手拨开草丛，会从里面看到什么呢？会钻出一只老鼠还是一堆蚯蚓？会看到蚂蚁成群还是一块白骨？或者，是一个骷髅在歪斜着嘴朝他笑，哗啦啦往洞口外呼着潮湿的水汽？……说什么挖洞呢？老大浑身发颤，烦躁瞬间被点燃。他最恨父亲，也有一个缘由，是父亲无论说什么，都好像能点到他心里的隐秘，让他不得不抓狂失控。他也恨自己的失控。

小卖部里的村人哄笑："哈哈，政府都给你发工资了，放心吧，你死了，两个儿子不收，政府也会给你买棺材的，就别担心啦。"

"也是哦，政府还给发钱了，时间一到就发钱，这是什么朝代哦？不交公粮了，还给发钱了？颠倒了！还发钱，颠倒了！哎……

难不成要改朝换代?""改朝换代"是一个万能的词,每当村人有什么解释不清的疑问,都会抛出这个——这是一个能对任何疑问作出合理解答的词。

"你们两兄弟啊……你们老父,现在可是国家干部啦,领养老钱了。你们别砍树啦,找他要一点,就够你们吃粉汤啦。天下雨呢,吃粉汤,正好啊。你们不吃,身上不痒?"

村人都笑。

老大还在被那个喷风的小洞穴折磨,额头冒出汗来,村人说笑般的话,其实也是他的心事来的。他想翻抢父亲的养老金,已经有好一段时间了,也曾到老房子里把父亲那散发着死老鼠臭的房间掀翻过,但除了一些零碎的五毛一毛,也没发现几块钱。两兄弟也曾计划蹲点,村委会的人一把钱发到呆父手中,便立即去抢,可由于每天抬木到镇上,又要在镇上度过大部分的白天时间,狡猾的发钱人是什么时候把钱送到呆父手中的,他们一直不清楚;呆父把钱藏在哪个角落,更是一个谜。这几天下雨,两人连父亲的灶台都翻了,还是毫无线索。

"我妈呢?你把我妈藏哪去了?快说……"老大把手上的花生壳照着呆父的脸撒过去。老大的脸已变形、发青,他不问钱了,开始点呆父的死穴,攻击他最易受伤的部位。父亲果然被电击一般,发抖不止,嘴唇张张合合,一粒剥开的花生仁,伸不进嘴里去,在离嘴角两寸的地方徘徊、游移、去留不定。

"哈哈……你妈,跑回越南多少年啦,你还问?要找她,去越南找咯!还要出国哦!出国……"旁边有人笑。老大一扭头,吐出一口痰:"我问我阿父,你讲屁孔啊讲?干你屎事?"村人见他脸越变越怪,像被抽干了身上的水分一般,嶙峋怪异,也不敢再接话。

这两兄弟脑子都不太灵光,村里人都悄悄说,他们那越南母亲的脑子就不灵光,以前连喂猪的潲水都不会煮,拔草时也常有把瓜豆苗从土中拎起的事情发生……再加上父亲本身就是个木讷呆滞的人,两个木讷之人生的两个小孩,能灵光到哪去?越南女失踪后,这一家三个呆呆笨笨的父子自然是村人的笑料。有个小青年曾在老大发怒时笑话他,被老大一砖头砸破脑袋,在县医院里躺了半个月,出院后也变得闷闷的,不灵光了,之后就少有人敢在他们的气头上煽风点火。

小卖部里全安静了,所有的目光在汇聚。

"你他妈回去拿啊!"老大抬起一只腿,狠狠踹在老二脸上。

老二呜呜呜地,也不愿动。

"你拿不拿?"老大抬腿又要踢。

老二顿时失控,嘴里哼着什么,跑出小卖部,跑进渐渐密集起来的雨水中。小卖部里鸦雀无声,能听到老二腿脚拖泥带水的声音。

所有人都在期待着,想看看老二会拿来什么?

"我妈去哪了?说……去哪了?还有,你把钱藏哪了?"老大还在向父亲逼问。

父亲嘴唇在动,没声音。

"来了,来了……"

"老二来了。"

"他拿着什么?"

"快闪……那是钩刀。砍树的钩刀。"

……拥挤在门口的村民赶紧闪躲,有的没法往后面缩,干脆跳出小卖部,站在雨水中。老二右手还绑着布带,左手紧握着钩刀,脸上笼罩着一股说不清的神色——或许是因为雨水打湿,头发凌乱,脸上透露一股狰狞。他左手握着刀,走近老大和父亲。

小卖部里全乱了,村人喊叫起来:"拿刀来干吗?你们两个死路头的,难道要砍你父亲?"

"你们,吃'膏'多了?"

……

有些人要上去劝说,但惧于老二手中那把滴水的钩刀,没敢去拉。

正在村人喧闹之时,老大忽然伸出手,把父亲从墙角拎起,双手一掰,把父亲的手反在后背,夹紧。父亲的整个前胸就门户大开。

这,就是让老二拿来钩刀的真意吗?村人都感到一股寒意。

"说……把你的钱拿出来!说,钱藏在哪?"老大声嘶力竭。

老二握刀的左手在发抖,右手也在绑带里跳动。

父亲哪还能说话?他浑身都软了,两个呆儿子平时固然是对他拳打脚踢,却还没到拿刀来砍的程度,刀还没逼近,他已经嗅到了阴森和寒冷,吓得瘫软。有的年轻人看不下去,要拢过来解围,老二把手中的刀挥舞两圈,聚拢的人又得散开。指责之声不绝于耳,原先各自躲在家里的村人,全都往小卖部包围过来,房间塞不下那么多人了,多双眼睛从窗外投射进来,带着湿漉漉的雨水。一股寒气不知从何处冒出,四处流窜。

老大手上越掐越紧,从牙缝挤出:"还不捅?"

老二把刀伸到一半,村人的尖叫里,他手一软,收回了。

"去你妈的,赶紧,捅了,县里每个月发的钱,就发给我们啦。我们不抬木头,也有粉汤吃啦。"老大眼珠充血,"下个月,县里给的钱,都属于我们啦。"

老二逼迫自己幻想起汤碗内的白色粉条,想起在白色粉汤之间出没的葱花和小肠,幻想那种在唇齿之间氤氲不散的异香。当他眼前只有这么一碗粉汤的时候,手上便灌满了熊熊之力。老大的催迫之声,让他心神大乱,他把钩刀挥出,钩刀的尾尖斜斜划过,走了一弯弧。

刀没有砍在父亲前胸——看着刀过来,倒是老大双手一颤,松开了,早就瘫软的父亲滑到地面,钩刀贴着父亲的头发顶上挥过。村人没想到这两个呆子,真的会为了那份县里下发的养老金而挥刀弑父,有些人都吓哭了。老大伸手又要去提起父亲。老二第一刀砍空,气早泄了,哪还敢伸刀向前?有个年轻人手快,不知从哪取来一根扁担,往老二的握刀的左手腕狠狠敲下,刀落地了。老二两只手都伤了。那根扁担没有停留,径直往老大的脸上打过去,正中他左脸。老大捂住脸,蹲在地上喊疼。

小卖部的店主是个老头,他吐了口水,冷冷道:"说你们傻,你们还真傻?把你老父砍死了,县里还会给他发钱?这是养老的钱,人都没了,还有钱发?要想拿钱,就得把人留着。"

老大忍着疼站起来,喃喃道:"这样哦?那好,留他一条命。留着领钱。留着……"

瘫软在地的父亲半晌没爬起。

老大看了好一会，又问："我妈呢？我妈在哪儿？"

老二哭出声来，不知该拿左手捂右手，还是用右手捂左手。

老大捡起钩刀，插在腰间，把老二扶起："回去找钱。我知道还有一个地方没找过，老鬼肯定藏在那儿！"说到那个没找过的地方，他脑子里却闪过那个呜呜冒风的洞穴，洞穴边的草伸长、摆动、张牙舞爪，把他卷起，往洞内缩回，暗黑无边。

三

雨停了。每次大雨过后，是两兄弟觉得最难受的时候。那些树也是有嘴巴的，和村里的酒鬼一样，爱喝不停，每次雨后，吸水过量的树木要重得多。皮厚肉韧，老二的手也随着雨停而变好，抬木头没任何问题了，但砍木头还得由老大来。

砍木头不是容易干的活，相比抬木头，程序要繁杂。比如说，要挑一些本就有些往旁边歪斜的树木，那样的话，可以预计树往哪边倒。劈枝斩叶，也是有窍门的，怎么说呢？逆着枝叶的方向劈，会省力一些——而且，过于枝叶繁茂的树，最好别砍，清理太耗费气力。老大甚至在砍树前养成了一些习惯，要在将砍的那棵树边上撒一泡尿，蹲下来，蛤蟆一般围着要砍的树跳两圈——不能多也不能少，就两圈——老大认定了的，不这么做，就会被树刮伤。有一次他实在没尿意，圈也没跳完，树就没往原先估计的方向倒，他的左小腿被一条斜枝刮掉一层皮……把树砍倒，坐在光好的树干上，歇一会，天色便有些隐隐泛白了。再过一会，老二便会过来，一起抬起木头，走出坟茔起伏的密林，走上小路，爬上坡地，在阳光洒下时，走进瑞溪镇……

——那便是一天天的生活了。这样的日子从何时开始的，又将在何时结束？

老大刚从村里的小卖部回来。夜里的小卖部，更多人是在看电视剧，看里面轰隆隆的爆炸或者腻歪歪的家长里短，大家都在说笑，没人在意几天前在小卖部里那场惊心动魄的戏。当然，店主也还是数落了老大，说你怎么能想到砍死父亲？就为了那一个月的百来块钱？要砍，到外面去砍，在店里，不是让我衰？唉，什么世道，要改朝换代了吗？……老大只是"呵呵呵"赔笑，什么事都没发生一样。回到屋里躺着，他想了很多关于抬木头的事。

好多天了，又要重新抬着木头走进镇子了——那不是木头，是长在两人肩膀上的翅膀，能凌风飞起，在晨光中，把两人带进嘈杂凌乱又混着万般气息的瑞溪镇。

两兄弟昂着头。

飞。

四

睡到后半夜，急促的喊叫声把老大吵醒。

老大从暗黑里坐起，看到是老二。暗黑里其实也是能看见的，夜色是另一种明亮，甚至是另一种刺眼。

老二的脸充满了惊骇，充满了前所未有的失措，是脊梁骨被抽掉的变形，他说："哥……"再也说不下去，吓倒在地，双手在抓挠自己的头发，像要把自己提起来。

老大愣了好久。

老二抬起脸，眼珠激凸："哥……"

"木头砍好了？"

"砍……不了。我去了，可……"

"今天轮到你了！"老大提脚要踢。

老二往后一缩，话仍旧是发抖的："有人……吊在树上，昨天你说要砍的那棵……我就……回来了……"

老大从墙角抽出钩刀，别在腰间："去砍另一棵！你一会过去，抬。"

"哥……我看那人，像是……"老二的脸再次失控，他眼前不断浮现起跨进树林的情形：迷蒙之中，昨天留下记号的那棵树上，随着凉风摇摆的，是一个黑色身影，四肢下垂，摆动的枝叶不断地拍打在黑影身上，发出沉闷的声响……老二忘了是怎么跑回家的，忘了他一只鞋子丢在了哪儿，也忘了丢鞋的那只脚是在哪儿被锋利的石子割破，伤口已被沙子和凝固的血塞成一团黑块。

"看清楚是谁？"老大问。

老二汗水直冒，想说出他看到的，嘴巴却被堵死一般，只能挤出"呜呜呜"。他越急，话越塞死，干脆双手朝前一圈，做一个环抱状，接着，他右手握拳往前捅——连续捅了三回。

做完这个动作，老二虚脱了，泄气的皮球般瘫软在地，嘴巴终于决堤：

"爸！"

老大望着地面上不断抽搐的弟弟，脑子炸成了粉尘。他担心多日的事情，终于还是发生了。

自那日在村中小卖部的事后，村人嘴角的话时时随风飘来，有说他们祖坟埋歪的，有说他们兄弟是这个村子三百多年来的最大逆子的，更有一些年纪更大的老者，言语闪烁间，暗示说他们兄弟根本不是越南女和笃鹅老爹所生。"还记得吗？那年越南女进村时，肚子不是已经凸起？""有吗？""你不记得了？再仔细想想？""是哦……有那么点印象！"……他扭头要问，闲聊的老者旋即转移了话题，谁家的白猪生了黑崽，谁家的花鸡竟带着小鸭子。村人的疏远让他的脑袋一天比一天痛，这痛以前也有——在想起越南母亲的时候——可从未如此频繁和深切。更可怕的是，同族的人已经对他们两兄弟报以冷眼了，关于以后清明扫墓、年节祭祖的事让不让他们这两个"外姓人"参加，也是一个值得考虑的问题。这也没什么，让他最内心发毛的，是笃鹅父亲已经完全变了个人，有时三天不进一粒米，有时裤子也不穿，绕着村子外的那片林子转圈。或是出于愧疚，他曾去看过父亲，还递过碗热水、送过半只西瓜和三块方糖，但这些，父亲都没动过。这两天，头越来越痛，一旦睡着，他总会梦见两兄弟终于还是合伙把父亲劈了，漫天红色溅了一遍又一遍，像倾盆的雨。

——而在这个早上，父亲自缢的消息还是由弟弟的口说了出来。

那近来时时涌起的洞穴，又再次出现；不但出现，那奇异的味道也在喷射，不仅是喷射，甚至奔涌如发水的河。那种味道，带着刚砍倒的木头的腥酸，带着夏日虫蚊的腐臭，带着一碗热气腾腾的粉汤的扑鼻香，带着父亲身上长久弥漫的臊，也带着早已在记忆中模糊了的母亲的气息。隐隐约约中，他似乎还听到一股不断缠绕的旋律——母亲的声音。可歌里唱着什么呢？是母亲在唱着她越南老家的歌吗？她在被跨国拐卖的路途中，遭遇过什么？她后来又去了什么地方？她回到了她歌声里魂牵梦萦的老家了吗？……这些无解的问题一个接着一个迎面奔袭，种种纠缠让他浑身发抖，可他却又深陷、沉迷，腐烂其中。

屋外天色已经泛白，往日此时，两人已经抬着木头准备走出林子了。他熟知每一步，熟悉每次走出坟茔起伏的林子时，心中涌起的那股充满奔头的激情——镇上香味扑鼻的粉汤等着他，网吧里肉黄色的电脑屏幕等着他，赶集的大屁股女人等着他……镇上嘈杂的人声，让他可以暂时忘掉失踪未归的母亲，忘掉所有对他不怀好意的笑。

他迈开步子，跨出门——可，要去哪？

晨色里，乌云在快速移动，很显然，又一场大雨已经赶在半路。腰间的钩刀却在跨过门槛的瞬间变得沉重，重得像是一棵树，重得远远超过一棵树，重得像是这几年抬的所有木头的叠加，重得能把他压成粉末。没东西绊脚，他却腿脚一歪，摔倒在地。

无边的悲痛堵住眼鼻，他想，若是早些拎着锄头去挖挖那个吐风的洞穴，一切会不会不一样？

没能多想，他刹那觉得窒息了：

"妈妈！"

虚构之敌

一

在我的印象中,这是 G 最憔悴的一次。他的头发乱如初学画者涂绘的素描,线条长短不一、间或露出秃斑,些许白发在黑发堆里趾高气扬。在以往,他的发型都学电影中的赌神高进,梳得纹丝不乱且光滑刺眼,以蚊子站上去能把腿摔脱臼为最低标准。他的衣服也不齐整了,衬衫有了褶皱不说,关键是有一些说不清什么颜色的斑迹,散发着出身不明的怪味。如果眼尖,还能发觉,他右边嘴角有一点奇怪的歪斜,和左边不再形成对称——是他的嘴角最近才这样还是本来如此?更大的可能性是后者,在以往,他的嘴角也歪斜,但话语滔滔如浪倾泻,所有人都被他的声音所震荡,他没给嘴角太多歇息让人细看的时间,别人也就没法留意他的嘴角;可现在不一样了,他开始沉默、木讷、失语、呆愣,在这时,非对称的部分被迅速放大。是的,G 完全失去了往日的成竹在胸江山在手的气度。

对了，原谅我没有把 G 的名字说出来，而只用一个字母来代替，但常年混在网上的人，应该不难把他猜出来。我没直接说出他的名字，倒真不是怕别人搜索他啥的，毕竟，他一直在掀起各种争执，有的甚至可以说是轩然大波，最近对他的人肉搜索可说掘地三尺，连他小学同桌的名字都搜出来了；我写成 G，纯粹是为了自保，以免 G 和我对簿公堂——我可不想这些来自现实的力量，一点一点侵入我的生活。

我指指口鼻，G 反应过来，才又把口罩拉上，没一会，他又扯下来，挂在下巴处。我下意识地整理整理自己的口罩，让其和我的脸部严丝合缝，阻止病毒的拐弯进击。是的，从去岁开始，新冠疫情暴发，迅速蔓延全球，一年多过去了，疫苗接种已经陆续展开，本来已经要看到些许曙光的，谁料病毒开始了变种和进化，更加诡异莫测，近来又在全球各地攻城略地，口罩再次长成脸上的一个器官。G 歪斜的嘴角开始颤动："你给我分析分析，谁最有可能？实话说，哥们，我现在可以信任的人不多了，能掏心掏肺说上这些话的，估计也就是你了——至少，你跟我没什么利益纠葛，不像那些人，要置我于死地。"

"你高看我了，我没那么高尚，我真的是对你的事没兴趣。而且，说实话，挺恶心的。"

G 神情不变，可能，对于这样的话他也早就习惯了；也可能，这话根本没进入到他耳朵里，表面的平静恰恰是因为他内心如小舟漂浮于风暴将至的海面，恍惚动荡。这些年里，虽然也在一些场合和 G 碰面，但仅仅是点头和招呼，没有再多说什么，私下里就更没有专门约见过——他倒是招呼过几回,我都以人在外地为由拒绝了。通话时,我并不在外地,而往往窝在一个无人打扰的小房间里,望着街边防尘遮阴的树木在日光和微风中摇晃,那种摇晃不太有规律,让人没法判断风从哪个方向过来,人在那时,啥都不想做,哪都不想去。是的,想起这事,我很想立即起身,返回我的居所,返回玻璃窗前那片绿荫摇摆涌动如浪。

"我知道你瞧不起我!文人嘛……行行行,您有傲骨,我就一浑水摸鱼的,您就可怜可怜我,帮我把把脉,看看这一次,谁在搞我?真的,能说上话的,没几个有这眼光;目光刁钻的,和我都有点摩擦。"G拉动口罩好几回,却总是没把他自己不对称的歪斜嘴角盖上,看着都让人着急,总怀疑他满嘴新冠病毒,正在朝外喷射,我的身子不自觉往后退缩,想避到射程之外。

说起来,我和G是有过一段惺惺相惜的时光的,虽然时间不长。大学毕业后,我们前后脚到了一家报社,经历了那家曾很辉煌的报社的落日余晖,很多叱咤风云的前辈,要么郁郁寡欢黯然离去,要么抓住机会转行高升,纸媒的瞬间落寞让不少人黯然感伤。G和我前后脚进入,也就不到一年时间,见到了很多动荡不安,G的顶头上司S原本是那家报社的一个支柱,在某种程度上可以说得上是行业楷模,他主笔的那家报社每年的年终盘点,一直是国内一件不小的文化事件,时常会成为互联网的热门话题,甚至常常成为很多地方中学试卷的作文题目;就在那一年里,因为很多说不清道不明的缘由,S竟入狱了。G跑经济口,我编的是文化版,我们都感觉到了大厦将倾,准备离开。我找了一家艺术馆,专门帮人策展,平时有点闲暇写写自己的东西。G准备出来单干，邀我入伙，临别前几天喝了一顿酒，说起他的上司S，他哗啦啦把酒往肚子里倒，可毕竟容量有限，酒水上溢，从他的眼角决堤，他说："那么好的人，做了多少事，也没个准信，就进去了，那些举报的人，怎么也得讲点证据吧？"我指了指小店的墙上，空空如也，可我们总觉得上面贴了字：

"莫谈……"

G说："跟我一块创业吧。那艺术馆我熟，现在反腐形势那么猛，艺术市场不行，你早晚得饿死。"

"那你觉得现下做什么行？"

"准备写辞职信时，我就想过这事了，纸媒式微，网络自媒体都要起来，这将是一个新的机会，谁带来流量，谁就有机会。纸媒不行，但人们总得消费信息，总得活在信息的包围里，如果没信息，还得专门造谣来传——信息的消费量一直是在上升的。我们这一年来培养的媒体嗅觉不会被浪费，引导点流量还不是手到擒来的事？你能写，你来了，我们的自媒体就有了创作主力……"

"算了，我想有点自己时间，写点自己的东西。"说这话时，我有点出神，脑子里混杂着一些混乱的词句。

　　　　树倒了，枝叶扬起尘灰

　　　　等待一场雨

　　　　把世间活物，全淹成落汤鸡

G的顶头上司S，我也熟，他不负责文化版，但他写诗，他执笔的一些社评，金句迭出，常常成为流行语，还有歌手挑出其中的句子作为歌名,写成风靡大街小巷的歌。我和 S 聊过几回诗歌——没想到,他竟然……关于他的事,传闻甚多真假难辨,同事们也都感觉莫可名状——没有人知道真正发生了什么,对他下手的敌人如此虚幻,当你想找寻,只能找到一团空气。S 送过我他的诗集《与自己为敌》,我零零散散翻看过,那是极为隐秘的部分。我敢说,很多同事并未能真正地理解过 S——他们都把他当成一个有通天之能的人,把太多理想和希望寄托在他身上,他不得不承受太多的重压;而重压下的另一个他,藏在那些晃晃悠悠的诗句里,悄无声息。他写过这样的句子:

  与自己为敌

  击垮它,收拾它,不留情面

  把它送入光阴幽暗的牢笼

没人注意过,S 要击倒自己的决心。

我并没有跟 G 说清楚的是,我拒绝和他一起创业,倒不是因为别的,更多是因为清楚自己的边界,不愿让自己处于危险之境——这不过一种自保而已。在艺术市场极为冷淡之时,悄悄地做一些无人知道的事,对我更有诱惑力。我不愿像 G 一样浑身亢奋眼珠充血,投入一场又一场的厮杀。那是我和 G 走得最近的一夜,夜宵摊边东倒西歪的啤酒瓶,见证了 G 少见的真诚与热血。那夜之后,G 成了某种意义上的"战神",随时可拔剑厮杀,而他所说的"创业",无非是摆上几台电脑,注册几个公众号,针对社会热点发表各种言论而已。G 选择从娱乐话题入手,一来,明星的关注度高,自带流量;

二来，娱乐新闻相对安全，可以通过这种方式试试水，拿捏安全的尺度。起初，G会把他们公众号的文章转我看看，那些文字里，没有多少真实信息，而是充满各种带节奏的偏激之语，这样的做媒体方式——虽然只是自媒体——和我所学、所认知的媒体，已经是两回事了，我不知道是关于媒体的定义变了还是世界变了。我从不转发那些文章，后来他也就不再给我发链接；再后来，我们既存在又消失于对方的朋友圈，是从不互动的"僵尸友"。

G彻底做大，是从扒一个明星的论文开始的，那明星在和粉丝的交流中，一两句话透出其对论文查重的不熟悉，而他又恰恰是一个戏剧学院的硕士研究生，向来卖"高知"人设，G料想其中必然有"雷"。G抽丝剥茧，下载到那明星的毕业论文，通过资料搜索和句字词比对，他大胆抛出假设，那明星有论文抄袭、代写的嫌疑。G那篇接近七千字的文章，以各种截图比对插入其中，并不直接得出结论，只是以求证的语气来表达，但其结论已昭然若揭。这篇文章在G的公众号"娱乐岛"发出来后，浏览量迅速"十万加"，成为热搜话题，那明星的经纪公司也派人前来，表达了想支付巨额费用来换取G的删帖。后来，G抵制了"诱惑"，他把经纪公司企图"私了"的一些证据也编成文章发出，彻底击垮了那个明星。那明星不得不宣布道歉，退出娱乐圈，明星毕业的那个学校也启动学术调查，撤除了其学位。这一切不过发生在三四天内，G的"娱乐岛"一战成名，关注者迅速接近上千万，各种广告闻风而来。这一战后，我看到G发了一条微信朋友圈，大意是：一种大获全胜后的疲倦感。

看到他这条朋友圈后，我立即关闭了他观看我朋友圈的权限，我不清楚他会不会有一天也把我的什么话截图作为"证据"，给我一波操作猛如虎——虽然我并非什么明星。借助这位明星的论文事件打开局面后，很多事情就顺理成章了——有人为了搞垮竞争对手，会把某些明星的所谓"黑幕"发给他们公号的邮箱，他们挑选精编之后，时不时推出。G也摸索出了适合抛出话题的时间点，那就是某个社会公共事件闹得正凶的时候。一般来讲，公众在聚焦某个公共事件时，正处于亢奋之时，在此时引爆明星的雷，一来可以迅速聚焦注意力，二来可以以此"娱乐"新闻，缓解有关部门的压力，也是某种意义上的"正能量"行为。各种调侃的段子会在此时满天飞，天然形成滚雪球效应，带来的流量是巨大的。有不少娱乐公司，为了避免自己旗下的艺人被G的"娱乐岛"盯上，通过各种可靠的私下关系约见G，聘请他当公司的文化顾问，说得直接点，就是给他交保护费，让他别对自家公司的艺人出手——当然，我并未向G求证过此事，即使问，他也肯定不会正面回答，而是呵呵一笑，低一下头，抬起，像什么也没听到。

G在自己的工作室内部，设立了一个"偶像的黄昏"计划，专门负责收集明星的黑历史。当然，我不能把我怎么知道"偶像的黄昏"计划的事说出来，以免有太多人牵涉进来。我心中涌上莫名的悲伤，我想起大学学新闻时，想起进入那家纸媒时，老师和前辈不断跟我们提起的新闻理想与社会责任，自己虽然没参与到G的工作里，可我总觉得，这些偶像一次次被G摧毁，一次次走入渐暗的黄昏、走入黑夜，我何尝不是在以自己的冷眼，狠狠地推了一把？

二

创业三年之后，G 的生意愈加兴隆，已经发展出多条产品线，其中，关于娱乐生意的甚至已经是最微小的，他有很多"重磅文章"不断介入社会生活各个领域，讨论了很多公共话题，他以文章把控社会情绪的能力越来越强。他们内部有一套逻辑是这样的：一，有某个人物比如 A，在渐渐被聚焦时立即加入，写各类文章神话他——这是把蛋糕做大；二，给被神话的 A，找一个观点不一致的敌人，如果找不到，就制造，就虚构，有别的人在别的场合说过的别的话，以移花接木似是而非的方式，造成对 A 的攻击；三，引导舆论，假意维护 A；四，停下，坐等真正维护 A 和攻击 A 的起哄者出现、对战，他们坐着收割流量的红利。在这套逻辑里，G 特别注重把握节奏，知道在什么时候说什么话，达到煽风点火之效而又不会把自己置于危险之下，"何时进何时出"这个决策权，一直把握在 G 的手中，他也并不讳言，自己是一个带节奏大师，他就是拿着指挥棒和敲鼓点的那个人。

据我所知，很多广为人知的公共事件，背后都有着 G 的推动，可 G 都能全身而退。如前文所说，那些事件我不能说出来，否则我也会陷入无休无止的烦恼之中。我能说的说，很多时候，表面上看起来几种观点的对立、几批人的互斗，其实那些"互怼"的公号文章，都出自他的旗下。也就是说，他既偏激地朝东走，也猛烈地往西进，自己化作多个分身，带领着不明真相的起哄者，斗得你死我活；有时，他甚至化身和事佬，给自己分身的"两派"和稀泥。他指挥着一批人，表演着各种争执，直到把看热闹的人全都拉进擂台，自己则全身而退，等苍山如海残阳如血，坐收渔利。

他创业这八年来，已经吃得够肥了，同时肥起来的，还有他的胃口。可最近，他嗅到了危险的气息，这气息刚顺着一股青烟飘出，还没广为播散，鼻子不灵的尚毫无知觉，可他感觉到了山雨欲来的凶猛。他微信上语音了我好多回，我没理，他趁着一个我所策划的画展开幕，在接近闭馆的时候，进来，等着我。新冠疫情以后，展览越来越少，我的事比往年要少得多，收入也锐减，可获得了不少个人时间，我有时不知道自己是更被拘束了还是更自由了，是更不像一个人了还是更像一个人了。这场《重见花开》的展览里，我尽量多放入了一些希望，那些过于幽暗的作品，都拒绝参展。虽然戴着口罩，也两三年未见，可我还是认出了G，他的视线并没有在展厅的作品上流连，而是不断望向我。我已经看出是他，可我并不主动招呼。他终于忍不住，走了过来，寒暄几句后，等着闭馆，他跟我来到展馆边上的一间咖啡屋。

他找我的理由很简单，他发现他最近被"人肉"了。有人在网上写文章，抽丝剥茧地梳理很多公共事件背后G的身影，文章没有直接点他的名，对他旗下的很多公号也做化名处理，但在回帖中，已经有人把公号的原名、他的原名挖出，他对此心惊胆战——此前，这所有的招数，都是他用在别人的身上的，现在，他被人以彼之道还施彼身，可他却并不清楚对手是谁。敌人的虚无化，是他最惯用的手法，可虚无的敌人、被虚构出来的敌人，其出击的力量却并非虚无的——他深知这一点。他甚至不太敢跟自己的职员商量对策，谁能肯定其中某个人，不是网上那个无名无姓也无形的杀手？他草木皆兵，怕多说一句自己就被毁得更快一些。

他就来找了我。

可我能说什么呢？他罗列了两个他怀疑的敌人，都是他曾经的职员。一个职员在家中老人过世回乡奔丧时，正好碰到局部疫情，那职员因为有过在同一超市的接触，被隔离在老家观察，一遍又一遍地进行核酸检测，回来上班已经是两个多月后，可在那期间，他负责的项目正好就被搁置，错失了最好的时机，G就让人力资源和他解聘，那职员离职时大骂G的冷血，扬言要报复。一个则是一个艺术迷，特别喜欢各类当代艺术作品，一年多以前，一位中国"艺术家"多年来长期抄袭一个外国艺术家的新闻爆出，那职员特别喜欢那外国艺术家的作品，在网络上铺天盖地讨伐那抄袭者的时候，那抄袭者却找到G，让其设法扭转舆论，帮其洗白，G就把这任务交给那职员。谁知那职员感觉受到了侮辱，他几乎要把一口痰吐到G的脸上："恶心。"甩手而去。当然，除了这两个，也有可能是竞争对手在暗中出招，毕竟，这三四年来，"流量红利"太过诱人，已经有大量资本涌入，"左右舆论"这门生意已经到了亮出白刃你死我活的阶段了。

"我怎么知道是谁呢？你得罪的人那么多，你自己心里最清楚吧。"

G端起咖啡杯，抖动的手让小勺子和杯壁碰撞，发出轻微的叮叮声。

我有点乘胜追击："你比所有人都清楚，这种事在网上，就是滚雪球，要么悄无声息；可一旦滚起来，不轰个雪花飞射不罢休。动起来了，可就由不得你了，你带节奏时，你适时选择退出即可，可现在是别人带节奏，这雪球奔你而来，退不退，也由不得你了。"

"你在咒我？"

"我只是庆幸当初没答应跟您组队，要不我现在可能被啃得连骨头都没剩下。"

——在以往，我不是这种"话风"。接连说出这种刻薄的话，只是因为我想起了一件事。在某个我策划的展览上，观展的人很多，连续拍了不少照片，我也不记得有谁和谁。许久之后，一个大学老师因为在某个私下饭局中说了一些调侃的话，这个调侃的视频被发到网上，引起轩然大波，那老师私下里的调侃被无限放大，被无数网友质疑为历史虚无主义和有失师德，最后闹到其供职的学校出面调查，那老师黯然辞职。这些私下里的游戏言语，本有着一个语境，可被拍摄、截取之后，语境被抽离，只剩下孤零零的所谓"取笑"，这道理就没法说清了。愤怒的网友开始了无孔不入的搜索，那个老师的很多照片都被扒出来，其中就有一张他在我策划的一个展览上的照片，一群人当中，也有我。当然，我很庆幸这是一张集体照，人很多，而我也从没被注意到，但这事还是让我头皮发麻——如果那些铺天盖地的咒骂朝我而来，我是否经受得住？我从没查过这件事的背后有没有 G 的推波助澜，但他有没有出手已经不重要，我已经把这事算在他头上——他把一张有我的照片，丢到失控的网友面前，去接受无数质疑、审视和嘲笑。

——我记得。

三

见过G没多久,我陷入了一场烦恼中。事情的起源很简单,我在一个展览开幕式的发言,被视频录制,无底线的攻击开始了,和当年那个老师被攻击的套路一模一样,我说话的一些铺垫、背景被抽离,一些话也被剪辑,被扣上某顶帽子,这波"带节奏"很快引来很多杀红眼的网友,他们眼中,我已然成为卖国贼,恨不得扒我的皮抽我的筋喝我的血,甚至有人扬言,要私下堵我的家门。当然,这些网上的嘴炮键盘侠们也就是过过瘾,不会真的要来堵我,可我一拿起手机,就会看到我几乎变成了所有人的敌人,不能不感到恐惧。我曾在个人朋友圈把我发言的文字稿全文刊出,却并没有平息此事,新一轮攻击潮涌而来,已经有不少昔日同学,开始说些"想不到身边竟然也有汉奸""防火防盗防汉奸"之类的话。

这事发生在G和我相见之后,我不能不把这事跟他联系起来。我给他打了个电话,他说得支支吾吾,但一直在发誓:"哥们,你再瞧不起我,可我,怎么会连你这个当年的同事也搞呢?"挂下电话一个小时后,G打了回来,直截了当地说:"这事,真不是我,就算我很坏,谁都攻击,那也得有好处才行,说实话,你咖位太小,我真瞧不上。我让人搜了一下你这事,就一个结论:是一个艺术家在搞你。他的画我已经发你微信,你看一眼应该就知道他是谁,他为什么要搞你——这,你肯定比我清楚。"

我点开了那幅画，那熟悉的风格让 Q 的名字立即跳到我眼前。他攻击我的理由我也秒懂了。在我策划《重建花开》那场展览的时候，Q 曾联系了几次表达参展的愿望，作品的照片发过来后，我立即回复，说很喜欢他的作品，但这几幅，跟本次展览的主题不太相符，疫情刚过，人人内心脆弱，还是希望能展一些让人看到光的作品，希望他能换几幅契合主题的。之后他再不吭声，我以为他是因为没有合适作品，这事也就过去了，谁想到，他竟然来了这么一出。

源头找到了，我准备联系 Q 试试，发出的微信被他拒收了；拨打电话，没有接；换个电话再打，一自报家门，那边又断了。也就是说，就算我知道是他在网上兴风作浪，也不知道如何收拾这局面。

纠结了三天，我还是打通了 G 的电话，向他求教该怎么办。他说："这事已经有点闹开了，不好收拾。现在，有两条路可以同时试试：一个，我这边帮你组织点文章，扭转一下风口，我准备从你被断章取义、被剪辑的'纯技术'讨论入手，证明其发出视频的动机就不纯；另一个，就是不知道你有没有胆子当'流氓'，不需要你真当流氓，但这是你的事，别人代劳不了。"

——我别无选择。

之后的大半个月内，凡是 Q 出现的公共场合，我都出现。我也不说话、不招呼、不试图跟他交流或妥协，我只是拿着一个手机，在 Q 发言之时，全程录拍。活动结束后，我转身离去。我可以明显感觉到，我离开之前，Q 想跟我聊几句，可我不理会他。等到我第四回出现在他的一个分享会上的时候，他在台上的发言开始失控，本来在讲绘画，讲着讲着竟开始谈如何选粽叶、包粽子——我的眼睛近视得厉害，通过手机的屏幕，录下了他说的每一句话。我还是不说任何话，不和任何人打招呼，只是默默地录影。那场读书分享会散场后，Q堵在了门口："你到底想干什么？"

"没干什么。你说的，都是公开讲的话，我听不得？"

"你想干什么？"

"你讲得太好，我录回去好好学习。"

"我向你认输行不行？"

"认输？"

"你想我怎么做？"

"你对我怎么做，我就对你怎么做。"

"……"Q的脸色顿时白了。

"既然谈开了，那好，有三个选择，你选一个：一、我们拼个你死我活鱼死网破；二、我们法庭上见；三、你在网上公开道歉，表示对我的攻击都是污蔑——道歉信需要得到我的认可。给你几天考虑，你下周要参加的活动，我这里也有行程表，你考虑考虑，我们要不要到时再见见？"

——在这件事上，我不能不感谢G。他正是对此间的套路太过清楚，出的点子都打在七寸上。几天后，Q在网上发布了一个道歉声明，说到了他对我发言的剪辑和误导，他公开道歉，期望得到原谅。而此时，G精心炮制的"科普文章"也已经流传两天，很多一直攻击我的人，发觉他们攻击的，是一个虚构出来的恶徒，力道落空，没人感到愧疚，而是全部变得无比愤怒，扭过头，开始了对Q

的攻击。尽管那些污言秽语都是涌向 Q 的,但我随手翻阅,也是心惊胆寒。期间,Q 给我打过两次电话,求我罢手。第一回,我苦笑着说:"老兄,这些人哪里是我指挥的,那都是原来支持你的那些人,都是你鼓动起来的,现在你抛下旗子,说目标错误了,他们把怒火撒向你,我哪控制得了?"第二回,电话一通,我说:"真不是我。"那边沉默良久,算是接受了这回答,一声长叹,挂掉了。

再次见到 Q 的时候,他整个人犹如漏气的皮球,全蔫了,腰背弯曲,脸色暗淡,没有了艺术家的神采——网络攻击让他大病一场,像被抽走了所有的精魂。从某种程度上来讲,他是咎由自取,可毕竟跟我有关,我有些愧疚。愧疚中也有后怕,如果不是 G 出手,按照此前的烧火程度,那个躺在病床上输液然后被抽掉精魂的,会不会是我?病房里那病与药结合的刺鼻味道,就犹如时代,将你围裹,避无可避。Q 基本上算是退出美术圈了,很多旧日好友看到他都避开,害怕有什么话被他抓住把柄。我最担心的,是 Q 会不会承受不住这种无形重压,把神经绷紧,继而绷断。

四

经营互联网多年,网罗了一帮人肉搜索的高手,自己又有着无比敏锐的嗅觉,按理说,G 应该轻易就能查出,是谁在对他追杀。他觉得诧异的是,对方并不急于出手,而是有着极大的耐心,好像只是抛出一个引子后,便忙自己的去了——这种手法,G 之前娴熟使用,都是铺好引线,等着别人来引爆,自己站在引爆区之外。也正是由于对这种手法的过分熟悉，G 才更加惊慌不已，怀疑是从自己内部出走的那两个人的其中一个所为，否则不会如此了解他的死穴。G 让自己职员们准备了很多心灵鸡汤的文章，暂停那些攻击性太强的文章发布，这引来了一些固定粉丝的嘲笑，认为其偏离了定位和风格，丧失了革命意志——G 只能把这嘲笑硬生生吃下，在自己的安全面前，被嘲笑几句，算不了什么。

暂停了战斗模式，G 反而多出了很多时间。他帮我解决了 Q 的发难之后，虽然我对他的做法依然不敢恭维，但我也没法板着面孔和他针锋相对。实在拗不过的时候，我也会出去跟他见见面。我也想过，到底 G 找我的理由是什么？真是让我出谋划策吗？恐怕未必！他可能只是想找一个听他说话的人，安全、无害，听了之后当没听到——这样的人并不好找的，而在他眼中，我便是这样人畜无害的"垃圾话回收站"。

他在自己公司的旁边，买下一套接近两百平的房子，里面宽阔无边，装修却极为素简，甚至可以说，根本就是空荡荡。除了一套喝茶的沙发与茶几，就是在一个角落摆放着的三个大书柜和一个书桌，书柜上是一些字帖，书桌上是笔墨纸砚，并没有摆放电脑。甚至，这房子连瓷砖也没有贴，只是以灰色水泥做了简单的涂抹，算是某种"工业风"？

"这是我一个人静一静的地方。"G 倒了一杯茶，"每次遇到什么事把人折磨得要死，我就在这里待一待。"

"你也有被折磨的时候？"

"你站着说话不腰疼，干我们这行，每天都如履薄冰。什么时候入场,什么时候退场,都得拿捏好:入场早了坏事,入场晚了抢不着食;退场早了看别人赚,退场晚了容易被掐死。那个点得掐好,我最近这事,就是不知道哪件事退场太晚了,被盯上了。"

"你这里,也不好好装一装?"

"装修?"

"嗯。"

"还真不是装不起,我是专门给自己留这么个地方的。装得太舒适,精神就彻底垮了。这房子离公司很近,我就是要让自己,能迅速从那些杂务里抽身,回到我自己,真把这里搞得像家里一样,我也就只想躺平了。"

"至少,墙得刷刷白。"

"我们搞互联网的——我算是搞互联网了吧——都崇拜一个人,你知道的,乔布斯,他当年的房子里,空空荡荡,只有一盏灯。我这里也一样,在这里,连网线都没拉,我就是喝喝茶写写字,这是我最私密的地方。被泼一身毒了,我就来这里待一待,清洗清洗。来,先喝茶……跟你说,这里也就你和我老婆来过。她也就来瞄过一眼,觉得这满墙的水泥疙瘩,难受,就再不来了。来,喝茶……"

我喝了两口,听到自己喝茶的声音有回响——这房间太空荡了,不但毫无摆设,还把能打的墙全打了,人被一种空无包围。我理解他老婆为什么来了一次就不来了,这水泥的深灰和空荡荡里,有一阵阵的"阴气",任何一点声音都在这里被放大。也就是说,人在这里,就像置身于显微镜下,被观察、被放大、被记录每一点轻微的变化,除了像 G 一样本就想着来这里"排毒"的,否则真待不住。

"我在这里，只做两件事：喝茶，写字。"

"富人们的雅兴。"

他起身，走到书桌前，我跟过去。走近才发现，那书桌是大得夸张，有四张常用的办公桌那么大，上面摆满各种宣纸、毛笔、砚台。他随手抽出一张，上面写满了字，笔锋尖利、转折直截嚣张，竟然是瘦金体写成的一幅《心经》。他说："我前几天花了两小时写的，得慢慢写，能把人写静下来，不想那些乱七八糟的事。"他又抽出一张，不再是瘦金体，而是行草，我一时没看出写的是什么，G说："这是以前我们报社那谁……了……的诗，我有时会抄抄他的诗。"他在一叠宣纸下一抽，掏出一本书，正是S的《与自己为敌》。这本书封面皱卷，估计是被G时常翻看，我这才端看起这幅行草：

潜入水中，把水和日光全背上

潜入人海，背起所有人

潜入悲伤，当作背起的全是欢乐

潜入死亡的暗夜，背起再生和自由

这是S那本诗集中一首《潜入》的节选，这首诗我有印象，此时G截取了一段，没有了整首诗读下来的滚滚如浪，反而散发某种难以言喻的悲戚。G忽然说："我前两天抄这几行，还想到了他，算了算日子，他这几个月也就出来了吧。"

"……"

"有时我会想，要是他没那么理想主义，也不至于把自己送进去。有时我会想，要是再见到他，他知道我变成现在这样，以带歪节奏的方式捞钱，不知道他会怎么看我？"

"……"

"你没做过这一行，不知道的。这事情，一旦知道了怎么运作了以后，赚钱容易也就罢了，还有一种掌控的快感……不知道你明不明白……就是，很多人的情绪、观念被你所左右，随着你设定的方向转移，你甚至能指挥他们为了一个完全与他们无关的虚无观念斗得死去活来……这事情，跟吸毒一样，会上瘾的。我明明知道是毒、有瘾，也投进去。葬送我自己，那是必然的。我给自己留这么一个空间，就是希望我还能从这种欲望这种瘾中抽离出来。可哪那么容易？现在，有人给我虚构了一个敌人，那个敌人已经从虚构变成实体，朝我奔来了。"

我陷入没法回话的尴尬，只好默念一下那幅字的句子："……潜入人海，背起所有人……"

G拧开一瓶纯净水，往砚台了倒了一些，拿起一根墨，开始磨。他的脸色，紧张与放松交替出现，我不知道他想到了什么句子，不知道他将拿起桌上的哪一支笔，不知道他将用什么样的字体，写下什么样的话；更不知道，这句话能不能有那么几秒，压服他冒涌的瘾与心魔？为了让自己的心暂时逃离这个奇怪的地方，我强迫自己想起写下《与自己为敌》的S，想起他年纪比我们大却又英俊如少年的面容。他要出来了，他的头上有白发了吗？我该不该去见他一见呢？

五

G 把 2020 年当作他事业的界碑在此之前和之后经营那些公众号，他的心态是完全不一样的。在那之前，智能手机已经侵入人们的生活，几乎成了人的一个器官，可那毕竟只是肢解了人们的闲暇时光；之后则不一样，首先闲暇时光和忙碌时光已经没法分辨，其次则是有大量工作转移到了线上，移动互联网绑架了人们除了睡觉外的所有时间。人心也变得不安，一旦有机会，能捞一点是一点，到手的钱是人们唯一的安全感——网络诈骗也是在此时变得猖獗。G 就是在此时，让自己的业务范围再次扩大的，疫情后，中国在疫情防控方面做到了全世界最好，民众的自豪感空前，G 则嗅到了这里头的巨大商机。他注册了多个公众号，定位多种观点，无论你赞同哪种说法，都会被他收割。在这种膨胀的幻觉下，G 把战局引向了一个著名的网络节目主持人。

那个主持人主持一档文化访谈节目，有很多的"文青"粉丝，她也以反差萌的形象，参加过几次网络脱口秀，其犀利如针的言语风格，为她圈粉无数。疫情防控期间，她采访了多个领域人群的心理变化的那档节目，更是触动人心，而且她从不愿直播带货。但即使她洁身自好，也被 G 盯上了，在 G 的目光里，你被盯住的唯一理由才不是你说了什么做了什么，而是你红，尤其是那种有点争议的红，这样的人，一旦把其言语稍加剪辑，便可带来无数流量。G 立即组织人，开始翻看那档节目的二十个采访视频，从中剪辑出接近五分钟的"精华版",都是那主持人的发问。"你觉得疫情对你最大的改变是什么?""你还能坚持下去吗?""家人在疫情中的离去,对你来说,意味着什么?"……这些对谈中的提问,被抽离了谈话现场,被密集地放在一起,再配上了一些误导文字,视频的题目是刺眼的《看看她,怎么给我们的敌人递枪支弹药》,这所有的元素产生了叠加效应,视频发出之后,立即引起轩然大波。攻击那女主持人的固然很多,反驳的也不少,但这种反驳,却正是G最期待出现的,一旦争吵局面形成,一切都落入G的预期与设定。

之后,那主持人虽然出面澄清,斥责某些公众号别有用心的误导,但无法平息网上的滚滚浪潮;她主持的那档节目,也宣布停更。此事闹得最凶的时候,那女主持人在"朋友圈"发了一条"这世界为何如此充满恶意,我宁愿以死证明我的清白"后,开始吞食安眠药。恰好附近有友人赶去,紧急叫了救护车,捡回一条命。这事后,有人开始出面,斥责这种无端的互联网暴力,也有人开始梳理《看看她,怎么给我们的敌人递枪支弹药》这个视频发布后的一系列攻击文章链条,眼看就要把G给挖出来。在此时,G发布了《卖惨改变不了她的汉奸本质》,继续予以攻击,又带了一波节奏;恰好在此时,又有一个大新闻,吸引了所有目光,G算是有惊无险地完成了一波收割。

——这曾是G最危急的时刻。G甚至说,一直到了大半年之后,对他的各种攻击动作,可能都跟此事有关。G给我发来了很多个标题,很明显,这些标题有着很多G的风格,可这却是别人对他发起的攻击,节奏稳定,每两天一篇,对他的挖掘,在逐步推向深入。

由于太过讲究节奏与章法，显然是有人在背后有条不紊地指挥一场战争，誓要把 G 彻底摧毁。这些标题如下：

《你能想象吗？你以为的观念之争，不过是人家的流量游戏！》

《那么多互联网风波的背后，都有着他的身影》

《一条流量产业链的幕后，大起底》

《他自己什么都不信，可你们却信了他所讲的》

《向左走向右走？NO，这些观点对立的公众号，其实都出自一个人》

《别再被人家收割韭菜了，你的起哄，把他养得这么肥》

《终究要有人来起底这些故意发起舆论对立的人》

……

这些标题之下，每篇文章都有五六千字，从不同侧面，逐渐把 G 暴露在大众的眼皮底下。都不用看内文，我已经感受到文章里所蕴含着的杀气。我的心情无比复杂，说老实话，此前看过 G 多次以这种方式整垮了别人，我是很希望他倒下的，而且以这种"以彼之道还施彼身"的方式倒下，也是他的报应。可想想，让 G 倒下的，如果也使用和 G 一样的手段，这有什么值得庆幸的呢？

有两回，我戴着口罩上街，不经意路过 G 的公司所在的大楼，我会专门到那家写字楼去看看，到了 G 公司所在的八楼，玻璃门紧锁，里面空无一人。门口围着很多搞直播的网红，他们拿着自拍杆，对着他们的粉丝直播："各位朋友好，大家都知道，最近网上有很多文章起底了一家为了流量而道德沦丧的公司，他们挑起大家的对立情绪，互相争斗，我现在就来到这家公司的门口……本来，我是想给大家做一个暗访的，可大家也看到，这家公司目前人去楼空。按我说，这样的公司，这样的公司老板，应该有相关部门出面来调查，他们做了那么多坏事，难道不需要负法律责任的吗？……"

……

我一打开手机就看到 G 的各种照片；甚至有一些他们公司内部开策划会的视频，G 在洋洋得意，嘲笑网友都是傻子，说着网友都应该被他们收割韭菜之类的话。这样的会，本来应该是公司内部高层召开的，也不可能会拍摄视频留下，但就是有这样的视频流出来了，可见，平时已经有人暗中在收集 G 的资料，而此时，墙倒众人推，G 被釜底抽薪。本来 G 还是有一些"铁粉"的，可这些会议视频一流出，所有网友都暴怒了，他们受到了冒犯——G 竟然把他们视为应该被收割的傻子……竟然……实在不可饶恕。暴露的信息越来越多，那些本来在他掌控中的网友，已经从虚构之敌，凝结成实体，开始疯狂反噬。我再拨打 G 的电话时，已经显示停机了。手机里空荡荡的声响，让 G 的身影更成了一个谜，我曾想，会不会 G 停掉手机，又再次躲进了他那间工业风房子，躲进茶水和笔墨纸砚，躲进灰黑色墙壁和略显空茫的回音？

六

投诉结果通知

投诉单号：＊＊＊＊＊＊＊＊＊＊

投诉的账号：＊＊＊＊＊＊

投诉时间：2021年＊月＊＊日　＊＊：＊＊：＊＊

你选择的投诉类型为违法犯罪，经平台核实，该账号涉嫌多种违规，已按照即时通信工具公众信息服务发展管理暂行规定进行阶梯处理，感谢你的反馈。

我点开几个G的公司管理的公众号，全都显示了诸如此类的文字，也就是说，G的公号已经被封。而他仍然未出现，我不清楚，他到底是找到一个无人之处躲避风浪，还是已经有相关部门介入调查，他只能予以配合？我就是在这事发酵到风起云涌的时候，见到G的妻子的。由于此前生活圈并无交集，虽然见过她，但没有联系过。当陌生的号码里传出陌生的声音："我是G的妻子，可以见见？"我只能见。事情到了这个地步，好奇心已经被吊了起来，我不想见才怪。我没想到的是，G的妻子也约我到了那间"工业风"去了。

空荡荡的房里，只有两人，我只能不断喝茶，掩饰我的尴尬。她说："很唐突把您约过来，别的我不清楚，我知道最近我先生跟您见了几次。所以我向您问一下，您知不知道我先生的下落？"我差点把口中的茶喷出来："他去哪了，没跟你说？"她摇摇头。她神采仍在，即使眼角有难以掩饰的憔悴，即使她的身材已经有点发胖，可她浑身仍然散发着某种魅力，让人不敢多看。我说："我打过他几次电话，都显示停机。如果连你这个枕边人都找不到，我怎么……"其实，我想说的是，虽然我和G前两周联系了几次，可我并没有跟他熟悉到超过她的程度，更何况，我从内心里一直鄙视G的所作所为……可是，这样的话，怎么能对着这么一个先生失踪了的女性说出来？

"他有一个专门跟我联系的号码，在以往，就算他出差在外，睡觉前把常用手机关了，这个号还是会给我开着，可现在，这个也没人接……"她的眼圈红了，"已经连续几天了，网上的消息杀气腾腾，我也不敢看，可又忍不住要点开，把自己折磨得……那些消息从没提到我，可我……我也想从那些消息里，知道他的下落……"她的眼泪再也忍不住。她并不擦拭："我找了几天，熟悉的人都问了，没人知道。这里本来是他最常待的地方，可他也没在。我倒是看到了他留下的一些字，你看看那是什么意思。"

她走到那个巨大书桌面前，我跟过去。她翻开一叠纸，递给我，全是小楷，可以看出，刚落笔的几个字，笔画规整结构严谨，到最后则逐渐变成行书甚至行草。一张一张翻看，写的这些，其实是同样内容，也同样的开篇时一笔一画工工整整，到了最后则结构、布局皆乱——G想借写字平复自己的情绪，无奈这一波外在攻击太过猛烈，他倒在一次次试图借助写字平息内心波涛的努力中。我几乎看到了他忍不住把毛笔往桌上猛丢——桌下一根开叉的笔没有捡起，桌上不少地方滴落着点点已经干枯的黑色墨汁，就是明证。我甚至看到了他衣服上也满是墨汁，可他顾不得，手指抓挠着自己的头发。

看看他写的内容吧，我内心断句好一会，才把其看清楚：

> 虚构出一个拳头，戴着拳套
>
> 虚构它很有力道
>
> 虚构一套铠甲和佩刀
>
> 虚构出一场战役和先锋官
>
> 虚构出一个不可战胜的敌人
>
> 虚构出敌人率领的千军
>
> 一切准备好了，迎敌吧
>
> 准备好橡皮，擦掉所有虚构吧
>
> 却发现，虚构没有了，全是真的
>
> 虚构之敌铁蹄过处，灰尘蒙蔽了庄稼
>
> 你倒在你虚构出来的古道旁

好像也是S《与自己为敌》中的诗句。可真的是吗，我又不确定了，或许，这是G自己的句子？不断重复的"虚构"二字，不断从正楷跨向行草。我对着那堆字出神，G的妻子忽然问："你有什么线索？"我摇摇头。她的语气顿时变强硬了："我想问一句，最近攻击我先生，是不是你带的节奏？要不是你，怎么会有那么多别人从不清楚的消息爆出？要不是你……你怎么解释，他跟你见了几次后，反而被攻击得更凶猛了，现在连所有号都给封了。要不是你……"她的质问毫无来由破空而至，我被激起了愤怒，可当我想回话，却舌尖空茫，不知如何颤动、发声。

我有些犹豫起来。她说得也不是没有道理，我何尝不在内心想过：以 G 的方式打倒 G。是的，G 以如此下作的方式获利，当他曲折地绕过所有规则的缝隙，别人都对他无能为力的时候，以跟他一样的方式来反击他，是不是也算"做好事"？或许，我不仅仅这么想了，在某些喝醉的夜、魂不守舍的夜，我未必没上网发过几篇讨伐文章？这念头一出来，完了，再也驱赶不走了，我有了某种愧疚感，好像 G 真的倒在我的笔剑墨刀之下。她继续说："要不是你……要不是你……要不是你……"刚才那个很有风情的人，此时已经浑身带刺，出招凌厉。

我没法回击。

我猛地一抖，今天她约我到这里来，会不会是 G 设好的一个套，目的是在他这里留下一点可当证据的照片，留下几张跟 G 妻子同在这里的"合照"甚至视频，然后扭转战局？比如说：他会不会消失一段之后，跳出来打悲情牌，说受到无端攻击后，差点在医院中死去；同时把矛头指向我，说是一个旧日熟人对他心怀怨恨，发起了这波攻击——为什么心怀怨恨，在这"工业风"的房间里和他妻子的某些角度模糊的合照，就是证据。他妻子质问我，我不知如何回答的视频，被隐藏在某个角落的摄像头拍下，经过剪辑后，也完全可以变成确证无疑的铁证……这么一套组合拳下来，有熟人背叛、有桃色"内幕"……矛头指向我而不是那些隐藏着攻击他的人，网友还不被带偏节奏？那些攻击他的人有了我这个替死鬼，不也得乐呵呵地看戏？剧本不还得仍旧照着 G 的路子走，来一个超级大反转？——我毛骨悚然，这没装修的"工业风"，看起来就像一个空荡荡的陵墓。

我不理会G的妻子的责问，快步向门口走去。我脑子混乱，唯一清楚的，就是走出那扇门、走出眼前这个虚构的战场。

越快越好。

书空录

　　我不会说出我的名字，不然有人会按图索骥，会把套子给我准备好，会挖好一个深坑却又在旁边竖起一块引人走近的指示牌——即使于己毫无好处，他们也要把一个个无关之人送进水深火热，让他们狼狈不堪。我见多了这样的人，我多次看到这些人，在别人背后，刺出锋刃冰冷的尖刀。当然，即使我说出，也不会有人注意到我，我是一个有名字的无名者，我所供职的杂志社，不会在扉页上打上我的名字，那些索引狂魔和好奇怪兽，绝不可能从中国文学杂志的海洋里，把我打捞而出。我不过是一个编务，一个负责打打草稿、排排版的小人物，不会有人认识。我不是扉页上的社长、主编、副主编或者编辑部主任，不会有人在投稿来的时候，附上一封信，抬头写"尊敬的……"——当然，我一点都没有妒忌的意思，恰恰相反，我乐于这种被遗忘，我热衷于当一个不存在的人、当一个无、当一团空荡荡。我不愿说出名字，那样，我吐出的这些疯言妄语，就不会有人嘲笑，也不会有人投来不怀好意或充满同情的目光。

　　事实上，从很多年前，杂志的老社长把我招进来当编务开始，我就一直怀疑自己能不能干好这件事——虽然这事并非多难。那是一个热火烧天的年代,当时我是一家文化单位看门的保安,但我很快连保安也当不了了。一次车祸夺走了我妻子和刚开始摇摇晃晃走路的女儿,我则是折了一条腿——关键是,肇事司机是个孤家寡人,也在车祸中把命丢了,他是潇洒走一回,我便很惨了,天降大祸,索赔无门。我拖着一瘸一拐的腿,看门的保安也没法当了——小偷们都轻便得很,他们就是大摇大摆在我面前走过去我也追不上,何况他们都神出鬼没。当时我天天恨不得去死,也曾好几回走到城市里的河边,望着水里发浑的漩涡和泡沫,觉得底下便是鲜花盛开的龙宫或光线明亮的天堂。我还没跳进去,是当时那老社长叫了一个跟我倒班的保安盯紧我,我从漩涡和泡沫的诱惑中,被拉上岸好几回。老社长也找我聊过好几回,他说,既然当不了保安了,就到他的杂志社来,脚动不了,手还是可以的。他安排我去培训,学习电脑打字,后来我成了杂志社的编务,用手指的敲打,养着我无底洞般的那张嘴。我的残疾证,也是老社长帮忙办下的。老社长后来升迁到上级部门去了,他还跟继任者强调,无论如何,都不能把我裁掉。于是我成了这个杂志社工作最久的一个人,一个个人到这里,有的升有的迁,只有我,不断在电脑上,打印出一份份草稿,经过编辑们的编校之后,我排好版,出菲林,给印刷厂寄去——到后来,就不再寄菲林,而直接在网上给印刷厂传压缩包,厂里刻版就开印。

这家杂志自当年的老社长主持改版之后,在国内外都有了一些名气,编辑部来来往往,不少著名的人物都曾来拜访,甚至有讲着不知道哪国语言的卷毛老外。我敢说,全国对这杂志的内容最了解的，肯定是我。那些流水的编辑、有一搭没一搭的订户，肯定没人像我一样，笨拙地把一期期杂志啃下去。读得懂的少，读不懂的多，可随着时间的流逝，我感觉读懂的变多了——当然，这可能是我的幻觉。我是一个时常有幻觉的人，比如说，我会从那条河的漩涡和泡沫上，发现妻子和女儿的脸；会从一篇来稿的题目中，听到妻子和女儿的笑声。这些幻觉我不敢跟人说，也没法说。

当年老社长主政之时，为了提高我们的知识水平，让编务把稿子打印出来的时候，做第一遍校对，我也因此笨拙地翻着词典，把那些稿子看了，起先，我改掉的"错别字"和"标点"，常常被后几道校对的编辑在旁边打上三角形——也就是"恢复原样"的意思。编辑们投来愤怒的目光，我只假假地当作不知，当然，为了不让编辑们怨恨老社长，我翻看词典更加勤奋了。我把编辑们处理过的稿子拿过来仔细查看，一天天过去，编辑们打上三角形的地方，越来越少。后来有了黑马校对的软件，社长也不是当年的老社长了，新的编辑只让我们根据黑马校对的提示，标出可能有误的地方来给他们斟酌，我还是忍不住把一篇稿子从头到尾都通读，改掉觉得需要修改的地方。若有一篇稿子，我改的地方没有被编辑们改回来，我就会窃喜好久——当那些文章被印刷出来，翻开整齐、崭新的书页，在一行行文字和标点的队伍中，可以找出我的声音和动作。我的幻觉又出现了，我手拿红笔在纸张上滑动的画面不断出现；我甚至看到，某个读者捧着杂志，目光在我修改过的地方失焦、出神、魂不守舍或者一声长叹。我觉得自己是一个躲在暗处的人，透过文字和标点的缝隙，我看到读者们无法隐藏的表情。对了，不是因为老社长在我最绝望的时候帮过我我就说他的好话,他确实是一个想法超前的人。他很早之前,就在单位里鼓励我们学英语、背单词,谁背得多,年货就多一些。我也因此死记硬背过英语单词,虽然那些词都随着老社长的升迁而还回去了,可我们的脑袋就像房间,当那些单词短暂入住之后,即使很快搬迁,那里也永远留下了它们生活过的痕迹。

我没有发稿权,我甚至不是普通的编辑,可若说我一个人编过很多期杂志,你们会不会觉得又是我的幻想症发作了?可,这是真的,在我那一个人的房间里,有一个书柜,专门摆着这些杂志。那个书柜,是编辑部淘汰的,我给捡回来了。那是老社长用过的书柜,我把那些杂志摆在那里,就像看到当年恨不得跳进漩涡和泡沫时,另一个保安伸出的带着温度的手。这当然不是正式出版物,可你若是看到了,一定会很惊奇。那是打印稿,一本本处于未完成的样子。可在我眼中,那是完整的,那就是杂志最终的样子。我甚至按照杂志封面的风格,给设计了封面,用同样的纸张打印出来,精心裁切,一眼看上去,你肯定认为那就是那本著名杂志的某一期。可这,是属于我一个人的杂志,我是这杂志唯一的编辑,我有着至高无上的发稿权;我也是这杂志的唯一读者,我独享它的所有页码、文字、标点和空白。

你知道的……可能,你也未必知道,无论哪家杂志,都有很多稿子,是没法刊登的——甚至可以说,百分之九十九的稿子,没法最终转化为刊登出来的成品。写得好不好只是一个缘由,还有各种原因，造成那些稿子永远无法面世：风格不符、题材禁忌、趣味怪异……有很多理由，甚至是没法理解也不能说出来的。那么多年，我曾听那些编辑们无数次私下的牢骚，听过杂志社举行笔会时作家们的抱怨，他们在吐槽之后，嘴巴微张却在一个无法描述的地方停歇，留下一阵阵寂静的空茫。一篇稿子投到编辑部，若是纸质稿，我会登记、编号，交给编辑；若是电子稿，则打印出来、登记编号，也交给编辑。很多被淘汰掉的废稿，最终又由我来处理，我也因此看了很多无用之稿。我竟然培养了自己的看稿"喜好"——我不知道能不能用"喜好"这个词——就是说，我会对呈现出某种风格的稿子特别喜欢，我会在幻觉里看到那个作者写下文章时的画面，看到他的嘴角带笑或是眼睑遭遇洪灾。这些稿子就被我单独挑出，我仿照着杂志的栏目设定，自己给那些稿子写稿签决定是否留用，自己校对、排版、设计封面。我会在家里的旧电脑上，把版式调整到最满意的程度，在杂志社的编务室打印一份出来。我用最原始的手工装订，努力把其弄得像是一本真杂志——真的，只要不是你细看，只要不是你对印刷的纸页很了解，你一定认为那就是一本印刷出来的正式刊物。当然，这些杂志都是没有刊期、刊号的，在该标明刊期、刊号的地方，永远空白，永远虚无，这本一个人的杂志，就像一个在杂志社里隐匿了四分之一世纪的无名瘸子，在某些人那里，永远不存在。我每年编两本，这五十本刊物，写着我的四分之一个世纪。我不是说我老有幻觉吗？是的，在某些幻觉里，我是一个时光收藏者，我用老社长用过的旧书架，装下了我四分之一个世纪——可那仍旧是一期期的空荡荡。

有一年，编辑部刚来了一个新编辑，还处于适应工作的状态。有一天，他接待了一个缩着腰前来编辑部拜访的中年人，老实讲，这样的人我见多了，基本上不打招呼就自己跑来编辑部的作者，百分之八十都不太正常——若结合他颤颤巍巍的神情，可能性就要升到百分之百了。那编辑毕竟太嫩，毕恭毕敬地接待了他，接下他递过来的稿子，听他唠叨了一个小时之后，才终于把他送走。他的稿子是所谓"诗词"，编辑很快按照他留的电话，回复他杂志没有相应栏目，可另行处理。在电话里，他回答得挺正常，挂下电话之后，却立即给编辑发来了短信："你有什么权力封杀我？这么优秀的稿子，你不用，我要去买一把斧头，我要当顾城，你就是谢烨。"还没等编辑回话，连续轰炸又来了："你要把我的稿子转给×××看，由他来裁决，你没资格审判我的稿子。"他所谓的×××，就是当年的老社长，编辑苦笑着给他回短信："×××老师已经离开我们杂志十多年了，你有渠道，你可以把稿子转给他看看，我没义务代转。"这话更惹怒了"顾城"，各种威胁继续飞来，把那编辑吓得掏出他的诺基亚手机，给我们看那些短信："这些，我都存着，若有一天真有什么事了，你们报警时，记得从这找线索。"

大概两个月后，有一回，在单位附近的超市，我认出了那个投稿者——我当然能认出他来了，他一遍遍给小编辑发威胁短信，还继续往编辑部投来打印的"诗词"，每封信都附上他的艺术照——一个中年男人，在高光的掩盖下，无比怪异。他正在超市门口推一辆购物车，腰身弯折，头几乎要贴到车上，我拄着拐杖过去了。我拍拍他的肩膀，他斜着眼看我，满是疑惑。我说："你不要再那样了。"

他眉头紧锁,显然,他不理解我指的是什么。我说:"以为你做的事没人知道,好像别人拿你没办法……看到我这只脚了吗?被人砍的,你再那么过分,我另一只脚没了,也要把你废了。"他紧张起来:"……你……你……你说说什么么?"我把拐杖抬起,砸到购物车上:"不管你懂不懂,给我小心点,要不然,我把你写进黑名单……"他的头更弯,购物车也不推了,惊慌地钻进超市的人流。

这样的作者写的东西,有一点点审美的杂志自然都是看不上的——甚至,连我编给自己看的那本杂志,也瞧不上这些稿子。可那人颤颤巍巍的身形,一直倔强地在我脑子里摇晃,没法擦除。我忽然涌上某种恶趣味,我是不是可以编一本专门刊载差稿、烂稿的刊物呢?在那刊物里,一切标准都是颠倒的:言辞不通、标点混用、错漏百出、所有的表达都饱含硬邦邦的粗俗和低劣的煽情。这本该一闪而过的念头,在冒出来后,再也驱赶不去。很多次,我在自己的窝里,翻看那些我依照自己的趣味编成的世界上唯一一本的杂志,觉得里头所有表达也太"准确"了,经过我一遍遍校对、排版才最终打印出来的"定稿",呈现出某种"权威"——虽然这"权威"只有我。是的,这个世界太正确了,连我从来稿的废渣里淘洗出来的,也被固有的秩序改正了,闪着理性的光辉。恶趣味不断成长、变大,形成某种滚动的力量,驱使着我。

首先,得选一个刊名,既然恶趣味,那就彻底一点,就叫《0》吧。它的办刊宗旨可以是:"刊发了谁的稿子,谁就在这世界上没存在过,谁就成为没存在过的空无。"这些胡思乱想让我特别兴奋,我甚至立即开始制作创刊号的封面,我用设计软件里调出的最黑的颜色，涂了一个圈，那个圆圈太黑了，俨然一个黑洞，能把一切都吸进去，能把一切都化为乌有。至于内容，就简单多了，威胁我们小编辑的那个家伙既然执念深重，他那些平仄不通、格律全无的诗词就发头条吧。当然不能办成他一个人的专刊，还得有：一个退休老干部逢年过节就诗情洋溢的散文诗；一个自称一天可以写两百首诗，至今已经写了八万多首诗的神秘诗人，曾寄来了一堆诗稿和自荐信，我不发他的诗，发他的信；一个抱着半麻袋手写稿的阿姨，曾不断跟我们编辑说，她这稿子一发，诺贝尔奖后年就该给她了——至于为什么不是明年，是因为出版、翻译和诺贝尔奖那帮评委老头读到她的作品还需要一点时间，她的这部巨著叫《啊！岁月》，那么长的篇幅发不了，三万字的前言是可以发的……我甚至都不用输入，只是把这些稿子挑出，手头有订书机就用订书机、有夹子就用夹子，最后，把那个封面一贴，就成了敷衍潦草的第一期《0》。封面上那个黑压压的洞，好像就算我把冰箱丢过去，也能被吞下。翻看这么一本"杂志"的时候，也能挖出某种乐趣来，一字一句惹人笑，所有的错误和不通，皆成微言大义。

　　不知道是碰巧，还是我定下的那个办刊宗旨起了作用，那个年轻编辑，再也没有收到"顾城"的骚扰短信。有一次吃饭闲聊，那年轻编辑还很疑惑："有这个人？"当时我一愣，心想：不会因为《0》的刊发，那人就从除我之外的人的记忆中被删除了吧？这个想法让我有了当逃犯的忐忑，可转念一想，就算我拿着那本乱糟糟的《0》去公安局报案，给他们指出封面上那个黑洞可以吸走内文刊发的作者，他们要么建议我去安宁医院，要么对我拳打脚踢吧？我再细看那编辑的手机，早已不是那款诺基亚了，而是换了一款翻盖手机——也就是说，编辑曾收到的各种威胁短信，不会存于这款新手机上。

自从编了一期《0》后，投到杂志社所有的稿子，都成了宝贝：可用之稿，被编发到那个有着全国知名度的文学杂志上；正式刊物不可用的，被我分为两类，符合我审美的，被我编到那每年两期的那正规刊物的"分身"上，那些我讨厌甚至恶心的，则是《0》的菜，被我不定期归类，用一个封面捆绑、吸纳、消融于无形。我就像坐在键盘面前，用删除键删除掉一个个不喜欢的文字一般，在幻想中删除掉那些写出"奇葩"文字的人。有时我想：若是《0》的宗旨真的起了效用，那些作者是多么倒霉，悄无声息就成了虚无，与除了我之外的所有人的记忆告别。

我所住的房子是老社长早些年把杂志办得风生水起的时候购下的，那时，文学还是社会上的焦点。在杂志发行的高峰期，为避免拖延刊物面世的时间，老社长在三个省的五家印刷厂同时开印，发往全国。当年杂志社赚下的钱，老社长用一部分购买了一些房子，后来在各种改革中，有三四套被低价处理给了一些老弱病残的员工，我也得以用几年的收入买了一套。这个小区修建较早，已破旧不堪，车位不够不说，位置也不好。我那套有窗子对着一条河，算是某种程度上的河景房，我曾看过绿草在河水边摇曳生姿。可你知道的，流经市内的河水，无论原来多清澈，最后都会成为臭水沟。在城市改造的过程中，这条河不断变化，记不起哪年开始，对着河流的西面窗子，安装了一个排污口，凌晨四点半，准时发出轰响，玻璃窗和墙壁也隔绝不了。很多夜里,我被冲出排污口的水吵醒,只好继续编排着那一本本独属于我的杂志;后来,多了一本《0》,乐趣就多了些。我不好意思说,其实,我也写点文字的——这几乎是每一个跟文字打交道的人都抵制不住的诱惑。这些文字没有人看过,怎么好意思给人看呢?我曾想化个名,投到我们杂志,然后从编辑的审稿意见上,了解自己写得怎么样,可还是不敢。留着一个人翻翻吧,哪天自己动不了了,就一把火烧掉,干净。

这是潮冷的季节,海岛上的冷。这种急剧降温,总是最容易被腿上那折断的部位感知。那么多年了,我想不起两腿都健全的感觉了,伤口是安在身上的报警器,总是先于天气预报,告诉我即将到来的天气变化。那种疼痛的预告太过精准,天气不同,刺痛的深浅、轻重都不同。窗外,排污口哗啦啦,人类制造的污浊和噪声,让一个不存在的人坐在此刻。

....

人不需要有多少思想,只要他有某种"毅力",就足以让世人膜拜。比如说,一个人定点、定时以某个姿势坐着,什么都不做,就坐着,不需要任何动作和言语。坚持一个月,他就是一个行为艺术家;坐一年,他已经是先知;三年,他肯定会成为世人眼中的神迹。他的坐而不动本身,蕴含着人类所有的意义和未来,他的随口一言,可能便会摧毁一位权力通天的君主和他横扫人间的军队——啊,这是一个多么脆弱的世界,它甚至可以毁于一个人的静坐。

....

这些妄语怎么能见人呢？我甚至从来没有把他编入我那每年两期的杂志里，那里有我偏好的稿子——人真是蠢笨，写不出自己喜欢的文字，甚至，蠢笨到写下的每一个字都面目可憎。这样的文字只能属于火，火把纸张烧成灰，微风掠过，纸灰化为粉尘。对我来讲，文字的神圣感仍然存在，有时看到一篇绝妙的文字，我只能叹息：真是老天爷赏饭吃，是老天爷握着作者的手指，敲下那一行行文字。可这样的文字，从来不属于我。

有一段时间，我担任编务的那家杂志，陷入了某种说不清的麻烦，无论我们的编辑多么如履薄冰，总还是有"读者"给上级部门写信，说我们杂志出现了各种问题：内容低俗、格调不高……给我们扣上一顶顶大帽子。那些信从上级部门反馈回来，让编辑部作出自检报告。编辑们头发变白的速度在加剧，他们看稿、校稿的精细程度提升了好几倍，也没能阻止那些雪花般的举报信。编辑们可怜主编，说他的任务就三个：道歉；回答"是是是"和"我们一定更加小心"；装孙子。我们也很快知道，所有的举报都来自一人。一个胖乎乎的老干部，退休之后，精力过于旺盛，想拯救一下祖国破败的文学事业，就把他关于"养三只小鸡"的八百字"散文"投来了。稿子没被留用，老干部立志把杂志整垮。他细读杂志上每一个字，从标点符号里挖掘出作者和编辑十恶不赦的可怕用心——按照他的说法，我们这里不但是卖国大本营，也是反人类的大本营，得装到火箭里射到太空去。他的信不但在省里相关部门的案头上能看到，也漂洋过海，摆在了更大的领导的办公桌上。他在信里把我们写得如此罪大恶极，相关部门如临大敌，组织人把杂志一遍遍通读，只读出两吨疑惑万米不解，没挖出可疑之处。

我们的主编说："你看，你看，专家们不也跟我们编辑想法一致？"一个领导支招："天天被折腾也不是办法，你就把他文章发一发，认厌算了。"主编苦笑道："真发了能解决问题，就不会这样了……"其实，主编托人传过话，让那老师再赐稿三则，好一并刊发之类。据传话的人描述，老干部鼻孔冷冷哼了几声："杂志版面，是他们用来谈条件的？能发就发，不能发就不能发，我岂是接受招安的人？没我同意，发我文字，我告死他！"——他还理直气壮了。领导一拍桌子，指着我们主编的鼻子："不管用什么方法，你把这事解决好，再这么闹，一堆人跟着你们陪葬，那还不如你们早点关门好了……"主编只能点头："是是是。"

编辑们想了很多法子，甚至有人喊出一句："要不，我豁出去，把他装麻袋、推海里？"一阵哄笑。这话我倒听进去了，我想到了之前那个作者被我在超市制服的情形——要不，我拎着拐杖，去找那老干部谈谈？住所倒是好打听，要见到这人，有机会跟落单的他说上两句，倒也不容易。他从小区走出，拎着一张报纸刚走进旁边小公园的时候，我走了上去："你认得我？"他盯了我好半天："你……是……我不认得。"我说："不认得就好。我认得你，这些年，你举报信写得挺多的吧？"他说："举报信，你说什么？"我说："有人因为你的举报信被关起来了，托人找到我，让给个说法……"他说："听不懂！"我待了一会，抬出"必杀技"："那就讲你听得懂的，我看上你的脚了，想让你摘下来……给我安上去。"他喘着粗气：

"……你……你……你……"我说:"如果还到处寄信,下次你就得把腿取下,等我来。"我把脸凑过去,几乎要贴到他圆乎乎的脸上,我吹了一口气,他脸色煞白,瘫软在地。

这事之后,杂志的麻烦并没有断——我能想象,那张圆脸上两点绿豆大的眼珠,在放大镜后面不肯眨,深挖着我们杂志上的罪恶。我当然不会真要去把他的腿给卸了——真扭打起来,能不能顶住他肥胖的身躯,还不好说。我最后的"办法",是把他的稿子编到《0》里头,想利用办刊宗旨"诅咒"的力量,把他吸入封面上的"0"。可关键是,真的要找他的稿子,并不容易。我也是花了快一周,才翻出他那篇养三只小鸡的奇文,幸好,这篇文章还存在于杂志仓库的废稿堆里。我立即编发,并把那些被转了几道终于抵达编辑部的举报信复印件再次复印,附在后头,编了一本《0》的专刊——这是老干部一个人的专号。

好像真有用了,之后的半年里,转过来的举报信变少了,终趋于无。我暗暗惊喜,不再觉得这还是巧合,《0》里头,确实有着抹除的魔力。大约一年之后,无意中打听起这人,有人说,他好像遇到了一场病,在 ICU 里待了一个多月,活是活过来了,却已经不大认识人,对着妻子喊妈妈、对着儿子喊书记。这些传言让我很失望,因为,在最初的设计里,《0》要抹除的,不仅是这个人,还有别人对他的记忆;此刻,他人还在,大家都还记得他,这无疑说明,一切都跟《0》毫无关系。我只好安慰自己:会不会这一次没有抹掉别人对他的记忆,而是把他自己的记忆抹除了呢?不然他何以对着妻子喊妈妈对着儿子喊书记?

——这难以验证的真假莫辨，让我陷入悲伤。

　　看到老社长的近况，编辑部的人情绪都不大对。大家回来之后，就开始默默翻看他当年编过的旧刊，虽有一行行印刷文字的确证，虽然这杂志栖身于全国各地图书馆和个人的书架，可却总给人摇摇欲坠烟消云散之感。编辑们还找出老社长当年留下的砚台、笔筒什么的，睹物怅然。这一趟拜访老社长之行，编辑部的人都去了，我也跟去了。此前，有时想起，我也会打个车，拎点水果去看看他。最后无论我如何推辞，走的时候我还是发觉，从他家拎走了更多的水果，甚至会提着油腻腻的半只鸡。退休多年，他过着隐姓埋名的日子，每有他当年推出来的作家打听到编辑部，希望去拜访他时，他都一概拒绝。老社长是一位纯粹的编辑，能抵制书写的诱惑，不论在不在编辑之位，都不搞创作——可即便如此，他早些年在一些会议上的随口发言，还是被整理出来，是一字不可移的好文章。一些作家在文章中写到老社长往往敏锐地指出某位作家有什么缺陷、又可以把哪个优势发挥到极致，作家心悦诚服。有作家在文章中写道："这么一个目光如钉子、开口即金句的人，竟全没写作的欲望，这只有一种可能，那就是他害怕写下的句子被归类为小说、散文、诗歌或评论，他不屑和那些打内心鄙视的写作者同写某种文体。"退休之后，他甚至没在家里摆放什么书，该打麻将打麻将、该喝茶喝茶，从来不认为多读几本书是多么了不得的事。

　　我们前去探望的时候，他已经从一场急病里出院一个月。他的身体倒没啥，就是记性特别差，当我眼前迷蒙嘴角泛酸地站在他面前时，他指着我的腿："你……是……来卖拐的？"他是在说赵本山的小品？编辑们跟他谈起当下的杂志状况、话语空间和文学潮流，他听倒是听得仔细，末了却说："文学？杂志？什么？"对着面前的四五个编辑，他也对不上号，他老伴在一旁一遍遍重复介绍。到了此时，就不得不跟他告别了，不得不跟与此相关的记忆告别了。他老伴在后面挥手："走好，走好，感谢大家……"

回到编辑部，编辑们嘴唇发抖，老社长怎么能忘了呢？他当年是这杂志的奠基人、开山者，是国内文学期刊界的一位大佬……怎么就……连他都这样了……我们一期又一期编着这"废纸"，可改变了一丁点世道人心？我没加入编辑们的七嘴八舌，我嘴巴里说不出"虚无"此类的词，可当老社长认不出我，我就觉得腿脚发痛——当年被压断的位置，重被撕裂，一回又一回。最痛的，当然不是身体之伤，而是看到身子不完整的妻子女儿，她们的头脚分离，某个角落还溅射着她们的一摊血、小块肉。她们定格于最好的年龄，而我已老残如斯，若她们隔了这么多年后，再见到此时的我，定然只能喊出："阿公。"别说她们，我盯着镜子，也很想对着镜子里的人伸手："您是？"身心之痛越来越清晰，却又连自己的长相都忘了——我是记性更好了还是更坏了？

社会化的人，想再完全脱离社会，显然不可能，他们总会设法再建一个世界，或在某种艺术里，或对着虚无幻想。我想修建一个什么世界？我编着一本本没有读者的"杂志"，摆放得如此隐秘，连风也未曾光顾，白蚁和蚊子尚未临近已经被我杀绝。这是要修建跟何人联系的桥梁呢？桥梁的起点在哪，终点指向何处？

A坐在我面前，嘴巴颤动，他将对我说什么？

B站在我身后，他第一个音如何发出？

我是C，我对他们熟悉又陌生，他们在我的记忆之中又在我的记忆之外。

A、B、C同为一人。

我终于要给自己编一本《0》了，这是属于我的专刊，当然得郑重其事写几句编前语。当开始收集，我才发现，曾在我脑子和手指下诞生又被我遗忘的文字在一点点冒涌，残缺、陈旧的纸张从某个角落里飘来，被遗忘的片段从电脑文档中浮现，它们争相报名，排队向《0》走来。这简直是一项永远没有尽头的工作，可我乐享其中。我给自己定下了一个规矩："如果有七天没有再翻找出一行文字，那就定稿。"刚开始时，我几乎每天都要接待这些来访的文字，它们呼朋引伴，希望我认出它们，希望我想起写下它们时的表情。勤快的文字来过后，剩下的很是羞怯，它们扭扭捏捏，在我的视线之外徘徊，但总会在七日之期内出现。当我七天内没再发现任何文字时，已经过了大半年。望着那些文档和纸张，我心想：这就是我的"全集"了吧？

既然是我的专刊，当然不能像那些被我"抹掉"记忆的人的那么潦草，这些文字当然得全部录入、排版，给它们一间舒适的居所。这又是一项不小的工程，可我时间那么多、兴趣那么少，它们总有完成的时候。封面纸张也得郑重其事，我专门去我们杂志社长期合作的印刷厂，找老板要来几十种纸，终于选中一种据说原料极其复杂的特种纸——我倒不是喜欢那种纹理——选它的原因，在于看着这种纸的时候，你没法想象它的原料是什么。也就是说，这是一种丢失了来路和记忆的纸。我还在网上找了能买到的最黑的材料，剪了一个圆形——它太黑了，以至于剪刀剪过，像光刺破深夜。光射上近乎绝对的黑，几乎没有任何反射。

　　内文装订好之后，我把家里狭小的空间走了好几遍，把自己书架上所有的摆着的"书刊"都取下，手指在书的边缘划过，我得确认，自己仍旧记得它们的每一个细节。我当然没有忘记，好好洗了一个热水澡，水珠在腿上的伤疤上流淌，当年的痛仍未减弱。我给了自己二十分钟的冥想时间，还有什么事情是遗忘了的？确定记忆清晰、诸事就位，我终于要给这本属于我的《0》装上封面了。我太熟悉这手工了，固体胶涂抹到哪个位置、什么程度，不需要眼睛来看，只凭手感即可。这么一个重要的时刻，我竟然没有一点激动，太奇怪了。画龙之后，最后的点睛，会让龙飞升——给《0》装上封面，我慢慢摩挲，封面终于装得完美无缺了，真正的印刷品也没这么完美的品相。我的手掌在封面上轻轻一拍，完工。

　　我期待那个时刻的到来：《0》编好的瞬间，到底是我的记忆被抹除，还是别人会遗忘我？我会痴痴地回想"我是谁"，还是曾经的熟人投来茫然的目光："你是谁？"

随　笔

乡野之神

遗弃的神

这是不需要神的时代。一段时间内，单位边上的一块荒地，乱草中藏着一间无人理会的土地公庙。没几年以前，这里还是菜地、坟墓与牛羊吃草的好去处，还是村落边上一块安静的所在，不远处就是即将流入出海口的一条大江，水面宽阔。有土地，便有村人修建的矮矮小小的土地公庙。后来，高楼种在这里，农民们慌慌乱乱搬迁，一个高档小区立起来，只有那一块地因暂时无用，任其长满了草。草的竭力生长之中，小小的庙地基都歪了，往一边斜倒，随时要发生侧翻。这种小小的庙，我竟然在日本人宫崎骏的动画片《千与千寻》里也看到过，被遗弃在荒野之地，荒芜之中，却有一股难言的破败美。所谓荒芜，往往是指人迹罕至，可天生万物，万物有灵，人来得少了，万物仍旧是繁盛的。人的退却，伴随着荒草与苔藓的进攻，伴随着蚯蚓和蚂蚁的繁衍，也伴随着夏日里蝉的鸣唱和月色下蚊虫的夜舞。假使真有神灵，人消退之后，万物向前，神是兴奋，还是叹息？

小时候看电视剧《西游记》，孙大圣时不时对土地公呼来唤去，土地公也是唯唯诺诺胆战心惊。当时我纳闷的是，土地公不是大地之神吗，怎么地位那么卑下，不但孙大圣，连一个小妖精都可以欺负？后来略微给自己一个解释，或许土地公更像是民间所供拜的境主——一小块地方的看护者。海南乡间，祠堂的边上，或者村头的某个交叉口，往往建有这种高不过一米五、占地不超过三平方米的小房子，村人都说里头供奉着土地公，可到底他是哪位、是哪块地的土地公？村人张口结舌，摇头不止。伴随着城市的扩大，泥土不再长植物。土地被水泥、地砖封死，在这个时候，一个数百年、上千年的村子，往往就溃散了。多年前，这些村民的先人迁移至此，子孙繁盛，族谱上的"辈分诗"，给一个个人刻上烙印——他们出现在此，都源自那么多年前一对年轻男女眼睛里的电光石火，源自电光石火之后两人在野地里浓郁如植物气息的情欲。一个个打圈的"拆"字，让当初那对男女的姻缘开始散开，村民们都忙着上楼，或者忙着搬往更远的地方。一个光鲜闪亮的小区，即将诞生，旧房子都保不住了，每年旧历节日，族人的祭拜，也将不复存在。有些村人心里空落落的，领头的人有些不甘，喊了一句："留下我们的宗祠，否则我们死也不搬。"

房地产商让步了。于是我们看到，新建起来的小区旁边，矮矮地蹲着一座漆色剥落的祠堂。我想象得到，当村民们住进安置房，在十九层高的阳台上俯视祠堂的屋顶，他们的内心有些不踏实——逢年过节，他们还是会下楼来，集中到祠堂里祭拜。可是，可是，他们往往觉得，刚刚好像过了一个假的节日，烧了假的蜡烛、纸钱和线香，也念了假得让人不安的祷告。无论如何，祠堂算是保住了，土地公庙却没这福气。村民们说不上土地公姓甚名谁，当然也就没必要为了他，说出某句恶狠狠的话。可是，实在没到给小区打地基的时刻，没人愿意去碰那间矮小的瓦房。据说，有某些房地产商，曾无所顾忌，拆掉不少祠堂和村庙，终于，某天，他被撞了、被砍了、得绝症了、老婆跑了、破产了、和某位贪官牵连了、入狱了……后来的这些事情，源头都会追溯到他早些年毫不留情地拆掉一座有神明居住过的老房子。

  土地公庙因此还能苟延残喘一些时日。很多次从单位边上的那片荒地上经过，我都会驻足，恨自己不是一个画家，不然可以画下这高楼耸立的旁边，神的居所在荒草间淹没的画面。我甚至没有想到掏出每到吃饭就拍照的手机，来给这间尴尬的小房子留下一个背影。若是土地公就是电视剧《西游记》中那拄着拐杖的老头，在某个月色洒满的深夜，周边寂静下来了，远远近近的高楼上灯光闪烁，他摇摆着身子，从茅草中走到水泥路上，他要面对的，是一个已经变得怎样陌生的世界？中国的神，好像都是出现于深山老林之中，钢筋水泥的城市，怎么想也不适合他们的到来——就像我无法想象我一边裤脚高一边裤脚低、趾甲缝夹杂泥土的祖父，进入一间震耳欲聋的酒吧。即使万物仍在，可神会不会对人类更偏爱一些，土地公会不会觉得，被人类遗弃荒野，是他难以接受的挫折？

这样的遗弃，注定不会很久，很快迎来的，是消灭。房地产商毕竟内心焦急，要把所有的缝隙塞满水泥、钢筋和砖块，并把这些东西兑换成纸张印刷的钱、兑换成卡上的阿拉伯数字。不知哪一天开始，挖掘机开进来了，所有的荒草被挖，那间土地公庙也瞬间消失。一栋栋高楼，已经从荒地上立起，填补了这地段的最后一片"空白"——这块地终于有用了，这块地的庙与神，就终于没用了。从此以后，这里有小区的保安，有水电的维护工，但不会再有一个挂着拐杖无所事事只是蹲守的土地公了。失业的土地公那么多，百无聊赖的他们，会不会也打打麻将跳跳广场舞？也许，人间的热火朝天，让玉皇大帝不得不思考一个严重的问题：天上的神仙们也得面临老龄化的境地，如何让这些百无聊赖的退休神仙们有事干呢，总是闲着，天宫也要乱的呀！后来，是太白金星提了个建议，要把这些老干部们组织起来，开开会、贯彻贯彻思想，不能精神懈怠信仰缺失啊。

每次从土地庙上面修建起来的房子边走过，我都在想，真是我们遗弃了神吗？也许，这么多年了，是他们不想陪我们玩了。毕竟，总有审美疲劳；毕竟，他们，也需要一点私"神"空间的。想明白这些的时候，眼前的红灯变成绿色，我快步走过十字路口。

追神记

我们是凡人，都没有见过神的真身——幸好，化身我们还是可以见一见的。被雕刻好的神的雕像，被摆放在庙宇和祠堂里，被香火围绕,被祭品和鞭炮声喂养。有人说,神像长得怎么样,受限于那个民间手艺人的审美与技艺,即使真有神,这神像和神本身哪有一点关系呢?这样的说法,被虔诚者轻轻地化解——你怎么知道那个雕刻的木工师傅,不是受到了神的指示才那样雕的?神既然无所不能,他当然也会影响、指导着一个雕刻他的模样的手工艺者。不管像与不像,那个样子,其实就是神想让我们以为的他的样子。我们所有的祷告与心愿,都可以通过那尊木头刻成的神像,抵达神那里。神像就是沟通三界的快递,借着烟气,瞬间把我们所有的祈愿送达。

在尽可能的情况下,用以雕刻神像的,都是好的木头。神永在、神天长地久、神在时光的尽头,烂木头怎么配得上?当然得是不易变形的、木质坚硬的、活得长久的老木头,若是名贵之木,当然就更好了——名贵木头,或许也能增加某些神力呢!最好的木头,当然是海南黄花梨。尊贵的海黄被雕刻成型,涂上各种油彩,最后时刻点上眼睛,神像就活了。当然,还得经过某种隆重的仪式,神像才能成为神像,而不仅仅是木头雕成的工艺品。这种仪式,给神像注入神力——就像是一台装配完成的电脑,需要安装一个操作系统,才能真正运行。海南黄花梨雕成的神像,当然就像是顶配的苹果电脑,不仅仅有使用的功能,更多的作用在其他地方,在身份的彰显、在内心的满足感。村人跟外人说起村里的神像是好木头时,眼睛和眉角都是上扬的。

当然,这种炫耀都是多年以前了,现在谁也不敢往外提了,甚至有外人来问起,也得讳莫如深:"哪有这事,你听谁说的?"饶是如此，有一天，B村还是发现村庙里最庄严的那座神像不见了。原先摆放的位置空出一大块，村里某人在庙里烧香祭拜了好久，只是觉得有些不习惯，并没有发觉。等到晚上和村人说起，一起打着手电筒到祠堂里再探个究竟，才开始骂娘："连神像也偷，也不怕雷劈？"全村的人，都聚到了一起，开始追查。那些平常有小偷小摸习惯的，陷入村人的层层逼问之中。那些吸毒的，更是成为重点调查对象——谁不晓得，这些人毒瘾发作起来，神志癫狂，哪管什么神像不神像？可那么多追问之下，神像竟然没有一点下落。村里在省会当官的一个人，在跟县公安局某位副局长提起这件事的时候，言语之中，谈到了村民向心力的问题、谈到了县里治安情况的问题，那副局长去给局长汇报后，也觉得颇为严重，要重视。可重视又如何呢？仍旧是没有追查到一丁点消息，那尊神像毫无踪影。

可以确认的是，木头本身的名贵，让这神的化身遭了累。

村里人能发动的都发动了，他们要寻找这失却的神的下落。有人老觉得心里有疙瘩，时不时到村庙里去看，空荡荡的那一块，不是空，是塞在村人胸口的一块大石，是村人心脏部分淤积的一个肿块。"不行了，得找回来……"村里笼罩上一层黑压压，其实，没有什么黑压压，可无论天气是晴还是阴，村人都觉得有某件事正在暗地里发生，有某件事正万马奔腾，朝村里赶来。再不把神像找回来，村里要麻烦了。上次村里出现大面积的心灵危机，已经是七八年前的事了，当时一场牛瘟，击倒了村里大批牛。为了避免牛瘟传播，县里下来人，把死去的牛集中到某个空地，挖了一个大坑，集中焚烧了。冲天火光和烟气中，村人手脚发软。但牛生瘟病毕竟是具体的事，损失是不小，但一旦烧了也就绝了后患，这一次就不一样了，神像的失踪，几乎今后村里任何不祥之事，都可以和这件事牵扯上关系。

一个多月的搜寻，没有任何收获。村人筋疲力尽，彼此之间的矛盾也开始加剧——村干部的威信一落千丈，连丢掉的神像也找不回来，他们还有脸说自己给村里做过多少事？村干部每天额头汗淋淋，怕村人问起。实在是无计可施了，有老人淡淡地说："没招了，只能请他出来了……"

"他？谁？"

"公祖自己。"

也只能这样了。

捐钱、起事。村人聚集，敲锣打鼓，希望把神请出来。在神终于"附体"在村中某个"童子"身上的时候，村里最说得上话的老人问了："公祖，我们实在是没办法了，才把你请出来。可否告诉我们这些子孙，你的化身哪去了？我们所有的办法都想遍了，也没能找到。还请您指点迷津，我们也好……迎回……"

"算……了吧！"

"子孙不懂什么意思。"

"我的意思，就是不要找了。找不到了，你们再找木头刻一尊就是，之前的那个，就别追了……追不回来了。"

村人一片哗然。可也正是这句话，让饱受折磨的村里人，渐渐地放下了心结。重新找人雕刻神像的事摆上议程，剩下的，就是挑选良辰吉日来完成这些事而已。后来，也曾有人怀疑，说哪有神像被偷，神自己还不当回事的，莫不是村干部设的一个假局，化解当前的危机？可村里的老人却丝毫不怀疑，他们对着那些怀疑者说："你懂个屁。"他们是见过世面的人，他们都知道，神做任何的决定，都有他的理由。神无所不在、无处不在，当然也不会拘泥于花梨木雕成的神像。至于为什么他说出让村人不要再寻找神像的事，村里只有一个老人想明白了，他没跟任何人说。他觉得，这是他和神之间的秘密。他希望某年某月某日某个良辰，有一个合适的时机，能让他把这句话讲出来：神不让追寻那尊神像，都是为了大家好啊。你们想，那么一尊黄花梨，现在得值多少钱，偷走的人得多有手段，村人真找到了，拿不回来还是小事，惹了那些恶人，埋下后患，才是麻烦事。

这位老人更相信，那个偷走神像的幕后操纵者，早已丧生在一场绝症、一次车祸或者跟某个倒台领导的千丝万缕的瓜葛之中。万物运行自有理，我们看不到，可报应早已分毫不差分秒不迟，抵达那位贪婪发笑的操纵者身上。

从头说起

村人大多是信任那些神明的。神明在举头三尺，当然也在垂头三尺，更在前后左右的三尺。敬神，如神在；敬神，则神在。村人觉得，所有的神明与我们同在，我们的日行一事口说一言，都有另外的目光，在暗中炯炯地注视。一代人来，一代人远去，先祖们仿佛离开，又从未离开——离开的，是先祖们所经历的事；离开的，是先祖们所经历的时间。后人没法亲历先人之事，那些消散的旧事，只能在晚风中、在村人的嘴边、在小孩子的想象里存活。而村人们最为期待的，是某个吉祥之日，神明借着附体在"公童"身上的时候，讲出前朝旧事，讲出一个村庄隐藏着的秘密。因此，一件事发生当时，村人是不知晓的——或者说，知晓的，只是冰山一角，有些秘密，得多年之后，才能揭开。

比如说：数十年前B村中某人的一次无疾而终，却在那么多年过去之后，村人才知晓其背后的"秘密"。那人身体硬朗强悍，迎面而来就是一尊铁塔，他六七十岁之后，不少人都认为，他依然能轻易捏碎一个年轻人的手掌。可有一天，他从田地里拎着锄头归家，当晚就无病而逝。他的过世也曾引起了一些议论，但仅此而已。一个村里的农人，身体再强悍，也是小民一个，哪有多少值得念叨的事情？很快，大家就都忘了村里曾有过这么一尊铁塔。村人的记忆波纹重新被挑动，是某一年春节后的公期上。B村的公期，在元宵节过后的正月十六，在那天，村人邀请亲朋好友，吃吃喝喝，看看地方戏，如果恰巧碰到神明附体到某位"公童"身上，神迹显现，那就更有意思了。

这年的公期上，村里的神明如愿附体了，他仿佛也不着急着"穿杖"，不着急着把那根两米长的铁杖穿过他所附体的"公童"的嘴腮，以证明神迹的出现。此时的神明兴致勃勃，竟然要谈谈心。所有的锣鼓停歇了，村人本来七嘴八舌在议论，却也在他耐心地等待、挥手之下，渐渐屏住呼吸，等着他说些什么。"公童"一般是村里不太有地位的人，身材矮小，见到人就往后缩，多年的孤家寡人生活，让他变成了村里被忽略的一道影子。但是，神明往往最爱附这类人的身——据说因为这类人平常就远离人群，房间也阴暗潮湿，身上阴气比阳气旺，方便神明的显现。平日畏畏缩缩的"公童"，在神明的加持下，变得坦然、淡定，语气充满自信。他，或者说是他，说，跟你们讲件事吧，你们还记得多少年前我们村有个谁谁谁吗？……对，就是像铁塔那个，那家伙，了得，是我们这村子里阳气最旺的人。

铁塔的后人立即屏住呼吸，细心聆听。神明说："他阳气旺盛，不是一般人，若是上了战场，那真是杀敌的好将领。他血气太旺，什么都不顾忌，不单是我，这周围几里的村神、公祖，见到他都要回避。那家伙也是过分了些，对神明不尊敬、不留情，说话、做事，都不给脸，偏偏他阳气旺，我们不敢靠近，都得躲着。那次，也是给逮到机会了，他从田里归家，正是傍晚，他有些困了，就在一丛竹子下面睡着了。单单是睡着，还好，偏偏他脱下鞋子来当枕，枕在后脑勺那，哈哈，这时，我们的机会就来了。子孙啊，你们得记着，无论多高贵的人，以鞋子做枕的时刻，都是低贱的。在这个低贱的时刻，原先多旺的阳气，也都消散了。也就在他枕鞋入睡的时候，有一位被他嘲弄过的村神，骑着一匹马，从他身上踩过，伤了他的元神。也就在当晚，他回家后，无疾而终……"

这段回忆，让铁塔的后人百感杂陈——原来，神明也如此心胸狭窄？村人啧啧称奇，老人们也借此，得以穿越时空，返回数十年前的年少时期。而这位神明为何在此时说起这件事？他是要借此说些什么呢？背后的道理，神明并没明讲，他把这个故事轻轻地说出来,好像但凡是有了谜面,就总有一个谜底要被掀开——谜底穿透数十年的时光抵达子孙后代那里,总有它到来的理由。

事实上,神明偶尔现身讲古,并非稀奇的事。我的一个同学的父亲,就说起他在长安镇上的某次奇遇。当地一处敬拜观音,有一年观音显身,谈兴颇浓,从远古讲起,谈及眼中所见历朝历代,竟是一部浓缩版中国史。他边讲,村民边听,这漫长的讲古,持续了整整一天,他以他之所见,说与人,不讲道理,只讲旧事。或许在他看来,当故事在风中飘,当故事抵达村人的耳朵与内心,一切想说的道理,就自然而然地,如种子在土地中播撒,在村人心灵深处生长,总有一天,林木茂密,生机勃勃。

我没有亲耳聆听过,不清楚神明一般要怎么开场,他是不是得这么说:

"这事,得从头说起……"

逆流而上

我是村里的陌生人。镇上、县城、省城……因为读书,我离村子越来越远,我是这里的客人,我回返时,不过是再次远行的热身。我在外面生活的时间已经远远超过我在村子里成长的时间。我又是没心没肺的人,对村里的很多人,都叫不上名字;对野地里生长的植物,也叫不上所以然来。我常常对着村中某个脸熟者发呆,不知道他会在傍晚时分,钻进哪一间房子。更何况,这样脸熟的人,已经越来越少,他们永远消失了——除非多年之后,科学可以打破时间的壁垒，让我们穿越回过去，否则，所有曾经的笑语和痛哭，都将永不重现。唯一留下来的，只剩下族谱上孤零零的名字。人名之外，是巨大的空无——时间抹除了所有的细节。

作为后人，我翻阅族谱时，总会陷入极大的恐慌：这绵延的链条，如果在某个环节有了意外，便戛然终止了；而我们身后，这链条还能延续多久？族谱是野心最大的文字讲述，忽略掉了所有的光阴细节，只让每一个曾存在过的生命留下名字以证明其曾存在过。族谱讲述的主题永远是：生命的意义，是让生命延续下去。族谱上有始祖，但我们知道，始祖也是有父亲母亲的，往上，是一个永无尽头的追溯；族谱当然也留下了一些空白页，以供下一次修谱之前，填上这期间新添的人丁。我和大多数人一样，面对族谱，茫然而陌生，被阻挡在了时光的细节之外。但，有人不甘心，逆流而上，试图通过某些痕迹，重现过往的岁月。

他是村里，甚至是省内对本家族谱研究得最透彻的人，一代代人，谁生谁、谁是谁，他随口拈来，根本无需翻阅。我甚至想，若是机缘得当，以他的天赋，当是研究历史的大学者——可事实上，他不过是离开了村子，在一个农场场部以卖豆腐为生的本家堂兄。他的知识，当然不止于记住那些生命链条中的名字，而更是挖掘出那些背后的生活。村中几十年内发生过的事，他都在脑海之中一一刻录，而这些知识，他是如何获得，对我来说是一个难解之谜。他通过比对多个村子的族谱，证实了清末民初时，我们的前辈有一代人的辈分乱了，那之后的辈分，就全乱了。在他的力倡之下，村里的本家人开始调整——已经错了几辈人，不能让之后的人再错下去。

有没有可能是他的考证有误，调整不过是错误的开始呢？当然有。但村里的本家人都选择了相信，他对族谱的熟悉，让他获得了信任。他考证原先同一个村子的家族，后来为何分流到多个村子去了？通过与县志的比对，他研究出了很多很多年以前，地震造成江水改道，把村子冲垮过，同姓族人为了生活，不得不远迁别处。

热衷族中之事，他纯粹出于内心的热爱。省内本家搞的宗亲活动，基本上他都要参加，2016 年，他甚至买了飞机票，离开海南岛，前往内地一个省，参加了一次盛大的祭祖。这种研究，若没有那种自体内焕发出来的热爱，是没法持续的——因为这些事无法获利、无法获得"学术"承认，甚至也很难跟别人说清楚，这些东西有啥用。但，是不是得有人去做呢？有时我也想，上天的安排如此缜密，几乎在每朝每代，每个家族里，都会出现这么一个人，以保证记录着生命延续的族谱能一代代流传下去。

我想，若是他去写作，当然会是最好的作家，因为他能逆着时光的洪流，把所有消散的事物再次聚合，让其散发出体温和表情，让其产生某种坚硬的内核，抵御速朽时光的侵蚀。我构思过，写一个人逆着族谱往先祖的方向回溯，他能经历什么？我没开头就放下了，我实在没法完成这么一个浩繁的叙事。

事实上，虽然没在学校读多少年书，但他确实有着很好的文字功底。大概十年前，村里本姓重修宗祠，宗祠大门口以瓷砖烧成的那副对联，就出自他的手笔。他写道：

溪河岔流，干接宝岛五指岭
边缘星居，根连闽南九牧宗

他还在供放牌位的大堂的门前写下：

莆田先祖贤仕登科显族望

溪边后裔才子夺魁振家声

他若逆流而上，一定能完成我想象中的那一本时光之书。

夕阳西下

我能回老家的时间越来越少——无数的理由、无数自我编织的借口，正把我一次次推开。我正是把自己推开的最大的力量。我总是看着无边绿色远远落在身后，看着灰蓝色的烟在身后消散，一栋栋凌乱的房子渐渐潜入深黑。我成了一条开始远航的鱼，独自上路，游向所有未知的海域。当水波涌动，暗中只有浮游之物感知到我是顺流还是逆流，我成了故乡的流亡者。我忘记了水稻如何插进水田，忘记了阳光和雨水如何在稻穗上组合出沉甸甸的食粮。我忘记了那条村前缓缓流淌的江，是怎样一次又一次改变河道，也因此改变了无数先人、动物与植物的命运。我更忘记了，村子南边，越过池塘，无数先人的坟墓在此，于每个夜里，派遣出萤火虫的眼睛，收走村人所有消散的梦。

但无论怎样离开，总有某些夜里，我得在村里度过。夜晚到来之前，总会有日头沉下、落霞满天的景象。蚊虫总是在此时集体出游，聚拢在每家每户的门口，黑色渗满人间之前，它们不会解散。这是它们一天中的合唱，这是它们的理事扩大会议，我们从门前硬挤而过，推开一条路，它们又瞬间把门口塞满。此时的风还是带着热意的，日头在风中所留下的痕迹不会轻易落败，但已经处于凉意进攻的阶段——风在凉热交织。在此时，时间并非往前的，而是逆流、是倒退、是返回年少的岁月，让我们再看一看当年村头榕树下曾有过的人丁兴旺。这一刻，村里的人已经很少了，年轻人和小孩，都已经进城，只有某些老人，留在这里和村子一同老去，他们被封印在岁月和空间里，被万物互联与全球化抛弃、遗忘。

池塘边上的几座祠堂，是天地落霞中光的聚焦点，是绝对的主角。祠堂屋顶贴着的棕色琉璃瓦，反射着落霞的金黄。为什么几乎所有的琉璃瓦都是这种棕色？当你看到夕阳下的祠堂，就会瞬间领悟。这是祠堂的辉煌时刻。我穿过门前蚊虫的游行队伍，走过祠堂的大门，天地空旷，某种庄严在夕阳中一再升起。我想，祖先有灵、山野中的神有灵，他们此时一定在整理衣装，做着登场前的准备。所有的光，都在给他们提醒着登场的时间。白天，天地属于人和动物，属于用眼睛感受世间色彩的生物；夜晚，同一片天地，却属于神明，属于用耳朵、嗅觉和心灵来神游万里的神明。我从未亲见神明，但这又如何呢，我们没法见到的东西太多了：原子、电波、风和爱……我们看不到，可谁说它们不存在呢？在这熟人越来越少的世界，我们还如此充满饥渴地活下去，总得有一个理由在远处撩拨和指引。我在这天地变黑前的庄严里，感知到了某种东西。

落霞沉没，天地如墨。

我从蚊虫尽散的门前回家，把天地让给准备登场的他们。

半睡半醒

——失眠者妄语

任何逆流、不顺势而为的事情,往往都是一场悲剧;可顺心如意,从来都是最大的祝愿与奢望,这意味着现实恰是相反的——即使面对最日常的睡眠,也是如此。有多少人酣畅地安眠,就有多少人在夜色里辗转反侧,恨不得把自己的皮肤当作面膜扯下来。阴阳更替,有白天、有黑夜。上帝怕世人乱了节奏,用黑来提醒:"你们,该放下一切,闭上眼睛了。"上帝怕人们不愿闭眼,用黑夜来遮挡一切,深暗里,人们怎么睁大眼睛,也只见黑压压一团,不得不放下白日里所有的激荡与不甘,一声叹息后,渐渐被如潮的困意包裹。可惜,上帝疏忽了,在本该密不透光的夜里,他洒下了月光、星光,让一些人无法彻底地入睡——留着这零碎的残光,难道是绝对之黑里,上帝也倍觉孤独吗?月与星还罢了,更大的麻烦在于,人类发现、使用了火。希腊神话里,普罗米修斯盗火赐予人类,才算是正式开启了人类的智慧之光。人类以石块钻木,制造火光,无月无星之夜,篝火照亮了一小块地方,火光也传播着某种"瘟疫"——凡是被火光射进眼睛里的人,都染上某种忧虑、多思,睡眠开始不再安宁。

有没有人研究过人类的失眠史?我想,在人类熟练使用火之前,失眠的人,是随着月光、星光的亮度成正比的。火光被人类运用之后,失眠的人数开始疯长,多少谈论、比画甚至阴谋,在火堆前渐渐成型。坐在火堆前的人,都是一些核心人物,火光在他们的眸子里闪烁,那是能驱走睡眠的欲火。而远离火堆远远观望的一些人,他们在"守卫",可他们内心,在做着忠诚和反叛的挣扎。电被运用之后,暗室更加亮堂了,灯泡、白炽灯、LED 灯、激光……黑夜被驱赶、流放,睡眠不安稳的人更多了。光的制造,是人类和上帝间的一场战争,人类开始不满足于上帝的安排,开始一场时间的争夺战。上帝以岁数为牢笼,限制人类的行动,人类想永生、求永生,却只有失败,不断沦为笑话,人类都忍不住自嘲:"人类一思考,上帝就发笑。"别说永生,仅仅睁眼、闭眼的权利,上帝也不会下放给人类的。人类执拗得很,即便有那么多前赴后继的失败,永生的妄想却从未止息过,修道、炼丹、吃药、冰封、克隆、意识存储……达不到,就用宗教里一次次的循环,证明有前世、今生和后世;达不到,就用"科学"的方法,用波与光的高深理论、用量子力学,证明存在之永恒。人类再不甘,永生仍然遥远,和上帝的战争中,人类毫无胜算。有的人便想变换一种方法,不能和上帝一样永生,但至少,可以摆脱他的安排——在他设定的白天劳作、夜晚休息的规矩里,我们可以短暂地破坏。他让我们在漆黑里睡觉的时候,我们不睡,我们借助自造的光,延长白天、缩短黑夜,打破规定好的铁一般的平衡。注定输掉结局的游戏里,人类能争取的,便是这种短暂的领先。可惜的是,这种"领先",让人类陷入了无数痛苦,有没有谁计算过,这种"领先"是不是得不偿失?

曾有很多人以各种研究来证明,人最好在夜里十一点前睡着——子时的安眠,是顺应天时的。可懂得那么多道理,仍旧有那么多人,不会在这个节点前闭上眼睛。《红楼梦》里的"风月宝鉴",并非仅仅是一个镜子,作为小说中不那么写实的部分,自带着很多可供专家们挖掘、阐释的隐喻。到了今天,当人人手拿一个无所不能的智能手机的时候,才有人惊呼:风月宝鉴在今天已经落定为一个实物。已经深夜,已经哈欠连连,内心特别清楚,该把手机放下,睡个觉了。可不行,屏幕散发出的光,让眼睛没法移开,让手指的滑动不能停止。手机厂商们都宣传自家的屏幕已经加入"调光""护眼"模式,但机主们的视力还是急剧下跌。《红楼梦》里,风月宝鉴让满是色欲的贾瑞暴毙于无边欲望,这提醒如此惨痛,可人们还是前赴后继,争当贾瑞。对比起现实里的手机,风月宝鉴的功能挺单一的,仅仅相当于一个功能不全的约会软件之类。要知道,现在智能手机应用市场,拥有数十万的应用程序,每一个都比风月宝鉴强大太多太多。"调光""护眼"模式失效,手机厂商们又推出了"屏幕使用时间"的提醒,警告我们一天有几分之几是耗在上头的,这提醒等于香烟包装盒上醒目的"吸烟有害健康",被犯瘾者视而不见;也有些自省者心惊肉跳,却积习难改。人类就是这样,发明各种东西,想让生活变得美好,可到最后连最基本的睡眠都越来越成问题。手握"魔盒"昏沉沉眯了几个小时的人,早上睁开眼睛第一件事,还是点亮屏幕,脸没洗牙没刷就进入另一个世界——是的,不需要抽象理论的证明、不需要科幻电影的想象,"平行宇宙"是存在的,全世界那么多人天天在穿梭。

我们都劝说、威胁家里的小朋友要准点休息,大人们却从来都做不到。很多时候,睡前故事、昏黄的灯光,已经让大人们有了些睡意。他们念唐诗、背乘法口诀表、读英语单词、唱催眠曲……小朋友的"十万个为什么"让他们显得不耐烦,他们有一句没一句地回答着,内心越来越焦急,心里涌来某件还没做完的事,适才荡漾的睡意瞬间消失了。焦躁开始翻滚,很想立即起来开灯,很想瞧一眼手机屏幕……可不行,得憋着,得等小朋友先睡过去,此时任何一点光一点声响,都让哄睡的努力前功尽弃。睁大眼睛,望着房间里空荡荡的黑,很想认真思考点什么,可思维没法聚焦,脑袋只是空——充满焦躁的空。大人们心越是定不下来,小朋友们越是没能入睡,不知道熬了多久,大人们放弃了,思绪昏沉,却终于听到了小朋友平稳的呼吸。此时,本是大人们的最佳入睡时机,而且,刚刚好像真的已经睡过去了一会呢,可小朋友的宁静,又让大人立即爬起,开台灯、上卫生间,或者打开电脑、翻开一本书……这些挣扎,最终还是化为斜躺床头盯着手机屏幕。此时,即使真的想睡,经过刚才那一番折腾,也睡意飞远,只好哀叹:又一个晚上,毁了。

小朋友有真正的深睡眠,早上起来精神也足,把大人从睡梦中拉起陪他玩游戏。有一次,我在早上对着精神振奋的儿子说:"爸爸没睡好，你可以去找一个棍子来打爸爸的头吗？""为什么要打头呢？""打昏了，爸爸就可以睡了。"他去客厅翻了半天，没找到棍子，找来一个小打气筒，认真地问我："爸爸，可以打了吗？"

少年时痴迷武侠小说，长大了，想起武侠小说里那些眼花缭乱的功夫，只钟情"点穴"，只钟情"点穴"里的"点睡穴"。这是多么奢侈又卑微的"钟情"，渴盼着人身上有某一个部位，一敲下去，立即睡去——犹如灯泡的开关。有时我会想，第一个想出这门武功的小说家，经过了多少不眠之夜的煎熬呢？江湖中很多人都懂的这门功夫，挺"边缘"的、挺平民化的，完全不像《易筋经》《降龙十八掌》《九阴真经》等等那么自带光芒，但或许这门完全没啥存在感的功夫，才寄托着写作者最大的愿望。手指寻遍身体的每一寸，是这里吗？或者，是这里？若有科学家真在身体上发现这么一个位置，他应该获得"诺贝尔生理学奖"或"诺贝尔医学奖"，因为他解决了人类一个巨大的健康问题；他也应该获得"诺贝尔文学奖"，因为他让一个最具文学想象的东西变成现实；他甚至应该获得"诺贝尔和平奖"，因为人类很多战争，都是在睡眠失调脑袋昏沉的情况下发起的。

人类永远没法知道，其他物种会不会做梦。一只落魄受伤的狮子，会梦到其雄风浩荡的时刻吗？一只羽毛脱落的鹰，会梦见某一次的急速俯冲吗？不能移动的树，有没有梦见过行遍世界的旅程？……睡梦充分体现了人类的左右为难：希望拥有一个完全、彻底的无梦睡眠，以卸下所有重担，可沉睡如死，人类又是不甘的，于是睡觉之时，还得有梦。梦的无限可能，暗藏着人类的野心，不浪费任何一分一秒。睡梦，到底是让人歇息的驿站，还是另一项征程的起点？睡而有梦，说到底，还得追溯到那个问题：心外是否有物？若能把一个人带往悄然、稳妥、犹如死亡的睡眠，世界还存在吗？南柯一梦之类的中国故事，不绝于耳，试图把存于迷幻的人唤醒；《盗梦空间》之类的外国故事，也穿着一张新皮，探究永久的迷思。庄周梦蝶，是最明白不过的故事，却又是最没法说清的道理——谁梦，谁被梦？谁为本身，谁是化影？一个"觉"字，更显造字者之心，它集"沉睡"和"醒来"为一字，读"jiào"与读"jué"，是完全相反的意思。在佛家那里，这俩意思，又是一个意思，真正的入睡（即jiào），便是觉醒的开启；而所谓的醒来（即jué），不过另一种意义上的睡去。这是醒悟者辩证的智慧，也是迷茫者纠缠的悖论。

　　金庸的小说里，最惊悚的一幕，出现在《连城诀》：万震山半夜爬起，面对着空无一物，摆出砌墙的动作。其缘故在于，他曾在现实中把人杀死，并砌于墙中。清醒时最想隐藏的心事，在最没有思维能力的时候，完全暴露。"梦游"的特殊性在于，思维已经暂时停滞，而肉身仍在移动。这样的"移动"，到底是有意识还是无意识？无论中外，都有各种关于僵尸的传说，近些年各种僵尸片流行，经典的手机游戏里也有《植物大战僵尸》，我不禁想到，"僵尸想象"的根源，是否便是人类的梦游？弗洛伊德研究梦和潜意识，有些问题其实很难被证实，妙就妙在，这些问题同样也没法被证伪。"世事一场大梦"——中国的古人，爱以梦释现实，所以最具"中国性"的故事，往往都亦幻亦真难辨真伪：《红楼梦》和《水浒传》，是石头或天罡地煞的下凡；《西游记》，起源于一个石头的"变身"；《三国演义》是世事分合"理论"的某种推演。在这些故事里，永远在变动，永远在流淌，永远假作真时真亦假。

童心最难，难在其可以摒弃杂念，可以想睡时闭眼即睡。佛家道家讲修炼、讲入定，追求的，也是一种"童心"之境。我们总是要塞给童子们很多信息，又想让被这些信息环绕的人能忘掉它——这两者都如此艰难，人类看起来便像是自讨苦吃、自我折磨。多少大德讲述过入定之美好，值得人们放弃世俗来交换，可大多数人还是热爱世俗。也不能怪大家都短视，他们只不过是觉得世俗更真实、更可触摸，那入定、那觉醒是美好，可听着听着，跟妄语并无差别。人类爱造物并觉得真正握在手中才是"拥有感"，于是，大数据时代的天地，色彩要用色号来管理、声音需要标注分贝、气味分类同样前所未有的烦琐……也就是说，人类此时面对的眼耳鼻舌身的诱惑，要远超古人，这种情况下，人类要想定心，更难了。僧人们为了定心，发明了各种方法，武艺就是其一。武艺是想让人在修炼身体的同时，安神静心，可往往武功的诱惑，让一些人放弃了初心、初念，走向追求的反面。童心之失，不分古今，恐怕是随人自身成长所伴有的必然失去。人类目前拥有之多前所未见，童心消逝的速度也前所未见。

忧思多者不易入眠、不易欢乐，我们总是羡慕某些人，可以孩童、傻子一般，闭眼即可入睡。可我们又对真能这样的人表示不信任，觉得他们脑子简单、直肠子，不堪大用。"人无远虑必有近忧"——我们总是把那些深谋远虑者，当作有出息的人。世俗意义上的成功,好像很少把"过得快乐"当作考量因素,甚至在某些人眼中,快乐是成大事者的天敌。一句句古人金句,在耳边叮当:"先天下之忧而忧,后天下之乐而乐""地狱不空誓不成佛"……按照这些说法,有点追求的人,这辈子就没法开口笑、也没法睡安稳觉了。我们眼中所见,中国历史上那些著名的人物,无论留下的是画像还是照片,很少有欢颜展露者,多是一张张凝重的脸、一双双悲戚的眼,皱纹与胡须的装饰,更是黑云压城城欲摧。敏锐的人,可以感觉到时间之刺来回刻划于肌肤,可以感觉到黑发加速变灰、变白,这不能不让人心惊,不能不让人身体虽僵持不动而内心已奔驰万里。忧虑者眼中,孩童、傻子之无忧,和"忧虑之后的无忧",是不一样的——"看山是山"与"看山还是山"是不一样的。中国古人的生命构建中,进而有儒、退而有道、"出"而有释,一个完美、自洽的架构,但又有几人能做到?我们所见,多是进者硬进、退者不甘退、"出"者假"出",人人都是醒而不醒、要睡不睡。

少时追诗,有时梦中得佳句,醒来全忘了,悔恨不已,像买中彩票却弄丢了彩券。便在床头丢一支笔几张纸,半睡半醒之间,眼前有句子浮动,不敢睁眼,先默念、记牢,再睁眼赶紧写下。记下的,却总和所见有误差。后来把手机置于床头,可以打字、可以录音,所记下的句子还是与半睡半醒间所见的误差极大——最美者,尽化虚无。酒是人类在睡、醒之间寻找中间地带的创造,那种昏昏沉沉不知昏晓,砍掉了大半的脑子清醒、抑制了大半的行动自如,平时不敢说的话可以说了,不敢做的事也可以做了,另外一个自我被释放,等于多找到了一个"我"。若深究,不但酒有这个功能,凡能让人上瘾者,皆如此,每人所迷的"风月宝鉴"都不一样——那些热爱思考、反省的人,何尝不如此,被种种"知识"所纠缠、诅咒,这种瘾之害,并不比别的更浅。

夜里辗转,估计最恼人的,莫过于夏夜的闷热与蚊虫,既不放过肌肤,也要折磨听觉,更要撩起种种躁动。而最欢迎的——至少对于我,则是夜雨。只要不是在路上奔波,夜雨能抹消内心烦躁。"巴山夜雨""潇湘夜雨""江湖夜雨"等意象,让古典诗词满眼湿漉漉。是的,古典诗词,尤其是宋词里,我们极少见烈日暴晒,但多见夜雨缠绵。雨水落在人间,滴答滴答的声音,流淌了整个现代之前的年月。夜雨之时,有人在无边夜色中静坐看窗,若是再点一盏昏黄之灯,更好了——历史在此时是暂停的,所有的建功立业在此时歇息,再急匆匆奔跑的人,也该让僵硬的手脚放松放松。在很多武侠小说里,夜雨也孕育着杀机,血腥即将出现,但我更喜欢看到的场面,则是侠客们在长途奔袭或一场大战之后,在某个破庙之内燃起篝火烘烤衣物,任由庙外夜雨倾盆。江湖的苍茫、落拓和寂寞,自带着某种蛊惑力。这样的夜,怎么会舍得睡呢,喝热酒、听雨声、念故人吧;这样的夜自然也是容易睡去的,雨声是最好的催眠曲。生活越来越现代,可在某一瞬,我们仍旧期待着回到故旧山河,用马蹄声和夜雨,来一治时代病。

活动如常的人,并非就是清醒的,他们做的每一件事,可能都只是某种跟风、某种被暗示的必然结果——荣格就是这么看的,他把这种现象叫"集体无意识"。每一个独立的个体,在混入一个浩大的集体之后,思考的能力反而丧失了,手脚挥舞得再猛烈、声音嘶吼的分贝再高,也不过是一群睡中之人——在此时,人群中若有一个闭眼闭口的人,什么动作也不做,像是睡着了,他反而是山呼海啸里唯一的异类。很多心理治疗,得先把患者催眠,才能挖出深藏的隐秘。换句话说,人在所谓的清醒之时,很多记忆却是沉睡的,只有给"清醒"状态里被规则、理智所束缚的心灵松绑,那些遗忘的记忆才能被召回,让寻获之人有些眼角湿润。甚至,入睡或者入定,不仅仅能唤回记忆,也能预知未来。在好莱坞电影《复仇者联盟3:无限战争》里,奇异博士便是经过入定,前往未来看到一场大战的一千四百多万种结局,用排除法作出唯一"正确"的选择。

所有的不甘者,都是做梦人,他们对眼前斤斤计较百般挑剔,都想着创造出另一个世界。有人想通过砸烂旧世界再造新世界;有人并没有那么大野心,只能通过在内心撑开一个独属于自己的空间——这些人就是艺术家。从某种意义上来说,艺术家没有真正醒着的时候,或者说他们的睡梦和清醒是难以分辨的。对于艺术家而言,现实里的一切,不过是给他提供的建筑材料,他需要在自己做主的领域里,搭建"实体"与空无。和对现实一样,他从来不会对自己动手的建筑有一点点满意,甚至因为是出于自己之手,更加厌恨自己的眼高手低。如若外人在场,这种对自己的不满是不能流露的,恰恰相反,他需要表现出绝对的骄傲。他攥着一段虚无的梦,高傲地说那是一个全新的未来世界。音乐家用声响节奏,画家用线条颜色,作家用文字标点,导演用光影声色……他们材料不同,却都跟神创世一般,修建一个一个"自圆其说"的世界——可怕的是,一旦他们赋予的世界观是成立的,那个被创造的世界便无法抹除。

孙悟空、贾宝玉和阿Q站在那里，无论怎么看不惯，也没任何办法杀死他们——就算在文本世界，他们曾是被杀死的。

体力劳作者的睡和醒界限分明，醒来之时，他们挥舞手脚、挥洒汗水，跟土地做交易；该睡之时，他们几乎闭眼即睡。脑力劳动者恰恰相反，该睡的时候他们活跃无比，到了该动之时却又腿脚飘忽。在乡村少见失眠者，而城市亮眼的霓虹，不是路灯，是无眠者熬红的眼。或许可以这么说，脑力劳动者，正是因为没有直接面对着土地劳作，而要凭空创造，这就让他们的劳动多了很多虚空的成分，他们往往是面对着那些不存在之物在做交易，很多事物因此而颠倒也就容易理解了。孟子说："劳心者治人，劳力者治于人。"在这里，劳心者貌似占了上风，他治人了，可他自己怎么办呢？他该被谁治呢？人没法孤零零地存在，总得在万物的链条中寻找一个位置把自己安插进去，可劳心者又是不甘"被治"的，稍微感到一点"被治"的倾向，便开始了对抗的计划，寻找、假想、虚构出一个个敌人。所有该安眠的时刻，他们都睁着血丝密布的眼珠，那是和虚构之敌杀红了眼。弘一法师圆寂前写下"悲欣交集"，不是文学的修辞手法，而是他看到了，即将到来的"圆寂"，既是一段缘灭，也是一段缘起，既是一次睡去，也是一次醒来，它注定不是单一的"悲"或者"欣"，它只能是"悲欣交集"的混合之味。

人类最大的困扰从未变过，那就是面对死亡。科技的发展，一点一点揭开所谓"迷雾"，证明世界的物质性不是来自神造。可恰是如此，疑惑非但并未减少，而是更重了，甚至更让人恐惧了——即使下地狱，也是好的，因为毕竟有知觉，可以痛与苦，可以面对着刀山、油锅瑟瑟发抖，而若知觉随肉身湮灭，再也没有了，那算咋回事？伟大如牛顿、爱因斯坦，年轻时探究万物之理，晚年却去研究神学，或许内心最大的不甘，便是不想面对"所有的思考都灰飞烟灭"。有人常常以出生来比对死亡，当一个婴孩临产，对于肚子里的他，离开子宫的舒适和保护，是不是就是一场虽不甘愿却没法避免的"死亡"？所以，他才在"被生出"之后，用第一声号哭来为自己悲戚。换句话说，人类的死亡，会不会跟出生一样，是即将到另外一个世界报到的"临产"？……这种事，如何能想出一点端倪来呢？作为单向旅程的死亡，去过的人从未返回做过汇报，人类对死亡的浮想联翩也从未断绝。

……神采奕奕……半睡半醒……一睡不醒……清醒的人，不会发出这些妄语；睡去的人，不会被这些念头所折磨。无数辗转反侧之夜，从床的这一侧翻到那一边，甚至掉下床，在地板翻滚，仍没一个动作是舒适的。冬夜里翻得浑身发冷；夏夜则滚出一身汗淋淋，连几米开外的蚊子击风之声，也清晰入耳。在此时，哪能思考什么严肃的问题呢？不过都是一些零碎的思绪，是一些血液紊乱之后的思维混乱。所有的文字指挥官们，都是一些病人，在虚妄之中，敲下这些不仅与人无益，对自己也全是自残的毒语，还假装里头隐藏着深邃的思考。其实，这些都是他排出的毒——这个他于虚构领域建出来的"新世界"，甚至抵挡不住下一秒自己的质疑。他永远自我否定，他恨不得结束了自己——事实上，有不少人真那么做了，用药物、绳子或凌空一跃——在某个激灵的瞬间，他才醒悟："知觉"的消失、真正的死亡，不是绝对的恐惧，而是上帝对万物的慈悲。

上帝因永生而饱受其苦，慈悲心让他不愿再造出跟他一样的物种来了。他的心里可能是这样想的："你们都有尽头，都有走向尽头时需要完成的任务，即使一件也没完成，仍可甩手不干、愉快长眠，这是你们的特权——胜于神的特权。你们醒过，你们因此长眠了，而我，还得继续半睡半醒，永生永世。"

Part 2

评
论

海岛书写的当代性
——林森的小说及其他

杨庆祥

南方的"在地性"

从一篇短篇小说《抬木人》说起,这是林森 2014 年完成的作品,首发于《大家》,后收入小说集《海风今岁寒》。我第一次读到这部短篇"大惊失色",同代人中居然有如此精湛之作。小说不长,一万来字,写海岛小镇上的两兄弟,无名无姓,来路不明,贫穷,懒惰,愚昧且残忍,两兄弟一无所长,靠偷砍山上的树木为生,但也有原则:一次只砍一棵树。砍好两人一前一后抬到集市卖掉,拿着换来的几十元立即挥霍一空,而他们的挥霍,也无非是吃一份米粉——这米粉如毒品,两兄弟几日不吃就要发狂。热带的雨、海风、炎热,看客一样麻木和无动于衷的小镇居民,这一切构成了《抬木人》的环境背景。百无聊赖的生活中暗含着生存的冷酷和阴暗,冲突在"弑父"的情节中达到最高峰:为了逼取老父亲那微薄得可怜的养老金,在众目睽睽之下,两兄弟拿起砍树的钩刀,对父亲进行处刑……也许林森只是把它当做时代生活的一部分来予以书写——养老金以及相关信息透露出故事的发生背景是中国的当下——但是因为人物、故事和氛围的高契合而使得这部小小的短篇具有了巨大的穿透力,它穿透当下而直接成为整个"世界故事"象征的一部分,我们在这里可以读到爱·伦坡、安吉拉·卡特甚至《聊斋志异》的共同原型,在海岛和岛民阴郁、无助、浑浑噩噩的生活中,一种不同于中国当代大陆叙事的审美被建构起来,无论是有意识还是无意识,林森的在地性书写因为有了这一篇而显得独具一格,至少在我的阅读谱系中,这是一个"孤篇",它甚至让我对林森同时期其他的作品"视而不见"。

除了《抬木人》之外,还需要提到的是一部长篇《关关雎鸠》,该小说 2012 年发表于《中国作家》,2016 年出版单行本。这一创作时间值得注意,2012 年林森不过三十出头,这个年龄段的作家大多还在刻苦练笔或者苦心经营中短篇以提高发表率。其时在市场上流行的青春小说倒是有一些,但大概都是一种青春期的情绪抒发,固然赢得了一时的媒体关注和读者追捧,但文学价值和审美价值其实很低。如此,林森在而立之年完成的长篇就算得上是一个异数。这部作品近三十万字,以 1994 年为时间节点,以海岛瑞溪镇为地理空间,展开了对小镇三代岛民生活和历史的书写。小说拥有多重的解读空间,从社会学的角度看,它描摹了 1994 年市场经济体制改革对海岛小镇的影响以及由此产生的应激反应,父一代被边缘化,子一代因为处于历史的"风暴中心"而被撕扯得支离破碎;从文化学的角度看,小镇所独具的南方风土习俗、饮食节庆具有典型的在地性,构成了一幅文化人类学的样本;从叙事学的层面来说,这部小说充满了各种叙事声音,这些"心声"嘈嘈切切错杂弹,形成了"关关雎鸠"般的复调或哀鸣。[①] 总而言之,正如批评家项静所意识到的:

[①] 2016 年 11 月,中国人民大学第 17 次联合文学课堂以"80 后与小镇书写"为主题,研讨了林森的长篇小说《关关雎鸠》,参会的批评家和研究生对这部作品做了非常全面深入的研讨,发言文字稿见 2017 年 2 月 23 日《文学报》。

这是"80后"作家"到目前为止最为成熟的长篇小说之一"。① 项静作出这个判断是在2015年,这一判断即使现在看来也并不过时,但对"成熟"的界定可能稍微要发生一些位移。在2012年,我们可能将这种成熟判定为一种少年老成式的历史感和现场感,而在2023年看来,2012年的《关关雎鸠》和2014年的《抬木人》这"一长一短"两部作品已经遥远得要纳入到林森写作的"前史"中去,在这一前史中,值得注意的成熟/成功之处至少有两点,第一,林森试图建立自己写作的根据地,这一根据地就是立足于海南的"海岛":"生活那么丰富,可我只能选择一种。回到岛屿——文学总要回到饱含生命热度的状态中去,不会永远都和话题、时尚、娱乐有关……没有办法走向一个更广阔的天空的时候,我们只有往回走,找到那个可以遮风挡雨的故乡。有一天从海岛上传出去的声音,肯定会带着海风的味道,带着碧蓝的颜色,也带着绿意盎然的勃勃生机。"②第二,与这一固守"海岛"相伴随的,是对"在地性"的处理——是不是自觉性的处理,我觉得至少在早期的这两部成熟之作中还需要打一个问号,我有时候觉得林森不过是出于一种对生活的直觉,这一直觉对杰出的作家至关重要——《抬木人》中阴郁的南方和《关关雎鸠》中结构全篇的"军坡节"都是这种"在地性"的形象外化。

"海洋性"及其他

在中国文学界流传甚广的一个观点是,汉语海洋文学书写传统孱弱,经典匮乏,当代文学写作也延续了这一状况。比如作家张炜就认为:"从世界文学的版图来看,中国的海洋文学可能是最不发达

---

① 项静:《茅屋为秋风所破歌——读林森〈关关雎鸠〉》,《西湖》,2015年第11期。
② 林森:《百感交集的声音》,《乡野之神》,江苏凤凰文艺出版社,2019年。

的之一……中国文学的海洋意识是比较欠缺的。整体来看，中国文学作为农耕文化的载体，它所呈现的还是一种封闭的性格"。[1] 这里值得讨论的问题有二，第一，如果"海洋文学"指的是以海洋为题材的作品，则汉语文学书写中此类作品并不少见，古典文学中有《精卫填海》《春江花月夜》《观沧海》《镜花缘》《老残游记》等等，当代文学中也有如《古船》《迷人的海》等．当然在一些研究者看来，传统文学中的海洋书写并非真正意义上的"海洋文学"，充其量不过是"涉海文学"。[2] 这里就涉及第二个问题，即，如果将"海洋文学"指认为一种书写现代"海洋精神"的文学类型——这一海洋精神主要包括自由、开放、海外贸易和海外开拓、孤独的个人探险和自我成长——则无论是在传统汉语还是现代汉语中，此类写作都是很罕见的。按照李清源的研究："中国古代的海洋书写，无一例外都是大陆意志的产物：以大陆立场为书写本位，以道家理念为审美源头，以局外观望和想象为书写姿态。而在所有关涉海洋的叙事作品里，海洋基本上都只是转场的工具，或者幕布式的背景，而不是作为本位，由它的秩序和法则来决定人物的行为与故事的发生。"[3] 如果我们将这种源于传统的"大陆立场"和中国当代文学的"延安方向"相结合，也许就更能解释为何在中国当代文学书写中，强大的陆地书写（土地）一直居于中心和主流，而海洋书写则只能是一种补充和点缀。

　　我在这里无意辨析"海洋文学"的起源、概念及相关分歧，之所以做上述简单梳理，是为了引出对林森近作的讨论。2019 年以来，

---

[1] 张炜：《文学：八个关键词》，广西师范大学出版社，2021 年。
[2] 李清源：《大陆命题下的海洋书写——中国古代海洋文学刍议》（上），《南腔北调》，2020 年第 9 期。
[3] 李清源：《大陆命题下的海洋书写——中国古代海洋文学刍议》（上），《南腔北调》，2020 年第 9 期。

林森陆续完成了长篇小说《岛》，中篇小说《唯水年轻》《海里岸上》《心海图》，后三部结集为小说集《唯水年轻》。这些作品在延续海岛小镇的当代书写的同时，也开始出现了新的质素，这些质素都关乎海洋。较早完成的《海里岸上》写的是一个老船长的故事，他很小就随父亲出海，成了一名优秀的"做海人"，在缺乏仪器和航图的年代，他凭借老祖宗留下的"更路经"，一次次化险为夷，直到老之将至，他的全部念想也都在大海之上。《唯水年轻》写了一个家族三代人与海的纠缠，祖父是远航的水手，在一次出航后再也没有回来，父亲在祖母严格的监管下成了一个不识水性的"懦夫"，年轻的我则成了一个深水摄影师，他通过拍摄和展览再现了一个神奇的海底世界并与父亲达成了和解。《心海图》将叙述的焦点聚焦于抗战时期的海南岛，主人公方延被熟人卖给一艘远洋货轮充当苦力，轮船在海上遇袭沉没，方延在海上漂流一百多天后获救，由此登上了世界各大报纸的头条并获颁英国勋章，多年后他重返出生之地海南岛的某个小村，"他如此宁静，时间流逝，他自老而幼，返回母亲的肚腹，返回万物的初始"。[1] 这三部中篇堪称林森的"海洋三部曲"，在我看来，这一系列作品在以下几个层面值得注意：第一，提供了很多海的知识，比如航海的"更路经"，比如怎么躲风避浪，更有关于鲨鱼吞吃人的残酷场景。这些知识不是客观地记叙，而是通过小说人物的所言所行所见呈现出来，是一种经验的积累和表达，因此"海的知识"也是一种小说（文学）的知识，它并不完全追求客观准确，而是追求与人物和故事的契合。第二，在经验的基础上，是海的历史。海的历史是一个抽象的说法，实际上，在三部作品中，都没有明确地书写海洋的物质历史，但总感觉有一种古老而漫长的气息覆盖在海洋之上。林森用"人的历史"将"海的历史"具象化了，在

---

[1] 林森：《心海图》，载《唯水年轻》，译林出版社，2024 年。

《唯水年轻》中"海的历史"就是祖父祖母的历史，在《海里岸上》中就是老苏老黄以及他们的先辈的历史，在《心海图》中则延续得更远，不仅仅是父辈的历史，同时也是"文字记载"的历史。在这个意义上，"人之史"与"海之史"互文共生，海洋也因此具有了人文主义的气质。第三，通过经验的呈现和历史的溯源，一种上文提到的现代"海洋精神"在林森的作品中开始出现，尤其是《海里岸上》这篇，老苏、老黄等人的全部信念、价值和渴望都建立在海洋之中，老苏最后乘船驶向深海，心里想的是"更路经"的最后一句："自大潭往正东，直行一更半，我的坟墓"。[1]——在此，海变成了真正意义上的家园。从呈现现代海洋精神的角度来看，《海里岸上》堪称中国当代之《黑暗的心》。

海岛：另一个空间和主题

我在《新南方写作：主体、版图和汉语书写的主权》中提到新南方写作的四个理想特质，其中两个互相关联的特质就是地理性和海洋性："第一，地理性。这里的地理性指的是新南方写作的地理范围以及在此基础上形成的文化地理特色。我将新南方写作的地理范围界定为中国的广东、广西、海南、福建、香港、澳门、台湾等地区以及马来西亚、新加坡、泰国等东南亚国家。进而言之，因为这些地区本来就有丰富多元的文化遗存和文化族群，比如岭南文化、潮汕文化、客家文化、闽南文化、马来文化等等，现代汉语写作与这些文化和族群相结合，由此产生了多样性的脉络。第二，海洋性。这一点与地理性密切相关。在上述地区，与中国内陆地缘结构不一样，其最大的特点就是大部分地区都与海洋接壤。福建、台湾、香港与东海，广东、香港、澳门、海南及东南亚诸国与南海。沿着这

---

[1] 林森：《海里岸上》，载《唯水年轻》，译林出版社，2024年。

两条漫长的海岸线向外延展，则是广袤无边的太平洋。海与洋在此结合，内陆的视线由此导向一个广阔的纵深。"①林森的写作尤其是晚近的作品既符合地理上的"南方"，又契合书写对象和主题的"海洋性"，自然而然地被我指认为是"新南方写作"的重要代表作家。将"新南方写作"作为一个较为宽泛的写作潮流来说，这个指认无可厚非，但是就这一写作潮流里面的每一个个体作家而言，他们在共享"地理性""海洋性"这些概念的同时，也呈现出非常不同的个性和风格。

具体到林森的作品中，我发现前文提到的以大陆为本位的所谓"涉海文学"和以海洋为本位——这一本位本身也带有西欧中心论和本质主义的逻辑倾向——的现代"海洋文学"，似乎都难以全部囊括他的书写特点。他的作品确实有大陆视野，这表现在作品中总是有海洋和陆地两条线索，《海里岸上》这一标题是最明显的体现；他的作品也确实有现代的海洋性，但是即使在老苏这种极端的海洋主义者的价值链条中，陆地及陆地生活依然构成了重要的一环，他还是屈服于陆地生活的规则，卖出了"更路经"以挽救儿子的商业危机。也就是说，林森的"海洋书写"并不完全在上述的二元框架里，他走的是"中间道路"或者说"第三条道路"，这条道路就是海岛书写。如果从空间的角度看，海岛实际上涉及两个空间，一个是岛，一个是海，前者依然属于陆地，后者则属于海洋。也就是说，海岛实际上构成了一个链接点，上岸就是陆地，下海就是海洋，这恰好是林森的独特之处，他既不愿意放弃陆地书写的传统，这里面有最当下、最世俗、最富有时代性的日常生活，同时又不愿意放弃海洋的纵深、神秘和带有哲学意味的审美性，因此，他用"岛"这一特

---

① 杨庆祥：《新南方写作：主体、版图和汉语书写的主权》，《南方文坛》2022 年第 5 期。

异空间将两者进行综合,开创了一种海岛书写的当代性。在长篇小说《岛》中,海南岛和火牌岛一大一小,构成了叙事的双重线索,"它既是退守之岛……也是进取之岛……位居天涯海角的岛直指时代的中心,最独特的人生故事也最具人类情感的普遍性。"[①] 在这个意义上,林森晚近的创作不仅仅意味着一个作家在自己的"领地"上创造出独具美学特色的作品,同时也为同时代的写作提供了路径的启示,也正是因为有了这些创作,无论是"海洋文学"还是"新南方写作"之类的范畴命名,才真正找到了落脚点。

最后说几句闲话,林森因为生于海南居于海南,书写也大都与海南相关,故业内有人以"林海南"相称。最近在北京《唯水年轻》的新书发布会上,我与他戏言,"林海南"是不够的,应该多写南海,写得更深更远更阔大,以小说代替军舰,去讲述我们的南海故事,以后我们就可以称之为"林南海"了!虽为调侃之语,内中却有我的忧虑和关切,与"林海南"/"林南海"共勉之。

[①] 杨碧薇:《所有的岛都是未来的方向》,中国作家网,2019 年 10 月 29 日。

茅屋为秋风所破歌
——读林森《关关雎鸠》
项　静

　　林森的长篇《关关雎鸠》与他的中短篇小说集《小镇》有很多重合的部分，从人物到故事，以及那些影影绰绰的与作家自身经验重合的部分，带给我们一种异样的海岛小镇世界。但他的中短篇小说并没有给我留下深刻的印象，那些青春期的故事见闻和原生态的人物故事，都点到为止，像皮影戏幕布上的激烈晃动的人物故事，又像这些年来我们习以为常的文艺片，那些在大时代里东倒西歪走形的人生，对外面的人来说新奇而热烈，但跟常见的期刊小说并无多少差异，很难吸引一个外来者去投射出自己的情感，并且深感自己也活在这个世界的一部分里。这或许就是许多写作者的一个误区，以自造的特殊性制掣了小说世界本身的宽松余裕，以及由此而来的直面生活和自己的机会。

　　莫里斯·迪克斯坦在梳理小说历史的时候说，人们曾经有过这样的共同假设：赋予文学以意义的一切其他要素——对语言和形式的精通，作者的人格，道德的权威，创新的程度，读者的反应——都比不上作品与"现实世界"之间的相互作用那么重要。我们无需费力追究论证是否真的曾经有过这个假设，但这的确是一个好问题，好问题的价值就在于，即使它经不起推敲、容易带来反例，但依然是一种启示，而好的小说也往往就是一种启迪，比如巴乌斯托夫斯基对蒲宁小说的评价："它不是小说，而是启迪，是充满了怕和爱的生活本身。"有各种自成一格，圆满自足的小说学，但我们依然无法否定，小说就是关于我们在文学之外的生活的，关于我们的社会活动、情感生活、物质生活以及具体的时空感。

我也会问这样一个简单的问题，为什么要阅读一个作家的长篇，去经历一次跟自己没有关系的漫长生活，在多如牛毛的长篇中，不是应景，又如何选出一个作家一篇值得阅读的小说？评论家莫里斯·迪克斯坦的一句话深得人心："这个作家处理语言的方式或者看待生活的观点对我来说非常重要。他们就像魔镜一样，让我们窥见半隐半现的自我，并经历认识自我的震撼。"《关关雎鸠》满足了这个要求，以至于让我觉得它是这一代人（陈旧的"80后"作家的称号）中到目前为止，最为成熟的长篇小说之一。林森在《百感交集的声音》一文中说："生活那么丰富，可我只能选择一种。回到岛屿，——文学总要回到饱含生命热度的状态中去，不会永远都和话题、时尚、娱乐有关……没有办法走向一个更广阔的天空的时候，我们只有往回走，找到那个可以遮风挡雨的故乡。有一天从海岛上传出去的声音，肯定会带着海风的味道，带着碧蓝的颜色，也带着绿意盎然的勃勃生机。"《关关雎鸠》是一个来自岛上的声音，它平实而凄厉，敦厚而喧闹，它敞开了满载着爱和怕的生活本身，庞大的生活躯体，让人无暇顾及岛屿的痕迹。我们从来都是对生活本身感兴趣，不是对某种生活的猎奇，忠诚地写出自己的生活要比刻意地强化自己一隅的生活来得有力量。

一

《关关雎鸠》以一九九四年军坡节为开端，这个兼具传统、封建、迷信、狂欢、荣耀、记忆、惆怅的节日，像波澜壮阔统摄一切的大海，每一个小镇人的神经都会随之起伏。小说中的人物，以潮汐的方式，一寸一寸爬到沙滩上来，往返不停，突然掀起巨浪，来到军坡节这个节点。明媚灿烂的一面是，一九九三年夏天，数学奥林匹克竞赛正在神州大地上生机勃勃，镇上成立了以杀猪佬歪嘴昆为校董的私立小学，并且延请到退休的教出奥数获奖学生的老师。经过一九九三秋到一九九四夏整整一年的努力，私立小学已初见成效，不少学生在考试中力压瑞溪镇中心小学，杀猪佬天天嗓门奇大酒量倍增，满嘴的"拔你母"都带着光荣与骄傲。少年潘宏亿们天天吹号子，正在等待他们生活中最重要的节日——军坡节，装军游行，一个回望和重振古代威风的节日。如此声势浩大、隐含着巨大能量的开端，就像特地为了宣告另一个时代的开始，而且是一个虚弱、走形、喧哗、堰塞声听的时代。吸毒佬曾德华的偷盗行为就像一只耗子，贼溜溜地在这个空间一闪而过，带着不祥的气息，半疯半癫的落魄大学生王科运张贴大字报揭发曾德华，由此，二人的混战几乎抢了军坡节的风头。这是一个粗野、混沌、热闹但向上的故事开端，每一个故事中人都像没有沥干水的抹布，带着湿漉漉的原生态；每一个人都掏心掏肺地活着，毫无遮掩，打架、偷盗、赌博、骂人、嘲笑、嫌弃，连少年潘宏万都那么正气凛然，要拼尽力气去追赶盗贼。

　　而整个小说中最年长、最有生活经验，也是最主要的人物老潘和黑手义，却是两个心事重重的老者，两个人在这个民众狂欢似的节日里，陷入各自的惆怅，他们各自深陷在自己的"病根"上苦苦挣扎。老潘因为年轻嗜赌，间接导致老伴早逝，这个往事让他始终生活在愧疚中。他的身体在心事压力下，变得幻听严重，被似真似幻的小号声折磨得几近崩溃，他心里发虚，迫切地感觉到生命中的晚年正劈头而来，心口抽紧，眼皮乱跳等等，他一直都觉得是去世的老伴纠缠着他。不过一九九四年的装军游行，治愈了他的忧郁，小说对游军做了一番热血昂扬的描述："整个游行队伍已经不是在装军了，他们本身已经是冼夫人的将士，满腔豪情，即将挥洒血汗，灭盗平贼。他们的脚步踩出力度，他们的神情饱含荣耀。"这给老潘阴冷鬼气的生活带来了荡涤出新的机会，他被洗礼出阳气和健康："老潘隔着人群，隔着些许的距离，随着队伍，走进迷蒙又清晰的往昔。近来那些纠缠着他的事，在此时，在队伍过去又折返之后，渐渐清晰又渐渐散去。他没确定是不是已经看清了午夜醒转时墙壁上的空无，是不是已经清楚那间日本楼里的隐藏，是不是已经听清楚那时时回旋在耳的鸣响，但，这都不重要了。天气这么闷，他出了一身汗，衣服淋漓，他想，该下楼冲一个凉水澡了，然后，去买些菜回来，准备招待今天到家里来的亲朋。"

黑手义是最害怕过军坡节的一个人，每年进入六月他就开始失眠、流汗、暴躁，最严重时还会呕吐发烧。病根就是他头婚生下的大儿子在军坡节上门寻祖，却被群打误伤，而后又遭到现在老婆儿子们的反对阻拦，无法入得族谱，大儿子后来英年早逝，留下孤儿寡母，儿媳杨南带着孙子孙女来到镇上讨生活，他们像历史的遗腹子，一直盯着他，让他无法忘记过去。黑手义的军坡节恐惧症，和杨南从今年年初把女儿、儿子安置在新街有关，和当年那场发生在他家里的打架有关，和杨南的儿子垂首等在他门前有关，和他拒绝帮杨南有关，临近军坡节，黑手义不得不把每件事情都与自己的心病联系起来。不过对于黑手义来说，军坡节的停办也是病情的缓解剂。

一九九四年是一个转折之年，以军坡节停办划下一道线，在小说中，则是神明不肯附身"降童"，"每个人都没料到，这一年之后，安稳、静默、封闭、单调又杂乱无章的日子，随着装军的远去而频生变化。"林森的《关关雎鸠》没有做出"关心世界"的姿势，但小说讲述的年代还是泄露了许多时代的密码,一九九三年的中国社会发生了巨大的变化,一九九二年邓小平南方视察,市场经济兴起,市场经济体制改革由此拉开序幕,八十年代的理想浪漫色彩急剧褪去,老潘和黑手义这样从村里奋斗到镇上来的寻梦之旅也逐渐变得困难。从小镇外面的世界来看,房地产市场、股票证券市场、开发区建设等一下就使得市场化的潮流涌动起来,在拉动经济的同时,又导致了急剧的分化和腐败,这些宏大的词汇都在小镇生活中有所体现,黑鬼这种有关系、脑子活、敢于搞事情的人成为小镇上的成功者,他开赌场,暗中怂恿白粉市场的存在;蛤蟆二这种兼具黑社会、商人和政府工作人员的角色,一路通吃;镇政府形同虚设,政府官员的高度腐败与整体性道德败坏,经历了从有信仰到无信仰,从无信仰到耍无赖,最后走向黑社会化的一个过程。在小镇居民彷徨无措的时候,没有一个人向政府伸出手,王科运这个喜欢报告的人也转而依靠在镇上到处贴大字报。中国市场经济确立的时间大概在1993—1995年间,这个时间段位于人民公社之后,在这两个阶段,小镇或者乡村的居民,从精神到伦理上,都有一套"群社会"的结构,有一套生活政治、公共政治的法则,包含了各类生产关系组织形式,也承继了家庭文化的精髓。但一九九四年以后,小镇居民是被赶到了荒野上,个人、国家(基层政府)、集体(家族或者村社)三层结构几乎等同于一个结构,都成了孤零零的个体,地缘乡情的纽带七零八落。

二

军坡节的时候,黑手义的孙女张小兰想起自己的父亲(张英杰):"不能不想起他衣服上的油污,不能不想起他在省城那家窄小的修车铺,不能不想起他用胡子扎她时的麻痒。她当然更想起父亲在时,她就是一个温柔羞涩的女孩。她更忘不了那个把全家人的一切都带走的时刻。"最令人惊醒的一句话是:"父亲离开之后,她变得暴戾而尖刻。"整个瑞溪镇在"军坡节"停办之后,无疑也走在一条暴戾而尖刻的路上,人们无所依傍,人们因茫然而到处投靠。《关关雎鸠》之中一直有一个"问鬼神"的路线,瑞溪镇上的人们一旦生活事业上有了问题,在危机的关头,总会去问石头爹、六祖婆、五海公,甚至去问被降童的王科运。有人自然而然地把海南岛上小镇的生活方式简单类比成一个马尔克斯式的文学问题,其实这可能是一个误解,这只不过是一种当地人或者说当代中国小镇居民精神迷茫的形式和寓言式的呈现。人们从一种安稳、直接、亲近自然、天地一体的乡村社会,来到小镇社会或者说行政体制上的乡域社会,在经济大潮直接粗暴的冲击下,在缺少国家层面的精神引导和民间组织内部的归属和规范时,每一个人都成了被撒在荒野上的个体,每一个人都惊慌失措,病急乱投医。镇上的生活是一点一点开始变化的,而青年们是最早被投入慌乱和漩涡中的人群,比如青年队群体的归属感和仪式感的寻找,镇上的生活乏味枯燥,每个青年人都喜欢读武侠小说,喜欢看香港传过来的武打片,于是红毛升成立了龙虎会,在同学之中耀武扬威,让青年潘宏万很羡慕,但是他又被排除在外,无法进入到这个组织中。于是,潘宏万在翅膀硬起来之后,首要的目标就是在高中成立了一个小帮派,小弟二十几个,横行校园里,威风八面。张小兰退学跟黑鬼住在一起,后来带着弟弟张小峰也住进来,黑鬼开赌场。张小兰对跟黑鬼住在一起也是犹犹豫豫,但对一个失去父母保护、被爷爷黑手义拒绝的少女来说,在瑞溪镇横行的黑鬼反而是一个安全感的来源。黑手义的儿子许召才本来老实勤恳,但他遇到了一个巨大的震撼——看到赌客一捆一捆地赚钱,这顿时冲垮了他的安心和本分。小镇的环境已经完全改变,家破人亡屡见不鲜,打架、赌博、嫖娼都在人们可以接受的范围内,所以许召文在永发镇的发廊里找妓女,本来聪明并被寄予厚望的少年潘宏亿去吸毒，就势在必然，这就是让黑手义、老潘这一辈人痛感的无力回天。

王科运的疯癫历史就是一部当代知识分子的生活史，阴差阳错地卷入政治事件，没有成为烈士，却葬送了个人前程，于是一个性张扬、试图走向广场的知识分子，被拉回到小镇生活政治的圈子里。实际上他仍然还有其他选择：成为初中物理老师、成为小学老师，甚至成为一个小商贩（他的粽子很受欢迎），但是他一直在延续广场政治时期的被迫害的思维方式——告发与揭露拧结在一起。他告发学校领导贪污教室修建钱款，被停职，后来一发不可拾，到处贴大字报，从贪污腐败到个人私事的兄弟分家、婆媳争吵都是他大字报的内容。他像一根长长的鱼刺，扎在小镇人们的生活中，吐不出咽不下。他会揭发曾德华吸白粉偷盗的事，也会因为赌博的啤酒机往县城、县委书记"便民信箱"上投信，上书："瑞溪人民期盼安宁生活，希望政府给下一代营造一个无赌的健康环境。"

王科运的生活发生改变是在一九九七年，他自称五海公降童在他身上。自从末届军坡节之后，五海公就再也没有显现过，此时他毫无预兆地降临，降临到王科运身上。王科运的能力就是挖掘瑞溪镇人们的秘密，搞得小镇上人人提心吊胆，害怕被他曝光，同时他的预言能力，也让瑞溪镇上的故事充满了荒诞和"绚烂"的色彩。王科运这个人物特别类似2011年导演韩杰《哈喽，树先生》里的主角，同样都是直面底层现实的视角和"冷静的呈现变革中国及其人物命运和伤口"式的人文情怀。生活在城乡接合部的大龄北方青年树，性格懦弱，生活工作郁郁不得志，且因童年时期父亲错杀哥哥一事阴影，神志开始有些错乱。口中常常念叨先知式的预言，他的预言荒诞离奇却成为地方实力派和富翁眼中的"大师"。王科运在集资事件、吸毒、赌博等事件中，都扮演了拆穿者的角色，他以降童的方式讲述事实，人们半信半疑，他却又像预言者，每一次都言中揭穿了人们遮遮掩掩不敢相信、不忍直视的真相，他以妖魔化的方式为小镇降魔除妖，这个妖魔主要是指心里的妖魔。

小镇的混乱终于走到了极端，迎来一个阶段性的最重打击——为钱疯狂，大家疯魔了一样把钱投给三多妹，等待不劳而获钱滚钱，王科运依然坚持不懈地捣毁这些迷幻剂，每天醒来，街上就得多了无数张字迹清晰的纸，写着：某某，某某和某某某，到三多妹那里投了多少钱，王科运没有多加评论，只在每张纸的最后，用红色的笔写了一行字："小心被骗。"之后就是王科运被打，被打断手指，让他无法书写，这是对他贴大字报的报复。这一次连王科运都要求助于五海公显现，"抽掉他王科运内心所有的迷乱与癫狂、所有的死脑筋和不识相、所有的痛心与伤怀，让他在这场雨水之后，重新做人"。这是小镇人们心中的疯子王科运第一次带有自我反思的语言，连疯子都知道自我反思了，那真正疯狂的就不是王科运，而是他人。"王科运想，谁被骗，谁不被骗，关我什么事呢？那些人贪钱，举止何尝不比自己更加癫狂？我又管他们是否被骗呢？关我鸟事？被骗了才好，谁让他们贪得无厌？"王科运终于正常思维了，不再偏执。他像芸芸众生一样，以自我为中心，不再关心他人的伪装、苦难、公共的福祉、广场上的事情，他被疯狂的人们赶上庸众的舞台。小镇上的最后一次预言，已经不是王科运的手笔："三多妹不见了。"剩下的就是小镇上疯子们的游戏和表演，父子反目，夫妻分离，层出不穷。

三

祭祖归家就是作品中一直渲染的一种最重要生命的仪式感，张英杰一家每一个人都在求之不得的路上，成为严重的心病，每到清明、春节等节日，张小峰的同学都有老家可以去，有墓可以扫，有祖可以祭，而他的家人从没有过，他隐约能感觉到父亲张英杰为什么会回来认黑手义。黑手义一直对六角塘祖婆的预测耿耿于怀："前面的事情做不好，后面的事怎么能做好？房子的地基没埋好埋正，墙能不歪？"而老潘的亲家公打铁公，则是一个被儿子们抛弃的人，这让他死不瞑目，尸体都不肯就范，以致师傅公不愿意为之举行斋事，他说："打铁公跟铁一样硬，肯定是心中有事，肯定是有一口气还没顺过去。气还堵着，事还憋着，都还没理顺，我哪敢做斋？你们把他的身子顺过来。"全家人都在石头公面前痛哭流涕，诉说往日的怠慢与漠视。大家原先还只是应付一下，假装忏悔，十几分钟后，真情上涌，悲戚难掩，真的觉得以往过于没人情了，哭声此起彼伏。老潘一手拎一块铁皮，一手捏着铁棍，全都掷于地下，发出乒乓之声。老潘说，拿到打铁公面前敲，越响越好。用力敲，敲出打铁的声音。打铁公的身体渐渐软了。这是老潘事先安排好的惩罚不肖子孙的桥段，也阴差阳错地理顺了打铁公的生命秩序，获得了生命应有的尊严，他获得儿孙们的爱戴，真诚的忏悔，并且回到了自己完整的生命形式——打铁中去。

这个镇上的人会担心，多年前埋下的坏种子，会在某一天发芽，长出歪斜的花朵和果实。这就说明传统的生命形式和生活伦理依然在老一辈的心中扎着根。

然而小说中还有一个细节，老潘劝濒临精神崩溃的歪嘴昆去找妓女，这个动作让小镇上的老者，家庭的道德柱石老潘倍感失落，失落的原因，他说不清。接下来是老潘的一大段内心独白："连歪嘴昆这样内心澎湃的人，都有寻死的心了，还有什么不能发生的？赌场、毒品……像风一样，正在瑞溪镇各个角落弥漫，正在日渐渗透宁静的日子，正在把一栋建好的房子的地基抽掉，今后还会有什么呢？一切都会崩塌，一切都在沦陷——连让歪嘴昆提振精神的法子都是让其去嫖妓了，还有什么是坚贞不变的？这种改变从何时开始，又回到何时结束？小镇上发生的一切是不是很快就要蔓延到他家里来了?他没有任何方法阻止,也不晓得即将面临的灾事将会以何种方式出现,但他预感到了。"

对于一个从农村走出来扎根到小镇的居民,老潘和黑手义还有打铁公等老一辈人,都是顽强的打拼者,他们以自己的勤劳和独一无二的技术,安顿自己的家庭、精神和生命,他们还抱着澎湃的心情期望能延及子孙,带来长久的昌盛和不断的长进。现实带给他们的是一重又一重的打击,以及对他们所渴望的圆满和秩序的无情毁坏,连老潘这样的守护者都只能劝歪嘴昆去嫖娼,对自己孙子的再次染毒不忍说破,惧怕面临家人精神的彻底崩溃。于是老潘和黑手义的原乡情结就不是虚泛的抒情,而是没有选择的选择。潘宏亿吸毒逃跑,在惊慌无措中,老潘主动回到乡下。他肯定是无计可施了,只能求救于逝去的先人,让他们帮助慌乱无措的子孙,于是老潘决定要去修缮祖屋。黑手义甚至开始怀念七月初七的装军了,虽然那会对他内心造成重创,可他习惯了。他有时会觉得,镇上的所有的坏事,都是从装军停止后开始的,赌博、吸毒、贩毒、发疯以及越来越躁乱的人心,都在装军停止之后集中爆发了。躁动不安的镇子,让他有搬回村里的念头了。贾平凹在写完《秦腔》后说:"风俗民情这些东西都是人在吃饱饭以后人身上散发一种活力,它依附在人身上的。就像农村做饭一样,没有火自然也不会有烟。……在商业化浪潮的冲击下,我们原有的文化传统、民俗风情发生了改变,古老的纯朴的情感正在离我们远去,人性变得异化、复杂、扭曲,在善良的另外一边,人的丑恶慢慢露出来,欲望成为我们行进的动力,我为这一切而感到深深的痛苦。"魔幻、装军、降童其实代表了一种原初的秩序,一种在乱世中人心的安慰归属和原乡情怀,六角塘祖婆婆说前面的事情搞不好,子孙如何能好的话,不会算命的石头爹能应承各种场合,不过都是在重复一些乡村小镇日常生活的常识,再以"封建"的形式复原人们被金钱迷障的情感。林森在小说的结尾也不失时机地批评：镇政府的无能，间接地导致了无序混乱的社会秩序，蛤蟆二的"江南不夜城"被曝光后，媒体报道的题目是"为什么没有任何文化生活？"镇政府的见风使舵，为凸现政绩，挖掘地方民风民俗，申报历史文化名镇，大张旗鼓要恢复装军节，"对于大多数人来说，瑞溪镇政府形同虚设的，多年来没被任何人注意，这一回，可算是少见地有魄力了一回，赢得了不少的好口碑"。但这个差强人意的恢复举措还是胎死腹中，因为镇上和村里装军队伍的资助问题，而引出"维稳"的问题，这个给大家精神一振的火焰被掐死了。

重新恢复"军坡节"，小说里用了"一个燃烧的夏天"这样热烈的词汇，大概是在表达一种迫切的重整人心，重振精神气的愿望。小说以对降童的声音呼唤式的描写结束，像一针强心剂："那声音翻山越海穿透辰光，淹没了所有方向尽失的癫狂，淹没了所有人声喧闹的癫狂，也湮没了所有独自面对无边夜色的癫狂。那声音在南渡江水面上光泽温婉，终于漾上江岸边的小镇，把一切喧嚣带走，把缓缓涌动留下。那声音鼓震人心。"

四

社会学家孙立平借用法国社会学家图海纳的概念"马拉松结构"来描述当代中国社会，马拉松式的社会结构与金字塔式的等级结构不同，人们在金字塔中虽然占有不同的社会/空间位置，但始终处于同一结构之中，而马拉松的游戏规则是不断地使人掉队，"即被甩到了社会结构之外"，剩下那些坚持跑下去的就是被吸纳进国际经济秩序中的就业者，在这个意义上，参与游戏的与被淘汰的处于结构性的"断裂"之中，一旦裂开就再难加入一起跑的队伍。其实就整个中国社会来看，一部分乡村、小镇乃至岛屿，也处于这种"断裂"式的社会结构中，不仅仅是本地的人们外出打工，丢弃祖屋，而且还有无法恢复的、受到关注的本土的一切，小镇上老者们的绝望和濒临崩溃，就是这种结构的一个暗示。不过作家好像还是对这个小镇怀着难以割舍的情愫，所以作家让黑手义以不辞而别、自我牺牲的方式，获得儿子们对张英杰一家的接纳，完成了大儿子一家形式上的完整，并留给子孙以查黑的方式重新整理家族故事，理顺情感的机会。潘宏亿从笼子里出来之后，跟张小峰一起散步，跑到了学校，他说："我来看看，有没有小学仪仗队在训练。我想确认一下，今年军坡节，装不装军？"在潘宏亿心里，那份装军时刻的骄傲一直都在，这是他在张小峰面前唯一可以夸耀的东西。这些预示着生活依然还有可以擦亮的部分，不管如何仍然有一线生机。

　　林森在《杂记：关于阅读与写作》中说："初中的那三年里，我患了一个很奇怪的毛病——非要躺在四处通风的楼顶才能睡着。现在想起，其实那些夏天也并不太热，而且还有春天秋天两季，我也仍要睡在楼顶上，一抬头就看到满天的繁星或者乌云。那样的日子很难熬，天一黑就开始心慌，我尝试过在房屋里，把风扇开到最大，还是觉得气闷，翻身到了四点以后，仍旧要抱着草席和被子，摸着坏了灯的楼梯，爬上五楼的楼顶，睡到被阳光晒醒，被子拉起盖住脸，接着睡，直到阳光变得强烈。那是小镇上农业银行的楼顶。"这些经历都被他转化到张小峰的个人生活中去，以林森这样的年纪，很容易把这部小说写成一个少年成长经历中的瑞溪镇生活史，难以逃脱青春忧郁的窠臼与各种永恒正确但没有生活热度的视角。林森正是在这些地方隐藏了廉价的情感宣泄，他以一个成熟小说家的稳重，把两位老人老潘和黑手义作为小说的主角，让他们葆有整个乡域世界的秘密和沉痛，给古老的、日渐衰败的乡镇世界，乃至为当代中国的一部分发展历程做了一个最恰当的注脚。小说题为"关关雎鸠"，古人以雎鸠之雌雄和鸣，以喻夫妻之和谐相处，雌雄雎鸠有固定的配偶，又被称作贞鸟。但在这部小说里，我愿意把它理解为共同经历漫长一生的老潘和黑手义两个老人悲伤无解的友谊,黑手义跟儿子们吵架后,到老潘家过夜,两个老头在空空荡荡的屋内说话。话少的时候,烟瘾就重,烟头的火光在黑沉的夜色中暗了又亮亮了又暗。两双老眼相对,把夜晚无限拉长。小而言之,两个人是瑞溪镇无力的守护者,大而言之,他们是曾经活力充盈、给子孙们安居的广厦式的中国乡村、小镇社会老去的背影,而《关关雎鸠》就是一首茅屋为秋风所破歌。

小镇之心与大海之身,相互对称

徐晨亮

2014年前后,曾数次在青年作家的活动上遇到林森,其中一场便是在他的根据地海南举办,那也是我首度体验热带岛屿初冬的暖阳与海风,还尝到林森在微信朋友圈反复提及的冰椰子,逛了小镇上售卖砗磲贝工艺品的商铺——据说不久之后,当地便颁布针对砗磲开采销售的禁令,由此掀起的波澜也成为他的小说《海里岸上》中一条重要线索。那场由《天涯》杂志主办的论坛上,"80后"作家与"70后""60后"的"代际差异"成为话题焦点,我赞同其中一种声音:少数率先出场者不能代表整体,未来会涌现更多扎实之作,不断打破成见、更新人们对于这一代作家的认识。数年后的今天,当"85后""90后"乃至"00后",一波波"后浪"相继登场,林森他们这批生于20世纪80年代初、接近不惑之年的作家,也陆续推出具有坐标意义的作品。那么我们是否已拉开了足够的距离,可以在一个相对完整的坐标系里辨认出"这一个",探究其调试个人风格、确立主体性的轨迹?

关于个体创作与文学代际的关系,林森有一番自己的见解。他坦言,写作之初,特别是由诗歌进入小说那个阶段,他并不认同正在流行的青春写作,刻意采取了疏离甚至反拨的姿态,想书写另一种尚被遮蔽在暗影中的"80后"生活,发出"不那么时尚、甜腻、闪亮的声音"。从2008年起发表的《小镇》及后续中短篇,到2015、2016年出版的两部长篇《暖若春风》《关关雎鸠》,他以故乡海南为画布,以小镇经验为颜料,初步绘出自己的写作版图。出生、成长的时空背景也给他提供了某种小说的方法论,"乡土"或"怀旧"之类过度简化的标签,并不能充分描述"小镇之心"对于林森的意义。

《关关雎鸠》是他前期具有总结性的作品,也为不少作家、评论家所激赏。小说中不少核心情节显然来自他成长期的经历和见闻:"疯狂涌来的新事物,不仅改变着城市,偏远的角落也不能幸免,我上学的小镇,黄色镭射影院遍地开花、赌场横行、白粉猖狂,身边那些和我一般年纪的少年,逞强斗狠就不说了,有很多人还成为白粉的牺牲品……"但叙事的重心更多落在老潘与黑手义这两位祖父辈的主人公身上,林森在创作自述中把他们比作武侠小说里的老掌门——"当我试图表现一个小镇三十年的变化时,以少年人来当主角,是压不住阵脚的",只有写饱经沧桑的"老骨头"在前所未有之"江湖危机"面前,想力挽狂澜,却无力回天,才能产生某种张力或者说"衰败的诗意"。

我想可以把他这一时期创作的基础色调形容为"小镇的忧郁"。"忧郁"也是林森钟爱的一个词,他第一本诗集便题为《海岛的忧郁》,还有一篇小说创作谈叫《讲述者的忧郁》。不过这里想从另外一条脉络解读忧郁的意义。弗洛伊德曾有一篇专门的文章,区分作为正常情绪的哀悼与被视为病症的忧郁:二者都源自所爱之人或重要对象的丧失,但哀悼有明确对象,也可随时间推移逐渐平复,而陷入忧郁之泥沼的人们,搞不清自己丧失了什么、究竟何时何地失去,无法理解也无力排解那吞噬一切的痛苦。《关关雎鸠》里的两位主角便是心事重重、魂不守舍的忧郁者:黑手义因前妻后代没能认祖归宗导致的连番纠缠，心力交瘁；老潘"动不动就心口抽紧眼皮乱跳"，耳边常响起闹心的"呜呜"声，眼前晃动若有若无的幽影，他总是"要记起什么事，却又说不上"。唯有小说开头，1994年瑞溪镇最后一次"军坡节"上，"装军"队伍整齐有力的脚步、饱含荣耀的深情，点燃了整个小镇的空气，老潘心头的迷雾也暂时被驱散。但以此为转折点，"安稳、静默、封闭、单调又杂乱无章的日子，随着装军的远去而频生变化"，两位老人也陷入更深的忧郁，他们分明预感到，被风刮进小镇的陌生事物正将昨日世界的地基抽掉，"一切都会崩塌，一切都在沦陷"，可是"没有办法阻止，也不晓得即将面临的灾事将会以何种方式出现"。

在近数十年不同领域学者持续的挖掘与重读中，弗洛伊德《哀悼与忧郁》原作字里行间的缝隙被不断扩大，乃至翻转，忧郁不再被视为病态，也不等同于感伤怀旧，过去的"幽灵"徘徊不去，反而看作忧郁包含的一种潜能：保持敞开状态、主动与过去发生关系——"哀悼里面的过去是业已解决的、完成了的、死亡的；而在忧郁中，过去则是一直存活到现在的。"（伍德尧、大卫·卡赞坚《哀悼残存》）这样的说法也为理解林森创作脉络提供了另一条线索。《小镇》系列与《关关雎鸠》中，他的同代人在喧嚣躁动中匆忙成长，古老的小镇则在时代飓风的席卷下走向衰败，从两条主线的交叠部分，可以辨认出一个被重新叙述的"90年代"。在林森后来的小说里，瑞溪镇并未像《百年孤独》里的马孔多一样从地图上被抹去，而是同尚未真正完结的"90年代"一样，萦绕不去，依旧以不同方式"活"在情节远景和人物前史之中，他的书写由此也具有了超越地域的意义。近年有批评家将林森纳入"新南方写作"的谱系之中，相关解读无疑富有启发性，尤其是提示我们在同为热带岛屿的海南与黄锦树等马华作家的"南方"之间寻找关联。不过在我看来，若改变一下视角，将林森立足海南的书写与远在东北的班宇等同代作家对读，或许也可找到呼应之处，他们都试图从自身经验中找到昨日世界残存于当下的影子或幽灵，不肯接受死亡、与过去告别，也不肯让精神的伤口愈合，使得小说中回响着某种"讲述者的忧郁"。

《关关雎鸠》一开头被浓墨重彩书写的"军坡节"，是海南特有的民间节庆，为纪念女英雄冼夫人，要模仿古人集军、阅军、出军的场景列队游行，还有神灵附身的"公童"表演过火山、爬刀梯、铁杖穿腮。在林森迄今为止的创作中，古老仪式、神秘力量与当下时空的碰撞，被反复书写，几乎成为某种个人化的标识。掷杯、问卜、降童、禳灾、安魂、祭海等各种充满仪式感的程序，对此类地方性知识与民间信仰仪轨的兴趣，也与他的成长背景有关。他不止一次提到，神明祖先曾是海南人日常生活的一部分，他书写的并非是演示民俗文化的标本或展现地域色彩的风景，而是推动情节发展的要素，常常关联着人物内心盘旋的风暴与社会历史演进的潜流。瑞溪镇后来因迷信被停办的最后一次"军坡节"上，"起童"以失败告终，神迹从此再也没有降临。即便多年之后，当地曾试图重启这项节庆，但其背后神迹与人间、社群与个体、历史与当下相贯通的整体性秩序及其神秘的治愈力量，已彻底断裂、消散，如同小镇被历史飓风席卷的过程一样，不可逆转。在 2020 年出版的长篇小说《岛》中，主人公老家的渔村有千年历史，它的未来却被"一张规划图抢走，这里将诞生一座梦幻之城"。定居于此的村民面临两难抉择，是用肉身抵抗挖掘机的前行，还是屈服于方方面面的压力，在拆迁协议上签字。村中灵魂人物"我"的伯父，给出了另一种解决方案：不合时节的锣声、鼓声深夜在村庙响起，召集村民共同见证一场伏波将军神像面前的掷杯仪式，他要请出神明替大家做出选择。将一切连根拔起的飓风，顺时间之流而下，一刻未曾消歇，已被抽去地基与内核、徒留空壳的古老仪式，再次举行，更像是一次无望的抵抗。

然而，飓风席卷后的人们并未停止祈求某种隐秘力量的庇护、开导与安抚，因为老潘的后代，曾经怀着侠客梦、幻想"背上竹剑去龙塘"的少年，寄居破败城中村、"捧一个冰椰子度过漫长夏日"的青年，步入成人世界后，依然会被各种各样的声音、幻象、气味与梦魇缠住。在中篇小说《海风今岁寒》中，昔日的"浪子"青衣如今生计无忧，却常常魂不守舍，因为他总是梦到当年打掉的婴孩在密林中哭喊，为此他和友人小猫专程前去寻求神秘烧陶人老林的救助，据说老林能为那些尚未出生便死去的孩子烧制陶器，举行某种仪式后，将陶器砸碎掩埋，可安抚不安的灵魂。在小猫眼中，那个身形矮小、衣装破旧、皱纹如刀刻、目光有杀气的匠人，身上笼罩着一种孤僻又神秘的气息，虽有足以换取声名财富的惊人手艺，却选择远离人群，独自住在破旧棚子里，就像古龙小说里自我放逐的浪子，"这不能不让我想到这个老林，也是一个满腹心事的失意者，不然他怎么会在荒草间，和泥巴玩了一辈子？""军坡节"上几乎令人陷入癫狂的沸腾气息与老林孤独的身影，对比如此鲜明。当传承已久的整体性秩序崩塌后，神迹不再降临于众人聚集之处，如何唤醒生命内部混沌又奔突不止的隐秘能量，让蝼蚁般的凡人与浩大的天地有所交接呼应，成为孤独个体需要面对的问题。

《海风今岁寒》的结尾，小猫开始怀疑：也许老林这个人从来没有存在过？而小说《岛》中独居荒岛四十多年的吴志山，却有真实存在的原型。林森在写作这部长篇之前，便见过原型本人，还曾登上现实中的火牌岛，看过岛上那破败的房屋。同是满腹心事、自我放逐之人，老林只是离群索居的孤僻，吴志山已接近极致的孤绝，与孤岛合二为一，成为"活在人间的死人"，一只孤魂野鬼。关于这个林森酝酿多年、希望写出的"最边缘也最中心、最独特又最具普遍性"的故事，他本人与诸多评论都有深入内里的阐释。而以我的理解，小说内部似乎包含了来自倾听故事者"我"与"守岛老人"

吴志山两种略有差异的声音。具有"浪子"气质、渴望找到逃离出口的"我",倾听吴志山讲述的四十年孤岛生活,"像是一个大硬盘"贪婪地备份了一个超级大文件,要留待夜深人静之时滑动鼠标翻阅,在他眼中"寂静得只有一个人的岛,美得一切都很虚幻"。然而在吴志山那里,"孤独"并非一种可以复制的、平滑均质的数据,而是年复一年、日复一日具体实在的身体经验。我更感兴趣他讲述中与时光缓慢"摩擦"的部分,那是身体感官刻录下的晨昏交替、寒暑轮转,饥饿、焦渴与欣快,那也是胼手胝足的劳作,搭建屋舍、垒砌鱼塘,一次次损毁后的重建。如果借用小说中伯父那条线索的关键词来形容,吴志山并非是用语言,而是用身体来"创世"。

在《岛》临近结尾的段落,吴志山一遍遍潜入水中,寻找大海深处紧闭的生死之门,他想象推开此门,便可进入另一个世界。而林森最新发表的中篇小说《唯水年轻》里,那位水下摄影师潜入深海,发现另一个世界的大门,通向的正是自己熟悉的岸上世界。《唯水年轻》与此前发表的《海里岸上》,不仅是在地理空间的意义上拓展了林森个人写作的版图,也以潜在方式回应了他之前的作品。与当代文学已有的海洋书写相比,这两部小说很大程度上卸下了那些浪漫的想象与过载的象征。林森笔下的大海,令人恐惧又充满诱惑,广阔壮美又艳异迷人,狂暴危险又给人温暖,而这些复杂的感受都是借由感官体验与讨海人的现实生计加以呈现的。在林森那里,大海已不是遥望的风景,而是被赋予了血肉的"具身之海",有了身体的大海,自然也会沾染人间烟火、喜怒哀乐,与岸边的生活世界彼此交织,同样经受着时光的磨损与重塑。在海里、岸上的对称关系里,曾困扰老潘、青衣、老林、吴志山等人的问题,也翻转出新的意义。

林森自称"无法北移的植物,只能被海岛的土壤所滋养,只能在海岛潮湿的空气里呼吸",他的作品里当然有特定环境"土壤"与

"空气"的烙印，而他同时兼具《天涯》杂志编辑的身份。这份以"天有际，思无涯"为宣传口号的杂志，数十年来深度介入时代风云的观察思考，将触角延伸至文学的周边领域，无疑也给予了他潜移默化的影响。从林森担任主编后的种种策划，如"2010—2019：我和我的十年""直播与数字生活""后疫情时代的生活"及"末世"科幻小辑、"岛屿写作"小辑，可以观察到他对《天涯》传统的继承与延伸，作为文学编辑，他关于文学的理解从未局限于孤岛，而是朝向浩瀚之域。不过，所有抽象的理念最终仍要从空中落地。他在一次文学编辑奖的感言中特别提到，要"返回书桌前，返回跟一期刊物、一个专辑、一篇文章、一个段落、一行句子、一个词语、一个标点的共处、摩擦和较劲之中"，"这样的付出，是有意义的"。这样的表达，或许也与他从新锐作家走向中年的"具身认知"，形成了一种对称关系。

地方·海岸·群岛
——"新南方文学"视野下的林森海洋题材小说

王丽妍　黄　平

随着 2024 年 1 月中篇小说集《唯水年轻》的发行，林森笔下的海南气息聚拢成川，从南渡江畔的瑞溪镇走出，随滔滔江水汇入南海。《唯水年轻》收录了林森自 2018 年来对人海关系的集中思索，《海里岸上》(《人民文学》2018 年第 9 期)、《唯水年轻》(《人民文学》2021 年第 10 期)、《心海图》(《人民文学》2023 年第 9 期) 三部中篇小说一经发表即登上《收获》文学排行榜、中国当代文学最新作品排行榜等各类文学榜单。《唯水年轻》水下摄影师与海底村庄的邂逅，《海里岸上》老苏与子辈两代渔民的价值变迁，《心海图》美籍华裔船员方延返琼揭开父亲死亡之谜的艰难历程，浪涛与群岛，废墟与村落，魂灵与生者，在潮汐奔涌中渐生渐长。

向中国文学传统中回看，将海洋对象化、背景化的处理形式，从古典语汇中的以海寄情，以海咏物，以海言志，到"十七年文学"饱含战斗化与意识形态色彩之海，延至新时期喋喋私语与启蒙意识的海域，"海洋书写基本止于'人地关系'变种的'海岸书写'，难以深入海洋的腹地"。① 海南岛地处偏南,琼州海峡将之与热闹喧嚣的内地文化舞台相隔,有如"一颗似乎将要脱离引力堕入太空的流星,隐在远远的暗处"。② 彼时一海之隔的潮汕,在近现代中国的文学版图中,同样遭遇着地理方位、经济力量与文化心态上之"省尾国角"的位置。二者因海而兴,以海为业,身份的边缘在"脱嵌"于文学史范式的同时,涵纳着文明的野生、冗杂与可能,激发出一套自我反思、更新、创生的活力装置,赋予两地族群在复写历史中独具一格的海洋气韵。在国家发展相继举起粤港澳大湾区与海南自贸港建设的旗帜后,"海洋"被提举为"新南方写作"的一大关键词,获得学界广泛讨论。③ 新南方文学对海洋传统的召回,为新时代文学景观带来松散、碎片、流动的美学特质,将"南方"的地理指向由陆地向海拓伸,如浪涛翻转破除着南北二元逻辑的认识局限,叠印出斜溢旁出的文化面貌。

詹姆逊从胡塞尔出发,将"文类"(genre)称作"一种形式沉淀的模式","形式"(form)即一种内在的、固有的意识形态,在社会和文化语境中被重新占用和改变后,纵使信息持续存在,但在功能方面必须被算作新的形式。④ 在完成"海洋"为新南方地域质素的指认后,需要进一步追问的是,新南方文学中的海洋书写如何区别既有以海洋为对象的小说范式,在文类意义上获得美学风格与想象空间的展演?倘若"新东北文学"在失落阶级的怀旧中构成了一场

---

① 杨庆祥:《新南方写作:主体、版图与汉语书写的主权》,《南方文坛》,2021年第3期。
② 韩少功:《南方的自由》,《绿洲》,1994年第4期。
③ 标志性事件是2024年第1期《当代作家评论》在"新东北·新南方"栏目中集中刊载了谢有顺、蒋述卓、申霞艳等学者的文章,探讨了新南方文学的文化地理特质与海洋书写风貌。
④ [美]弗雷德里克·詹姆逊:《政治无意识》,王逢振、陈永国译,中国社会科学出版社,1999年,第129页。

"在民族与人类意义上的世界性文艺潮流"①，那么与之意涵对举、遥相呼应的新南方文学，是否同样涌流着与全球化接轨的时代动能？在林森《唯水年轻》《岛》、厚圃《拖神》、林棹《潮汐图》等多部小说中，伴随着跨越地域区块的行旅与出返，"流动"的文化自觉有效超越了一种局限于民族内部的自恋式价值生产（narcissisistic value-production），拓展着"群岛"的思维格局。

非历史的地方： 一本"开放的百科全书"

小说集《唯水年轻》的地理坐标，沿着海岸的曲线降落于海南临海的渔村、渔港。地理景观多与现实有所对接，如《唯水年轻》中"我"在水下拍摄的"海底龙宫"指向海口市东寨港至文昌市铺前镇一带的海湾村落，此地在明朝万历年间因地震造成一百多平方公里陆地沉落入海，七十二个村庄随沉陷体块垂直下降，村庄庭落、贞节牌坊、戏台遗迹至今依稀可辨。而多数村落无名，近乎虚指。《唯水年轻》中"我"对渔村的体认源于沙滩之"白"，这是经高温和常年暴晒后从海水析出的盐粒；《海里岸上》中与十字街齐整布局的小镇相对，村落周生木麻黄，有着灌满腥臭海风的蛮荒；《心海图》归琼船员方延唤回童年记忆的旋钮在于村庄咸腥海风与浪涛起伏的节奏。林森并未着笔于对渔村历史与地理方位颇为宏阔的全景敞视，地方性知识（local knowledge）仅仅在背景性的浮游中获得声色气味的辨识。

出生于海南省澄迈县的林森，长于四面环海之处，他的写作姿态是其海洋书写的天然优势，外在性的眼光向内偏移，跳脱出浪漫主义的抒情气质与象征隐喻，海洋被还原成一方"讨生活"的日常

---

① 黄平、刘天宇：《东北·文艺·复兴——"东北文艺复兴"话语考辨》，《当代作家评论》，2022年第5期。

空间："镇子和渔村挨着,是海南岛上最著名的一个渔港,多少年来,一代代'做海'的人,从这里扬帆向广袤的南中国海。"[1] 海洋是渔村休养生息的经济命脉,《乾隆陵水县志》可见记载:"桐栖港,在城南三十里。外通大洋,港内有渔船二十余,朝出暮归。"[2] "做海"取自海南方言,读作"duo hai",涵纳捕捞、养殖等多种海洋相关的作业方式,近海为"做小海",远海则"做大海"。每逢东北信风之际,渔村男子组成船队,扬帆而起,乘风而去,站峙行盘、围网捕捞是海南渔民的主要生产方式。

"做海"是一项并不稳定的生计,在浪涛波涌中能够攫取的确证之物,是渔村寄寓于食色的情感结构。《海里岸上》有一处写得生动:"老苏有时候也会想,出海这么危险,一代代人把命丢在水里,却还要去,其实和这水中之物的味道关系极大,当舌尖触到一块煎得略微焦黄的马鲛鱼,所有海上的历险,都那么值得。"[3] 从早期小镇书写中喷香的粉汤与糯米酒,到海边渔村的一块马鲛鱼,林森敏锐地将海南地域特点包藏于饮食,经由岛民口齿间的咀嚼、吞咽,内化为身份记忆。女人不能上船是渔村多年的风俗,以欲望延宕和悬置的"等待"为系纽,性是老苏等渔民出海归来的情感传承方式:"每次船回渔村,老苏和其他男人一样,在船头看到岸上的女人后,内心的焦灼和渴盼达到了顶点。"[4] 梅洛·庞蒂从肉身主体"身体性的存在"入手展开对空间性的理解,认为"身体本身的空间性"与外部事物的空间性的不同之处在于,它不再仅仅是一种"位置的空

---

[1] 林森:《唯水年轻》,译林出版社,2024 年,第 64 页。
[2] 潘廷侯、瞿云魁:《康熙陵水县志,乾隆陵水县志》,海南出版社,2004 年,第 238 页。
[3] 林森:《唯水年轻》,译林出版社,2024 年,第 88 页。
[4] 林森:《唯水年轻》,译林出版社,2024 年,第 101 页。

间性",而是一种"处境的空间性"。① 身体是渔民与妻子相互观看的介质,既是情感距离由远及近的相互关系,也是出渔经验的分享、扩散或浸渍的私域空间,帮助身份位置在渔村共同体中获得补充调节。林森在诗集《海岛的忧郁》中坦言:"生命,是静默无声的海水/那些暗流,终究会长高成浪"②,浪涛的起伏是身体节奏的循环,亦是生命节律的刻度,依凭食色所生成的文化认同机制,较之概念化的乡土情结与故乡依恋,回到了情感记忆结构的原初——通过身体对地域的品尝与抚摸,传递着最为本真的直感。

卡尔维诺以《极度杂乱的美鲁拉纳大街》为例,认为传统小说始终实践着"百科全书"(encyclopedia)的写作方式,沉耽于将知识的各部门汇总并织造出立体多层的世界景观。他继而提出"开放的百科全书"(open encyclopedia)设想,本质上与"百科全书"的词源学意涵构成矛盾,后者指向一种"竭尽世界的知识,将其用一个圈子围起来的尝试"。③ 当知识的总体难以用稳定严谨的次序和形式获得测量,这一设想投射出卡尔维诺对知识宇宙在不同时代表现差异的反思。因循"开放式"的文学作品不再试图将知识包容于一个和谐的形体中,而是以该形体为核心生成向外辐射的离心力,衍生出丰富多层、相互映射的文化藏品。《心海图》中的"地方"虽然横亘着从民国至新世纪的漫长坐标,标记了海南历史中几处极为关键的发展刻度——1939年海南岛抗日战争、1950年海南解放、1988年海南建省、2018年建设自由贸易试验区,但仅仅提供了一种情景化的叙事背景和潜在语氛。这种对历史在文化而非知识层面的处理,

---

① [法]梅洛·庞蒂:《知觉现象学》,姜志辉译,商务印书馆,2021年,第137—138页。
② 林森:《海岛的忧郁》,漓江出版社,2014年,第94页。
③ [意]伊塔洛·卡尔维诺:《未来千年文学备忘录》,杨德友译,辽宁教育出版社,1997年,第81页。

是"地方"在某种程度上赋予的"非历史性":"地方是一个具有意义的有序的世界。它基本上是一个静态概念。如果我们将世界视为经常变化的,那么我们可能无法发展出任何地方感。"① 林森小说中真正推动故事情节发展的,往往是奔逸于历史褶皱处"非历史"的晦暗未明,并归向宗教仪式支撑起的民间信仰系统。《岛》中村民在拒斥拆迁队到临时,伯父于伏波将军神像前恳请给予提示,掷木圣杯得到了海涯村拆迁的认定,自此渔村成为历史。在厚圃的《拖神》中有着相似的仪式互文,世代居于山林的畲族因发展需要试图转变生计,向三山国王诚心跪拜并投掷筊杯,最终得以下山。在宗教信仰的精神史重构中,小说既保留着再现社会历史与生活经验风格的维度,又向着神灵复魅的旧文类中追溯,历史和真相被置放于一个仅供遥望的位置,朦胧着宿命的引力,构成了林森海洋题材书写独特的叙事肌理。

海与岸:"对称"离合与文明寓言

林森对海与人关系的思考,由《唯水年轻》中的"我"在策划拍摄方案时提出的一组对称关系发端:"以沙滩为中轴线,水下龙宫和岸上村子,是相互对称的。"② 以海岸线为对称轴,岸边渔村映于海面,人化成鱼虾,和千年前沉落的海底渔村叠印。与传统海陆书写的固定视点不同,林森的海洋题材小说生成了"海里"与"岸上"的动态离合,渔村的传统生活与现代建筑的迭代构成小说最具戏剧张力的时刻。《岛》开篇伊始即是海涯村的强制拆迁,取而代之的是一张"宝岛上最气派的大型小区"的规划蓝图,行至小说尾端,博济村和火牌岛的摧毁和"海星现代城"的修建象喻着海洋时代的没

---

① [美] 段义孚:《空间与地方:经验的视角》,王志标译,中国人民大学出版社,2017年,第148页。
② 林森:《唯水年轻》,译林出版社,2024年,第40页。

落。《海里岸上》则处理了前后两代渔民在经济运营模式上的变更，从老苏以海为生的海洋捕捞到子代远离海域的砗磲贝加工贩售，从肆意生长的渔村迁移到秩序井然的小镇，海洋气质的蛮荒波动被商业模式的规整单一逐步瓦解和清除。

海南岛20世纪90年代房地产泡沫破灭之后，城市发展的铁骑横扫千军，渔村之"变"在中国社会经济的加速发展中不足为奇，但渔民"做海"应对潮汐与台风的熟稔却难以保持小镇生活的稳定，外部震荡所激起的内心裂隙骤然显现。基于生活惯性而被时代甩出的"脱嵌"，化成最为直朴的身体抗争。《岛》中身为渔民的二堂哥无法接受沦为废墟的残破，兀自在深夜中泛舟，葬身于海。吴志山在据守几十年的火牌岛被夷为平地之际，选择在台风的风雨交织中再度游泳归返，消失在巨浪中。海洋提供了生命"临界"的场域，伴随潮汐退下与涌起的节奏，代际在此轮转与更新。二堂哥的离世促使"我"变成了游历海南岛、难觅精神皈依的"浪荡子"，而吴志山对火牌岛的坚守为"我"提供了弥合创痛的桃花源地，"我"在其消失后自觉接续起守岛者的使命。

在海与岸的两处地域空间中腾挪，海洋如镜像折射出历史与当下、家族与自我、存在与死亡的交错熔铸，似西西弗斯"命中注定的命运，令人轻蔑的命运"，[①] 释出难以抗拒的指引将离岸者召回，相似的生命片段在家族传承中不断复演。《唯水年轻》里"我"的曾祖父与祖父相继葬身于海，出海成了家族的苦难时刻，"我"却沉迷于海底龙宫的水下摄影，抗拒海洋的父亲最终克服水性不佳的隐疾，循着父辈的道路潜下海洋。《海里岸上》与海搏斗半生的老苏，见证曾椰子等船员命丧海里，却在休渔多年间持之以恒地雕刻着船的模

---

① [法]阿尔贝·加缪：《西西弗神话》，沈志明译，上海译文出版社，2017年，第133页。

型，将海洋视为生命终结的归处："自大潭往正东，直行一更半，我的坟墓。"① 阅尽悲欢离合、死生沉浮，"做海者"的生命历程与情感认同始终围绕海潮铺展，人物在海中静谧平缓，死亡所负载的滞重感遭到解构，遵循一种自我迸发、自我毁灭的本能（instinct），在重复中返回无机与初始状态，抵达生命状态的轮转。

大海询唤起源与进化的故事脉络悠长，而近年来"海洋"在新南方文学中获得重提的答案，掩藏在陈思和二零零零年的一篇名为《试论90年代台湾文学中的海洋题材创作》的文章中。他援引黑格尔对海洋文明在文化性格上的海盗性与商业性之洞察，指出以海洋为题材的西方文学作品中人与自然、文明与野蛮、征服与受制的对立，与其海洋主体的振兴，毋宁说是资本主义全球经济体制下对海洋的争夺、控制与重新分配。② 莫言早在20世纪80年代末创作的小说《生蹼的祖先们》中已然传达出相同的顾虑，手足生蹼，退化为蛙形，"我"高呼这是"人种的进步"，并非剥离文明衣钵的"去蔽"，仅因提供了侵占海洋的便利："亲爱的生蹼的兄弟们！我们的同族兄弟已走向大西洋！要知道，当贪婪的人类把陆地上的资源劫掠殆尽后，向海洋发展就是向幸福的进军！"③ 海洋书写往往模仿殖民主义强加的大陆知识形式，衍生为陆地文化的变种，叶澜涛以吴明益《复眼人》等台湾文学作品为例，认为新世纪向"生态化海洋"回归，海洋的自然属性获得强调，而大陆海洋文学却仍然将海洋作为征服和开发的对象，而非和谐共生的命运共同体。④ 可以看到的是，无论是《岛》中吴志山在野菠萝丛中自掘坟墓，还是《唯水年

---

① 林森：《海岛的忧郁》，百花文艺出版社，2020年，第92页。
② 陈思和：《试论90年代台湾文学中的海洋题材创作》，《学术月刊》，2000年第11期。
③ 莫言：《生蹼的祖先们》，文化艺术出版社，2001年，第222页。
④ 叶澜涛：《中国当代文学的海洋意象嬗变》，《当代文坛》，2021年第3期。

轻》中飞鱼驰骋、虾蟹成群的海洋风貌,以林森为样本的新南方文学海洋书写,呈现出海洋认知方式的转变与行为模式的重塑,环境生态意识构成了与掠夺意识相互抗衡的新机制。

新南方文学中的"海洋"在生态层面发挥效能的同时,于岛屿的时间隐喻中共同植入了一场文明寓言的重置。《岛》在故事框架上可视作一场海南本土化的"鲁滨逊漂流记",但后者显然带有资产阶级上升期的强烈侵略性和征服欲。南非作家库切在1986年的小说《福》中将星期五设置为被割舌的沉默者形象,当他在结尾终于张开紧闭的嘴唇,海浪、风声汇成小岛绵延不绝的浪涛涌流而出:"这股细流流经他的身体,向我直冲出来;它流过船舱,流过沉船的残骸;冲激着荒岛的峭壁和海岸,向南北两面散开,直至世界的尽头。"① 库切对鲁滨逊殖民神话的解构通过星期五意义丰饶的"不可言说"抵御住了语言意义的侵占。《岛》中的海岛则将时间凝为亘古,吴志山以事纪年,活在时间之外。与之发生巧妙互文的,是马华作家黄锦树于小说集《雨》中的《后死》一篇搭建的"后死岛"(Pulau Belakang Mati),地处海峡的最南端,大陆的尽头在此消逝,L 在此找到了暗恋许久却消失三十年的 M,他"活在没有时间的时间",② 容貌依旧。两座岛屿也构成了陈春成《夜晚的潜水艇》笔下的一组封闭装置,是家门闭合后启动潜水艇的"坚实的果壳",暗合着博尔赫斯在《阿莱夫》中援引的《哈姆雷特》台词:"即便我困在果壳里,我仍以为我是无限空间的国王。"③ 时间叠压成片,空间无限扩充,岛屿与潜水艇凝结成果壳般永恒的时空体(chronotope),在一种空而无序的度量中,梦与亡灵溢出,世界无限耗散。

---

① [南非] J. M. 库切:《福》,王敬慧译,浙江文艺出版社,2007年,第147页。
② [马来西亚] 黄锦树:《雨》,四川人民出版社,2018年,第159页。
③ [阿根廷] 豪尔赫·路易斯·博尔赫斯:《博尔赫斯全集小说卷》,王永年、陈泉译,浙江文艺出版社,1999年,第296页。

在《唯水年轻》里,"我"坦言潜水有回归胎腹之感,大海如包孕的母体,统生万物,借海水之名,郁热的生命片瞬转化为流传的自然恒常。本雅明在 1939 年的《历史哲学论纲》中提到"历史天使":"这场灾难不断把新的废墟堆到旧的废墟上,然后把这一切抛在他的脚下。"① 千年前的地震灾难将古渔村推下海底,作为镜像对照,"水下龙宫"成为渔村物质精神消殒之际"灵氛"(aura)的碎片化症候。"我"不断潜入废墟观测,正如飞鱼翱翔于现有文明上空敞视,在历史的幽微处重掘文明碎片,将渔民烙印于心的情感记忆拉拢、聚合于当下:"除了海底村庄的照片,还有一些岸上的,彼此夹击,共抗时光。"② 在历史生成与消失、完成与未明之间的张力结构中,《海里岸上》的老苏沉入水底,映入眼帘的是如同"水下龙宫"的蜃景,曾椰子、父亲、一百零八弟公等海中逝者与神灵齐聚。这一跨时空并置将老苏放逐于时间之外,通往过去的方式不再是记忆纵深的回溯,而是向着横向的地理平面跋涉,倾颓的海底渔村如同图层叠加生成的立体肖像,折射出多时空交叠的历史,向着弥赛亚时间(messianic time)回归。这正是新南方写作的"超越性":"它不能仅仅局限于地理、植物、食物、风俗与语言,而应该是在一种多元文化形态环境中所形成的观察世界的视角与表达方式,代表着面向世界,面向未来的无穷探索。"③ 在废墟与文明伴生的语法中,南方得以复魅与再生,保留着历史与碎片的光影,在海与岸的持守中抵达生命历程的求索。

---

① Francoise Lionet, *Continents and Archipelagoes: From E Pluribus Unum to Creolized Solidarities*, Publication of Modern Language Association 123 (2008): pp. 1503 - 1515.
② 林森:《唯水年轻》,译林出版社,2024 年,第 59 页。
③ 蒋述卓:《南方意象、倾偈与生命之极的抵达——评林白的〈北流〉兼论新南方写作》,《南方文坛》,2022 年第 2 期。

板块： 新南方文学的世界图景

王德威在《写在南方之南：潮汐、板块、走廊、风土》一文中以人类学及地理学研究热点——东南亚高地佐米亚（Zomia）为例，指出其跨越国家、族群或文明的界限，将南方之南的观点延伸到东南亚的半岛高地和山岭，新南方人文经验的可贵"在于夹出于潮汐起落和板块碰撞之间"。① 在探讨新南方文学中的海洋气象时，倘若仅停留于海洋原始思维对现代化浪潮的抵御与乌托邦建构，以人与自然的和谐共生唤醒生态保护意识，显然难以区别于既有的海洋书写范式，也不具备可供持续讨论的动能。海南作家孔见在《海南岛传》中的自白或许可以提供一个思考启示："从很早很早的时候起，我就意识到自己降生在一座岛上，它已经被腥咸的海水重重包围，承受着波浪永无休止的冲击，所有坚固的事物都已遁离，朝任何一个方向走去，最终遭遇的都是深渊与迷津。"② 海水消解稳固之物，使一切走向碎片与弥散，这种"孤岛情结"几乎构成了新南方作家的行文底色。板块的"脱域"③ 成了抵御精神困惘的有效途径，铸就了新南方文学流动的世界图景。

林森在一篇创作谈中指出："往更早的时期追溯，下南洋、出海外，不断往外荡开，不安分的因子早就在广东人、广西人、海南人的体内跳跃——就算茫茫南海，也游荡着我们劳作的渔民。但是，这些元素远远没有进入我们的文学视野，远远没有被我们写作者所重视、所表达、所认知。"④ 中国于第二次鸦片战争（1856—1860）

---

① ［美］王德威：《写在南方之南：潮汐、板块、走廊、风土》，《南方文坛》，2023年第1期。
② 孔见：《海南岛传》，新星出版社，2020年，第470页。
③ "脱域"是社会学家安东尼·吉登斯提出的概念，用以描述现代时空转换组合中，原有社会关系的脱离与重构。
④ 林森：《蓬勃的陌生———我所理解的新南方写作》，《南方文坛》，2021年第3期。

战败后，相继签订《中英北京条约》《中法北京条约》，允许华工出洋。厚圃的《拖神》在描摹樟树埠的崛起与没落之时，追溯了晚清时期潮汕人远下南洋的社会与精神画卷，《三杆帆》一节插叙了陈鹤寿在暹罗（泰国）打拼的经历，其中便述及被骗去马来群岛种植园作苦力的契约华工。20世纪初，来自东南亚各殖民宗主国的工商资本纷纷涌入东南亚，传统的采矿、种植、原料加工、商贸等行业有着较大发展，加之东南亚华商企业大多雇佣华人，引发市场对廉价劳动力的大量需求，吸引东南、华南沿海民众迁移至东南亚谋生。《唯水年轻》的主线是"我"与父辈两代的故事，但曾祖母在孤寂中操持家庭、含憾老去的大篇幅书写牵绊起小说另一条隐秘的叙事线索：村里的曾祖父随船下南洋后从此消失。"我"在整理曾祖母遗物时偶然抖落了两张发黄的信笺，详细记录着曾祖父由海口至新加坡的下南洋自述："余随村人往橡胶园内之工寮，胶工皆为华人，琼岛之人亦不少，通乡音，时有人来探故乡事、言故乡物，无不眼红洒泪。"①《心海图》中方延的大哥早年跟随村民去马来西亚，同样从事的是割胶产业。据唐若玲考察，1922年至1925年间，海南人出洋人数呈现增加状况，一方面是海南社会秩序遭到广东军阀邓本殷的严重破坏，民众生活困苦，被迫出洋谋生；另一方面则与南洋橡胶业复苏相联系，1922年史蒂文生橡胶限产条例奏效，1925年橡胶价格回升，这也是海南人出洋人数增加的原因之一。② 在黄锦树的小说集《雨》中，马来半岛的橡胶林更是构成了泛性的写作背景，《南方小镇》唐山表哥的故乡来信中，述及祖母是年轻时下南洋的割胶工人，"返乡"成了其在世时难以根除的心结。正如《唯水年轻》中指认的，曾祖母并非孤例，这层时代隐秘的创痛均等地辐射着渔村的

---

① 林森：《唯水年轻》，译林出版社，2024年，第49页。
② 唐若玲：《海南人下南洋的历史考察》，《南海学刊》，2015年第3期。

其他村妇,"下南洋"在移民的过程中,不仅是社会经济史的结构议题,更构成了围绕故土弥生的羁绊与情感结构。

"下南洋"中橡胶工人的碎片化书写是帝国殖民的一处侧影,而《心海图》与《拖神》等作品直面民族国家遭遇帝国侵略的解殖民(decolonization)议题,窥见南方在板块互动中遭遇的历史震荡。与大规模的都市殖民不同,这些作品大多立足乡村殖民的间接性、滞后性与片段性,讲述民间群众直面殖民势力旁敲侧击的抵抗历程。《拖神》中村民与殖民势力的对立源于英国海军派出专家视察开埠情况,因冲突争执遭到英军的大面积进攻,陈鹤寿登上红头船与之决战,最终逼退英军战船。《心海图》的殖民纷争同样开始于日军侵占琼岛前夕对其矿藏资源的一次考察,方延父亲在1939年日军全面入侵海南岛并再度要求寻矿时,带领日本考察专家以爆炸的形式一同赴死,为国捐躯。一组有趣的细节是,方延父亲年轻时带领日本人田祝澜勘考成册的《海南岛行记》,原件来自1936年一名湖南籍中学教师田曙岚所著《海南岛旅行记》,其中对海南岛之土产、地理、风俗详加考察记载。田曙岚在"小引"中表达了帝国主义政治经济侵略下海南作为大陆边陲的重要地位,用以"分寄沿途后方各界","报告各界友人"。[1] 这一民族主义关切被林棹创造性地转化为日本殖民话语,展现出文学文本与历史现实的微妙互动。《海里岸上》中的南海争端并非政策性的说道与搬演,而是围绕着老苏的一本传家宝《更路经》(南海航道更路经)展开。二十世纪初美西战争后,美国作为主要帝国大国的崛起,将西方对"殖民地南海"的想象重新配置,转向以美国为中心的"太平洋岛屿"愿景,把控东亚诸国经济命脉的南海被视为"绘制全球完整球体的最后阶段"。[2] 作为海南岛

---

[1] 田曙岚:《海南岛旅行记》,中华书局,1936年,第6页。
[2] 林棹:《潮汐图》,上海文艺出版社,2022年,第67页。

渔民最早在南海诸岛从事生产的物质证据,《更路经》成为证明中国南海主权的关键性历史材料,老苏祖辈对《更路经》的持守,在殖民与解殖民的张力中诠释着保卫民族国家的海洋之"心"。

林棹的《潮汐图》透过巨蛙之眼观看十九世纪上半叶的清代中国,板块迁移剥脱了人类中心主义视点,获得更为松动的释放。巨蛙擅水,故大陆与海洋所框定的边界趋于松散,从广州珠江出海口肇始,中经蚝镜(澳门),抵达游增(欧陆帝国)帝国动物园,复归虚构的"湾镇",向内为珠江口岸的南方风物赋形,向外则钩织着与域外的连接、交流与互通。费正清指出,中国之民族主义即"文化中心主义"的视点,面对军事上弱于"化外之民"的情境,仍然以庞大的"天朝上国"而非亚文化集团作出回应。[1] 直至第一次鸦片战争后《海国图志》(1842年)、《海国四说》(1846年)、《瀛寰志略》(1848年)等域外史地的介绍,正史四裔传体例得到打破,"世界"这一概念获得松动。在《潮汐图》里,来自苏格兰的博物学家H描述世界"形似巨卵",广州如浮落之微尘。"世界"并非虚设,但能指悬浮,所指滑动,小至"澡盆生物"的水面浮城,大则伸展至苏格兰与亚墨利加(美洲)。按照冯喜的说法:"两个生埗人初相逢——不是在路口,就是在港口——他们立定,交换世界。世界在路口港口相逢,似乞儿王缝起百衲衣。"[2] "世界"预示着"天朝上国"向"民族国家"的转型,借由冯喜、H与巨蛙的行旅图绘着晚清中国与西方际遇的历史瞬间。伴随板块迁移的,是语言的克里奥尔化(creolization),指向《潮汐图》中官话、广府话(粤语)、番话、皮钦英文间杂使用的跨语际实践,象征着"一种新的、原始的维度,允许

---

[1] 费正清:《中国:传统与变迁》,张沛译,世界知识出版社,2002年,第204—205页。
[2] 林棹:《潮汐图》,上海文艺出版社,2022年,第67页。

每个人都在那里和其他地方扎根和开放"。① 语言在不同民族与区域间旅行、流通、繁殖、爆炸，雕刻着新南方地域文化多元包容、磅礴冗杂的复杂肌理。

新南方文学对世界图景的描绘一定程度上呼应着 20 世纪 80 年代中国文学"走向世界"的核心关切，文化内寻的自觉更广泛地与全球一体化背景中社会主义现代化国家的想象性建构、民族主体的确证紧密关联。韩少功指出寻根文学"体现了一种不同文明之间的对话，构成了全球性与本土性之间的充分紧张，通常以焦灼、沉重、错杂、夸张、文化敏感、永恒关切等为精神气质特征"。② 面对第三次全球化浪潮中东方/西方、民族/世界、本土/他者、传统/现代的矛盾对抗体，寻根文学试图通过批判和继承两种方式，从本土文化中寻找到能够和西方文化霸权抗衡的精神气质——一种东方化的思维优势，以重建一种东方新人格、新心态、新精神、新审美的文化体系。而新南方文学对世界版图的重组，显然卸载了寻根文学中过于急迫的文化使命和焦灼的追赶心态，以历史感和生活性更为丰厚松弛的积淀碎裂着自我陶醉的民族神话，在海洋的纵深与流动性中，文化呈现出非线性、反轴心、跨国境的开放律动。

让我们将目光回溯至 1955 年的非洲—亚洲万隆会议，解放之初的印度尼西亚与菲律宾等国宣布自己为群岛（archipelagic）国家，陆地和海洋，流体和固体，作为非殖民化进程"混合遗产"（殖民主义历史经验中的克里奥化与殖民空间不同类型的跨越）的一部分，其中蕴含着全球范围内对 20 世纪国家的重新想象："不是堡垒和陆地，而是一个可接受变化和交换的流动和开放的'国家'，一个连接

---

① Edouard Glissant. *Poetics of Relation.* University of Michigan Press, 1997, p.34.
② 韩少功：《寻根群体的条件》，《上海文学》，2009 年第 5 期。

不同岛屿的实体。"[1] 连接民族国家的异质网络（"一体性"）被置放在流动的海域而非区块化的大陆中获得认知，"群岛"指认了国家政治和文化地理在坚实轮廓中建构平等交流网络的可能。新南方文学"以'南方'为坐标，观看与包孕世界，形塑一种新的虹吸效应"。[2] 南方的流动特质在解构殖民与迁徙书写中获得赋形，因循潮汐起伏与循环的节奏，刻写着群岛间丰沛、互利共生的一种全球化方式。

结　语

在近年"新东北文学""新南方文学"的讨论热潮中，自然物候、地域话语、民族史诗的集中浮现不仅是一种区域文学的姿态，其背后更有重塑中国形象的历史渊由与话语动力。在历史绵延的纵轴上，大陆地域的诸多概念指称从来未能形成永恒统一和跨历史连续的整体范畴，而海洋则始终提供着一种脱出政治囿制而融汇、更新、连续的文化脉搏。在国家大力推动"海上丝绸之路"、海南自由贸易港与粤港澳大湾区建设的今天，海洋性作为新南方文学的美学特质之一，既与液态现代社会的流动与可变不谋而合，也是全球化格局中急需的一种"群岛"性思维格局，在不均衡的个性差异中克服岛屿孤化与种族边界化之困境，重新联想区域关系的相互构成，抵达一种经验片瞬的延续。

中国与世界在互动中渗融，林森、厚圃、林棹等新南方作家的文学书写提供了富有海洋气质的时代样本，但海洋与陆地关系的真正平衡与持续维护，依旧道阻且长。《岛》中违建停工的"海星现代城"虽然解除了生态危机，却难以填补吴志山的精神空缺，他不得

---

[1] Francoise Lionet. "Continents and Archipelagoes: From E Pluribus Unum to Creolized 491 Solidarities."PMLA, 2008. pp. 1503 – 1515.
[2] 曾攀：《"南方"的复魅与赋型》，《南方文坛》，2021 年第 3 期。

不踏上重复性的寻岛过程。《海里岸上》里的《珊瑚礁和砗磲保护规定》纵使从法律上禁止了渔民子代贩卖砗磲的经济模式，却未能提供将海洋火种向后代赓续的可持续生存路径。"保卫海洋"始终以一种自我隔绝、自我取消的方式完成，渔村传统向现代变迁的戏剧冲突、渔民淳朴深厚的人海情谊，作为改革开放时期中国飞速发展的群体性经验结构的一部分，无疑正走向封闭与动能的持续耗竭。如何在新时代语境和"海二代"迥异的情感结构中开拓海洋书写的新空间，仍是在新南方文学需要进一步探索和关注的话题。

蛮荒及其消逝：林森小说中的海与人，兼及"新南方写作"

李 壮

一

如果翻开长篇小说《岛》的单行本，你会发现，开门迎接你的并非文字、并非一部小说必然会有的某种开头，而是林森手绘的几张画：小说里的"鬼岛"、岛上已然损毁却轮廓尚存的房子、岛中央繁茂而带鬼气的野菠萝树。然而画里不曾出现人。不仅没有具体的脸，甚至连抽象的人形背影也没有。我视之为某种隐喻。我当然知道，林森在画下这些图画并往书中插入它们的时候，未必曾想到这么多，但我仍认为这样的安排折射出某种深刻的潜意识——这部小说的真正主角，既不是叙述者"我"也不是居住在"鬼岛"上的怪人老吴，而是大海，是被大海隔绝于人世的孤独的岛，甚至就是这种隔绝本身。"我"和老吴的人生经历和内心世界，与这海、这岛是同构的，他们在海和岛的躯体上取得了自身的表达，进而用自己的躯体赋予海和岛以表达。

包裹着人和岛的是南方的——"南"到边陲以至于在文化和审美想象上已渐趋边缘的——海。它蛮荒、冷僻、幽深、狂暴，同时它富饶、清澈、明丽、诱人。它是难以捉摸的矛盾体，与林森笔下的故事一样，总是看似自然而然地溢出了我们惯常的书写及接受框架。充分而深入的海洋书写，是林森小说极富特色的个性标识。海洋，既构成了林森诸多故事里最重要的背景和经验滋生的场域，同时也是林森小说世界中最高光且直接的审美对象之一。南方的（甚至"过于南方的"）海洋，是林森小说世界里频繁贯穿的主角或"潜主角"。

《岛》的开篇便是对蛮荒的、非理性的海洋的一段特写："有谁见过夜色苍茫中，从海上漂浮而起的鬼火吗？咸湿凛冽的海风中，它们好像在水面上燃烧，又像要朝你飘过来，当你准备细看，它一闪而逝。"咸湿、飘忽，伴随着燃烧，诱人又无法把握，这无疑是一个极其复杂、信息量极大的书写对象。然而，用"对象"一词来定位，似乎又有些窄化了林森的海洋书写。在他的小说中，海洋绝不仅仅是作为被观看、被窥测、被猎奇的对象，而是作为生活和日常经验自身的一部分出现。林森用了颇多的力气，剔除掉大海身上那些浪漫主义式的抒情气质和象征隐喻，而把大海还原成"讨生活"的日常空间。渔民出海，就如同是农民耕地，其力量并非来自象征性而是来自日常性。即便在《海里岸上》这篇充盈着挽歌气质的小说里，大海依然呈现出其"现实主义"甚或"技术性"的一面：

> 我们以前出海，都要依照上面的记载，算好船的速度和方向，海上茫茫，得绕开礁盘和暗流；风浪来了，得依照这本经书上的记载，找到最近的小岛来躲避……总之，若没有这两样东西，出了远海，即使全程风平浪静，也会迷失方向，没法返航。（林森《海里岸上》）

> 年轻时，出船一两个月，颠簸劳顿倒不是最苦的，最苦的是对女人身体的渴望。白天还好，在水中、烈日下搏斗；夜里，躺在船板上，星光满天，船随风轻晃，体内的欲望都被摇出来了。每次船回渔村，老苏和其他男人一样，在船头看到岸上的

女人之后，内心的焦灼和渴盼达到了顶点。但，还得先把所有的渔获卸下船，再洗一顿痛快的淡水澡以后，才开始在女人身上驰骋。（林森《海里岸上》）

在林森的笔下，海洋是渔人生活中一个需要对付、需要与之相处的部分，并且是生活内部（而非外部）的一个部分。人行动的有限性和真实的身体需求，在海洋生活的身上被激发并获得显现。一同显现的还有肉身内部的生物特质：《海里岸上》中关于水手曾椰子死亡的描写（其过程、原理、性状以及尸体运回的方式），关于鲨鱼腹内遇难渔民残肢的描写，以及《岛》里关于海洋生物尸体产生鬼火的描写，显然都不仅仅出于"奇观书写"的考虑，而是试图直接在海洋与肉身之间建立知觉性的关联。因为，正如梅洛·庞蒂所说："物体是在我们的身体对它的把握中形成的。"[1] 通过嗅觉、触觉和视觉，海从那些依附于海的生命身上，不断获取着自己最身体化的形象，从而自足地进入我们时代的审美想象谱系。

在此意义上，林森笔下的南方海洋，不是作为价值想象或意义附着的载体，亦不是作为单纯的文化符号出现，而首先是作为现象学意义上的肉身实体，乃至是作为政治经济学意义上的生产资料出现的。林森提供了一种面对大海时平实、细致但又充满巨大自信的书写方式——与海洋有关的日子，不是用来"看"用来"想"，而是真正用来"过"的。这种书写的根系，在经验的脂肪上扎得如此之深，以致能够在不知不觉之中同人的情感命运建立最入微最自然的关联。这样的情形在中国现当代文学的历史上并不多见——我们以往所常见的，是土地渗入人的命运、大山砌入人的命运，或者是江河运送人的命运；而那种被海水和海风充分浸透的命运书写和情感描摹，在中国文学的记忆里的确属于某种结构性的稀缺。

---

[1] [法] 梅洛-庞蒂：《知觉现象学》，姜志辉译，商务印书馆，2012年，405页。

大海以"常态性"的身姿出现在文学世界里并获得认可,意味着我们对海洋的书写及美学认知抵达了一个新的层级。就像柄谷行人所指出的那样,风景从不会"从无到有",它被发现、被意识、进入审美视野的过程,本身便体现为一种认知装置,而紧密关联着主体自身的意识形态。① 林森对"海洋"的审美吸纳,显然是自信而清醒的:"涉及地方性的书写,最容易带来的,是进行奇风异俗的展示,沦为被观看的'他者';可我们要意识到,文学之所以是文学,就在于它能提供某种能与他人交流、引起共情的价值。从这个角度来说,写作者最不应该提供的,便是'猎奇式的展示'。"② 在林森的笔下,海洋不再作为"他者"或"奇观"出现,而是作为我们文化肌体上自然而不可分割的一部分出现。它所呈现出的,不再是珠宝的价值,而是血肉的价值——珠宝可以作为装饰而被摘下、被替换,然而血肉不能。

二

因此,接下来不得不提到的,便是在海洋经验框架下,人的生存状态和情感状态。

林森笔下引人注目的海洋书写,其"落地"的途径和最终目的,无疑还是在于海洋语境中的"人"及其内心世界。蛮荒暴烈的海(以及广义的海洋性环境),投射于野蛮生长的人,这是林森小说中一再出现的情形。

在此意义上,"新南方"(主要指广义上的岭南地区,当然也可涵盖所谓"南洋"地区)之所以在文学的话题域内得以区别于"传统南方"(尤其是在历史上缠绕过经典性的士人文化想象、在今天又

---

① [日] 柄谷行人:《风景的发现》,载《日本现代文学的起源》,赵京华译,生活·读书·新知三联书店,2019年。
② 林森:《蓬勃的陌生——我所理解的新南方写作》,《南方文坛》,2021年第3期。

已高度资本化了的江南地区),很大程度上与其自然环境与人性质地的双重"热带感"有关:既蛮荒又繁盛,既新鲜又易腐,无比强烈而又高度不稳定。在这种充满不确定性能量的水土滋养中,人的境遇和状态变得颇为迷幻:炽烈的爱与恨、炽烈的向往与颓废,仿佛已足够在小说的边界内支撑起人的全部生活。

《岛》里面,那场改变了吴志山命运的"情感风波",可以被一面之缘的女子挑明得如此赤裸裸:"我们这少数民族的人都很直接的,到了节日就唱山歌,看对眼的人,女的会邀请男的到她独居的寮房里。我不是少数民族,我也不会唱山歌,可我也想邀请你去我住的地方。"这样猛烈的表白受挫,后果当然是严重的,而这后果也就引出了后面的故事——吴志山在十年冤狱过后,直接选择远离人世、独居无人岛。在发生学上,他的行为动机是寻找鬼、寻找另一个世界的入口。而在行动效果层面,他行为的结果竟是创造出了他最初要寻找的东西:一个"鬼",一个世界之外的世界。

一场溃烂演化成一场增殖,这是热带南方的生活秘密,也是巨大内心能量自由释放后的戏剧结果。鬼岛上的老吴也因此成了一个极可玩味的人物,他同时在世俗意义上维持着"生"(具有生命体征和正常的人类行动能力)也维持着"死"(失去了实质性的社会关系和社会功能,类似于我们今天所说的"社会性死亡")。他试图寻找"死"与"生"的临界点,最终把自己变成了这个临界点——不是像黑洞般沉默地吞没一切,相反,这个临界点更像是超新星爆炸,它放肆甚至是报复性地喷射出一切它内心无法继续容纳的东西。

在"新南方写作"的话题框架内,"临界"是一个具有高度核心性的概念。杨庆祥在《新南方写作:主体、版图与汉语书写的主权》一文中,曾经将"临界性"作为其对新南方写作理想特质的界定标尺之一。杨庆祥对此种"临界"的阐释,在"地理的临界""文化的临界""美学风格的临界"三方面宏观展开。[①] 在林森的小说中，三种临界在具体的行文中具化为文本内部的一种综合性的临界状态，那就是人物情感结构和生命状态的临界。许多高度极端的、隐喻性似乎过强的笔触，在这种临界性的张力条件下都变得自然而然：老吴一再选择在暴风中离岸登岛，是自然而然的，因为死与生的界限混淆一直都是他的"初心"；"我"的二哥（包括《海里岸上》里的阿黄）选择划船出海结束自己的生命，也是自然而然的，因为依凭海延续生命的人就该在海上将这种延续取消。包围着他们的，是完全开放（无边界）、难以预知的海洋；高度理性的陆地主流文化的引力，辐射至此力度已大大减弱。林森这样的"新南方"作家（同时也包括近年来热度颇高的几位马华文学作家，如写下《迟到的青年》的黄锦树、写下《猴杯》的张贵兴等）在处理地方性题材的时候，因而完全可以放开手脚、营造出一个个既魔幻又写实的世界，可以像在《岛》里所做的那样，无需太多铺垫说明，便让一个开车环游全岛的"凯鲁亚克"同一个瓦解版的"20 世纪鲁滨逊"劈头相撞，更不用说，这两个形象的背后还藏着一位盘古式的"创世—世祖"大伯。

类似的情形也出现在林森的许多短篇小说里。《抬木人》里的两兄弟在认知现实的层面，始终游弋在"理性"和"非理性"的边界线上，故事的重心因而得以在生存和死亡的双重界域间来回切换，甚至频繁"脱轨"。《海风今岁寒》中的"青衣"，一方面在强烈的自我毁灭冲动中"折腾"不止，另一方面却又以不可理喻的方式寻求着自我救赎。《捧一个冰椰子度过漫长夏日》关乎爱和欲望，发生在故事里的一切都是闷热、潮湿的，也是无法辨清因由的："毕业后，

[①] 杨庆祥：《新南方写作：主体、版图与汉语书写的主权》，《南方文坛》，2021 年第 3 期。

到底是什么力量推着我,让我住到这个城市边缘的村子来?又是什么力量让我浑浑噩噩,像一个飘荡的幽魂?"

一种不可名状却真实推动着人物动作的力、一种令人物浑浑噩噩却不断迸发出裂变能量的力、一种把内心火焰推向不可控燃烧的力,地火般奔突在林森小说的动脉里。这种力与我们今天所讨论的"新南方"紧密相关:它来自蛮荒的向外敞开的海,来自野性的热带的温度,来自地域文化基因里因遥远而尚未被完全规训的部分,来自随时可能激发连锁反应的内部"临界"。文化地理意义上的"蛮""热""潮"及"失控",与作家作品的内在气息高度同构。在这个连理性都需要被大数据化的时代,这种力和气息,提供着某种保护动物般的珍罕品质:那是炽烈的爱与恨、炽烈的向往与颓废,我们想象它们足够在小说的边界内支撑起人的全部生活。

三

环境(自然)的蛮荒热烈,以及随之而来的个体生命状态的蛮荒热烈,意味着一种"未完成性"甚至"不可完成性"。在今日的中国文学写作总体图景中,这种"未完成"和"不可完成",似乎是分外鲜亮,甚至是相当"提气"的——我们日常所见的,多是"梦醒了无路可走"式的小说,偶然邂逅一批根本不在乎"有没有路"或"怎么走路"的文学作品,怎能不感到激动呢?

然而,这种蛮荒热烈所带来的野蛮生长和意义增殖,正在被一种更具理性规训能量的、外部介入的力量所瓦解与删除。林森在《岛》《海里岸上》以及《海风今岁寒》《捧一个冰椰子度过漫长夏日》等短篇小说中,都一再处理过渔村拆迁、传统渔民文化(包括陶瓷制作等非物质文化遗产手艺)流失等重要的时代性主题。当然,这种处理绝不仅仅是负面的、歌哭式的。林森并不避讳普遍意义上的现代人本主义追求(让人过上更舒适的生活)与传统诗性追求

（天人合一、亲近自然等）之间的裂隙，甚至他还常常试图在这裂隙中作出某种弥合的努力——例如《海里岸上》的这一段："人最重要。要是人都没了，留着那东西也没用。卖给懂行的人，可能保存得比留在我们手中还好。《更路经》比人活得长，我早想清楚这事了。"然而无论如何，林森的小说实际是在一个重要的历史节点，把一系列隐秘却尖锐的命题推到了台前，那就是我们如何面对今日这个正面临一系列结构性变化的"新南方"——一个试图把自由腐烂归化为垃圾分类回收的"新南方"？

当然，所谓的"垃圾"，只是一种被现代理性制造出来的"价值剩余物"，就好像福柯笔下的"疯癫"是被人为制造出来的一样。自由腐烂——也就是《岛》一开篇就特写过的场景，从尸体上绽放出火焰——之无价值，无非是因为它被纳入了现代文明的价值体系、并不得不在此体系下重新接受审视和裁定。现代主流文明的侵入，全球化浪潮的深度蔓延，造成了蛮荒感的消逝。如果我们从此种角度去思考林森在不同的小说中不厌其烦一再写到的祭海仪式、村社祠堂、妈祖或关二爷或一百零八兄弟公的小庙，它们当然便超越了一般意义上的装饰性的民俗描写——当然，我们也都知道，这样去思考并不是一件很难的事，难的是在这样的思考过后，怎样真正找到一个足以安放我们情感姿态及文化反思的稳固的立足之处。

如同我们一样，林森的文字背后，也不时流露出对现代社会文明价值与社群文化价值（《海里岸上》《海风今岁寒》）及个体情感价值（《岛》）之间彼此冲撞的摇摆疑难。为了化解或悬置这种疑难，林森甚至不得不祭出一些具有高度时代特征的武器（这本与小说内部的气质有所不合），例如海疆主权话题（《海里岸上》）、生态文明建设话题（《岛》）。这样的摇摆疑难背后，同样潜藏着另一种更现实性的"临界"：世俗的界标将会倒向哪边，目前来看几无悬念，真正为难的是我们在文学的角度应当如何选边。"南方"之"新"的凸显，恰恰源自于"旧南方"的正被侵入——这种侵入，形式上是空间的侵入（侵入者是大陆文明，或者说是"连海如连陆"的桥梁文明），实质上则是时间的侵入：线性的、矢向的、自带价值刻度的现代机械时间，正在侵入吴志山"乃不知有汉，无论魏晋"式自生自灭、天地自由的古典自然时间。

两种抽象的时间区分，有时被具体地投射在了不同代际个体的生活结构和时间感知里：在林森问世更早的长篇小说《关关雎鸠》中，我们已经读出了两种时间的缠绕与撕裂。上一代人在空屋子里回忆往昔，下一代人在街道上斗殴恋爱；作物生长的时间、走屋串门的时间、续写家谱的时间，渐渐被蹦迪吸粉的时间、赌钱打架的时间、逛足疗店找小姐的时间所取代。如果将时间与生命看作一对近义词，那么前者意味着积蓄和传承，后者则意味着消耗与异变。在同一条街道甚至同一个家庭中，两种时间痛苦而错乱地纠缠在一起，终章和序曲共同编制出一枚巨大的符号，像是问号、又像是叹号。

拆迁面积、开发方案、货币数额、GPS 定位……最后的蛮荒南方，正在被纳入时代方阵的大一统。正如曾攀在论及林森时所言："对于新南方写作的重要区域海南而言，从国际旅游岛到自由贸易港，风驰电掣的现代化进程中，如何重塑当代之'南方'的文化主体，已然成为全新的命题。"[①] 文学该如何面对这样的命题？这一命题集中叩响在"新南方"的身上，但其实它要比"东南西北"随便哪一方都更大。一切都在变化着。林森当然试图抚慰我们，他说"所有的痕迹，在水的面前都是暂时的"（《海里岸上》）。然而，相似的抚慰一百多年前就有人做过，在另一片海的面前，出自另一个人的口中：

---

① 曾攀《"南方"的复魅与赋型》，《南方文坛》，2021 年第 3 期。

到了奥列安达,他们坐在离教堂不远处的一条长凳上,瞧着下面的海洋,沉默着。透过晨雾,雅尔塔朦朦胧胧,看不大清楚。白云一动不动地停在山顶上;树上的叶子纹丝不动,知了在叫;单调而低沉的海水声从下面传上来,诉说着安宁,诉说着那种在等待我们的永恒的安眠。当初此地还没有雅尔塔,没有奥列安达的时候,下面的海水就照这样哗哗地响着,如今还在哗哗地响着,等我们不在人世的时候,它仍旧会这样冷漠而低沉地哗哗响。这种恒久不变,这种对我们每个人的生和死完全的无动于衷,也许包藏着一种保证:我们会永恒地得救,人间的生活会不断地前行,一切会不断地趋于完善。(契诃夫《牵小狗的女人》)

得救与完善是重要的,但绝大多数时候,它都在文学所能企及的范围之外。我们此刻所能够企及的,是一种正在被关注的写作范式于今日中国文学经验结构中的样本性意义,而这种样本特征——尽管它充斥着福尔马林气味,带着对结局的复杂预感——无疑在"新南方写作"的探讨框架下展现得格外充分。由此观之,"新南方写作",在这种二律背反式的意义层面上,注定要关乎旧南方的瓦解——甚或,不仅是旧南方,这瓦解在可预期的未来终将被普化至整个昨日的世界。

"批判现实主义"的当代可能
——从林森长篇小说《岛》说起

陈培浩

林森是当代青年作家中备受瞩目的一位,主要著作有长篇小说《关关雎鸠》《暖若春风》,中短篇小说集《小镇》《捧一个冰椰子度过漫长的夏日》,诗集《海岛的忧郁》《月落星归》等。曾获《中国作家》鄂尔多斯文学新人奖、海南文学新人奖、海南文学双年奖、全国梁斌小说奖、南海文艺奖、华语青年作家奖、茅盾文学新人奖等奖项。谢有顺认为:"林森的个人经验和知识谱系,和那些只有都市记忆的'80后'作家有着根本区别……他着力于书写城市化、现代化进程中乡土世界内部的纠结、急躁与衰败,丰富了我们对乡土世界的理解。"[①] 杨庆祥认为"林森的小说在地方经验与人类普遍的生活境遇之间搭起坚实可信的关联"。[②] 在我看来,林森发表于《十月·长篇小说》2019年第5期的长篇小说《岛》提供了从"批判现实主义"的角度来理解其小说的新角度。本文在对《岛》进行细读的基础上,将简单梳理"批判现实主义"这一学术概念在中国的理论接受,并分析《岛》对"批

[①][②] 分别见林森《捧一个冰椰子度过漫长夏日》(北岳文艺出版社2016年版)封底谢有顺评语和杨庆祥评语。

判现实主义"思想和艺术资源的重启和重构所构成的艺术启示。

当代叙事中的家园挽歌

2007年，贾樟柯导演的电影《三峡好人》公映，这部电影对贾樟柯本人及中国当代电影都有重要意义。其中一点就在于贾樟柯的电影人文表达从山西小城转向了变迁中国，并触目惊心地提出了一个家园何处的问题。"乡关何处"作为中国古典诗歌一个典型的乡愁表达提示着原乡对于中国人的精神意义。但在当代中国，"割不断的乡愁，回不去的家乡"在急剧的现代化进程中被展现为"日益消亡的家乡"。促使贾樟柯去拍摄这部半纪实半虚构电影的因由是三峡工程产生的大量移民，随着三峡水位的上涨，很多人曾经的家乡将永久消失。有人关心三峡消失的风景，有人关心移民的安置去向，贾樟柯关心的是一批人的家园被连根拔起、彻底消失之后，这批移民将如何安置他们的家园记忆。从此之后，他们将成为永远失去故乡的人。

那个时候，很多人尚没有感受到家园消逝的切肤之痛。三峡工程造就的家园消逝毕竟是局部的，可是进入新世纪，迁徙时代的家园之殇以更加普遍性的方式呈现在文学中。2016年，格非出版的《望春风》再次显示了家园破碎造成的中国当代心灵震颤。《望春风》中，格非同样触及了家园的拆迁问题，当赵伯瑜最后回到家乡时，那里已经变成一片废墟，只能靠着某些残存的老树辨认曾经的方向。这部作品源于格非"第一次见到儿时生活的乡村变成一片瓦砾之后所受到的刺激和震撼"，"虽说早就知道老家要拆迁，而且我也做好了老家被拆迁的心理准备。但是，第一次见到废墟后的那种陌生感和撕裂感，还是让我受不了"。[①] 如果说拆迁在《望春风》中只是一

---

① 格非、陈龙：《茅奖作家格非出版最新长篇小说〈望春风〉：像〈奥德赛〉那样重返故乡》，《南方日报》，2016年7月6日。

个潜在议题的话,它在林森最新的长篇小说《岛》中则作为一个当代中国具有相当普遍性的社会议题得到正面直接的表达。在此意义上,《岛》具有某种程度上的社会问题小说特征。当然,小说家介入现实社会议题的方式必然不同于媒体深度报道。专业媒体精于社会纵深的挖掘,但文学写作则更长于人文反思。林森必然明乎此,《岛》在直面社会问题基础上赓续了当代家园叙事的人文反思,在见证当代历史进程的同时,也书写了一曲变迁中国的家园挽歌。

长篇小说《岛》在小说如何介入时代问题的方面引发了我的深思。

我们知道文学不能脱离时代,但时代是一种全息多维的存在,特别是在全球化互联网自媒体时代,"当代"其实是一种分层存在。因此,谁的当代、什么样的当代就成了摆在作家面前的难题。在我看来,在这个本质论受到严重质疑的时代,作家依然不应放弃对时代本质的追问。面向时代的写作始终无法摆脱对典型的思考。高铁提速和举国拆迁哪一个更典型?哪一个才是时代的本质?这不仅考验作家的文采和想象,更考验作家的思考力和历史意识。《岛》表现出相当鲜明的直取时代本质的雄心。小说一开始便展现了社会问题小说的写实性。某种意义上,拆迁建楼是一个普遍的中国当代现象,却没有哪一个地方比海南更典型。海南本来就是国家政策和时代商潮共同催生的新生省份和当代热土,海南房地产业某种程度上堪为当代中国房地产业的典型缩影。小说第一章便展开了拆迁过程中村民的矛盾纠结和多方角力之下村民无可奈何的节节败退。其笔致细腻,其细节典型,但更重要的还是,典型情节背后的典型环境。如今很少有人再提典型环境中的典型人物,事实上,环境的典型正是因为直击了时代本质所致。在这一点上,《岛》表现了一种鲜明的批判现实主义立场。

1888年4月,恩格斯在致玛·哈克奈斯的信中对其中篇小说

《城市姑娘》进行评论并指出"现实主义的意思是,除细节的真实外,还要真实地再现典型环境中的典型人物"。[①] 什么是环境的典型性呢?它指的是环境通向时代本质的可能性,典型环境应该是时代环境的缩影和具体化。新时期以来,先锋文学所推动的形式实践并不强调叙事内容与特定时代的联系;而新世纪以来的商业化浪潮则企图进一步将当下时代指认为以消费主义为内核的"小时代",由此用文学去辨认时代本质的工作常被视为不合时宜、思想落伍的表现。可是,时代的表象虽纷纭喧嚣,却总在寻找某种方式显示其内在本质。林森的《岛》最值得注意处就在于它将叙事置于海南房地产建设带来的拆迁这一背景下,从而有力地抓住一个足以表征当代中国的符号。除了强调典型环境外,恩格斯也特别强调典型人物。《岛》中的人物都不乏其典型性,不同人物在面对拆迁时的表现既符合其自身的身份和性格逻辑,也符合整个商业化时代的逻辑。作为"无业游民"并怀有深深故乡情结的叙事人强烈反对拆迁,一直顺顺利利读着书并当上公务员的四堂哥则受命来做说服工作,而身为乡绅、族长的伯父则经受着巨大的内心煎熬和冲突……最后,将决定权交诸伏波将军神前掷杯的方式则既具有戏剧性,也具有真实性。特别值得注意的是,这些人都不是小说的主人公。《岛》将小说的舞台交给一个高歌猛进时代的持久疏离者和决绝抵抗者——吴志山,一个远离社群生活,以孤身守岛来确认某种价值信仰的孤独者。问题便在于:当作者把吴志山作为小说主人公时,他希望确认一种什么样的典型性?

如果说人物的典型性指的是这个人物作为某个"类"的代表性的话,那么《岛》中很多人都具有典型性,他们的背后都站着这个

[①] 陆贵山、周忠厚:《马克思主义文艺论著选讲》,中国人民大学出版社,1999年。

激流澎湃时代中来来往往的某类人,即使是叙事人那个在海南建省初期,跟一些胆大包天的江湖中人混在一起,终于在那个风起云涌的时代里,陷入一个非法集资案,最后莫名其妙失踪了的大堂哥,同样具有非常的典型性。问题是,林森并未使他们成为主角。这意味着作者意识到:典型人物不仅是具有类的代表性的角色,更是深刻地表征出某种精神力量的人物。事实上,房地产业突飞猛进的当代化进程中,形形色色的冒险家同样具有"典型性",他们更是时代的成功者。林森没有把小说的聚光灯照向他们,那是因为他们虽然"典型",却没有作者希望确认的精神力量。我想即使是从经典马克思主义文论出发,《岛》也不乏某些启发性,它昭示着:典型人物的有效性,不仅来自人物作为类的代表性,也不仅来自人物性格上的个性,更来自人物精神力量的启发性。某种意义上,吴志山是一个"反典型"的典型人物,像他这样决绝地离弃社群生活的人实在太少了;但他依然是典型的,他的典型性在于他以抵抗的方式深刻地联系着时代的内在变动,并决绝地面对时代出示了自身的精神判词。

"现实主义当代化" 视野下的 "批判现实主义"

本文从"批判现实主义"视角透视《岛》,但并不愿自明地使用这一概念。我们将概念打入双引号,目的在于说明概念的历史形成。今天,"批判现实主义"这一概念在中国的外国文学史和当代文学批评中都被自觉地使用,在各类外国文学史著作中,"批判现实主义"多被作为 19 世纪欧洲与浪漫主义、自然主义并行的三大潮流之一,只要是 19 世纪的现实主义作家,基本被收罗进"批判现实主义"这一展示装置。对此,早已不乏反思。如郑万鹏认为:"用'批判现实主义'概念称呼以司汤达、巴尔扎克为代表的早期现实主义较为科学,而用之界定以狄更斯为代表的'理想现实主义'和以列夫·托尔斯泰为代表的'探索的现实主义'则后患无穷。"① 他认为19世纪的现实主义风格多样,"批判现实主义"只是其中之一。这是站在"外国文学史"这门学科内部做出的反思。也有站在文艺理论的角度,把"批判现实主义"作为一种理论定势进行反思,如郭树文认为今天所沿用的"批判现实主义"思维事实是复制了高尔基不无偏颇的判断。高尔基关于批判现实主义的论断来自《苏联的文学》及《和青年们谈话》。他认为批判现实主义是"资产阶级叛逆者"或"浪子们"的文学:"是作为'多余的人'的个人创作而产生的。这些人不能为生活而斗争,在生活中找不到自己的地位。"他还说批判现实主义是"说明资产阶级的发展和瓦解过程的文献"。"虽然揭发了社会罪恶,描写了被家庭习惯、宗教戒条、法律规准等所束缚了的个性之'生活和事件',但是不能给人们指出逃开这个束缚的出路"。②

郭树文主要指出高尔基对"批判现实主义"局限性的分析,认为"高尔基却把所谓'批判现实主义'作家无需依附于资本主义企业家、政治家的经济、人格上的独立的社会地位,看作'在生活中找不到地位',是'浪子'或'多余的人';把他们的独立强大看作孤立无助;把他们被承认为社会精神生产事业的写作事业,看成社会物质生产、精神生产事业之外的个人创作,这都是将社会的进步误认为倒退"。因此,"应该为资本主义社会的独立思想家文学正名,抛弃'浪子文学'的错误提法"。③ 不难发现,郑万鹏认为"批判现实主义"作为一个19世纪欧洲文学的主流概念装置窄化了对这个阶

---

① 郑万鹏:《"批判现实主义"质疑》,《海南广播电视大学学报》,2002年第1期。
② 郭树文:《批判现实主义质疑——重读一部西方小说引发的对一种理论定势的思考》,《外国文学评论》,1989年第1期。
③ 郭树文:《批判现实主义质疑——重读一部西方小说引发的对一种理论定势的思考》,《外国文学评论》,1989年第1期。

段文学的理解；而郭树文则是着眼于对"批判现实主义"文学的评价和定论的反思。正如郭树文所言，我们今天文学史上对"批判现实主义"的评价确实来自高尔基，但他对高尔基"浪子文学"这一概念的理解有失偏颇。"浪子文学"在高尔基并非是一个完全的负面评价，而是包含了某种"辩证性"，力图对"批判现实主义"的进步与局限做出诊断。在高尔基看来，"批判现实主义"是19世纪影响最大、成就最大的一个流派，它具有无可辩驳的历史进步性。"批判现实主义"作家作为资产阶级的"浪子"或"逆子"本身就是进步的证明。但在高尔基看来，"批判现实主义"不能为人们"指出出路"，这是其局限性所在。

高尔基的判断的确深刻地影响并奠定了中国对"批判现实主义"文学的认知，但问题或许不仅是对高尔基"批判现实主义"观作出反思，而是进一步追问：何以高尔基的"批判现实主义"观对中国的"批判现实主义"接受史有着如此重要的影响？答案不仅仅在于，苏联的政治和文学曾在相当长的历史阶段对中国具有巨大影响，因此，作为苏联进步作家代表的高尔基的观点在中国广为传播乃是自然而然的事情。事实上，即使是在两国外交的蜜月期，也并非所有苏联的文学观都会在中国得到不折不扣的传递。文学在国际传播中必然伴随着"本土化"现象，当一种文学观、文学现象在传递中得到高度"保真"时，更重要的原因可能在于，它确实切中了接收国的某种内在文化诉求。那么，具体在"批判现实主义"的中国传播中，这种诉求是什么？

在我看来，当代文学史家洪子诚先生的《"当代文学"的概念》为解答这个问题提供了富有启示性的思路。笔者在一篇文章中概述了洪先生文章的思路：

> 洪子诚发现"当代文学"并非一开始就被用于描述正在发生着的当下文学，最初担当此任的概念是"新文学"。变化"从

50年代后期开始,'新文学'的概念迅速被'现代文学'所取代,以'现代文学史'命名的著作纷纷出现。与此同时,一批冠以'当代文学史'或'新中国文学'名称的评述1949年以后大陆文学的著作,也应运而生","当时的文学界赋予这两个概念不同的含义,当文学界用'现代文学'来取代'新文学'时,事实上是在建立一种文学史'时期'的划分方式,是在为当时所要确立的文学规范体系,通过对文学史的'重写'来提出依据"。因此,"当代文学"并非承接着"现代文学"而后产生的概念,而是在同一逻辑下同时产生。洪子诚指出,从"新文学"到"现代文学/当代文学"的命名转变中,镶嵌着从毛泽东《新民主主义论》中转换而来的"多层的'文学等级'划分",在毛泽东经典的政治论述中,中国社会的发展阶段被划分为旧民主主义/新民主主义/社会主义三阶段,"在文学史的概念问题上,这一论述引发的结果,是赋予'新文学'(后来便用'现代文学'来取代)以新的含义,而作为比'新民主主义性质'的'新文学'更高阶段的文学(它后来被称为'当代文学'),也已在这一论述中被设定"。①

洪子诚先生文章的启示在于指出学术概念背后的文化政治,正如"当代文学"概念产生的文化动力在于建构"当代文学"相对于"现代文学"的价值优先性一样,"批判现实主义"这个概念我们也不能自明地当成对19世纪欧洲文学的客观描述。这个概念在20世纪中国学术界所传播的文化政治动机的重要性在于,它在创造一种跟无产阶级史观相匹配的文学史叙述。在高尔基的文章中,"批判现实主义"处于承前启后的位置,它既进步于形形色色的封建主义文

---

① 陈培浩:《文学史写作与90年代的知识转型——以洪子诚的研究为例》,《文学评论》,2018年第2期。

学；同时，它不能"指明出路"的局限性事实上又在为"无产阶级文学"的价值优先性预留空间。因此与其说是因为高尔基背靠着强大的苏联而使其"批判现实主义"观在中国广为传播，不如说是他的"批判现实主义"观内部所创造的那套为"无产阶级文学"预留高阶位置的价值序列，使得高尔基式的"批判现实主义"成了中国20世纪革命文学史叙述的理想之选。

今天，回顾"批判现实主义"观念在中国的传播，并非希望在高尔基的意义上重启"批判现实主义"，而是对我们该在何种意义上激活"批判现实主义"有所辨析。事实上，我们必须在1980年代以来的"现实主义当代化"进程中来认识"批判现实主义"在中国的重启。进入1980年代以后，由于文化语境的变化，曾经在1950—1970年代占据绝对主流地位的"现实主义"逐渐成了被反思的对象。随着现代主义的重启，各种各样的"先锋"各引风骚，现实主义甚至一度被视为落伍的、过时的文学代名词。特别是在"古典主义——浪漫主义——现实主义——现代主义——后现代主义"这样以"进化论"编排起来的线性叙事发展轨迹中，将现实主义打包送入历史似乎既合乎直觉，也顺应文学规律和历史潮流。可是，历史是复杂的多线程交互，"现实主义"的内涵并不像人们想象的那样简单。假如历史可以被进化论所概括，我们如何解释进入20世纪90年代之后，先锋作家余华、格非、苏童等人写作的"现实转向"？我们终究需要将"现实主义"放在其历史进程中来理解。

20世纪80年代以来当代文学在理论和实践上对现实主义的反思有着复杂的历史条件和文化动因，彼时的文坛需要通过对被严重窄化的现实主义的反思，重新释放当代文学的潜能。其结果是，形形色色"现代主义"形式的引入，既扩大了当代文学的内涵和外延，也在相当程度上凝固了人们对现实主义的刻板理解。一些学者认为：中国文学无论哪种"主义"都是"现实主义"的一种变形。由此作出的反思是：中国文学被沉重的"现实"及"现实主义"伦理压住了想象的翅膀。这种理解事实上是以对"现实主义"的刻板理解为前提。当我们沿着被窄化、刻板化的现实主义理论来反观现实主义，很容易得出现实主义压抑文学想象，必须被送入历史垃圾堆的结论。可是，稍微具有一定理论视野的话，会发现在中国当代成为历史现实的"革命现实主义"仅是现实主义的一种具体形态；事实上存在着更多具有重要思想潜能的现实主义理论方案。现实主义是一套依然没有被耗尽历史潜能的理论话语。聚焦新时期以来的当代文学，不难发现：现实主义并非被淘汰，而是以各种各样的形式延伸、拓展、重构并完成其"当代化"。所谓现实主义的当代化是指在新的文学语境下，1950—1970年代那种"现实主义"的理论规定性和文学经验经历了迁徙和重构。一方面，人们可以从路遥的现实主义书写中读出跟十七年文学经验深刻的关联；同时也从王安忆的"写实主义"中看到她对中西文学古典主义、19世纪批判现实主义、20世纪左翼文学和中国抒情文学话语的融合；从陈忠实的《白鹿原》中看到文化总体性透视与新历史话语的结合；从刘震云、池莉等人的"新写实"中看到"总体性"的隐匿与日常性话语的涌动；从"现实主义冲击波""底层文学"中看到重大现实议题在顽强地要求着浮出历史的地表；从近年来方兴未艾的"非虚构""科技现实主义"中看到现实难题对崭新表达的渴求……

今天，我们有必要在中国左翼文艺思潮的进程中理解"革命现实主义"话语的历史性生成，更要在世界左翼文艺现实主义话语和当代现实背景下理解"现实主义"的文学潜能。现实主义理论话语并非铁板一块，在洪子诚看来，1950—1960年代对"社会主义现实主义"的内部反思乃是一种"世界性"现象，也可以说是基于左翼革命文学内在矛盾而产生的必然现象。这波反思潮流中，有来自苏联的金斯堡，来自西方左翼的阿拉贡、罗杰·加洛蒂，也有来自中国的冯雪峰、胡风、秦兆阳。罗杰·加洛蒂出版于1963年的《论无边的现实主义》正是产生于这一左翼文学阵营的内部反思潮流中。

不妨说，高尔基的"批判现实主义"观代表了无产阶级革命文艺的"批判现实主义"阐释，这种阐释在中国大陆进入1980年代以后某种程度上被颠覆了。这种颠覆最重要的体现在于弱化了携带在概念背后的价值秩序，更多强调"批判现实主义"的人道主义承担和现实批判指向，更少或不再强调"批判现实主义"不能指明出路的局限性。这种转变的实质在于，通过对"现实主义"批判性层面的强调而使作家的写作主体性获得确认和释放。因此，1980年代以后，再次强调"批判现实主义"，就是强调作家基于人道主义情怀和社会责任担当，通过个人命运书写进行历史和社会分析的正当性和必要性。

"批判现实主义"的重构

事实上，新时期以来，对"批判现实主义"的召唤一直构成了批评界一种潜在的声音。近年来更有人用"批判现实主义思潮的悄然崛起"来描述小说的整体创作状况，与其说这是一种客观的描述，不如说它代表了评论者主体的价值召唤："我觉得，中国文坛所迫切需要的，正是能够相对准确到位地理解把握时代现实，能够以其犀利的艺术笔触对现实进行真切书写，进行深刻批判反思的批判现实主义小说。"[①] 不过，我们既强调"批判现实主义"的重启，也强调"批判现实主义"的重构。重新激活"批判现实主义"，既强调它启用和接续了批判现实主义的艺术和思想资源，也强调它事实上必须

---

① 张雯雯、王春林：《批判现实主义思潮的悄然崛起——2015年长篇小说创作考察》，《小说评论》，2016年第1期。

构成一种"重构"。换言之，在司汤达、巴尔扎克等作家那里已经成为成熟范式的"批判现实主义"，并非一种可以完全袭用的套路。任何试图通过"批判现实主义"路径进入写作的作家都必须思考如何给它以新的注入和激活。

回到林森的长篇小说《岛》，在我看来，《岛》虽然直面了重大而典型的社会议题，但作者显然无意从单一的政经视角来切入社会问题，他似乎更乐意基于人文和审美立场来展开当代性批判，小说因而也呈现出更加明显的象征性，这无疑是19世纪批判现实主义小说不常见的。

《岛》是一部由第一人称叙述展开的双线叙事作品，以家园被拆迁的"我"来观察和见证守岛老人吴志山的命运沧桑，双线故事之间具有现实和精神上的关联。"我"和吴志山最后都成为难逃拆迁大潮的怀旧者。相比之下，"我"想挽留家园，对现实却带着无可无不可的颓废。吴志山则更像"我"二堂哥，展现出更加不可折服的守卫者姿态。吴志山由于命运坎坷含冤入狱，继而跑到"鬼岛"上寻鬼，希望"鬼"能为他昭示清白。置身于空无一人的荒岛，他感受到的并非恐惧、空虚和孤独，反而打开了一个生命原力与万物生灵相互应答的世界。在荒岛上，人与狗、人与植物、人与环境、人与时间、人与自身之间有着一种完全不同于文明社会的丰富性。小说第四章写吴志山孤身一人的荒岛生活，写他如何独自经历台风、三条结伴的犬如何先后离他而去，他又如何经受着欲望的炙烤。小说特别写到吴志山对岛上万物生灵的亲近。"某一年，他在岛中央的一个斜坡那里，看到了那株巨大的野菠萝。这野菠萝他早就看到了，却从没认真地打量过。等他走近，看到这野菠萝长得飞扬跋扈极其嚣张，好像它还能长得更大，好像它有一天，能够把整个小岛覆盖住。"野菠萝那种"飞扬跋扈"的生命力隐含着林森对钢筋森林城市的批判，与资本垄断、阶层分化、技术发达、人情渐淡、千城一面的大量巨型都市里发展起来的陌生人社会相比,吴志山身上那种生命原力及其存在的荒岛世界的万物应答显然更具审美性。由此,林森逆转了"鬼"与"荒"。被排斥在文明世界的小岛被世俗视为鬼魂涌动的荒凉之境,但林森则以幽深体贴的笔致恢复了它生机勃勃、生灵葱茏的面目。这意味着他秉持着一种对城市现代化的批判眼光,潜在之意是:基于发展主义和城市中心主义理念对"荒""鬼"的全面驱逐,昭示的无疑是一种人类的盲目自大、资本的冷酷无情和发展主义思维的盲区和黑洞。作者始终强调"鬼"其实是生灵,我们因此不难理解在小说首尾重复出现,作者相当用心动情写到的寻找鬼火的诗意段落:

> 有谁见过夜色苍茫中,从海上漂浮而起的鬼火吗?咸湿凛冽的海风之中,它们好像在水面上燃烧,又像要朝你飘过来,当你准备细看,它一闪而逝。①

如此看,鬼火是充满象征性的,它不是令人望而生畏的幽灵,反而是万物呼应的生灵。急剧变迁的当代中国如何"向鬼而生",重新领悟前现代"鬼火"的启示?这是作者敦促读者去思考的问题。

这种现实主义象征化的品格在《岛》的完整版中有更突出的体现。有必要说明一下,由于杂志篇幅的限制,《岛》由近十五万字而删至近十一万字。删去了一条充满象征性的线索,这条线索通过对某些当代艺术的植入赋予了作品相当的象征性和崭新的解读可能。这条线索中,叙事人的艺术家朋友"飞楼"——光是名字便是对拆迁时代的绝妙隐喻——拍摄了一组名为《会飞的城市》的作品,他还拍摄了拆迁过程中的一些场景,并充满想象力地修图处理:"在他的画面里,地面废墟一片,天空中则是各种长满翅膀的瓦房、平

---

① 林森:《岛》,《十月·长篇小说》,2019年第5期。

房。""那座没被拆掉的村庙,则被他处理成:村庙的四周,站着一群长衣飘飘的神仙:妈祖、武圣关二爷、伏波将军马援……他们都手执各自的武器,他们面前倒下一批挖掘机、炮机什么的,这一群神仙们,围护着那座存在了数百年的村庙,把那些试图拆掉村庙的机器,砍得七零八落。"而"我"的朋友"阶级互换"则热衷于进行所谓"阶级互换"的行为艺术,他跟遇到的不同阶层人士互换衣服,想象性地进行身份互换。行为艺术"阶级互换"本身便是对急剧城市化进程中阶级固化的反讽。形成悖论的是,飞楼的《天尽头组照》后来是在一个"热爱艺术"的房地产老总的赞助下,在一个即将开盘的以艺术为概念的新小区中展出。这里把现实、艺术和商业资本之间的多重纠结呈现了出来。事实上,当代艺术作为对当代生存的批判性艺术呈现已经对世界进行了一轮提炼和判断,这些当代艺术家的生存立场及其作品,起到了某种点题或画龙点睛的效果。有趣的是,林森并没有天真地把这些艺术青年作为拯救世界的希望,小说最后,通过成了艺术学院教授的"鸡瘟"在网站上被传播的风流花边,作者也暗示了当代艺术的颓废。显然,赋予偏于写实的批判现实主义以象征元素无疑是当下有效地重构"批判现实主义"的手段,从这个意义看,《岛》被删去的部分其实有其不可取代的价值。

小 结

《岛》是一部在时代表达方面具有相当雄心的作品,它以审美人文立场进行当代性批判,为变迁中国背景下消逝的家园奏一曲挽歌;小说激活了 19 世纪的批判现实主义立场,又融入了 20 世纪的艺术资源,呈现了有意思的现实主义象征化特征。这些都使《岛》成为一部在当代语境中颇具辨识度的优秀长篇。更重要的是,《岛》重启和重构了 19 世纪"批判现实主义"思想资源,它启示着:一、当代作家不能再沉溺于"小时代"的精神幻觉,而必须以自身的人道情怀、社会担当、专业精神去直击个体命运背后的大时代本质；二、所谓典型环境中的典型人物，并不意指人物作为类的代表性，更是指人物以自身的精神力量深刻地勾连着时代；三、今天对"批判现实主义"的重启还意味着以更丰富的艺术资源完成新的重构。"批判现实主义"的重启和重构作为"现实主义当代化"的重要侧面，无疑也在探索着当代文学的新可能。

什么是海南：海洋、岛屿和风习与地方及其他
——林森近作阅读札记

谢尚发

当我们提及海南的时候，我们会首先想到什么？是无边无际的海洋、作为岛屿的海南及其周边的小岛屿，还是棕榈、椰树等所提供的视觉经验，以及芒果、槟榔、菠萝蜜等带来的味蕾体验？抑或是生于斯、长于斯并终其一生守于斯的渔民和他们的渔村、渔船、渔网？以至于他们的衣食住行、喜怒哀乐、恩怨情仇，他们的悲欢离合、生老病死，垒筑起巨大的日常生活的堆积？这种种"印象、感觉与认知"构成的独具特色的"海南岛民俗风景画"，它们奠基于地方而成其为意义的普遍、价值的一般，从海洋到陆地、从"偏远的"岛屿到中心化的城市。它们是微不足道的"地方的日常""生活的琐屑"与"命运的具象"，却不经意间点染出人性的善与恶、生存的悲与喜、日子的常与变，入于文学便构成了林森的创作，从《关关雎鸠》一路行进到《岛》《唯水年轻》《海里岸上》《心海图》等。

段义孚曾在其著作中提到："微不足道的事件总有一天能够建构

起一种强烈的地方感。"① 也正是得益于"强烈的地方感",林森的作品富有"海南岛的韵味"——它们是微不足道的日复一日、碎片化的生存镜像与柴米油盐的点滴,也是对裹挟着咸味的海风及其潮湿与热度的熟稔、对台风中惊涛骇浪的见怪不怪,同样是对海难、遥无归期的航程与死生无常的默认。而这些"微不足道的事件"及其背后所牵连着的海洋、岛屿、遥远的历史记忆、习焉不察的风俗与文化传统等,构成了"强烈的地方感"的同时,也将林森及其作品嵌入到中国当代文学的序列之中,构成不可或缺的一环,它们是"属于海南岛的",更是"属于作家的"——从风景到风习、风情再到风格,一方面是地方作为文学的核心要素凸显自己的独特性,另一方面则是作家借助地方而使其作品成为风格化的文学。"地方即风格"与"风格即地方"的双重辩证,恰是解读林森及其创作的一组重要概念。

海南岛作为风景、光影与画面

居伊·德波在其作品《景观社会》的开头就指出:"在现代生产条件占统治地位的各个社会中,整个社会生活显示为一种巨大的景观的积聚(accumulation de *spectacles*)……它更像是一种变得很有效的世界观(Weltanschauung),通过物质表达的世界观。"② 尽管德波的"景观"与我们所说的风景之间有所差异,它旨在批判现代资本主义的意识形态,但它所指出的这一现象及其所提出的理论恰好为我们理解文学中的景观提供了帮助——对文学作品而言,尤其是小说创作,嵌入在人物形象塑造与故事情节叙述之间的风景所处的

---

① [美]段义孚:《空间与地方:经验的视角》,王志标译,中国人民大学出版社,2017年,第116页。
② [德]居伊·德波:《景观社会》,张新木译,南京大学出版社,2017年,第3—4页。

地位与其所抵达的意义,是否构成另一种"作品的世界观"?按照柄谷行人的说法,"风景之发现"构成了日本现代文学的起源之一,但他随之指出:"所谓风景乃是一种认识性的装置,这个装置一旦成形出现,其起源便被掩盖起来了。"而这个所谓的"认识的装置"实际上是风景于文学中的表现形成了一个外在与内在的反转、颠倒关系:"风景不仅仅存在于外部。为了风景的出现,必须改变所谓知觉的形态,为此,需要某种反转……换言之,只有在对周围外部的东西没有关心的'内在的人'(inner man)那里,风景才得以发现。风景乃是被无视'外部'的人发现的。"[1] 话中之意,用柄谷行人在序言中的解释就是:"风景的被发现并非源自对外在对象的关心,反而是通过无视外在对象之内面的人而发现的。"[2] 因此,在"风景之发现"后所论述的即是"内面之发现"——如果说"现代自我之发现"可以形成对"内在的人"的一种解释的话,柄谷行人就是试图从风景入手来形成对日本文学"现代自我"起源的考查。但无形之中,风景之发现反而造成了另一种"认知的效果",即他所谓"从外到内的认识性装置"之外的写作者、阅读者乃至于研究者,基于此反倒又形成了"从内到外的认识性装置"的二重性效果:它提醒我们经由"内在的人"而抵达对风景本身的重视。

认识一个地方,哪怕它只是文学世界中的地方,第一印象无疑都是风景,作为画面出现的风景,作为光影构成的风景。它作为客观化的自然存在,勾勒出了一个地方的地理山水、生态环境等,它们天然地形塑着一个地方的生活方式、风土人情与地方人的性格。

---

[1] 以上引文见〔日〕柄谷行人:《日本现代文学的起源》,赵京华译,中央编译出版社,2017年,第15—18页。
[2] 〔日〕柄谷行人:《日本现代文学的起源》,赵京华译,中央编译出版社,2017年,第15—18页。柄谷行人从风景画等艺术形式入手,探讨风景之发现的内面之转换,从而得出"认识的装置"之事实,是在强调"现代自我之发现"对于日本现代文学的起源的重要性。

正如研究者所言,"景观概念,它能使地点和关于地点的想象联系起来,同时也表明地理、艺术和文学这几大门类彼此关联","地理位置其实并不重要,重要的是赋予它们价值和意义的空间结构以及每个作者与这些空间所产生的关系又赋予了这些空间以何种形象和形式"。[①] 作为风景的地方和文学世界的景观呈现出互为表里、构成内与外的互文性关系,从而建构了属于"地方意识"的文化属性。与此同时,理论思考常将风景勾连于"风土"这一概念之上,认为"同时以生物学、存在论和逻辑学为基础……风土并不是固有存在的,而是取决于一定的主体(生命体),以适宜自己的方式去领会、感受"。[②] 这也正是"风景的心理内部"与"风景的表征外部"之关系的一种写照,它既是地理的地方之呈现,也是作家内在感知的表达,将内部与外部融合为一而形成的综合性认知。出现于作家笔下的风景就带着地方个体的风土感觉,亦是作家对故土的认知、提炼与塑造——必须出于对风土的存在论式体验,方能让风景构成作品的有机元素,融入到文学世界之中并给阅读者烙印其文学世界的第一印象。基于此,有研究者就认为:"景观,作为对象或形式,在很多情况下,被转换成'看的方式',并且在其他情况下,是某种可能含义的文本书写和描写。"[③] 从自然地理的风景挪移到文学文本中的景观,其间所形成的变化、张力等也恰好构成了从风景到"观看方式"的某种内在转变,这在林森的创作中较为明显地体现了出来。

对林森而言,他所生活的地方海南岛,恰构成其作品景观之来源,换一种方式来说,地方及其风景深刻地影响着他的作品,甚至

[①] [法] 米歇尔·柯罗:《文学地理学》,袁莉译,福建教育出版社,2021年,第152页。
[②] [法] 边流久:《风景文化》,张春彦、胡莲、郑君译,江苏凤凰科学技术出版社,2017年,第1页。
[③] [英] 凯·安德森等:《文化地理学手册》,李蕾蕾、张景秋译,商务印书馆,2009年,第289页。

是某种"本源性"的命运与写作创生的契机——《唯水年轻》中林森借助曾祖母陈述道:"我们家的人,离得了水?这些年,你不也靠海吃海?"① 海南岛对于林森及其作品而言是命定性的,其所生产的风景,海洋、海风、渔村、渔船、棕榈、椰树、岛屿等,乃至于窗棂上被海风所侵蚀的斑驳痕迹、咸腥味所塑造的居民嗅觉、围绕海洋而产生的《更路经》以及由此而来的各种风俗习惯、日常人伦等,都构成了小说作品中人物及其生活世界的命定性。此类种种在构成林森创作契机的同时,小说中的故事本身亦呈现为一种景观:出海而亡的人要在海底龙宫采一块石头压在棺椁中,当一代代人"与水相伴、以水为命"走过了他们的生老病死之后,唯水年轻,朝气蓬勃,它持续性地锻造着海边渔村和渔民的命运,决定着他们的生死与日常起居。小说的叙述者多年后重返渔村,尽管摆脱了传统的"与水相伴、以水为命"生活方式,但从本质上而言其只不过是开辟了现时代"人与海洋相处的新模式"罢了,殊途同归。长篇小说《岛》开首处的鬼火、岛屿之外的岛屿、台风等作为小说的景观,也构成了《唯水年轻》中故事讲述者镜头中的光影、画面——它们本身就象征性地、隐喻性地成了林森文学作品的光影与画面。对于海南岛而言,风景是可资开发的旅游资源,入于林森的笔下也构成了其迥异于其他作家的画面构成、光影调和,成为林森理解个人生命存在方式的路径,也决定着他作品中人物的命运起伏,一如《岛》中那个退伍军人所经历的生活。

如果说《唯水年轻》《岛》还都是"水中景观",那么《海里岸上》则借助两位老渔民的人生选择将海洋化为生存场域,将岛屿与木麻黄编织在人物的命运之途,从而使"海里"与"岸上"形成"海南岛景观二重风貌",是将景观命运化,也是将命运景观化——

---

① 林森:《唯水年轻》,《人民文学》,2021年第10期。

老苏与阿黄二人从岸上去往海里，再从海里返回岸上，一如他们的出生与死去，时间的流逝不仅仅造就生命的老化，还体现在景观的变迁上：《更路经》与罗盘让位于现代导航系统、木质渔船与钢筋渔船的对比、耕海人的捕鱼为生转变为景观构成旅游经济……甚至连曾经决定命运与生活的器具罗盘与《更路经》都被"风景化"，成为"岁月的景观"。小镇的旅游开发日甚一日，海洋从田地变为纯粹的风景，连同渔民们出海的祭拜仪式、房屋、渔业工具等，都被景观化。与此同时，器物性的工具、生存性的用具、文化性的行为等，作为时间流逝中必然被更新换代的对象，它们的景观化本身就是海南岛生活转变的必然性，凸显为每个生存于其中的人物的命运。这也正是《唯水年轻》中带着沉重的使命感面对海洋的"返乡者"所昭示的更为深刻的内涵，即在林森的审视中，景观从一种客观存在的风景、光影、画面，变成了观察海南岛的"观看方式"，也无意中将景观融入到关于海南岛及其居民的命运思考。

"文学景观的独特性是一种想象和感性的东西，也是一种个人的风格……通过作品让我们认识的那个世界的形象，是由作家通过写作的形式和内容塑造的。"作品中的"那个世界的形象""所指代的不仅是一般意义上的土地，还有内外部的景观，承载着叙述者的全部审美和意识形态"。[①] 风景作为地方的外在突出表现，以"观看方式"的存在路径经由林森反刍后，形成对海南岛生存状态的独特观察，并进而构成文学作品中的景观——它们穿越地理、人文、风俗等面纱，直接透视"作为一种命运的景观"及其所起到的作用，形

---

① [法]米歇尔·柯罗：《文学地理学》，袁莉译，福建教育出版社，2021年，第118、157页。后一句引文是柯罗分析巴贝尔·多尔维伊的作品《受蛊惑的女子》中作为景观的"莱塞荒原"时所提出的观点，意在强调景观本身不但包含着呈现为光影、画面的景观的外部，更包含着景观描述者内在的情感、思想与审美观点和意识形态。

成了属于林森的"个人的风格",促成了其作品独特质素的产生,使其作品呈现出别样的思想境界。不管是生活在海南岛的以海为生的老一代,还是努力要摆脱海洋影响并开创新生活的青年人,他们命运中的决定要素—如他们必须面对的海南岛的景观,隐而不显地决定着他们人生的走向。正如柯罗论述到的那样:"'景观'这个词显然不是指他生活或旅行的地点,也不是他在作品中描述的地方,而是指某一个特定世界的形象,某种与他的风格和他的感悟密切相关的形象:不是这样或那样的参照物,而是一组'所指'的总和,是一种文学的建构。"① 得益于这种"文学建构",林森在自然地理学意义上的海南岛基础上,经营着他的"文学海南岛",从而形成一种来自自然又独属于文学的"个人的风格"。

风习、风情与风格:林森的"文学海南岛"

即便我们强调风景对林森小说的影响,它们渗透于故事讲述的过程、影响着情节发展的走向、左右着人物命运的塑造,甚至形成文本内部的"哲学思想与生命观",但毕竟作为第一印象的景观尚且停留于故事的装饰层、环外层,构成小说人物生活的环境,它所起的作用还始终处于遮蔽状态,这个状态需要经由中间层面的转化才影响到人物的行为乃至于思想习惯,构成他们独特的"生命的习性"。如果说风景是"地理的海南岛",那么风习便是"历史的海南岛",它即便是鲜活地存在于当下的日常生活中,也无法掩盖它"历史的层积"之本性,正是风习的存在使得风景再次被激活,转化为开敞状态的衣食住行、吃喝拉撒的生活领域,内在地促成了"地方的风格"之诞生,从而让风景从"外部的观看"变成"内部的自

---

① [法] 米歇尔·柯罗:《文学地理学》,袁莉译,福建教育出版社,2021年,第112页。

我",它们是属于"文学的海南岛"的,也同样构成了林森的日常经验与思想风格。毕竟,"一个文学空间所产生的真实效果并不在于它和外部地理现实的彼此对应,而在于其表达'内心家园'的能力"。①林森把他关于海南岛的理解所形成的"内心的家园"成功地转化为"文学的海南岛",使自然地理的风景、光影和画面变成一种文学建构的景观,反过来再促成"作为地方的海南岛"的形象化,既重绘了当代文学的丰富图谱,又给海南岛的历史增加了一抹亮色。

显而易见,单纯地停留于"文学的景观"还只是形成关于海南岛认知的风景层面,在"文学的海南岛"的塑造上,风景转化为风习与风情构成了林森"文学海南岛"的第二层次,或者说回答"什么是海南"的另一个侧面。它更为隐蔽,甚至天然地被景观所遮蔽,只构成促进情节发展的有力要素,从而使得它作为景观的本质被忽略。一般而言,强调"地理的作用"是看到自然地理某种程度上决定着人类的生存方式,强有力地塑造着人类的行为与日常的行为习惯,逐渐积淀为风习,这在人文地理学的研究中是一个重要的课题,即"人地关系"。"环境决定论"与"人地可能论"是两种较为极端性的观点,前者的代表甚至包括亚里士多德、孟德斯鸠、拉采尔、亨廷顿等,后者的代表主要是白兰士、白吕纳等。在两种观点的基础之上,形成了"人地相关论"的思想,主要代表是一些人类学家如博厄斯等,他们强调:"自然环境为人类提供了多种可能性,利用什么及如何利用完全取决于人类的选择能力。人类对外界环境的适应不是被动的,而是主动的。"② 直到后来,"人地协调论"提出了一种人地关系的动态过程,认为"协调(harmony)是指各种物质运动过程内部各种质的差异部分、因素、要素在组成一个整体协调一致

---

① [法]米歇尔·柯罗:《文学地理学》,袁莉译,福建教育出版社,2021年,第108—109页。
② 孙鸿烈:《地学大辞典》,科学出版社,2017年,第418页。

时的一种相互关系和属性,表现为一致性、对称性和有序的特点。……不取消事物的差异性和它们之间的矛盾斗争,是事物对立面的统一、差异中的一致"。① 人和地作为"地球系统"的有机构成,既不是地理决定,也不是人类决定,而是在互相适应的过程中形成一个互相依赖、互相促进、协和一致的循环。人类依托于自然环境而获得的环境知觉与环境认知,成为人与自然之间相处的重要过程。"环境认知是人们对地理环境识记(记忆的开始)再现的一种形态,当人们对以前识记的地理环境再度感知的时候,觉得熟悉,仍能认识,经过进一步分析思考后能够做出知觉判断。"② 地理以各种方式作用于人对世界的认知,从而形成"地理知识"③——甚至可以说,人类所获得最初知识来源于"地理印象",这些"印象"就是各种"地理景观"的刺激所留下的痕迹。不仅如此,"地理知识"的获取并不意味着人是被动地接受"地理景观",同样还存在着"地理想象",也就是哈维所说的,它能使"个人去认识空间和地区在他们自己经历过程中的作用,去协调与他们看得见的周围空间,去认识个人之间和组织之间的事物关联是如何受到分离他们的空间的影响……去评价发生在其他地区的事件的关联性……去创造性地改变与使用空间,以及去正确评价由他人创造的空间形式的意义"。④ 如果说"地理知识"带有"环境决定论"的腔调,那么"地理想象"则带有"人地可能论"的遗韵,但二者长期并存于人类社会之中,逐渐混合为习以为常的生活现象、风俗习惯,贯穿于日常生活的细

---

① 陈慧琳:《人文地理学》,科学出版社,2013年,第16页。
② 赵荣等:《人文地理学》,高等教育出版社,2006年,第358页。
③ 布朗、赖特、洛温塔尔等人强调人类环境感知的多样性,提出了"地理观念""地理思想"等概念,进而形成地理学研究中的"地理知识论"。相关介绍可参见[英]约翰斯顿:《人文地理学词典》,柴彦威等译,商务印书馆,2004年,第269页。
④ 转引自[英]约翰斯顿:《人文地理学词典》,柴彦威等译,商务印书馆,2004年,第254页。

枝末节。因此，风景转化为风习并渗透于日常生活的缝隙之中隐而不显地起着作用，这就是"人地关系"实际中某一个侧面的表达，它们不但影响着林森，形成其独特的"地理思想"，并以一种"作为世界观的地方"潜在地影响着林森笔下的人物。

对风习的眷恋正是对地方的怀念——从之前的《关关雎鸠》开始，林森就对海南的地方风俗尤为关心，对军坡节的描摹几至于事无巨细，并对这种节日逐渐衰落而忧心忡忡。如此思想延续到《海里岸上》中，则表现为对开渔节的详细展示："每到开渔之前，渔村的人都会提前商量好祭拜的程序。海风灌涌的港口上，聚满渔村老少。锣鼓敲响，祷词念出，人人都点香烧烛，祭拜大海，也祭拜那些丧生在大海中的人。"[1] 如果再将开渔节与《更路经》、罗盘、海南渔村旅游等并置在一起，风景与风俗之间的自然而然的转化就更为明显——它们经由风景的日常化而融入到生活的细部，并从此获得与生命息息相关的连接，从这一连接出发，林森将风景构筑为海南岛居民的命运，他们的衣食住行寓于外在于自身的风景之中，他们的生老病死居于内在化的自然地理风景之中，即便时代发生重大变迁，风景却并未改变，改变的是人与风景相处的方式，亦即日常生活的风俗与习惯。我们都知道："民俗起源于人类社会群体生活的需要，在特定的民族、时代和地域中不断形成、扩布和演变，为民众的日常生活服务。"[2] 它根植于自然地理并受其限制，随着时代的流转而演变并逐渐定性，使"地方人"逐渐地适应着"地方的条件"，显示出独特的地方造就独特的民俗特质，这尤其体现在物质生产民俗、物质生活民俗、岁时节日民俗等方面。所谓"因地制宜"，正是从风景向风俗转变的机枢，也概括性地指出风习之传承有着

---

[1] 林森：《海里岸上》，《人民文学》，2018年第9期。
[2] 钟敬文：《民俗学概论》，高等教育出版社，2010年，第3页。

"层累地造成"① 的历史的一面，但同时也指明作为内在驱动力的地理所构建的"心理风格"。《心海图》中从遥远的美国归来的"亡人"不禁从飞机舷窗眺望故土山河，由衷发出如许感慨："山水、流云与空气，也自带口音？"并将故乡的山河与他方的景致进行一番比较后认识到："一样的高坡隆起、一样的枝叶遮蔽、一样的花草弥漫，组合出来，却不是带着方块字的山；一样的河道蜿蜒、一样的落霞铺满、一样的水珠飞溅，也只能连缀成字母词汇的水。"② 故土之思冲破时间的尘封扑面而来，故乡依旧如斯，甚而坍圮的老屋、荒草漫野的小径、一时无法喊出的名称……地理的种种化为风习的种种融入一个人的血脉，成为经久不息的心理河流，促成内在自我的建构，这就是研究者所提出的"地理自我（geographical self）的重塑"："景观中除了一些形象、看得见的物体之外，还包括许多看不见的、但又非常有价值的东西。"③ 不唯地理自我的塑造，还包括风俗习惯对人类行为的影响、日常生活与自然地理的融洽等，因为随之而来的祭拜祠堂、族人欢宴等与儿时临海而居的种种经历叠印重合，构成了一幅独特的"海南风情图"，图上所写正是"人性的地理格调"，它属于海南岛所塑造的风姿与神韵，内在于此地此土的乡人。"地方性格"在这一重观察中，就突显了出来。

从某种程度来说，所谓"地方性格"实则是人类依赖于地理环境逐渐形成的风俗习惯演化为人类行为的风格，潜移默化地熔铸成地方乡民的性情从而构成他们的内在心理习惯。心理学上往往认为

---

① 此处所引为顾颉刚等"古史辨派"较为有名的观点，但与原意略有出入：风习本身也是层累地造成的，尤其指的是时代为加诸地方（自然地理要素）之上的层累，从而演化出不同地域的独特风俗习惯与日常行为。相关论述可参见顾颉刚：《古史辨第一册自序》，《顾颉刚全集》（第一册），中华书局，2010年，第1—90页。
② 林森：《心海图》，《人民文学》，2023年第9期。
③ 王鹏飞：《文化地理学》，首都师范大学出版社，2012年版，第196页。

性格是"与社会道德评价相联系的人格特质。即后天形成的品格。如诚实、坚贞、奸诈、乖戾等可做善恶、好坏、是非等价值评价的心理品质……由外界环境造成的深层的、固定的人格特质"。① 作为一种"独特性以及行为的特征性模式""一系列复杂的心理品质，具有跨时间、跨情境一致性的特点，对个体行为的特征性模式有独特的影响"② 的人格之一部分，强调"地方性格"的存在更倾向于自然地理的环境系统对人类行为的影响，以及建基于环境而形成的地方文化所促成的行为模式。与其他书写地方的作家不同，林森聚焦海南岛的作品在探究人的本性时，更能将地理自然、人文传统、风俗习惯的东西所凝结的"地方性格"给无一遗漏地展现出来，且在把握方式上更为敏锐、准确。《岛》中那个"岛外之岛"上居住的复员军人，坚韧不拔、刚毅硬朗、淳朴真挚，相比而言的"岛上之岸"的乡人们则善良、包容，为他提供生活所需，从不理解他的行为到容纳他的所为。"心海三部曲"则表现得更为直接，《唯水年轻》中父辈都英雄般地如丰碑一样耸立于海南岛的土地上，他们勤劳、宅心仁厚、质朴，新一代的成长尽管应和着时势的变化而有所改变，但父辈们血脉中写下的此种"地方性格"仍旧绵延不绝，得到继承与赓续；《海里岸上》同样用了父辈与子辈的叙述模式，老苏等老一代海里刨食时所表现出的不畏艰辛与凶险，勇敢承担海洋带来的一切威胁，留守于岸上的女性则默然承受所有生活的重压、苦难，与丈夫们共同担起生活的责任；《心海图》虽然讲述的是一个"归来的故事"，但他更是一个"心灵重返故土"并重温儿时美好的故事，艰难的海岛生存环境逼迫父辈们用双手供养下一代，他们从未退缩而

---

① 林崇德、杨治良、黄希庭：《心理学大辞典》，上海教育出版社，2004年，第1461页。
② ［美］理查德·格里格、菲利普·津巴多：《心理学与生活》，王垒等译，人民邮电出版社，2016年，第422页。

是极力为小辈们营造幸福、轻松而愉悦的生长环境，对小辈们无以复加的爱与心疼，实际上表现了海南岛乡人们"地方性格"的温柔一面。很明显，从风景到风习再到风格，最后落于对人的本性之探究，林森用他的妙笔在《岛》、"心海三部曲"中描绘了一个风格独特的"文学海南岛"，它既包含着独特优美的风景，又有感人至深的画面，还于此类可视的幕布背后置入习焉不察的风俗习惯、人心人情，从而由外及里并由里及外地展示了"文学海南岛"的方方面面，令人读后恍然领悟：原来这就是海南岛，原汁原味的海南岛。

作为地方的海南岛及其文学地位

讨论林森及其"文学的海南岛"就不得不提近两年兴起的"新南方写作"这一概念。在学者的论述中，作为"南方之南"的"新南方"天然地就包含着地理区位独特又兼有岛屿与陆地性质的海南岛。[1] 就海南岛的地理区位之独特性，林森曾撰文言及："很多年里，现今的岭南、西南、海南等地，是流贬之地，把失势官员打发前去，山高路远归期难，对某些人来讲，是比死更难以接受的惩罚。那些被贬谪的官员一路向南，是被甩出去的，甩离中心，甩到'夷'、甩过'鬼门关'、甩至世界尽头的'天涯海角'……那时的'南'，瘴气遍布，'鸟飞犹是半年程'，失意者们能够做的，不外乎'独上高楼望帝京'。'北望'当然也就成了失意文人们某种独特的姿势，渴望重新回到中心去——即使到了当下，作家们也仍要溯河'北上'，抵达'通州'，才算安放完自己的文学身份。"[2] 事实上，许多批评家在谈及"新南方写作"时聚焦于其审美精神、地方文化等，但这一概念的提出其背后所蕴含着的"地方与中心的政治学"面相却被悄

---

[1] 相关论述可参见杨庆祥：《新南方写作：主体、版图与汉语书写的主权》，《南方文坛》，2021年第3期。
[2] 林森：《蓬勃的陌生——我所理解的新南方写作》，《南方文坛》，2021年第3期。

然掩盖——地方与中心,从来都是一对常说常新的概念,尤其后结构主义的大师们"解构"中心、"去中心化"的理论中,① 这一对概念的冲突、内含的张力等得到了点燃与释放。"新南方写作"毋宁说是一次文学创作与批评领域的"去中心化"运动,它旨在强调"地方作为中心"的一种可能性,并且"解构中心的中心位置",甚至"将中心地方化""将地方中心化"。这就牵涉着"地理自我的重塑"等问题。

在文化地理学的相关研究中,"地理自我"意味着任何一个独特的个体,经由自然环境对生活方式、风俗习惯、文化传统等的塑造,从而获得了被赋予个人的地理身份,并在地理身份的基础上重新认识自我与周遭的地理自然及文化传统和生活习惯,以之作为人生的出发点与认识世界的立足点。一俟这种地理自我的身份建构完成,它又会反馈在自然景观之上,形成地理与自我的双重塑造与建构。"地理自我意识"的觉醒本身就是个体"身份获得"的重要方式,正如文化地理学研究者所言:"每个人,每个具体的人,都是一个具体的自我,他对地理事物有独特的认同,对景观、区域、地方等,有一个具体的结合方式,形成一套以具体的个人为核心的地理体系,一个地理要素的体系。"② 正是基于此,地方变得更具身份的价值和意义——个体总是首先从周遭环境获得确认自我的信息,并由此而建立一个中心来扩展向周围的世界,建构自我的认知体系。"地方有不同的规模。在一种极端情况下,一把受人喜爱的扶手椅是一个地方;在另一种极端情况下,整个地球是一个地方。故乡是一种中等

---

① 这方面的论述,尤以德里达为最猛烈。相关论述可参见[法]雅克·德里达:《论文字学》,汪堂家译,上海译文出版社,2015年。还可参见陈晓明:《德里达的底线》,北京大学出版社,2009年。
② 唐晓峰:《文化地理学释义——大学讲课录》,学苑出版社,2012年,第228—229页。在这部讲课录中,唐晓峰在对文化地理学进行解释的过程中,较为注重地方对人的依赖。

规模的地方。它是一个足够大的区域（城市或者乡村），能够支撑一个人的生计。……几乎每个地方的人都倾向于认为他们自己的故乡是世界的中心。一个相信他们处于世界中心的民族隐含地认为他们的位置具有无可比拟的价值。在世界的不同地方，这种中心意义是由方位基点所形成的几何空间概念明确界定的。家位于天文学上确定的空间系统的中心，联结天堂和地狱的垂直轴穿过了这个中心，人们设想星辰围绕自己的住处运行，家是宇宙结构的焦点。"① 这也是为什么，"新南方写作"一经提出，其所隐含着的"地理政治学"的意味虽未被着重论述但题中之意却依然十分明显。如果将此种"地理身份意识"放到更为宏大的视野下来考察，就必然会体现于《心海图》这样的小说文本了——在方延的认知世界里，海南岛无疑就是他的"世界中心"：海南岛不仅仅是南方与北方对比中的中心，也更是世界的中心，非洲与南美是边缘的或偏僻的，乃至于欧洲和美国也都是地方罢了。唯有作为故乡的海南岛，才是世界的中心，甚至宇宙的中心，这就是为什么"地理自我"的建构是个体获得身份认同的重要途径之缘由："身份是各种流动的地点，人们可以根据形式和功能之有利位置来做出不同的理解。"② 在《岛》与"心海三部曲"中，海南岛不仅是一个地理区位的所在，也不仅仅是一个自然环境的构境，更重要的地方在于，它还是一种自我身份的规定，甚至它本身就意味着自我身份。

"岛屿的中间状态"是思考"作为地方的海南岛及其文学地位"的另一个切入口。如果说"新南方写作"所蕴藏着的"地方与中心"之关系的解构还颇具"地理政治学"冲突与对抗的张力的话，那么

---

① ［美］段义孚：《空间与地方：经验的视角》，王志标译，中国人民大学出版社，2017年，第122—123页。
② ［美］戴维·哈维：《正义、自然和差异地理学》，胡大平译，上海人民出版社，2010年，第8页。

"岛屿的中间状态"则构成了更为温和地理解"海南岛的独特性及其历史与地理的地位"的抓手——海南岛首先是岛屿，因此它与陆地隔绝，在地理的交通意义上自成一体；但对海南岛周围的海域与岛屿来说，它又是一片足够大的大陆，成为渔民的故土家园与避风港湾。"岛屿与陆地的双重态"恰好规定着海南岛的位置——它既是地方，又是中心，一身而兼有互相龃龉的两种状态，而它本身则处于一种"中间状态"。毋宁说，"海南岛本身就是一个解构的符号"，它根本性地解构了地方与中心的冲突，否定了海洋与岛屿的天然的孤独性与偏僻性，甚至距离、交通、气候等也被消解了。毕竟，海洋就是四通八达的交通要道，也是最丰饶的土地，气候是附着于其上的天然滋养源，距离则恰好保证着它的自足性、圆满性，可以不受干扰地自成一体。因此，当我们说"海南岛是一种岛屿的中间状态"时我们不是强调它的"不是和不是"，而是在彰显其"既是和又是"，来自"传统中心主义的观点"所影响下的"身份焦虑"恰在"岛屿的中间状态"属性中被重新界定。从此出发，《岛》所讲述的故事就更加明晰地证明"中间状态"实则是"海南岛的天然状态"——海南岛作为故土、故乡、故地，相对于泛着鬼火的海中小岛而言具有强烈的向心力与中心性，它周遭的海洋不是隔绝它的艰难险阻，反而是成就它吸引力和中心性的天然条件，无论复员军人遭受的心灵创伤有多么巨大，也无论它在海中小岛的生存多么艰难，只要作为故乡的海南岛存在，他就能安于无虞，并且作为"岛屿陆地"，它能提供他生存所需要的食物和淡水、亲情与关爱。与此同时，《海里岸上》从标题到内容都在强调"海南岛的中间状态"属性——海里是更遥远的偏僻之所甚至是边疆，岸上则是可亲可爱的陆地与故乡，但海南岛本身仍旧漂浮于海里，它所构成的岸上即便具有极度的相对性却又毫无疑问地变成了苍茫大海的一个终点与尽头。"天涯海角"既是对陆地走向海洋的尽头的描摹，但只要用相反的观点来看，

"天涯海角"同样意味着海洋走向终结的陆地尽头的界定——"地方与中心"本就是"相对性概念","陆地与海洋"自然也具有这种"概念的相对性"。由此可见,"相对性"保证着地方与中心、陆地与海洋存在的合理性与合法性,任何一方失去也就意味着另一方的消失,因此"以海南岛为中心"就并不是作家或者文学世界中人物的矫情,反倒明证着深刻的辩证法哲理。

落实于林森的文学创作及其创作谈中所表露出来的"贬谪之地"的偏僻感,"地方与中心""岛屿的中间状态"恰好提供了一个文学谱系的反证:传统中心主义的观点正在随着"新南方写作"的崛起与持续推进而悄然经历着其边界与权限的消解,不管是从人文地理学的角度而言还是从文学的特质来说,"地方从来都是中心",因为"中心也是某一种地方而已",得益于地理自我的身份建构而形成的地方与中心的区分必然是脆弱且无法稳固、长久地存在的,它们并非刻板的印象,而是"流动的概念",其始终不变的内质实则是历久弥新的"地方性知识"与"认知的装置"。孔见在其《海南岛传》的结尾部分用"从边缘到前沿"的标题所揭示出来的不仅仅是"重新理解海南岛"的可能性,他还无意中言说了"新南方写作"的意义,即从边远一转而为前沿阵地,恰好是"南方之南"正在经历的深刻历史变化,而书写此一变化的文学作品必然将会在中国当代文学史的谱系中占有一席之地,毕竟"从某种意义上说,当代社会生活属于现在进行时,一切都还在生成、变化之中,尚未沉淀、封存起来,成为过去进行时态的历史"。① 必须立足于"地方性知识"与"认知的装置"来重勘海南岛的位置,并从此来观察林森的文学创作及其意义,锚定其在中国当代文坛图谱中的地位。

---

① 孔见:《海南岛传:一座岛屿的前世今生》,新星出版社,2020年,第506页。

"遥远的"历史与地理：时间、空间与认知的装置

不管是"地方与中心"的互质关系，还是"岛屿的中间状态"，对海南岛以及生活在海南岛的乡人与作家而言，它都常被给定一个"遥远的位置"。但时至今日，要理解"遥远的海南岛"就不能单纯地只是停留于"偏僻与边远的地方"的印象上，还必须深入到"遥远"的更为内在的本质上来厘清属于海南岛的"遥远的历史与地理"之意味。重新回到"什么是海南"的追问上来，所谓"遥远的历史与地理"其表层意义首先落定在"悠久的历史"与"风光独异的地理景观"上。且不说苏东坡以其卓绝的天才、抱着赴死的决心却写下淡然的"我本儋耳民，寄生西蜀州"[1]，即便唐朝宰相李德裕、宋朝宰相李纲等，也足以让"海南岛的历史延长线"伸向更为遥远的时间深处。与此同时，海南岛因其独特的地理区域而造成的风光逐渐成为旅游资源后，"海南岛独一份的景观"便成为认识海南的一张绝佳名片，地理自然的独异造就风俗习惯的独异从而带来生活方式的独异，将海南岛与其他地方区分开来。但更为深层的是，恰因奠基于历史与地理两方面的"遥远属性"，海南岛反而构成了一个文学的独有天地。林森自《关关雎鸠》开始所描摹的"海南风俗画"一直绵延到《岛》与"心海三部曲"，既是文学技巧的独特性之体现，更是地方性知识的凸显造就了文学的陌生化：景观上的海洋、椰树、沙滩、渔村、热带雨林，故事上的耕海、捕捞、葬身大海、海里岸上，生活上的咸腥味、鲍鱼之肆、咸风剥蚀，乃至于风格上的潮湿与黏腻、台风与暴雨……"地方的风格化"包含着写作者的修辞技巧、文学天赋、创作才能的同时，也包含着地方性知识促发下的文学之灵性的彰显与流露。或者说，海南岛以其独特的空间与时间，塑造着其地的文学样式，以空间地理与时间历史的双重遥远属性，

---

[1] 苏轼：《新编东坡海外集》，中州古籍出版社，2015年，第416页。

将文学作品也以"推远的方式"达成陌生化的效果,从而将海南岛带向阅读者的眼前。但不能忽略的是,这其实蕴含着一个"远与近的辩证法"的问题。

重回柄谷行人的"风景之发现",我们可以看到,如果说其中隐含着"作为对象的外在风景"与"发现风景的内在自我"之间"认知的装置"的话,亦即唯有返回自我的内在并发现人的内面,外在的风景才能得以被发现,那么"内与外的辩证法"实际上就构成了日本现代文学的起源,从而也就可以理解为什么他提醒风景发现之后随即会被遗忘的缘故。同样的道理,如今追问"什么是海南"所获得的第一印象乃是"遥远的地方""别样风情"等景观、风情,从而奠定了"海南的遥远属性",但它本身实际上包含着一个关于遥远和切近的"认识的装置"——由于遥远的海南之被发现而导致自身所处的位置被遗忘,这个被遗忘是以习惯成自然的方式而产生的,但遥远被发现的同时切近被遗忘也成为一个事实。也就是说,正是基于遥远和切近的"认识的装置","什么是海南"的追问就提请人们注意它同样存在着一个更为本质的、可称之为"远与近的辩证法"的东西:厘定地理和历史意义上的遥远本身寓指着一种"认识的装置"的存在,而对遥远本身的发现又潜藏着另一层次的"认识的装置",即遥远本身被置换为一种切近,通过亲临、道听途说、描摹与叙述等将海南岛置于眼前,因为一俟"遥远的海南岛"被言说它就被召唤至言说者的意识之中,从而化为言说者的一种内在的自我经验。文学恰好是实现这一"认识装置"的重要机制。

按照段义孚的解释,地方往往以故乡的面貌出现,这种情感认同、身份认同所带来的"作为世界中心的地方",恰恰是文学所提供的认知的装置——将地方与世界/中心进行了某种翻转。"地方是运动中的停顿,包括人类在内的动物会停留在一个能满足某些生物需求的地方。停顿使一个地方有可能成为一个感受价值的中心。……

故乡是一个亲切的地方。它可能平淡无奇，缺乏历史魅力，我们却讨厌外乡人对它的批评。它的丑陋并不要紧。"[1]"远与近的辩证法"所强调的正是这种"感受价值"的实现，它可以变成"故乡与亲情"，也可化为"满足需求的空间"，但内蕴于其中始终不变的乃是"认识的装置"及其所提供的遥远与切近的转换。《心海图》的"漂泊离去"与"重返故里"的叙述中，就深刻包含着此一关于"远与近的辩证法"的"认识的装置"——方延不远万里奔赴海南，还处于空中"悬浮状态"便感受到故土的召唤，身体上的亲临与心理上的重回怀抱共同塑造着他对海南的认知；随即而展开的海南岛上的快乐童年时光之铺排，则将个体对地方的价值感受烘托出来，它从遥远变为切近的事实不仅仅是物理学意义上空间与时间的变化，更是心理学的意识意义上空间与时间的扭曲、变形。对个体来说，方延所认识的地方经由"重返"的目光而促使景观被发现，但"风景之发现"毋宁说更是他个人内在的重识，从遥远的历史源头追溯地理的景观，再从切近的地理景观倒推遥远的往事记忆。类似地，若纯粹从地理空间的意义上来透视"远与近的辩证法"与"认识的装置"在林森文学创作中的意义，《岛》就变成一部独特的小说：岛屿相对于岛屿而言是边缘的、偏远的，但岛屿相对于陆地而言也同样是边缘的、偏远的，在"相对的关系"中海南岛变成了切近的存在，而退伍军人所处的岛屿变成了遥远的，连同他记忆中曾经的渔村和温暖的家庭一起变成了遥远的处所。因此，所谓的遥远与切近只不过是个体"认识的装置"罢了，它们所摆置出的与其说是"空间—地理"意义上的方位与距离感，不如说是意识的内在与情感的尺度。同样地，若纯粹从历史时间的角度来观察"远与近的辩证法"与

---

[1]［美］段义孚：《空间与地方：经验的视角》，王志标译，中国人民大学出版社，2017年，第112—118页。

"认识的装置"在林森作品中的价值,《海里岸上》与《唯水年轻》则提供了一个绝佳的观察视角:子辈在埋葬广义的父辈之时定然会预见其自身的"吾生之须臾"与埋葬父辈们遗体的海洋之"无穷"。① 这既是"唯水年轻"所揭示的生命之真谛,也同样体现在《海里岸上》老苏与阿黄的生命轨迹上,即海洋亘古如斯、永生不逝,人类生命的短暂变成大海的沧海一粟,他们以自身切近的躯体寿命之有限促成了遥远历史传统之无限,于是所谓时间的遥远被化为无数个短暂瞬间的切近之堆积。他们继承遥远的历史之由来,又指引着切近的历史之去向,从而"层累地造成"历史传统、地理人文。

林森的创作是如何实现"文学的认识的装置"并体现出"远与近的辩证法"的呢?这就需要重回开头处所提及的"风景之发现"与"从风习与风情而建立的风格",也就是"地方的风格化"问题。有研究者认为:"在针对某一个地方而生产的无数图像和信息中,作家常常会选择那些对自己有意义的,并根据某种逻辑来组合它们,而这逻辑往往与现实地理或历史毫不相关。"② 林森是超脱于海南又内在于海南的作家,他的文学眼光是全国化的也是世界性的,但正因此他才会选择立足于海南这一"地方"来拓展其文学世界的宽度与广度,给予其作品以深度与高度,因此"作为故乡的海南"与"作为文学的海南"是紧密地疏离着的,也是疏离地紧密着的。不管

---

① 比较有趣的是,在海南岛儋州市写下诸多名篇的苏轼曾写过《赤壁赋》,为劝导感叹"哀吾生之须臾,羡长江之无穷"的客人而论述到:"盖将自其变者而观之,则天地曾不能以一瞬;自其不变者而观之,则物与我皆无尽也,而又何羡乎!"惜乎这一观点所具有的"远与近的辩证法"与"认识的装置"的意义少有人强调。参见张志烈、马德富、周裕锴:《苏轼全集校注》,河北人民出版社,2010年,第27—29页。
② [法]米歇尔·柯罗:《文学地理学》,袁莉译,福建教育出版社,2021年,第107页。

人们认为"风景是可见的个人史和部落史"①,还是秉承如下观点:"需要批判地理解生态、文化、经济和社会条件上的差异是如何生产出来的,也需要批判地评价这样生产出来的差异之正义或非正义性质。……平等原则很可能必然包容某种有益的地理差异的增殖。不平衡的地理发展是最值得大力研究和关注的概念。进一步说,任何称职的历史地理唯物主义者都必定承认,在研究'什么是/不是正义'这个问题时,完全不同的社会生态环境暗示着完全不同的回答方法。"② 一个作家选择性地构建其文学世界,从而把"地方与文学"勾连起来,促成"地方的风格化"——从地理景观、自然山水、人文风情、地方习性等造成的地方之突显可称之为"作为地方的风格",它体现在《岛》与"心海三部曲"中的各种地方风物;从文学文本的语言修辞、文学本事、主题开掘以至方言入文等来观察,文学促成地方的"自我表达"与"语词呈现",可称之为"作为风格的地方"。前者是"风格即地方"与地方的独一无二性,或称之为"方志里的地方",后者是"地方即风格"与文学的地方性,或称之为"文学里的地方"。林森的作品从其考察地方人事以促成题材入于作品的角度来说,是对"方志里的地方"进行挖掘③,而阅读者凭借林森的作品以认识海南岛,认识海南的风景、风情、风俗与地方性格,将之用文字召唤并带向眼前,可以说是"文学里的地方"之形塑。也许"什么是海南"的追问,其答案就存在于林森的笔下、文本中,他通过独特的海南故事书写了一个"文学的海南世界",也同时创造

---

① [美]段义孚:《空间与地方:经验的视角》,王志标译,中国人民大学出版社,2017年,第129页。
② [美]戴维·哈维:《正义、自然和差异地理学》,胡大平译,上海人民出版社,2010年,第6页。
③ 《心海图》末尾的"附记"尤为明显地体现出"方志里的地方"的意味,包括《岛》的故事来源,均是如此。可参见林森:《岛》,北京十月文艺出版社,2020年。

了一个"海南岛的文学世界"。因此,甚至可以说,一千多年以来,当我们谈论"什么是海南"时,我们会回想起"苏轼的诗";若干年之后,当人们再次谈论起"什么是海南"时,他们也许会回想起"林森的文"。

Part3

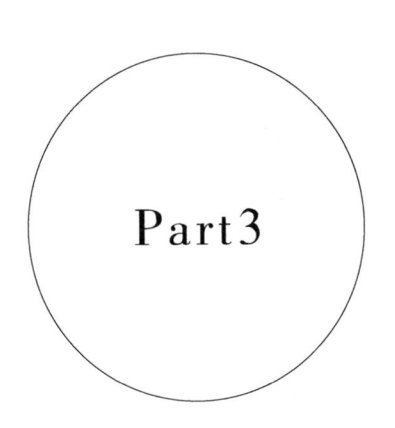

创作谈

今天，我们还期待什么样的写作？
——在 2016 年 12 月 7 日"林森小说创作研讨会"上的发言

感谢海南省作协组织了这场研讨会，感谢各位同事的辛勤劳动，感谢几位从全国各地来到海南岛的评论家，感谢省内各位作家朋友的到场。海南省作协是很少组织本省作家的研讨会的，这并非海南值得研讨的作家少，而是因为海南岛深深影响了海南省作协的办事风格。韩少功老师在他的文章里写过："海南似乎一直处于中国这个大舞台的最后一排，大部分时间里充当观众与旁观者。"也就是说，在很多时候，由于远离政治、经济的中心，我们海南人不那么擅长歌唱——即使我们可能已经拥有了海风、海浪一般动人的歌声。这一次省作协组织这么一次活动，我更愿意把其看作是对海南所有年轻作家的一种鼓励和期待，而不是对我个人作品的讨论。

各位发言的时候，我一直在听，好话我听到了，有些意见，可能表达得有些曲折，我也听到了。对一个写作者来讲，最困扰我们的，其实也是一个写作中永远会遇到的问题：今天，我们还期待什么样的写作？不少人都思考过我们的写作资源，不外乎三个：一是中国的传统文化，二是西方翻译过来的文学经典，三是五四新文化运动以来的文学传统。但这些貌似清晰的问题，当我们试图展开的时候，每一个都千头万绪、互相纠缠，每一个都再也没那么清楚，甚至会让我们越来越疑惑。

作为一个杂志编辑，我希望能看到好稿子，但并非能时时看到好稿子，尤其是小说。我记得，三聚氰胺事件出来的时候，有报纸报道哪个地方的奶农的牛奶没法卖了，只好倒掉，很快我们就收到了写奶农倒牛奶的小说；我们杂志有时发了一些写乡村的文章，立即有大量同类的作品投来。面对这样的稿子的时候，我们难免会显得沮丧。很多作家，目光仅仅注视在十六开的杂志版面上，忽视了眼前阔大的世界，我们能期待他们写出什么来？

现在我们讨论一个作家，先是找出他的年龄，把他安在"几零后"的框子里，再开始说话，我们甩都甩不掉这个紧箍咒。好吧，既然如此，我就谈谈我们这代年轻人的写作吧。

第一点，很多人的写作，和时代割裂了。

如果稍微有一点关注的话，其实就会发现，在很多人的印象中，我们这代作家出道的时间是很早的，但这往往却是一个假象，因为在这些作家逐渐跨到三十多岁的时候，我们回过头去，又发现，这其实是无比晚熟的一代人。他们到现在，还没写出为我们所熟知的重要作品——而莫言、韩少功、铁凝、余华、苏童在这个年纪的时候，其重要作品早已出现。造成这个结果的原因有很多，但毫无疑问，这些作家没有处理好与时代的关系，没有找准自己在时代中的位置，这是其中很重要的一个原因。这批写作者，从一开始，就从生活现场退出，把自己关闭到个人的小屋子里，很多已经发生、正在发生的事情，没法引起他们的注意，他们书写的，仅仅是个人的喃喃自语。不是说这些自语就是完全和时代割裂的，但是，这种自语陷入自恋之后，放大了个人的小悲欢、小哀怨，目光已经没办法注视到十米开外，这就使得，他们的书写，变成了一些孤零零的心灵断片。这样的书写，当然也折射了他们的某一部分内心，但他们却沉迷而不反省、享受而不反抗，也就因此，遮蔽了更大的层面，遮蔽了对整个时代的关注。

我们看到大量年轻作者的作品，可以用自恋的梦话写上二十万字，可那么长的篇幅里，我们却看不到他们对时代的忧虑思索，看不到他们对呈现这个时代的雄心。倒是有一些人，没有关注当前的时代现场，把目光投向了明朝、投向了更遥远的时代，可他们是书写历史吗？没有，他们更多地，是要在一个架空的地方，开始更加孤绝的自语与独白，彻底扯断和时代的关系。他们的写作，把自己从历史与现实中抽离出来，变成了漂浮的一代。于是，我们在这些作者身上，很难再看到那种历史、时代的浑厚苍茫，看到那种起伏的命运感，而仅仅看到一个个孤魂般的身影。

当然，现在也开始有一些写作者开始真正思考我们所处的这个时代，关注这个时代真正发生了什么，但，这样的作者还是太少，这样的作品就更少。我想说的是，如果连这些最该富有活力的青年作家，都没有去表达好、记录下我们这个时代，难道期待那些已经丧失观察能力的老人和若干年之后的后人来表达吗？

第二点，很多人的作品里，人死了。

我觉得，当前文学作品里最大的一个问题，就是人死了。不知道从什么时候开始，文学的很多功能在被一层层剥离：比如说，文学的教化功能失去了。在今天，如果谁还要在作品当中宣扬某种道德感、价值观，往往会被讥笑为"毁三观""情怀癌"。价值立场，在文学作品中被一步步驱逐，直到彻底退出。现在到处在说"IP"这个概念，什么是"IP"，其实就是知识产权，可现在在大众的认知里，IP变成了一个故事原型，围绕着这个原型，就可以打造电影、游戏、电视剧等等，也就是说，只有适合转化为经济效益的，才是一个好 IP，价值观是不能卖钱的，只好在 IP 时代死去了。还比如说：文学的审美功能失去了。在一些经典作品那里，文字自身是能传扬出美感的，可现在，文字只剩下一个功能——吸引眼球。大家刷一下朋友圈，就会看到，文字所传扬出来的，和美无关，倒是和恐怖与表态有关，和传谣与自我麻木有关——大家看看那些"不转不是中国人"的帖子。当然，这是网络上的，在一些作家的小说那里，我们能看到的，也是一种以丑为美、以恶为乐的书写，人性之恶被挖掘却没有被惊醒、世事之恶被展示却没有被抵抗，却还沦为一种欣赏和玩味。

当然，最可怕的一点，是作为文学的核心的"人"，却在当代文学作品中死掉了。

我们看那些经典作品，其实是通过文字，看到背后一个个悲欢离合的人，看到他们的欢笑如何通过文字抵达我们的嘴角，看到他们的悲伤如何通过文字来到我们的眼眶。可现在，文学作品当中，我们再也看不到人的活动，倒是满篇充满着作者的自恋与哀怨，他们笔下的人，不再具有独立思考的能力，不再具有起伏的命运感。很多人物，仅仅被简化为一个活动的符号，成为作者宣泄个人不满的道具，他们的哭与笑，都已经不能再打动读者，他们的每个举动，带来的，仅仅是读者的嘲笑。这么些年来，当代文学作品中，诞生了哪个让我们挂念在心的人物呢？

人物之死，使得所有的事件，成了一团虚无。

出于对中国很多儿童文学的不满，我曾给自己的小孩写童话故事，虽然没有持续下来，但我有过这个尝试。出于对很多中国作家尤其是同辈作家的不满，我干脆自己来写我所经历的时代。今天的我们，还能写什么呢？大家拿着手机，就可以跟美国人民一样，一边嘲笑特朗普，一边目瞪口呆地看着他当上了美国总统；大家拿着手机，比坐在全国作代会现场的人还咬牙切齿，骂莫言怎么会说出那么一番话？拇指一刷，我们便以各种方式，和这个时代的洪流一起，奔涌向前，在此时，我们还需要文学吗？我们还需要怎样的文学？

现在，更为安全的写作与阅读，是很多人的选择。所谓的"安全的写作与阅读"，就是说，在书写的时候，作者充分考虑了读者的感受，提供了一种有限度的抚慰，能让作者在书写中，获得很好的回报，而读者，则在阅读的过程里，得到了某种抚慰——那么多心灵鸡汤和小清新的写作，不就是这样的吗？当然，也有的人，抚慰的技巧更加高超，如果还能让读者感悟到某种"思考的优越感"，那就更好了。

但，我不愿意进行这样的写作。大家知道，我所工作的《天涯》杂志，一直以切入时代、深入思考著称。韩少功、蒋子丹等编辑部前辈，给《天涯》注入了一种精神气质，我们的现任社长，曾形象地称之为"贴近地面的飞翔"。我的大部分文学作品，都是在《天涯》工作的业余时间完成的，因此，我的小说创作，当然也和参与《天涯》杂志这些年的编辑工作密不可分。"道义感、人民性、创造力"是《天涯》杂志的办刊宗旨，这几乎也成了我作为一个作家的创作宗旨——当然，我并没有达到这个目标，但这样的理念，总是在写作的过程中时时跳出来提醒我。无论是编杂志，还是个人的文学创作，其实，我倡导的，无非是我前面所反对的那两点的对立面：一、重建我们与时代的关系；二、让人在作品当中活起来。

从十年前的《小镇》，到五年前的《关关雎鸠》，我都试图在小说当中，完成我对时代的思考，也记下我内心深处的某些人。在小说集《小镇》中，我把目光注视在一个封闭而又开始涌动起来的小镇，让一个个人活动开来；在小说集《捧一个冰椰子度过漫长夏日》中，时代的瞬息万变，不断地改变着我们生活的周围；在长篇小说

《暖若春风》里，我试图在草蛇灰线里，从一个家庭内部，重建我们与历史那残缺却难以割舍的联系；在长篇小说《关关雎鸠》中，我试图表现整个时代在一个偏僻小镇的投影：旧的秩序在崩塌，新的还尚未建立，而处于"礼失"和"求礼"之中的人，经历了怎样的欢笑与泪水。

自己谈自己的小说，是很茫然的事。韩少功老师有一句话说："想不清楚的事就写成小说。"连他都有很多问题没想清楚，何况我们呢？作为作家，能够给这个世界提供答案，当然最好——可我们何曾见到有哪本书给我们提供了一个完美答案呢？我们所能提供的，不外乎对这个世界的思考和疑惑，甚至只能提供思考的混乱与无序，有时我们连为何疑惑都难以说清。但，所谓的文学，不也正是这样的东西吗？作者所有的犹豫不决，都通过一个个人物与时代的摩擦，把某种让人心灵触动的东西，传给阅读者。

今天，各位朋友聚在这里，因为我的一些不成熟的小说，谈了很多，很让我受益。很多很好的意见，我会慢慢思考、慢慢消化，也有一些意见，或许我并不一定认同，但碰撞本身，就带给我很多思考。其实，虽然不愿意承认，但很多时候，作者是完全意识到一个作品当中所存在的巨大的问题的，可他为什么不改得更好呢？其实就是能力有限。所谓的写作，就是才华有限的我们，耗尽洪荒之力去完成一部注定残缺的作品。这三四年来，由于工作的繁忙、家庭琐事的纠缠，我写的作品并不多，还好，我并没有停下，下一部作品在写，下下一部作品，也在计划当中，慢是慢，但总会完成。

写出一部让自己满意的作品，不仅是我的梦想，应该也是所有作家的梦想。

谢谢大家。

蓬勃的陌生
——我所理解的"新南方写作"

在中国的历史上，可能由于作为政治中心的王城多在北方，"南方"在某种程度上是属于偏离了中心的。南宋时的杭州，被视为"偏安"，在"直把杭州作汴州"的诗句中发出"烂泥扶不上墙"的叹息；到了"崖山海战"时的"崖山"（广东新会），已是前无去路的败亡……很多年里，现今的岭南、西南、海南等地，是流贬之地，把失势官员打发前去，山高路远归期难，对某些人来讲，是比死更难以接受的惩罚。那些被贬谪的官员一路向南，是被甩出去的，甩离中心，甩到"夷"、甩过"鬼门关"、甩至世界尽头的"天涯海角"……那时的"南"，瘴气遍布，"鸟飞犹是半年程"，失意者们能够做的，不外乎"独上高楼望帝京"。"北望"当然也就成了失意文人们某种独特的姿势，渴望重新回到中心去——即使到了当下，作家们也仍要溯河"北上"，抵达"通州"，才算安放完自己的文学身份。

现在要谈及的"新南方"，并非江南——那是早已被无数诗人赞颂过的风流繁华地，万千华美文字早已构建了其耀眼的形象；也并非湖南、江西等地，这些地方在革命时期，散发着赤红的火光……

我们要谈的，是在文化或者更直接点说在文学上尚没有贡献出鲜明形象的那个更南一点的"南方"，广东、广西、海南等地，当然就在此列。尤其我所在的海南，无论岛上人承不承认，在历史上，其发出的声音是微乎其微的，以至于韩少功在海南建省后南下，还感慨"海南岛地处中国最南方，天远地偏，对于中国文化热闹而喧嚣的内地舞台来说，它从来就像一个后排观众"。当"后排观众"，不是你想不想的问题，而是没得选择的现实。很多年里，海南的前辈作家们最大的执念是"过海"——希望其作品能发在琼州海峡以北的刊物上——在这样心态失衡下写出来的作品，显然是缺乏优秀之作所共有的"自信"的。

我们见多了北方作家们在散文中描述乡村的衰败、枯绝甚至死亡，但这样的景象，可能在广东、广西、海南等地，并没有那么严重，这些地方的乡间，祠堂仍在，仍能把走出去的游子召唤回来，其心未散、其礼仍存——北方很多地方人情溃败的时候，这里仍旧保存有中国人最传统的人际与习俗，是为"礼失求诸野"。是的，这些需要被写作者重新认识、回返顾看的"新南方"，就有着某种"野"，这种"野"没有被不断叠加的各种规则所驯化、所圈养，有着让人新奇的活力。也是因为这种"野"，我们能看到改革开放，最先在广东开始；我们也能看到，海南建省成为最大的经济特区和目前作为自由贸易港的探索——我们没法想象这样的开放，最先从东北或山东这样的地方开启。如果我们往回看，康有为、孙中山等广东人，都是最早发出变革的呼声的。临近港澳，西风中转后猛然灌入，是广东最先开启改革开放的缘由；可往更早的时期追溯，下南洋、出海外，不断往外荡开，不安分的因子早就在广东人、广西人、海南人的体内跳跃——就算茫茫南海，也游荡着我们劳作的渔民。但是，这些元素远远没有进入我们的文学视野，远远没有被我们写作者所重视、所表达、所认知。以广东为例，近些年文学上最为大家所知道的是所谓"打工文学",但这是一个外来者旁观的概念,以"打工"囊括了广东大部分的文学声量,也让其丰富性急剧缩减。这些年里,深受港澳台文化的影响又不断向外看的广东人,经历何其丰富,哪是"打工"二字可以说清的?

可说来容易,真要开始"新南方写作",如何寻找到书写的路径,是摆在写作者面前最大的难题。其一,当然是向内寻。南方特有的气候、土地、风物、习俗……再加上走在开放的前列,最新的技术、观念、潮流不断冲击,这里发生着最激烈的世事变迁和心灵动荡,其中的撕扯,本就具有强烈的文学表达空间,从朱山坡的《风暴预警期》《蛋镇电影院》、陈崇正的《黑镜分身术》《香蕉林密室》《美人城手记》、林培源关于潮汕小镇的系列作品中,我们都可以看到这种碰撞所激起的波澜——这当然也是我在自己的《关关雎鸠》《岛》等作品中,希望去处理的命题。搜寻这片土地上的新题材、新空间、新形式、新气息、新故事、新人物,是这些地方有野心的作家们的使命,他们应该有认知,不随大流、发现自己。而且,这些作品,往往有赖于本土写作者的深耕——韩少功移居海南三十多年,仍旧得写湖南汨罗,海南仍旧没有在他笔下被构建、被呈现。其二,则是向外看。单纯的地方挖掘,是看不到自身的,有坐标、有镜像,才能确认自身的位置和形象。以天气为例,海南人去北方见识过冬天的寒冷之前,对四季是没有概念的,我们只有暑天和凉天。小时候,我们读语文课本,说秋天落叶黄、冬天白雪飘之类,是不明白的,在我们眼中,别说没有白雪,甚至没见过落叶枯黄的时候。在北方待满一年之后,才可以察觉,真的有四季之变、有二十四节气的轮转,但在这种外省体验、外在目光介入之前,我们对于海南岛,是不会有自我认知的。前些年,诗人沈苇来海南,对我说:"你们海南岛的叶一直绿、花一直开,不累吗?"他以一个外来者的目光,看到叶落叶长花谢花开中流动的变,而我们在一种恒定丰满的绿色之中，对时间的流逝毫无知觉。这种向外看，也是为了更好地向内寻。其三，拥有一种世界性的认知。涉及地方性的书写，最容易带来的，是进行奇风异俗的展示，沦为被观看的"他者"；可我们要意识到，文学之所以是文学，就在于它能提供某种能与他人交流、引起共情的价值。从这个角度来说，写作者最不应该提供的，便是"猎奇式的展示"。在写作中不可避免地涉及某种所谓"地方性元素"，那是因为作者只熟悉那些、只能从那里取材，可材料本身不是目的，我们仍然要在文学当中，和他者对话、共鸣、目光交汇。马尔克斯写马孔多，是极其"地方性"的——尤其是当我们对照其传记来阅读的话——可我们为马孔多所震撼，是因为其展现出来的共情性，他笔下的香蕉林，又何尝不是我在海南这岛屿上所常见的情景？马尔克斯在《霍乱时期的爱情》开篇写港口城市、写腥臭的海风，又何尝不是我每天所生活的环境？出生于马来西亚的黄锦树，其笔下不歇的雨、刺鼻的橡胶树、茂密的雨林、无序的风暴以及穿行其间的漂泊之人，又何尝不是我每天所经历与亲见？关键是，我们有类似马尔克斯、黄锦树等人的视野和认知吗？

如果说"新南方写作"能成立或有一点点意义，需要它先在文学上提供出独特的审美与价值。首先，它得是南方的。郁达夫、格非、苏童、毕飞宇等是南方，沈从文、韩少功也是南方，美国南方文学流派、南美的文学大爆炸也都是南方，我们都能从这些作品中嗅到"南"的气息，它们和俄罗斯文学中的"北"完全不同，和路遥、陈忠实的陕北不同，和迟子建的东北也不同，但前面的这些"南"都"南"得面目迥异——"新南方"也得从气候、自然、历史之中，挖出独属于自己的"南"，至于应该怎么"南"，还仰仗于作家们的感知、发掘和建构。其次，它得是荡开的、不安的。中国文学有着强大的传统和秩序，一种和北方王城一样方方整整的秩序，"新南方写作"不应该轻易地被这种秩序同化，而要保持一种不断往外荡开的姿势,在陆地的尽头、在海洋的彼岸,还得荡,寻找新的可能——"新南方写作"不以"北望"为目标,而是在荡开的过程中,化边缘为前沿。在古时,所有被贬的流放者们,在投身南方一片又一片蛮荒的时候,是被动而绝望的;而"新南方写作"若真想开辟一条新路,不管内心多绝望,其荡开的过程都应该是主动的——我们一步步,走入南方蓬勃的陌生。

失眠者的安魂药
——第 30 届青春诗会作品创作谈

我不是一个狂热的诗歌书写者。十几年来，每年产量不超过十首，这不是说我对诗歌要求苛刻，而是因为我写诗的方式注定了写不多。诗歌本身所具有的私人化的特性，并非每个人都愿意去展示，诗歌写了，就写了，一张纸就被塞在床头的某个角落，哪天再发现，随手敲进电脑里，权当个人的心灵档案。但这些年，仍是发表了一些，却并没有带来太多的发表快感——那种快感，我曾在发表第一部中篇小说、第一部长篇小说时感觉到。这并非我对诗歌的不在乎，恰恰相反，正是因为对诗歌的珍爱，才让我觉得在其身上进行任何索取都是不敬。

我一向觉得，诗歌并非创作——小说，尤其是长篇小说，需要一种浩繁的创作能量和坚韧的创作耐性——诗歌于我，是内心的起伏、血脉的流淌、目光的明暗和体温的凉热，是某个生命瞬间的直接流露，怎么能通过创作来获得？由于少年养成的坏习惯，我睡眠一向不好，我所写下的大部分诗句，都出现在下半夜，出现在天地漆黑、四周悄然的孤独里。我能从某行诗句中，看到我那一夜的辗转难眠，看到我当时熬红的双眼。给一个失眠者最大的褒奖，莫过于让他平静地入睡，诗歌——便是我在失眠之夜给自己开出的药方。我希望写下几行句子，耗尽心中所有的挂碍，换来后半夜的心平气和。

这药方大多时候是没用的，可夜那么长，不写几行字又能干吗呢？很多不眠之夜，是一个字也挤不出来的，那就更难熬了，失眠者少了安魂药，就像受外伤的人缺少了止痛药。

在那样的夜晚写作，面对的只是自己，面对的是人如何在时间流淌中找到位置，面对的是如何在天地苍茫中安放心灵……这是不是反而更接近了写作的本质？这种写作，从内心自然流淌，所呈现的字句，和写作者的心跳频率、呼吸节奏是一致的；这种写作，更追求某种直接的抒发，故而不会在修辞的迷宫中缠绕沉迷；这种写作，自然也不会那么热衷于让别人读到，不会热衷于某种发表、传播所带来的快感。

这样的书写，会不会更纯粹？

随着年纪渐长，很多不平情绪，也慢慢变淡——但，谁知道呢，恶魔般的"不眠之夜"，随时虎视眈眈。可我已经不只借助"诗歌"这方子了，不息的夜雨、婴孩的叫唤、汽车的前灯、海浪的涌动……所有的这些，除了能搅乱内心，也能让内心获得平静。某些句子，也不一定非写不可了。而如何在诗句当中呈现某种空旷、湿润、阔朗的气息，呈现某种天海宁静而微风轻拂的远境——这，不过是我个人当前的偏狭追求。

文学期刊的个性与生命
——《天涯》编辑手记

不同的文学刊物,跟不同的人一样,有着自己的性格。这种性格的形成,来自创刊时定下的方向与宗旨,来自一代又一代编辑留下的传统,也跟某一任社长、主编有很直接的关系。《天涯》也是如此,在逐渐的发展过程中,呈现出自己的面目与性格。《天涯》的前身,为1962年海南行政区创办的《征文之页》,1972年更名《海南文艺》,1980年更为现名《天涯》⋯⋯1996年,韩少功担任海南省作协主席,对《天涯》进行改版,把一个地方性质或者说带着某种内刊面貌的《天涯》,办成了跨文体类型的文学杂志,产生了全国性的影响。

在1996年改版之前,《天涯》编辑部内部有过一份《〈天涯〉杂志编辑设想》,其中就鲜明地提出:"改版后的《天涯》力图成为一份具有道义感、人民性与创造力的文学文化刊物,致力于历史转型期的精神解放和精神建设。"还提到:"它仍然以小说、散文、诗歌为主体,同时注重继承和发展中国杂文学即大文学的传统,注重培育和保护各种边缘的、杂交的、新异的文体。它支持作者们对传统的文学样式予以革新和探索,与此同时,文学家的非文学关注,非文学家的文学参与，作为文学外延和纵深，亦将在这里获得充分的版面。"这份"设想"中提到的"道义感""人民性""创造力"成了《天涯》的办刊宗旨和内在精神气质，一直被后来的编辑所秉持；对文体边界的拓展也落实在《天涯》的专题策划和编辑实践之中。可以说，后来的《天涯》，基本上完成了"设想"里的规划，并在一代又一代编辑那里，得到传承与发扬。改版后的《天涯》的英文译名为"Frontiers"，既意为"边缘"，也代表"先锋"……这自然也是主持改版者的寄望。

主持改版的社长是韩少功，主编是蒋子丹，在后来的文章中，他们都很清楚地表达过，《天涯》之所以以这样的面貌登场，既有外部的因素，也有内部的缘由。外部的是：《天涯》地处建省不久的边缘省份，根基浅、稿费低，要和很多传统名刊抢小说（基本上所有文学刊物都以中短篇小说为主），毫无竞争优势，那不如做其他刊物做不了的事。内部的是：主持改版的韩少功，本就一直在进行文体边界的探索，和《天涯》改版几乎同时进行的，是颇具文体创新的《马桥词典》的创作（《马桥词典》发表、出版于1996年，和《天涯》改版同年），韩少功在编辑、创作上，都力图突破局限、拓宽边界。在这样的外部、内部作用下，改版后1996年第一期，汇集了史铁生、叶兆言、叶舒宪、米兰·昆德拉、张承志、李皖、苏童、陈思和、南帆、格非、韩东、韩少功、蒋子龙、薛忆沩、戴锦华等名家，全豪华的阵容，"作家立场""民间语文""艺术"等呈现思考性、民间性的栏目占据大篇幅，成了《天涯》最大的亮点。这样的阵容、这样的编辑思想，并非改版后的独一期，而是延续了下来，编辑们以"把每一期都当成创刊号来办"的激情在编刊。

改版后的二十多年里，在大多数文学期刊都以几个中篇小说、几个短篇小说搭配几篇散文而变得面目越来越模糊之时，《天涯》的思考性、前瞻性、策划性，一直在延续和强化。从某种意义上来讲，

《天涯》的编辑要比很多文学刊物的编辑辛苦，这种辛苦体现在不以小说为内容主体后的吃力不讨好，更体现在努力思考现实本身所需要承受的目光。在我看来，《天涯》不仅仅是优秀作品登台亮相的平台，更有某种整体性——就是说，在编辑《天涯》的过程中，我们特别注重话题的引领、作品的搭配所营构的整体性，各栏目之间、各文章之间，互相呼应、彼此关联。以《天涯》2020年第5期（9月出刊）为例，在编这一期时，编辑部也清楚"后疫情时代"的到来尚言之过早，可疫情所带来的某些生活方式的改变，或将延续到疫情之后；因此，我们策划推出了这期"后疫情时代的生活"文学特刊，在多个栏目、以多种文体来探讨疫情对人类生活方式的影响。"作家立场"栏目中，韩少功、刘大先、王威廉、泮伟江四位作家、学者，对聚集、安全性焦虑、数字社会、生存结构、偶然偏离状态等疫情期间产生的新问题，展开了深入的思考，他们的文字有温度、有问题意识，为我们提供了应对新境况的新思路。与这些思考性文字相搭配的，是在"小说"栏目刊发了学者张柠的小说《新冠故事集》，家政工、快递小哥、图书编辑等在疫情期间的故事，被多方位呈现。在"民间语文"栏目，黛安的《疫情期间归国手记》也以饱满的细节，记下了全球化图景下无法忽视的生活剪影：新冠疫情暴发之前，她去英国伦敦看望留学的女儿，之后疫情在国内和国外的陆续暴发，让其归国之路变得无比困难。理论性的思考、虚构的讲述、真实细节的记录——三者互相搭配，从各个角度呈现思考、表达时代。编辑貌似是"隐身"的，但我们的工作无所不在，要组织这一期专辑，所有的策划、约稿、编辑工作都要提前半年以上——也就是说，在疫情开始后没多久，我们就敏锐地意识到该事件会对我们的生活方式产生深刻影响，随即开始约请不同领域的作者，让他们经历阵痛的同时也保持思考和书写的状态。稿子来了，编辑同样也面临着极大压力，我们深知，在诸多情况还处于进行时的不明朗状态下，所有思考都难免是一叶障目，很容易招来骂声，而让这些文章以什么方式呈现，是对编辑能力、编辑经验、编辑勇气的考验。

《天涯》关注时代、思考现实，而面对文学内部问题的时候，同样反应迅速、不吝版面。比如说，2019 年，我们感觉到中国的科幻小说正以迅猛之势来袭，于是，在当年第 5 期，我们就组织了一个"'末世'科幻小说专辑"，汇集了多位年轻的科幻小说作者的多篇科幻小说，并以前所未有的"礼遇"，把这些小说作品放置在以往最看重的"作家立场"栏目之前；该小辑发表之后，迅速被出版社汇编出书，并被翻译成外文。还比如说，2023 年的第 2 期，我们组织了一个"自然来稿里的文学新人"小辑，七位青年写作者，全是我们从杂志的投稿邮箱里挖掘出来的。事实上，很多作者、读者一直怀疑，文学期刊是否还在看那些自然来稿？多年以来，挖掘新人一直是我们努力的目标，但各种对文学编辑和刊物的质疑从未停止，出于对这一问题的回应、更出于对那些才华横溢的青年作者的推介，我们以有些"标题党"的"自然来稿里的文学新人"这个小辑名，希望让这些默默投稿的青年作者被更多人看到。这个小辑推出后，已有数篇小说被重要选刊转载，给了那些新出道的写作者以极大的激励。

1996 年之后，在具体的编辑上，《天涯》有过不少细部调整，但其内在精神，并没有过多的改变。这并非固守不化，而恰恰是坚持着我们所秉承的开放、思考的姿态，不被一时的风潮所裹挟。在多变、易变、求变、催变的氛围里，变是容易的，坚守初心反而更加困难；在不确定之中，保持确定，要更煎熬。事实上，自 2008 年真正到《天涯》编辑部开始，转眼十五年过去，我看到在这短暂又漫长的十五年里，我们很多次面临选择：我们是不是该放弃坚守，以跟其他刊物相似的面貌出现，为编辑部的每一个人减压？我们编辑的内心，又何尝不是时时在拒绝这样的诱惑？如果放弃了思考、放弃了策划，把刊物变成几篇小说、几个报告文学、几则散文的随机拼凑，我们将会轻松得多；如果放弃了专业、纯粹和公义，把某些版面以高价出让，我们也将会惬意得多。

　　但是，如果真的那样做了，如果真的放弃了对"道义感""人民性""创造力"的秉承，如果真的放弃了对文学边界的探索，如果真的满足于将文学变成文字游戏的安全轻松……那我们费尽心力跟一个一个词语、一个一个标点较劲的意义又何在？我们总是希望通过具体的工作，让世界变得更好。我知道，在当下，谈责任、谈担当这些带着某些理想主义的词汇，总是显得有些可笑而虚假，那就不说那么远，只这样说好了：如果一家刊物，彻底放弃了个性，以嘻嘻哈哈的方式，把自身样貌和个性消融于群刊之中，那它还有存在的价值吗？要知道：个性的丧失，也是生命的舍弃。

Part4

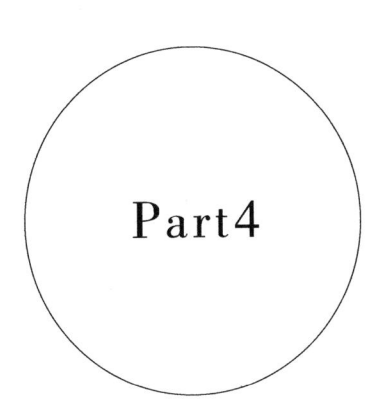

访谈

负重前行者,自有海风助力

张维阳　林　森

张维阳：很高兴您能接受我的访谈。作为"80后"作家的突出代表,您对文学的坚持和热爱是有目共睹的,让我们从您的经历入手吧,您所受的文学教育是怎样的?哪些作家和作品对您产生了持续的影响?

林森：从个人经历来讲,我没受过什么像样的所谓文学教育。很简单,因为生长在农村,家里人都是种田的,能把名字写对算很不错了,哪有所谓的文学教育。在农村,小孩子都是放养的,丢在那,能够长出来很大成分上是靠个人运气。事后想想,我们能够安全地长到现在这个样子,真是幸运,不少自己的同代人,走偏了路,坐牢的、吸毒的甚至死去的,都有不少。我算是得到老天爷眷顾,还能安然地活着,也没有经历大的波折,家里能给的不多,但有一个健康的家庭氛围,能让我基本成为一个很正常的人。我的爷爷很能讲,很多年前,他把他的八个孙子(四男四女)召集在一块,点上一根烟,以"爷爷跟你们讲讲我们家的家史"开场,很像写长篇小说的派头,但也仅如此了,他又没存什么书给我们读——当然,他不遗余力地支持我们读书,即使我2017年,都三十五岁了,到北师大读作家研究生班,他还是比我高兴。

  我最初的阅读,是在读初中期间,在小镇的出租屋上翻读各种盗版的武侠小说,很多都不完整,读着读着也基本能辨别金庸、古龙、卧龙生了,尤其古龙,用鼻子都能闻出他的文字气息来。高中及大学,才开始翻读一些武侠小说之外的东西。可能很多作家更愿意谈一些外国作家对自己的影响,提及武侠小说可能是鼻孔先出声,但我内心里知道,武侠小说对自己的创作影响极深——跟着武侠小说一块来的,是那个时代的港台剧。大学之后,一直写诗,读了一些诗;也读了一些国外的作品,因为不是中文专业,阅读都是随心式的,不会把某个作家整体读完,见到哪本,零零散散地翻着,奈保尔、帕慕克、保罗·奥斯特、卡夫卡、海明威、乔治·奥威尔、米兰·昆德拉、佩尔南多·佩索阿等等,都是闲翻,读得相对完整的有马尔克斯和卡尔维诺,但喜欢他们的人很多,也没啥好说的。国内作家里,因为韩少功在海南,有着近水楼台的优势,他的东西基本翻完了,对他的喜爱不仅仅是文学上的,他对我的影响,当然也不仅仅是文学上的。当然,如果只能说一个名字,我觉得可能影响最深的反而是天才和糟糕并存且都无比突出的古龙。我曾跟朋友开玩笑:"金庸适合当师长,交朋友还得是古龙这样的。"古龙那种骨髓里散发出来的颓废,其实是一种致命的诱惑,一种有毒的美——看多了,内心的浪子心绪压不住,总希望一个人躲到某个地方,彻底颓废一番,就像他笔下的谢晓峰,曾抛弃一切去当一个店小二。但现在几乎没有这种机会了嘛,有了家庭,成了有多重身份的人,还得把家里的老人养好、把小孩带大,那个古龙式的自己就被暂时打昏过去了。但谁知道呢,或许哪天他忽然反扑,注视着我:"走吧。"我就点点头,跟他走了。

  张维阳:现在很多作家确实羞于谈论武侠小说对自己的影响,习惯将一些西方的或者小众的作家确立为自己的文学启蒙者,借以标示自己的文学和审美趣味。但对于我们的同代人来说，那个充满了恩怨情仇的江湖世界就是我们的青春，我们没有理由回避和遗忘。在我看来，作家未必要受过多高的教育或者非得拥有什么别致的趣味，诚实是一个作家最基本的也是最根本的素质，您的坦率让我感受到了您的真诚。您何时开始的文学创作？为何选择当一个作家？最初投稿的过程又是怎样的？

林森：初中时候，看武侠小说多了，自己也写，乱七八糟的复仇故事呗。高中时候，一个老师准备把停歇了很多年的文学社重新搞起来，我被找过去编社刊。当时我们也不会画插图，就把《人民文学》等杂志上的一些小插图剪下来，贴上去，再复印。有一次被团委老师发现，觉得有裸体，勒令收回，那堆杂志搁在校团委办公室里，我们后来偷偷拿走了一些。大学碰上网络论坛很火的时代，也在网上胡写乱写。刚上大学时，很穷嘛，还得助学贷款，更不用提电脑了，很多东西是上电脑课、上网吧时候写的。即使那样，竟然还敲了部十多万字的写校园的长篇，贴在天涯社区的"舞文弄墨"和一个本地的论坛里，点击率还挺高。互联网的痕迹抹不掉，现在一搜索，还能看到当年的痕迹，写一段贴一段、跟网友的互动或者吵架，都在。当年，《天涯》杂志主编李少君网上看到这个小说，到我们的海南大学讲课，提到我这个小说，课后我跟他打了招呼，也就联系上了。

我当年学着水产养殖专业，暑假里却跑到《天涯》杂志实习。陆陆续续地，开始发表一些东西。当年，《天涯》杂志跟中国移动还搞过一种"短信文学"，在非智能手机时代，每天两百字的故事，得分三条短信发给用户，我给写过那样几篇连载。最初正经点在杂志上发东西，是在《青年文学》，发过诗歌，也发过关于古龙的纪念文字。说到投稿，起先我自己投的并不多，有朋友帮着投出去，用也好不用也好，没觉得什么。为什么选择当作家，最真切的原因当然是自己有表达的欲望；而有时我也会想，假如不去当个写作的人，我还能做些什么？想出一个我还可以去从事的职业，很难。

张维阳：您在大学时代在网吧竟然能抵住电视剧和游戏的诱惑而专心从事创作，这对我来说是不可思议的，足见您对文学的热爱和执着。您在文章中谈到过您在大学阶段除了从事文学创作，也组织和参与了一些文学活动，是否可以谈一谈当时的相关情况？

林森：大学期间，因为有碰到一些志同道合的人，便一起编民刊，这如果是在上世纪八十年代，会是很习以为常的事。大学期间，自由散漫惯了，不喜欢加入任何社团和学生会什么的，但碰到一帮聊得来都喜欢写东西的朋友，那一起编点东西吧。把各自写的诗歌、小说之类一拼，就是一期杂志。稿子容易，都是现成的。麻烦在于，我们一群人都是穷鬼，也没人有电脑，排版都没法解决。后来厚着脸皮去蹭同学的电脑来完成了，当然，当时的所谓"排版"，跟现在风行网络的椰树牌椰汁一样，都是用 word 完成的。排完了，只能存在电子邮箱里，印刷是不可能的，打印都没钱。出一期，得互相凑钱好久。有一回，刚排版完没多久，就在校园里捡到一百块，我们立即跑去打印店"出刊"。这样有一搭没一搭，每一期也没打印几本，却在学校的一些喜欢文学的朋友之内传开了。往往借去读读，再也没还回来。

跟《天涯》杂志的李少君老师熟悉之后，他知道我们出刊的困难，就说以后拿到《天涯》杂志的编排室去打印。这基本上就解决了我们的出刊问题，积极性也大增。当时我们都以为自己是在蹭《天涯》杂志的"资源"，也不觉得脸红。后来我自己到《天涯》工作，才清楚《天涯》每一张纸的使用，个人的就是个人的，不能含含糊糊计算到公家头上，才知道，当年我们那些刊物的打印，其实都是李少君个人在资助——可能他是觉得直接资助我们钱，我们不好意思接受，才用这么婉转、照顾的方式，资助我们编辑自己的刊物。我们曾编过一期诗歌专辑，李少君老师看了之后，大为惊喜，他后来直接用了这一期里面的很多诗歌，加上他编选的一些海南诗人的作品，编出了海南省作协诗歌创作委员会的一本内部诗歌刊物《海拔》的第一期。后来，我们那个民刊的朋友，都轮流给《海拔》编过诗歌。现在，《海拔》都有十几年的历史了，还在以每年两期的节奏在出。我们当年编的刊物叫《本纪》，还有个很生硬的英文名叫"Era Record"，我们英文都很差，也不知道这个词通不通。出过的杂志，我们手头也没有了——我们班上的一个同学，可能拥有最完整的一套，因为当年我们很多稿子的处理和排版，都是占用他的电脑来完成的，每出来一期，都送给他一本当"报酬"，他不写东西，但喜欢读我们的东西，我们使用他的电脑，挤占了他玩游戏的时间他也不介意。

张维阳： 你们大学阶段的文学事业实属筚路蓝缕啊，白手起家的办刊经历其磨难是可想而知的，还好你们在荒寒的环境中找到了《天涯》这样的依靠，留下了一颗文学的种子。您写小说，也写诗歌，您的诗歌和小说都显示出了鲜明的地域特色，海岛风光和边地的文化生态都给读者留下了深刻的印象，您如何理解海南这边土地？相对于大陆，她在文化上有什么特质？

林森： 海南在汉朝纳入中华的版图，之后很长一段历史时期内，都是国人所惧怕的地方，在很多的想象和文字记录里，海南岛瘴气遍地有来无回。唐之后，尤其是宋，海南岛被贬来了很多官员，这对于那些被贬之人，是晴天霹雳，每个人几乎都是抱着必死之心来的。在那些文人心中，被流放海南岛，是比死还难以接受的。有些人来了之后，倒不是被这里的瘴气所毒或者舟车劳顿所击垮，纯粹是被压抑的心情打败了。唐代的李德裕被贬海南，感慨"独上高楼望帝京，鸟飞犹是半年程"来表达自己的绝望，后来很多被贬官员，也是这种心情。唯一绝望而来却能融入的，是苏东坡，豁达的他，在离开之时,已经高喊"海南万里真吾乡"了。也有一些贬官到来后,再也没回去,他们和一些戍边的军人,不断开化着海南。海南人在内心,是十分敬重文化的,唐宋的五位贬官,本是所谓"罪臣",海南人不管,给他们修庙,叫五公祠,现在还在。

海南这个孤岛,使得它在文化的传播上,要比很多地方缓慢得多;当然,在社会急剧变迁的时代,它也比一些地方更有定力,不会那么快全都拆光。比如说,海南岛的乡村现在还都把祠堂修得很好,几乎是每个村庄最好的建筑,村人的凝聚力比起很多北方的乡村要好,很多传统的习俗、礼仪,在海南这个乡野之地,还保存得很完好。孔子说:礼失求诸野。当然不是说在野蛮之地求礼,其意思更可能是,一些边地变化的缓慢,反而保存了一些尚未被摧毁的纯正之礼。岛屿的心态跟内陆的心态是完全不一样的,因为四面环海,岛屿之人,在面对无边海天的时候,总会涌起某种渺小感——这种人如微尘的感觉,和靠着广阔山川生长出来的心态肯定是不一样的。我不是有意要表现这一块,而是我熟悉的只是这些,想写别的,还写不了。

岛屿心态,我觉得有两点很突出:一是自由、开放,二是不争。

张维阳:读过您小说的人都会感觉到您的作品和马尔克斯以及拉美魔幻现实主义文学的关联,您对魔幻现实主义有怎么样的认识?为什么生活在海南这片土地上的您,会对来自拉美的文学感兴趣呢?

林森:自然环境是会塑造人的感知的。海南岛四季不分明,只有暑天、凉天之分,这里的人当然也就无法理解所谓春夏秋冬每个季节的变化。诗人沈苇到海南来,跟我们开玩笑:"海南岛的植物,天天开花、时时结果,不累吗?"同样的意思,诗人欧阳江河则说:"植物嚣张。"这种感觉,就隐藏着这里的人的秘密。海南属于热带岛屿,在气候上可能跟南美一些国家有些相似,那种闷热、潮湿、植物疯长,南美有,海南也有。马尔克斯作品,经常会写到香蕉、番石榴，写到海边浓郁腐臭的气息，写到白蚁吞噬了一切……而这些，也都是海南岛的寻常之物。相似的环境，必然会塑造出人们相似的对世界的理解方式。你所提到的所谓"魔幻现实"，可能在马尔克斯那些作家心中，只是现实，在我心中，有时也是。

海南人跟祠堂里的神、祖先生活在一起，距离乡野间的游魂也不远，出海的人，更是要敬神如神在。海南火热的民间节日，常常有各种"神迹"表演，比如说：被"神"附身之人，可以过火山、爬刀梯、穿杖（把铁杖穿过腮帮）……很多人所觉得的"魔幻"，对于生活其间的人，不过是现实。因此，阅读那些魔幻现实主义的作品时，我倒没有觉得那种"魔幻"很亮眼，只觉得很亲切，因为那些东西的出现，是自然而然水到渠成的，不是一种概念的提出和倡导。当然，阅读这些作品，给我最大的触动是："哦，原来这些东西，也是可以入文学的。"那些伟大的作家，把我们视而不见的很多东西写出高级感，把一些庸俗之物写出了庄重感，这种触动，几乎是颠覆性的。

张维阳：您常年在海南生活，但您也曾在北京工作和生活了一段时间，您对北京是怎样的感受？

林森：我有两次长时段在北京生活的经历。第一次是2007年下半年到2008年初，第二次是2017年下半年到2018年七月，中间恰好间隔了十年。居住的地方，都是朝阳区八里庄的鲁迅文学院。第一次是读鲁迅文学院的高研班；第二次则是读北师大的作家研究生班，鲁院是我们的宿舍。十年的间隔，我改变了很多，此前我岛民心态严重嘛，看到这么大的城市就头晕，2008年从鲁院学习结束之后，我本来有机会留在北京从事影视的，却毫不犹疑回海南岛，到《天涯》杂志当编辑去了。第二回长住，我有更多时间和心情去体验北京的日常——那些热门景点我一个没去——我就是沿着鲁迅文学院和北京师范大学这条线来回走。那种大到让人发蒙的感觉仍在，但有一点不一样了，就是这种阔大里、这种人山人海之中，恰恰提供了一种安全感——那种"无人理会"的安全感。我发觉自己越来越喜欢北京，我当然不可能忽然把自己的一切都斩断，搬到北京来，但它此前为更多人所认可的那些优点，我已经感知到一些了。

张维阳：看您的作品，尤其是长篇小说，很难想到您是位"80后"作家，您对历史传统和国家民族命运的关心让您的作品很像出自"50后"作家之手，是什么让您对历史如此的关切？您如何看待眼下在青年群体中弥漫的历史虚无主义？

林森：一个很重要的理由，可能因为我是家中的老大。虽然遭逢计划生育，但我还是有两个弟弟一个妹妹，农村家庭里的老大，往往要背负很多，这使得我肯定有些"未老先衰"。我小学四五年级已经租房住在镇上读书，父母都没跟我们一块，我是几兄妹中的家长。这种性格一旦塑成，肯定会影响到自己的创作，我很难像很多同代人一样，对很多问题无视。还有一个原因，可能跟我比较早接触《天涯》杂志有关，《天涯》杂志以"道义感、人民性、创造力"为定位，以"立国、立人、立心"为宗旨，都是强调我们对时代和历史的担当和思考。我自己到《天涯》也工作了十一年，《天涯》的问题意识和担当意识可能早已成为我的下意识潜意识，我当然希望自己每写一个作品，都是事出有因而不是无病呻吟。

说到青年群体中的历史虚无主义，可能还有钱理群先生所提到的"精致的利己主义"，当然有我们惯常所认为的理由，我们当然可以认为这些年轻人本身是有问题的。但要深究起来，根源真的在年轻人身上吗？我们当前的环境是，责骂年轻人历史虚无主义，而当年轻人真的追问历史、关心真相，往往就被"404"，追问不下去了。很多时候，可能是我们的大环境更加历史虚无，只提供一种被认定过的解释。我们的社会，也处于矛盾之中，害怕年轻人虚无了，又害怕年轻认真起来——说到底，在某些人眼中，只有接受那个准备好的"标准解释",才是他们认可的"不虚无"。在一种社会环境里生存,有些话可能没法那么明晰地说出来,但作为年轻人,保持独立的思考,对很多问题保持一点质疑,总不会错太多。

张维阳:"环境"确实是个值得重视却经常被忽视的问题,我也经常在想,当下很多青年人的意识和观念,到底是主动形成的,还是"被"形成的呢?我们呼唤他们对社会现实的关心,但现实需要或者说允许他们关心吗?我想这是一个复杂的问题。通过您的作品,可以清晰地感受到您对社会现实问题的关注和介入,其中您对小镇青年群体的描写与塑造给人留下了深刻的印象,对他们的境遇与状态的熟悉让您对他们的命运分外忧心,您认为是什么给小镇青年带来了巨大的冲击,他们的出路又在哪里?

林森:小镇在中国是一个很独特的存在,是城市与乡村之间的过渡,无论是离家远走还是从外地归来,都要路过小镇,在那里歇歇脚、喘喘气。因为处于过渡地带,无论是城市里还是乡村中发生的新变化,都会很快在小镇上激发、传扬、变化,并以一种很奇特的形式流露出来。我在镇上读小学、初中的那些年,正是 1990 年代。在很多讨论里,1980 年代是属于理想主义的,在某种光环照耀下,曾被无数人回顾、书写、眷恋、渴望重返,但 1990 年代,往往以一句"市场化大潮的到来"之类,便被打发,其背后多少纠结和撕裂,被直接无视或省略——小镇上的 1990 年代,少有人去回顾。小镇上的秩序,基本上属于一种原生的混乱,可惜然之中,很多东西已经随着整个中国的变化而变化了。

海南作为全国最大的经济特区,在上世纪九十年代,曾处于一个房地产疯狂的泡沫期,小镇基本上还是隔绝的,但不少东西已经随风而来。小镇上很早就遍布着各种电子游戏厅,出入其间的,大多是被家长视为坏小孩的那些人;几乎同时出现的,还有台球桌、录像厅、武侠小说出租店、私彩、老虎机……这些还是可见的,更可怕的是那些不可见、暗中潜行的——比如白粉的泛滥。

我对于小镇的思考，是在走出小镇之后，我当然不是要看小镇、写小镇、赏玩小镇，而是要从这一侧面里，看到我们整个时代所面临的变化。当前的城镇化还在轰轰烈烈地进行，变化一直是持续着的，很难说目前就能看到出路在哪里。我有时只是有些心疼那些同代人，走着走着，就丢了一个人了；走着走着，就只剩下自己孤独地跑——这种孤独感，使得我时时有去书写的冲动。

张维阳： 上世纪九十年代是一个驳杂的时代，其丰富和复杂程度，到现在我们也许还没有很好地梳理和标记，您的作品比较全面地呈现了上世纪九十年代的纷乱和庞杂，您的这些作品共同构成了对上世纪九十年代的记忆。您读书的时候正是网络兴起的时候，网络对您的写作产生了什么样的影响？您如何看待网络时代的文学？

林森： 网络对写作的影响，是极为深刻的。在最早的时候，网络本身只是作为一个文字的载体出现。早期的网络文学，跟我们所认知的传统文学没什么两样——不过是把传统的文字放到网络上而已。BBS的出现，使得写作者和读者之间的互动性增强，写作者可能会在跟读者的互动之中，不断调整甚至改变原先设定好的写作方向。博客风行的时候，很多人又回到了个人空间，写作又相对单纯一些。对网络文学本身产生巨大推动的，是资本的注入，很多网站推出的收费阅读的模式，彻底使得网络文学变成了今天这个样子。

网络文学目前的收费阅读模式，使得写作者必须把作品不断拉长，不断地往作品当中注水——短的作品还没有把读者聚起来，就已经结束了，这是追求利润的资本所不允许的。而阅读的屏幕从台式机、手提电脑到智能手机、平板电脑，人们习惯性地用手指快速切换页面，也使得创作者不可能把作品写得信息量太大——注水不仅仅是作者为了连载的可持续而主动去做的，也是读者的阅读习惯所强迫的。读者在付费之后，肯定会选择自己喜欢阅读的类型，这就使得各种类型文学的细分快速成型——每位写作者，都必须找到自己的目标读者群。

这样的网络文学，当然是有存在的基础的，甚至可以说，它的群众基础比传统文学要大得多。但是，因为它们是快消品，要失去阵地，也是瞬间的事。在我看来，这些基础性的阅读是必要的，但还有很多的成长空间。对我来讲，在BBS和博客时期，也尝试过在网络上的创作——有不少论坛，也扎堆地推出过后来很重要的作家，尤其是一大批70后作家。网络文学初兴时期，在降低发表门槛的同时，极大地激发了写作者的写作动力，使得一种互动式的写作成为可能。我很快就从网络现场撤身，并非因为别的，主要还是固执地觉得，写作仍旧是一种个人化的东西，我讨厌跟别人互动、讨论出一篇作品来，总觉得那是工业流水线上的面孔单一的复制品。

张维阳：您在作品中，对全球化和市场经济产生的对文化和传统的破坏作用表现出了深切的忧虑，您认为在今天，我们应该如何对待传统？

林森：我不是那种很恋旧的人，也不认为所有的传统就该养起来供人观瞻。我只是觉得这种变化太急促了，有时就会造成某些不可逆的摧毁，需要引起我们的警惕和思考——因为并非所有的变化，都天然合理。

作为作家，其实思考的点，并非要去挽留什么，而是发现这种变化当中那些人的命运。每次到了社会急剧变化的时候，有的人能跟得上变化，有的人未必，有的人甚至会采取极端的方式表达对新的生活方式的拒绝——被大家所熟知的王国维不就如此吗？作家所关注、书写的，不就是这种时代变化中人们复杂、纠结、为难的心事吗？现在大家都在说"讲中国故事"，可中国故事绝不是人在一种标准的社会环境中产生的标准的情感，而是在这种貌似标准其实迥异之下的犹疑和为难，正是这种复杂才能构成真正的时代的故事。

张维阳：您是作家，也从事文学评论和文学编辑，您对文学批评有怎样的理解？

林森：业余时间写作，我是作家；而我的本职工作，是杂志编辑。说我也从事文学评论，那是过了。我们阅读作品，尤其是担任杂志编辑的过程中，倒是无时无刻不在对作品做出判断。一篇作品的好坏？可用不可用？用或不用的理由何在？都得一一在杂志的稿签上写清楚，这可能也算是一种简短的对文字的批评？如果算，那我可能也从事了十几年的批评了。但在我看来，文学评论可能还是更为严肃的东西。真正的文学评论，建立在对文学史和文学现场都熟悉的情况下，建立在有了个人完整的审美体系之后，方能展开。

现在我们看到的很多评论，只是一些读后感式的文字，用于媒体的推介。也有一种，是研讨会上的"表扬"文字，其中可能只有某个部分，可以作为文学评论，听到的人得学会去辨别哪句真哪句假。更有一些人，持续性关注某个文体，比如说长篇、短篇等等，就强行逼迫自己，把一年以来发表的长篇短篇都扫一遍，做出一个印象式的总结。在我看来，这些都离真正的文学评论很远。

文学评论首先得建立在评论者对某个作品有话可说、不说不痛快之上。真正能打动评论者的文字，才能让评论者的激情释放出来。评论者肯定不仅仅是依附于作家存在，作家的作品只是他的引线，能够走多远，还得看评论者自身的创造。做一个评论者很难，至少我没能力去完成，偶尔写一些短评文字，也只是把自己在编辑部写稿签的能力发挥出来，偏向于感性的阅读与捕捉，其理性成分和理论成分，是很成问题的——对于这点，我很清楚。当然，编辑写一些评论文字，有一个小优点，是现场感很足，毕竟，他们一直处于阅读、甄别当下创作的状态之中。

张维阳：当年，您借助《天涯》的资源办刊物，后来，您去了《天涯》当编辑，您和《天涯》的缘分可谓深厚，在《天涯》当编辑的经历对您的创作产生了怎样的影响?

林森：我进入《天涯》杂志当编辑至今，转眼十一年过去了，杂志社经历了一些人事变动，我也成了这家杂志的副主编。这种变化是润物无声的，身处其中没觉得有什么，一旦细想，却让人恍惚甚至怅然。当编辑，时间不是按月过，不是按天过，而是被切割成一期期杂志，重复的劳作更加速时间的流逝。《天涯》的前辈韩少功多次要求能早点退休，海南省的领导后来同意他把一年分为两半，半年工作、半年回汨罗乡下从事体力劳作。说到底，韩少功老师，就是要在汨罗乡下，找回在重复生活中被身体忽略掉的时间感，让时间的流逝能留下更多的痕迹——所以他写出充满时间更迭流逝之感的《日夜书》，也是情理之中的事。

当一个小编辑，对喜欢文字的我，是幸福的，因为很多办刊的大方向和沉重压力都有人顶着。而到了现在，到了需要自己冲到前面去的时候，更多地，是压力与随着压力而来的责任感。现在，我不但要和作者保持最紧密的联系，思考杂志的选题策划，也得平衡着主管部门的关系，甚至要懂得一点财务、了解印刷厂的工作程序等等。纸媒的日渐萎缩，还得逼迫我们不得不去想想杂志的未来……我感觉到最多的，并非手握发稿权的兴奋，而是如何在种种压力逼近之时，咬牙顶住而不落荒而逃。从某种程度上来讲，当编辑对一个有志于写作的人来讲，其实有着某种"伤害"：一是对大量稿件尤其是劣质稿件的阅读，既占用了大量时间，也让自己对经典作品的阅读兴趣削减了；二是熟悉一篇作品从"稿件"到"作品"的发表流程，"发表"这一对作者来说带有某种魔术色彩的过程，对我揭秘了，消磨了某种创作的激情。

当然，编辑《天涯》，给我带来的，更多是滋养和补益。

《天涯》在上世纪八十年代，也曾有过发行量的高峰，进入九十年代后，市场经济到来，文学杂志开始面临十分尴尬的境地，生存堪忧。1996年,接任叶蔚林成为海南省作协主席的韩少功,以《天涯》杂志社长的身份,对这家杂志进行改版。那之后,"道义感、人民性、创造力"这个定位,就成了杂志的最核心的思想。这种定位,和主持改版的韩少功一直分不开,杂志定位,甚至是栏目设定,都和他的文学探索密不可分。在《天涯》的栏目设定上,他以"作家立场"栏目,把一些学者纳入作者范围,增加了杂志的思想含量;他以"民间语文"栏目,把一些失落在民间的文本收集起来,丰富了作家的语言视野;反倒是小说和散文,在容量上,要比其他文学杂志小得多;《天涯》的封面,也采用了古朴厚重的牛皮纸,在花花绿绿的杂志中一眼可辨。这独树一帜的改版,让《天涯》二十年来,在国内众刊一面的境况里面目清晰、独具风骨。而《天涯》在九十年代中后期所引领的新左派和自由主义的论争,更是深刻影响了中国的知识界。

当这么一家有着辉煌过往的杂志,逐渐过渡到更年轻一辈的编辑手上之后,如何从各种复杂的现实当中,找到新的办刊方向,是我们不得不随时面对的问题。这些年,互联网从论坛到博客再到微博,现在过渡到了微信时代,可以清晰看到的一点是:中国人的思想,渐趋零碎而分裂——平心静气地讨论问题,几乎成了不太可能的事情。这也意味着,像九十年代那样,各自观点清晰地进行讨论的场域已经没有了——我们当然也看到了当年讨论的双方,也不断出现了各种变化和转向,有些变化甚至是让人大跌眼镜的。在此时,作为杂志编辑,回归真正的社会现场,关注社会进程中的新问题,让具体事件以丰富的细节得到呈现和记录,变得十分必要。前几年,我们在杂志上推出"天涯现场"栏目,刊发那种深怀问题意识,对中国转型期社会生活各领域出现的新现象,以及衍生的各种问题进行密切跟踪、深度调查、实证分析的非虚构作品。

真正了解《天涯》杂志的人都知道,这家杂志最引人注意的,是对社会观察的敏锐、对现实的深度介入。在编辑部内部，我们有着把每一期都当成创刊号来编的努力，可这样的努力，是不是已经尽了最大的力量了？和韩少功、蒋子丹、李少君等前辈编辑相比，我们不得不承认，现在可以发力的地方，还有很多。《天涯》新一辈的编辑，在不断试图跟着前辈们的步伐，但也不能不承认，我们无论在为人、学养和处事上，都和编辑部的前辈差距很大——我们当然不能变成另一个韩少功、蒋子丹或者李少君，但如何提高我们自身的素质，是不得不立即应对的问题。再过几年，《天涯》逐渐过渡到我们这些年轻人身上的时候，要如何延续传统，并发掘更具前瞻性的未来，便是摆在眼前的严峻问题。

谈到《天涯》，我感到的更多是沉甸甸的压力。当然，从某种程度上，这些压力都将通过各种形式，变成我的写作资源，这是毫无疑问的。

张维阳：我们也谈谈小说的内部问题吧，您写小说，也创作诗歌，您如何认识这两种文体？

林森：在我看来，诗歌更加私密一些，我这几年诗歌写得不多，更是完全没有发表的欲望。不管能把诗歌写得怎么样，写诗本身就是一个锤炼语言的过程，这对于写小说是很有帮助的。编辑当久了，一眼就能看出哪个小说家有没有写过诗。很多所谓知名的小说家，其语言的糟糕让人难以忍受，往往便是没经过诗歌的锤炼。写诗能让小说家学会做语言的减法，让小说家懂得素简和洁净，但很多小说家不懂得这一点，还在心里嘲笑诗歌。我知道自己没有写诗的天分，坚持写诗是为了保持对语言的敏感。另外，我的诗人朋友比小说家朋友要多得多，普遍来讲，诗人比小说家好玩太多了——我甚至觉得，如果我是另外一个人，"我"不会跟现在的我交朋友，太无趣了。

张维阳：您对小说的结构和语言有怎样的追求，您对"好小说"

的标准是怎样的？

林森：结构和语言，简直是小说的全部了。我们看到太多的小说，只是作者自己认为的一个所谓的"好故事"，却由于全无结构、语言糟糕，没法看。从某种意义上来讲，好的小说，结构、语言和内容几乎是一体的——书写的内容，决定了作者需要采用什么样的语言、设定什么样的结构。谈一个简单的例子吧，韩少功的《马桥词典》，在这个小说里，你能明晰地把结构、语言、内容分开吗？它们几乎是捆绑为一体的。

我当然也很想追求这种效果，但这对于小说家来讲，确实太难了，突破别人难，突破自己更难，还有什么内容和结构别人没写过呢？词典小说有《马桥词典》了，塔罗牌式的小说被卡尔维诺玩了，同时玩了词典小说又玩了塔罗牌小说的有帕维奇，他的《哈扎尔辞典》和《君士坦丁堡最后之恋》很多人不都耳熟能详吗？很多作家现在喜欢写一系列的短篇，连起来则是一个长篇，这不也给奈保尔在《米格尔街》里玩得很溜了吗？但尽管那么难，作家也不能没有去突破的野心，如果满足于用相同的语言、不讲究的结构去讲所有的故事，当然是让人不满意的。必须要强调的是，好故事本身也有着致命的魅力，有时即使糟糕的讲法，也摧毁不了它迷人的本质——可我们想想，一个好故事，找到一种好的讲法，不更相得益彰吗？

张维阳：对于更年轻的"90后"甚至"00后"的作家，您想对他们说些什么？

林森：除了自己，需要看到更大的天地、更多的人；自由地去写，不要那么功利地盯着所有好处，不要那么早懂得所谓文学圈的"规则"、期刊的趣味、出版的风向等，不要每一步都踩在对的地方。

张维阳：在北京师范大学作家班的学习想必对您的写作产生了一定的影响，现在看来，这段经历带给您哪些收获？

林森：最直接的收获，是能从家庭生活与琐碎工作中脱离出来，获得整块的时间。如果不是有这一段奢侈的住校时间，长篇小说《岛》和中篇小说《海里岸上》，就还只是在"构思"中，不会被写出来。这两个作品让我的创作为之一变，"海洋"被纳入我的书写版图。我甚至觉得，近几年书写海洋成为某种潮流，和我的《岛》与"心海"三部曲有一定关系。更为隐形的收获，则是在渐入中年之时，能有那么一段时间静下来，对整个生命来讲，都是有益的——至少，我在校期间，养成了写毛笔字自娱、自处的习惯。

张维阳：当下，创意写作已经成为一个新的二级学科，一些学校在多年前就已经开始了创意写作硕士的培养，获得了一定的培养作家的经验。现在，又有很多学校跃跃欲试，准备开始招生，您是否可以结合自己的经历，在如何培养作家方面，对这些学校提出一些建议？

林森：对于这个问题，我没有什么建议，而更多则是担忧。任何事情，一窝蜂拥上去，都不是好事。据我这几年编辑《天涯》的经验与观察，现在创意写作的学生，出道不是太难，而是太容易了，这个现象反而值得警惕。莫言、余华等导师的强力推荐，拍个纪录片也会拉着学生一起，学生们的发表、出版、获奖，自然比那些自生自灭的写作者要迅捷得多。我时常提醒自己和《天涯》的编辑，刊物不是为某个名师、名校的学生们办的，更不能把杂志办成创意写作专号甚至班刊，否则这就是文学资源分配的极大不公平，我们要把一些版面，交给那些默默无闻的自由来稿者，对于有导师推荐的，反而要求更高一些。我也希望那些著名的作家导师们，不能过于热情推荐学生，而要让学生们多自己投稿，这对其长期的成长，有好处。

林森创作年表

出版目录

中短篇小说集｜《小镇》｜作家出版社｜2011 年

诗集｜《月落星归》｜南方出版社｜2011 年

诗集｜《海岛的忧郁》｜漓江出版社｜2014 年

长篇小说｜《暖若春风》｜安徽文艺出版社｜2015 年

中短篇小说集｜《捧一个冰椰子度过漫长夏日》｜北岳文艺出版社｜2016 年

长篇小说｜《关关雎鸠》｜作家出版社｜2016 年

中短篇小说集｜《海风今岁寒》｜安徽文艺出版社｜2018 年

随笔集｜《乡野之神》｜江苏凤凰文艺出版社｜2019 年

中短篇小说集｜《小镇及其他》｜济南出版社｜2019 年

长篇小说｜《岛》｜北京十月文艺出版社｜2020 年

中篇小说单行本｜《海里岸上》｜百花文艺出版社｜2020 年

短篇小说集｜《书空录》｜译林出版社｜2022 年

长篇小说｜《关关雎鸠》（新版）｜北京联合出版公司｜2023 年

中篇小说集｜《唯水年轻》｜译林出版社｜2024 年

发表目录

小说

短篇小说 |《邦墩西里》|《滇池》第 2 期 | 2007 年 2 月

中篇小说 |《小镇》|《中国作家》第 4 期 | 2008 年 4 月

短篇小说 |《春夏秋冬》|《芳草》第 4 期 | 2009 年 4 月

短篇小说 |《不能点亮的夜色》|《作品》第 12 期 | 2009 年 12 月

短篇小说 |《我特意去看了看那条河》|《飞天》第 12 期 | 2009 年 12 月

短篇小说 |《盲道鲜艳》|《文学界》第 2 期 | 2011 年 2 月

长篇小说 |《关关雎鸠》|《中国作家》第 3 期 | 2012 年 3 月

中篇小说 |《夏风吹向那年的画像》|《文学界》第 7 期 | 2012 年 7 月

短篇小说 |《有几条路飞往木桥》|《创作与评论》第 11 期 | 2012 年 11 月

中篇小说 |《丁亥年失踪事件》|《山花》第 8 期（A 版）| 2014 年 8 月

中篇小说 |《捧一个冰椰子度过漫长夏日》|《长江文艺》第 9 期 | 2014 年 9 月

短篇小说 |《抬木人》|《大家》第 4 期 | 2014 年 4 月

短篇小说 |《台风》|《长江文艺》第 6 期 | 2016 年 6 月

中篇小说 |《海风今岁寒》|《人民文学》第 6 期 | 2016 年 6 月

短篇小说 |《夜雪堆积如山》|《作家》第 1 期 | 2018 年 1 月

短篇小说 |《海岛奇事录》|《长江文艺》第 7 期 | 2018 年 7 月

中篇小说 |《海里岸上》|《人民文学》第 9 期 | 2018 年 9 月

短篇小说 |《背上竹剑去龙塘》（英文版）|《PATHLIGHT》杂志（《人民文学》英文版）第 1 期 | 2018 年 1 月

短篇小说 |《背上竹剑去龙塘》|《十月》第 6 期 | 2018 年 6 月

长篇小说 |《岛》|《十月·长篇小说》第 5 期 | 2019 年 5 月

短篇小说｜《书空录》｜《芙蓉》第 5 期｜2020 年 5 月

短篇小说｜《去听他的演唱会》｜《十月》第 5 期｜2020 年 5 月

短篇小说｜《我们都在群里沉默不语》｜《大家》第 1 期｜2021 年 1 月

短篇小说｜《诗人》｜《长江文艺》第 3 期｜2021 年 3 月

短篇小说｜《往东直走是灵山镇》｜《江南》第 4 期｜2021 年 4 月

短篇小说｜《好好做人》｜《芙蓉》第 5 期｜2021 年 5 月

中篇小说｜《唯水年轻》｜《人民文学》第 10 期｜2021 年 10 月

短篇小说｜《在落雨的清晨醒来》｜《十月》第 1 期｜2022 年 1 月

短篇小说｜《夜曲破空》｜《作家》第 3 期｜2022 年 3 月

短篇小说｜《虚构之敌》｜《中国作家》第 5 期｜2022 年 5 月

短篇小说｜《骤停时刻》｜《雨花》第 6 期｜2022 年 6 月

中篇小说｜《心海图》｜《人民文学》第 9 期｜2023 年 9 月

短篇小说｜《无名艺术家》｜《江南》第 5 期｜2023 年 5 月

中篇小说｜《乌云之光》｜《十月》第 2 期｜2024 年 2 月

散文随笔、评论访谈等：

评论｜《时代的狂欢与个人的隐痛》｜《黄河文学》第 3 期｜2006 年 3 月

随笔｜《忍把浮名，换了浅斟低唱》｜《青年文学》第 6 期｜2006 年 6 月

诗歌｜《村口》《夜深沉》｜《青年文学》第 12 期｜2006 年 12 月

随笔｜《一个人的二十年》｜《文学界》第 10 期｜2007 年 10 月

评论｜《空旷的世界让我们内心平静》｜《文艺报》｜2007 年 2 月 27 日

随笔｜《杂记：关于阅读与写作》｜《作家通讯》｜时间不详

随笔｜《海南一片水云天》｜《中华读书报》｜2013 年 4 月 17 日

随笔｜《百感交集的声音》｜《天涯》第 6 期｜2013 年 6 月

散文｜《春节记》｜《青年文学》第 9 期｜2014 年 9 月

散文｜《向风望海》｜《创作与评论》第 10 期｜2014 年 10 月

随笔｜《追回被阳光唤醒的夏日》｜《中篇小说选刊》第 2 期增刊｜2014 年 2 月

随笔｜《失眠者的安魂药》｜《诗刊》12 月上半月刊｜2014 年 12 月

评论｜《江山如有情》｜《文学报》｜2014 年 11 月 15 日

评论｜《"草根性"诗学与〈天涯〉精神》｜《新文学评论》第 4 期｜2014 年 4 月

组诗｜《江水之死》｜《诗刊》第 12 期上半月刊｜2014 年 12 月

随笔｜《是老家，而不是故乡》｜"我们的城市"公众号｜2015 年 2 月 28 日

随笔｜《所有故事的缘起》｜长篇小说《暖若春风》后记｜2015 年

诗歌｜《草原石城》（外三首）｜《西部》第 10 期｜2015 年 10 月

随笔｜《"中国故事"如何可能》｜在第四届青年作家批评家峰会上的发言｜2016 年 6 月 4 日

诗歌｜《骑楼墙角的三角梅》｜《诗刊》第 6 期下半月刊｜2016 年 6 月

评论｜《丁燕的意义》｜在丁燕作品《工厂男孩》研讨会上的发言｜2016 年 7 月 23 日

随笔｜《从生命的断裂处开始》｜《人民文学》微信公众号｜2016 年 8 月 8 日

访谈｜《我无法对阔大的天地视而不见》｜《文学报》｜2016 年 9 月 19 日

随笔｜《〈天涯〉：向历史和现实深处挺进》｜《文学报》｜2017 年 1 月 12 日

随笔｜《"艺术"能否借网醒来？》｜《文学报》｜2017 年 3 月 7 日

组诗｜《风暴》｜《诗刊》第 9 期下半月刊｜2017 年 9 月

随笔｜《重建一种文学的问题意识》｜《钟山》第 1 期｜2018 年 1 月

评论｜《谁是李少君的精神背景？》｜《华西都市报》｜2018 年 1 月 20 日

评论｜《悲痛而喑哑的狂欢》｜《西湖》第 1 期｜2018 年 1 月

随笔｜《睡在屋顶的小镇少年》｜《福建文学》第 2 期｜2018 年 2 月

随笔｜《我们为什么要读经典》｜《青年文学》第 2 期｜2018 年 2 月

随笔｜《时代的风暴与人心》｜《文学报》｜2018 年 3 月 29 日

散文 |《烟雨李庄》|《十月》第 5 期 | 2018 年 5 月

访谈 |《负重前行者，自有海风助》|《文艺报》| 2018 年 11 月 2 日

随笔 |《半睡半醒》|《作家》第 10 期 | 2019 年 10 月

评论 |《"知青"原点与时间之书——论韩少功长篇小说小说〈日夜书〉》|《中国现代文学研究丛刊》第 5 期 | 2020 年 5 月

评论 |《具象与隐秘——论韩少功长篇小说小说〈暗示〉》|《长江文艺评论》第 6 期 | 2020 年 6 月

访谈 |《无限春风来海上》|《长江文艺》第 3 期 | 2021 年 3 月

评论 |《记忆的修改——论韩少功长篇小说小说〈修改过程〉》|《上海文化》第 5 期 | 2021 年 5 月

评论 |《蓬勃的南方——我所理解的新南方写作》|《南方文坛》第 3 期 | 2021 年 3 月

评论 |《海洋是作家待开垦的蓝海》|《人民日报（海外版）》第 8 期 | 2021 年 8 月 11 日

散文 |《进化的进化》|《文学报》| 2021 年 9 月 9 日

创作谈 |《如斯水——关于中篇小说小说〈唯水年轻〉的随感》|《小说选刊》第 11 期 | 2021 年 11 月

评论 |《个人化词典与无限之书——论〈马桥词典〉》|《扬子江文学评论》第 3 期 | 2022 年 3 月

随笔 |《文学不该等同于小说——〈天涯〉"作家立场"栏目的新可能》|《文学报》| 2022 年 3 月

诗歌 |《林森的诗》|《芒种》第 4 期 | 2022 年 4 月

评论 |《泅渡语言之水——关于林棹〈流溪〉和〈潮汐图〉的一些随感》|《上海文化》第 7 期 | 2022 年 7 月

随笔 |《垂钓者（外一篇）》|《青年文学》第 8 期 | 2022 年 8 月

组诗 |《山水故人》|《诗刊》第 8 期上半月刊 | 2022 年 8 月

评论 |《大海收走了我们所有的失意》|《广州文艺》第 2 期 | 2022 年 2 月

访谈 |《我想试试站在大海的中央》|《芒种》第 4 期 | 2022 年 4 月

访谈｜《作家应开拓新题材提供新结构》｜《朔方》第 4 期｜2022 年 4 月

评论｜《"新南方写作"视野中的海洋意象》｜《广州文艺》第 8 期｜2022 年 8 月

随笔｜《十年三五事——一个人的文学十年》｜《文艺报》｜2022 年 9 月 2 日

随笔｜《文学期刊的个性与生命》｜《文艺报》｜2023 年 5 月 8 日

访谈｜《现实，充满文学张力》｜《都市》第 6 期｜2023 年 6 月

访谈｜《只有往外走的人才有故乡——林森访谈录》｜《当代小说》第 8 期｜2023 年 8 月

创作谈｜《心海为大——〈心海图〉创作谈》｜《小说选刊》第 11 期｜2023 年 11 月

创作谈｜《历史的涟漪，心海的回荡》｜《中篇小说选刊》第 1 期｜2024 年 1 月

评论｜《〈归潮〉的四种回归》｜《文学报》｜2023 年 4 月 25 日

创作谈｜《少年的光》｜《中篇小说选刊》第 3 期｜2024 年 3 月